上部

舞清影 著

上海文艺出版社

# 目录

# 01　命运的巨轮

多年以后，明月仍旧清晰地记得她在同州火车站的那个夜晚。九月的同州，已经让人感到丝丝凉意。天下着小雨，明月独自拖着硕大的行李箱，挤进等待安检的队伍。同州是省会，全国铁路枢纽，每天发送到全国各地去的旅客达十万人次之多。明月排在队伍末尾，她的前面站着一位五十多岁的南方人，是个男人，体型消瘦，个头偏矮，正扯着方言在打电话。他的伞尖时不时会撞到明月的头，凉凉的雨滴渗入头皮，让明月感到很不舒服。

其实行李箱里有雨伞，但她懒得拿出来，她向后退了一步，避开伞尖，又拉起卡其色风衣的帽子盖在头上遮雨。她望了望四周，华灯初上，夜色阑珊，远处的城市建筑犹如一群蛰伏的巨兽，朝她瞪着狰狞的双眼。同州不是她的出生地，不知是不是这个原因，让在这里生活了二十几年的明月始终找不到归属感。

手机在衣兜里嗡嗡震动，她掏出来，看到屏幕上显示的人名，不由得皱起眉头。“爸。”她轻轻叫了一声。

打来电话的是明月的父亲，明冠宏。明冠宏在边疆部队待了近二十年，讲话的语气和脾性都还是军人那一套。

明冠宏问：“你到火车站了？”

“哦。准备进站。”

明冠宏顿了顿，说：“爸明早可能接不了你了，你刘阿姨……”

“不用，你不用过来。”明月抢着打断明冠宏，可又不知道下面该说些什么，干脆抿着嘴，等明冠宏说。

明冠宏沉默了几秒，“那你保重，到了皖州给我来个电话。”

“好。”两人虽是父女，可见面或是打电话从不说再见，明月听到耳边传来嘟的一声，才收起手机，低下头，看着地上泛起的水光，发了一阵子呆。

沈柏舟拎着大包小包赶过来时，明月才排到队伍中央。看到相恋三年的男友沈柏舟，明月惊讶怔住。

“你怎么来了。”明月接过沈柏舟手里的袋子，放在她的行李箱上。

沈柏舟比她高很多，每次见面，他都会欠着身子，神情专注而又宠溺地同她说话。可最近，因为她回户口原籍支教的事，两人大吵了几次。尤其是今天，沈柏舟明知道她要走，却连一个电话都没有，明月伤心之余，更多的是失望。

没想到他还是来了。

行李箱上的袋子印有某零食旺铺的广告，是她最喜欢吃的零食，满满的两大包，足够她吃很久。

沈柏舟探出手，揉了揉她来不及摘下的帽子，拧着一对好看的浓眉说：“女朋友要出远门，我能不来送吗？”

明月看着他，眼圈慢慢红了，她用手蹭了蹭沈柏舟，哑着嗓子叫他：“柏舟……”

沈柏舟的眼睛很亮，比雨雾中的灯火还要闪亮。为了能进站和她多待一会儿，沈柏舟特意买了一张便宜的车票，陪她进站。

沈柏舟是真心喜欢明月，她这次履行免费师范生合约回户口原籍皖州支教，他是一百个不情愿，可又无可奈何。因为明月的家庭有些复杂。他了解的情况是，在明月高中期间，她母亲忽然离世，明月被寄养在姥姥家里，直到她升入高三，那一年她姥姥去世，明月的父亲转业回到地方并很快再婚。当年凭她的成绩，可以上国内任何一所顶尖大学深造，可性格倔强的明月不愿意接受父亲的资助，最后选择了省内的师范院校，成为一名免费师范生。她在校成绩优异，实习表现突出，市重点小学点名要人，可惜的是，她要回户口原籍支教两年才能通过“双向选择”的方式获得同州市教师编制。沈柏舟父母经商，家境优渥，他几次向明月提出帮她交违约金先留在同州，可都被明月拒绝了，前几天，就在明月启程前夕，他们还为此大吵一架，再然后，就是现在，他主动认输，两人才重归于好。

“旅客朋友们，由同州开往皖州的 k462 次列车开始检票了……”

明月起身拉行李，却被沈柏舟握住手。她仰头看他，被他眼里的惊涛骇浪吓到，动弹不得。四周挤满了旅客，有人推搡着他们。

忽然，沈柏舟上前拥住了明月。

“嫁给我，明月。”

不等她反应过来，明月的手指上已多了一抹清凉。

她的心怦怦狂跳，耳朵里的噪音瞬间消散，唯余他深情的声音，在耳边回旋震荡……

怎么上车的不记得了，她在硬卧车厢见到同行的女同学宋瑾瑜时，心情还无法平复下来。

“我还以为你要改签了呢。”宋瑾瑜踩着下铺的床沿，把硕大的箱子塞进车厢左侧上方的行李架。

明月上前帮忙，宋瑾瑜回头致谢，却发现明月指间多了一枚明晃晃的戒指。宋瑾瑜呦了一声，眸光闪闪地笑着打趣说：“你家沈王子向你求婚了！”

明月用手盖住戒指，含混回答：“哪儿有……我戴着玩的。”

宋瑾瑜一把拽住明月，拨开她的手，指着那枚亮闪闪的钻石戒指，说：“得了吧，你要是舍得买真钻石，怎么会没钱交违约金！”

话一出口宋瑾瑜就知道自己错了，因为她无意中戳到了明月的痛处，全系的同学都知道，明月因为家境原因才和她一样被发回原籍支教，她这么说，无异于打了明月的脸。她赶紧讷讷道歉，“我不是那个意思。明月，你别生气，我这人说话不经大脑，嘴快……”

“算了。都是一根绳上的蚂蚱，以后，不要再说就是了。”明月瞥了一眼指间闪耀着光芒的戒指，最终褪掉，放进口袋里。

宋瑾瑜一直很嫉妒明月，一方面是因为明月长得比她好，学习也比她好，另一方面，是因为沈柏舟。

宋瑾瑜暗恋学长沈柏舟，暗恋了三年，明月有多喜欢沈柏舟，她只会多不会少。不过，这对所有人来说，是个秘密。

宋瑾瑜看到明月指头上的戒指，脸上带着笑，其实心里早就疼得下起了雨。她和明月聊了几句，就盖着被子面朝里睡觉去了。

明月睡不着，也不想睡，她一个人静静地靠在铺位上看书。其实，什么也看不进去。列车轰隆隆向前行驶，窗外夜色深重，偶尔可见路边的点滴灯火。她的脑子里恍惚闪过一个念头，如果她后悔了，回去同州，又会怎么样呢……

车轮滚滚，撞碎时空，也带走最后一丝可能的机会。

列车到达皖州市火车站时，已经是第二天上午九点，由于连日阴雨，气温很低，很多人下了火车都在嘶嘶吸气。皖州位于 H 省的最西边，三省交界地带，由于城市的三分之二属于山区丘陵地貌，海拔高，所以比地处平原的同州要冷上许多。

“明月，你在找什么?”宋瑾瑜推了明月一把。

“哦，没什么。”明月回过头，和宋瑾瑜随着人潮走出车站。

皖州站不大，外面有个小广场，地上湿漉漉的，但是没再下雨。几个当地人上来搭讪，问她们要不要去邻省的某县，明月摇头，说不去。

宋瑾瑜穿薄衬衣，这会儿在寒风中冻得瑟瑟发抖。她指了指附近明显落后同州许多的低矮建筑，“我们吃了早饭再走吧，我得加件衣服。”

明月说好。广场四周都是小饭店和旅馆，她们找了一家相对干净的早餐包子铺走了进去。

店里没什么客人，明月她们点了两笼包子和两碗粥吃了起来。包子是豆角猪肉馅，豆角切得太大，没有熟透，吃完包子，嘴里弥漫着一股生涩的豆腥味。幸好小米粥还算黏稠，明月喝完后，又去要了一碗。

刚坐下，宋瑾瑜就指着桌上明月的手机，提醒她：“你家沈王子。”

明月放下碗，搓了搓被烫红的手指，然后拿起手机，起身走去外面。

沈柏舟是个极体贴的男友，他算着时间打来电话，就是不放心出门在外的女友。哦，现在不能称呼女友了，从明月答应求婚的那一刻起，他们已经升级为未婚夫妻的关系。两年支教期结束，他们就结婚。这是沈柏舟对明月的承诺，也是他们恋情最好的结果。

明月回来继续喝粥，宋瑾瑜吃饱了一边剔牙，一边打量对面的明月。

按理说她们同学四年，又住在隔壁宿舍，不应该有陌生感，可不知为什么，宋瑾瑜每次看到明月，都会有不一样的感觉。譬如现在，明月只是低头喝个粥，那娴静安稳的样子以及细致的眉眼间透出的幸福，就让宋瑾瑜觉得扎眼。可又一想，明月再完美，再令人嫉妒，不也得和她一样回原籍支教，想到沈柏舟小心呵护的小公主就要去山区受苦，宋瑾瑜顿觉心里舒服了不少。

似是察觉到对面的注视，明月快速喝完碗底的粥，去抽纸巾。纸巾盒是老式的绿色塑料盒，抽了几次，才拽出一张。明月擦了擦嘴，将纸巾团成一团扔进桌下的垃圾桶，“我们走吧。”

宋瑾瑜起身去皮箱里翻找外套，明月主动去结账。

她向老板打听长途车站的位置，老板指着街道对面的一幢四层楼房，扯着浓重的口音告诉她，“就在那院子里。”

宋瑾瑜套上红色夹克，追着明月要给她早餐钱，明月不要，宋瑾瑜只好作罢。她们拉着行李箱到对面长途客车站买了两张到川木县的车票，然后又在气味难闻的车站等了一个小时，才终于坐上一辆大巴车。

川木县距离皖州有一百公里，正常的话，经省道一个多小时可以到达。但明月没想到川木县位于秦巴山区纵深地带，是全省面积最大、人口密度最小、平均海拔最高的深山贫困县。沿途几乎都是绕弯山路，车辆行至半程，明月已经出现晕车不适的状况。

宋瑾瑜的家在川木县下辖乡镇，大学期间往返家乡和同州，她早就习惯了长途汽车的颠簸。她掏出包里的橘子递给明月，明月只要橘皮，橘子瓣又还给宋瑾瑜，她闻着橘皮散发出的果香味，感觉稍微好了一些。

好不容易挨到川木县，在县城中心车站，明月和宋瑾瑜随便扒了几口午饭，就乘坐公交车去了县教育局。在县教育局人事科，她们见到了主管分配的王干事。王干事是个中年女性，体型偏胖，鼻梁上架着一副近视镜，看人的时候，会像刻板的教授一样低下头，拉低镜架，向上撩眼皮。王干事先是仔细打量了一下明月和宋瑾瑜，然后和办公室里的几位同事低声说了句什么，明月没听懂，不过看他们笑嘻嘻的表情，应该是说她和宋瑾瑜。

明月因为晕车，再加上吃了几口冷饭，胃一直在翻腾。她强忍着不适，悄悄靠向旁边的桌沿。可最后还是没能忍住，只好借口去卫生间，一路小跑了出去。呕了几口酸水，胸闷症状才得以缓解，明月用冷水细细漱了口，又用双手捧在脸前呵了口气确定没有味道，才步履匆忙回到人事科。

还未进门就听到宋瑾瑜的声音，她是这里的人，方言讲得很地道。她正声情并茂地向教体局的人讲述自己在大学时的经历，当明月听到宋瑾瑜说她的课件曾获得过学校的大奖时，她的脚步忽地一顿，而后，走了进去。

十几平方米的房间里弥漫着同州特产的味道，而宋瑾瑜竟坐在王干事身边的椅子上，还在绘声绘色地说着。

明月轻轻咳了一声，宋瑾瑜猛地回头，看到明月，脸上的表情变得有些不大自然。她拢了拢头发，冲着明月笑了笑，说：“明月，快来办手续吧，我已经办好了。”

明月看她一眼，走过去。宋瑾瑜赶紧起身，扶住明月的胳膊，表情关切地低声问道：“你没事吧？来，快坐下。我和领导说了，你晕车。”

明月不动声色地躲了一下，“我没事。”

宋瑾瑜的眼睛里闪过一道锐光，但很快就隐去，她笑了笑，“那就好。”

王干事朝宋瑾瑜投去赞许的目光，之后，她把几张表格递给明月，让她填写签字。明月照做，等她把表格交还给王干事，王干事看也没看，就压在宋瑾瑜的表格下面，对明月说：“你准备一下，去红山镇高冈小学支教。”明月还没反应过来，王干事又对宋瑾瑜说：“小宋，你留在县中学吧，可以充分发挥你的特长和优势。”

宋瑾瑜的眼睛里掠过狂喜，她在心中大声欢叫，不用去山沟沟了。红山镇，那可是川木县最穷的地方。明月不知道，她却最是清楚。

办公室里出奇的安静。明月低着头不知道在想些什么，而人事科的干事们却都用同情的目光看着那个不说话的姑娘。

在县中心车站，明月没有买到车票，因为红山镇地处偏远，车站只安排了一班客车往返，上午发车，下午返回，这会儿返程的车快要回来了。

明月扒着窗口，问：“同志，我有急事，今天必须要赶到红山镇，请问还有别的办法吗？”

售票员瞥了她一眼，语气凉凉地说：“有钱就包车呗，只要肯花钱，哪儿都能去。”

明月将嘴唇咬得生疼，“去哪里包车？”

售票员不耐烦地指了个方向，明月看了看，竟在车站对面。

“明月，你怎么不听劝呢！王干事都说了你可以明天再去报到，你就在县里找个地方住一晚，要不，你过来和我挤挤，我刚分到一间宿舍。”电话那头的宋瑾瑜语气兴奋地劝说明月。

明月低下头，脚尖在地上的水洼画着圈，半晌，才说话，“不用了，我找到车了。”

宋瑾瑜叹了口气，“那好吧，你路上小心，我听大人说那地方民风彪悍，你凡事多长个心眼，这里不是同州，你也不是你家沈王子的小公主，记得机灵点，小心被人糊弄了。”

“是吗？”明月勾起唇角，嘲讽一笑。她是太不聪明了，做不到巧舌如簧，更不会阿谀奉承，所以，她才会冒着雨在陌生的小县城里游荡。

可能她的语气透露了一些情绪，宋瑾瑜也不说话了。

就这么僵了一会儿，宋瑾瑜咳嗽了两声，主动开口说：“对不起，我刚才不应该说谎。其实，学院比赛得奖的是你，不是我。我……”

“算了。”明月抬起头，望着雨雾下的川木县城，“我该走了，你多保重。”明月收起手机，拉起行李走向路边的商店。

商店不大，却挤满了进来避雨的客车司机。这些司机都是本地人，靠在汽车站捡漏或是包车过生活。

明月的出现，引来众多关注的目光。“要包车吗？”“去五里川吗？收你一半价钱！”“河塘、五里川、关坡便宜了啊，大出血，便宜了啊！”

商店里烟雾升腾，明月被呛得咳嗽起来。她用手背按住嘴唇，后退了两步，轻声问道：“去红山镇吗？”

“啥？你去哪儿，说大声点！”一个牙齿被烟丝熏得浊黄的黑脸男人走了过来。看有活计，他的身后迅速聚起一群司机。

明月放下手，抬高音量，“我说，我想去红山镇！”

话音一落，明月看到那些男人的表情都变了，后面的人纷纷后撤，那名牙齿黄黄的司机摆摆手，说：“红山镇，不去！”

明月着急，上前一步，“怎么不去？我包车还不行吗？”

“包车也没人去，我们的车不行，跑不了那样的山路。”说着，那司机指了指道边停放整齐的破旧面包车。

“是呀，包车是赚得多，可我们还要留着命养活老婆孩子。”有人插话。

明月咬着嘴唇，脸憋得通红，她始终是不甘心，于是狠下心来，说道：“我加钱！我出两百块，有人愿意去吗?”

这次，倒是有几个人站了起来。其中有一个司机，上来就要价三百五，明月摇头要走，那人才松口，“二百五，不能再少了!”

在一众男人的哄笑声里，明月只好接受了这个荒谬又可笑的“天价”，而且出发前，还要全款付清。作为交换条件，明月要求看他的驾驶证。

那男人不情不愿地掏出自己的证件。被磨得几乎没有棱角的驾驶证和身份证搁在一起，交给明月。黄建军。短暂几秒，明月已经把他的家庭住址背了下来。

上了车，才知道这面包车有多破。车里的座位拆装成了面对面的连椅，没有座套的椅子假皮开裂，露出里面黑色的絮状物。

车里味道刺鼻，明月强忍着恶心，想摇下车窗，却被黄建军提醒说：“窗玻璃固定死了。”

明月忍不住抱怨了两句，谁知他却振振有词地解释说：“这是为你们的安全考虑。”

明月把沈柏舟送她的零食倒腾到一个袋里面，空出一个塑料袋铺在椅子上，才小心翼翼地坐了上去。

黄建军拧着钥匙发动车，很是耽搁了一段时间。虽然明月不懂车，可也能看出这辆车的车况不怎么好。她有些担心，可没等询问，前排的黄建军却突然吼了一声，面包车随之强烈震动，轰的启动起来。

“欠揍!”他砸了砸方向盘，然后回头瞥了一眼表情忧虑的明月，笑着安慰说，“没事儿，不会耽误你。”

最好是这样。

明月以为这就要出县城了，却不想黄建军竟拉着她在县城绕起了圈子，她问怎么回事，怎么还不走，他却咧嘴胡编理由，说这会儿道上堵。

明月气得直翻眼睛，却又无可奈何。

黄建军围着汽车站周边绕了几个圈后，终于将车子缓缓靠向路边，他一边摇下副驾驶的车窗，一边态度热情地冲着人行道上的一个男人招呼道：“老乡，坐车不！”

明月刚想说话，却被黄建军的眼神给吓到。她咬着嘴唇，脸气得发白。

外面的雨下得不小，可人行道上的男人却没有打伞，他听到声音，停下来，朝车里望了望。

黄建军一看有戏，立刻加大音量，“你去哪儿，五里川还是关坡?”

那人朝车子走过来，他步子很大，几步就到了车前，可能面包车妨碍他的视线，他弯下腰，勾着头，用标准的普通话问道：“去红山吗?”

明月从副驾驶的缝隙处紧盯着车外的那个男人。从她的角度看过去，只能看到一抹黑乎乎的影子，她特别想提醒他别上当，可话到嗓子眼儿，又被黄建军暗藏威胁的眼神给憋了回去。果然，黄建军再次开出天价。这次，他开口就要三百。

明月心想，不会又多个二百五吧。谁知外头那男人，直接开口说了个数，“三十。”

黄建军嘿嘿一笑，“兄弟，开啥玩笑。”

“不去算了。”那男人撤回身子就要走。

黄建军拧着眉头考虑了一下，觉得有得赚总比没有好，又扯着喉咙叫道：“上车！老乡，上车!”

明月就听到车门哗啦一声响，紧接着，一股浓郁的雨气涌了进来。

明月先是看到一只男人的大脚，踩在车厢中央，接着，面包车晃了晃，便暗了下来。明月只看到一个男人的侧影，高挺的鼻梁和黝黑的肤色几乎融入车内昏暗的背景。可能男人的存在感太强，明月瑟缩了一下，将目光错开。

她并未出声，可那人竟一下就发现角落里的明月。他的动作明显顿了顿，然后低声询问司机："你这车被人包了？"

县城里跑长途的私车极少有去红山镇的，尤其是这样的天气，敢去红山镇的司机几乎没有，除非是高价包车。

黄建军咧嘴讪笑："赚点辛苦钱，一家老小等着吃喝过生活呢。"

那人没再说什么，咣的一下，拉上车门，然后猫着腰在明月对面坐下。

车里空间狭窄，明月尽量缩在角落里，可那人的腿随着汽车的摆动，还是会撞到她。明月无奈，只好闭着眼睛假装睡觉。她不知道的是，在她看不见的时候，那个男人的目光一直锁在她的身上。

所幸后来黄建军没有再继续拉客，他开车载着两人出了县城，直奔红山镇而去。一路新修的乡村公路走得倒也顺畅，可就在明月暗自庆幸之时，黄建军却提醒说："过了五里川，路就难走了，你们做好准备。"

明月心存疑惑，做好什么准备？

没过几分钟，车子吭哧几下，翻过一段坡路，顺势朝路右边的一个岔路口拐了进去。顿时，面包车就像是上了发条的跳舞机器人一样，在泥泞的山路上左右摆荡起来。明月不防备，被巨大的惯性弹起，额头恰好撞在头顶的塑料扶手上面，疼得她叫出声来。

对面男人倒是利索，一边紧拉扶手，一边蹙着眉头，大声问前面开车的黄建军，"你这车有问题吧？能跑到红山镇吗？"

黄建军满不在乎，摆摆手回答说："绝对可以。"

明月等对面男人坐下，低声对他说："刚才他就打不着火。"

这是她出城后第一次开口说话，对面那男的可能没想到，愣了愣，才看着她，点点头，"没事。大不了不给他钱。"

明月苦着脸，委屈地说："我付的全款。"

那人的脸上露出惊讶的表情，像看傻子一样盯着她看了半天，摇摇头，没发表任何评价。

不用他说什么，明月也觉得自己是个傻子。可她却不会后悔，因为人有时候就该有那么点自尊和傲气。就连沈柏舟也说过，他最喜欢也最欣赏她的地方，就是她骨子里棱棱角角的个性。这个不算是优点的优点，让她变得与众不同。

雨越下越大，天色也渐渐转暗。泥泞崎岖的山路让明月受尽了颠簸的苦楚，当她控制不住，抽出塑料袋呕吐不止的时候，她终于明白，那些川木县拉客的司机为什么不来红山镇了。她也终于明白了，黄建军说的做好准备，是什么意思。

可能见她太过难受，对面的男人从座位上起来，倾过半个身子，试图拉开明月这边的车窗。

明月捂着嘴，摆手制止，“被封死了。”

隔着半尺长的距离，明月仍能感觉到他的怒气，正在以光速发酵升腾。

就听到他问了黄建军一句什么，而后，他的手扳着车玻璃，不知怎么划拉了一下，车窗竟开了。

随着大量新鲜空气涌入车厢，明月快要被折磨发疯的脑袋清醒了不少。

“你坐窗户这边，会舒服点。”他建议说。

明月朝他投去感激的一瞥，又向前挪了挪，把脸凑近车窗。

谁知，还不到五秒，“啊——”明月尖叫着缩回脑袋，一脸惊恐地指着窗外，哆哆嗦嗦说，“外面……外面是悬崖……”她有恐高症，从不去高的地方，可现在，外面距离面包车一米不到的地方，就是深不见底的悬崖。

这次，不仅对面的男人笑了，就连黄建军也在汽车转弯之后，扭头瞥了一眼瑟瑟发抖的明月，哈哈大笑，“红山镇四圈都是这种路，你连这都害怕，那以后还咋出门!”

明月闭上眼睛，脊背紧紧贴在车厢壁上，紧张起来，晕车的感觉倒是轻多了。她正在想司机开车可能也是因为精神专注而不晕车的时候，她坐的车却突然减速，就听到黄建军一声咒骂，随后，面包车停在狭窄的道路中央，不动了。

明月睁开眼睛，朝对面望去。

“糟糕。”对面男人说了一句，就跟着黄建军下车去查看车况。

明月把脏袋子扔出车窗，然后，眼巴巴地瞅着车子前方黑乎乎的两道影子，祈祷能顺利到达红山镇。

过了大约七八分钟光景，两人一前一后上了车。“车坏了，修不好，只能等拖车拉回去。”对面男人上来就告诉明月这个坏消息。

明月此刻真的想哭。天已经黑了，她带着那么沉的行李箱，只能留在这里等拖车吗?

“对不住了，兄弟，你到了红山镇给县里修车厂打个电话，我就在这儿等他们。”深山公路没有通讯信号，手机成了摆设，黄建军只好一脸霉相的拜托陌生的男人。

明月又气又委屈，“那我怎么办，我可是包了你的车!”

黄建军拧着眉头，湿漉漉的短发贴在头皮上，样子很是凶恶，他开始数落明月，“你这个人恁不讲理，你说你要去红山，没人拉你，我看你可怜，才拉你过去，你也看到了，晴天走一趟都危险，别说是雨天了。车子坏了，你当我故意啊，我要在这里冻上一晚，才能被拖回县城去，这个损失，你赔我!”

明月毕竟是个年轻姑娘，又是头一次到这种穷乡僻壤来，看情形，这个哑巴亏她是吃定了。就在她心生绝望、不知如何是好的时候，对面的男人却主动开口说话了。

“她是包了你的车没错，可人家也没逼你是不是。你想赚钱，还收了人家全款，你就该把人送到红山。如今车坏了，说再多也没用，我看不如这样，既然你已经跑了大半的路程，不如就退她些钱，她要是想回县城，就跟你在车上等拖车，要不愿意等，就……”他把话顿住，朝明月看了过去。

“就跟我走。”他说。

明月后来想想，当时她真是走投无路了。不然的话，行事谨慎的她怎么可能跟着一个陌生的男人徒步五公里走到红山镇。风雨交加的夜里，她的伞几次被吹得倒扣过来，最后，干脆收起伞淋着雨走。

前方的男人脚步沉稳，他的背上绑着明月的行李箱，却丝毫不见吃力。他的体型魁梧，身高足有一米八几，像座山一样走在明月前面，替她挡住了山间的风雨。

明月对他存有感激之心，从他向无良司机讨回她多付的车费，到他一声不吭地扛起明月的行李箱，都让明月在这个凄风苦雨的夜晚找到一丝久违的安全感。

忽然，他的脚步慢下来，指着前方隐约的灯火说："那就是红山镇。"

明月匆匆瞥了一眼，冻得青紫的嘴唇上下碰了碰，"还得多久才能到？"

"很快。"他说完，晃了晃手电筒，回身看了明月一眼，"你还能走吗？"

明月其实早就走不动了，可碍于他一直在走，所以，她也不好意思提出休息。听他这么问，她立刻就点头，"休息一下吧，我的脚已经肿了。"

他用手电照了照路旁的山体，指着左侧一处突出的岩石，说："去那边山洞歇一歇。"

到了地方一看，根本不是什么山洞，而是一小片被岩石遮着的潮湿洼地，因为背风，所以稍微暖和一点。

男人正在给行李箱松绑，明月的肚子咕咕叫了几声。她不好意思地向他解释，早先吃的东西都吐完了。他之前看到她朝箱子里塞零食袋子，所以建议她吃点食物补充体力。

明月打开行李箱，从里面掏出沈柏舟买的零食，她拿了几块萨其玛，然后把袋子递给那个男人，"你也吃点吧。"

手电筒光线微弱，可她还是看到黑暗里闪烁的白牙。他没有跟她客气，接过袋子挑了几块起酥面包之后，又把袋子还给她。他的普通话很标准，冲她说谢谢。

几块香甜的萨其玛极大地缓解了明月的饥饿感，她又从袋子里掏出一块面包撕开包装吃了起来。她的吃相很不雅观，但她没法控制生存的本能，也不想在这种时候还委屈自己。她坐在岩石上，一边吃一边把袋子递给他，“你再吃点，这里还有很多。”

他摆摆手，“可以了。”

吃完东西，她觉得身上有了些力气。于是打开话匣子，问那人：“你家住在红山镇吗?”

“不在。”他回答说。

明月更加好奇，“那你到这边……”

“我住在镇子附近的山村。”他解释。

明月虽然还好奇他的身份，却没有继续追问下去。她觉得眼前这个男人或许没有她想象中健谈。一路步行过来，他几乎没怎么和她交流。

他看看她，似乎想问什么，却又沉默下来。

山里的夜晚并不安静，除了滴滴答答的雨声，还有从远处山谷中传来的飞禽叫声。坐得久了，就会觉得冷。衣服完全湿透，风一吹有种刺骨的痛感。

明月搓着胳膊站了起来，“走吧。”

他一直站着，之前已经把行李箱用绳索重新捆扎在背上。听她说走，他毫不犹豫地拿起手电走进雨中。

“我来帮你照亮。”明月紧赶几步，抢过他手里的电筒。

之前在行进途中，他因为要顾及她和周围的路况，很不方便。他没拒绝，只是步子迈得小了，配合着她的行进速度，朝目的地行进。

从看到灯火到他们抵达红山镇，足足走了一个小时。红山镇晚上几乎没有灯火，偶有亮着灯的房子，肯定是商店一类的营业场所。红山镇就一条路，大约五六米宽，街道狭窄而又残破，两边的建筑是低矮的平房，偶尔可以看到一两栋小二层的楼房。

明月拉着行李箱正打算向好心人告别，却看他走到一家挂着春风商店招牌的沿街铺面，掀开门帘，朝里探了探脑袋，“红姐，你在吗?”

很快，屋里闪出一道火红的影子，看到是他，先是咯咯咯笑了几声，而后用方言招呼他，“你回来啦，咋，来骑车?”

他点头，应声说：“骑车。”

那个叫红姐的女人态度热情地问他吃饭了没有，他说吃了。然后，红姐就把一串黑乎乎的东西扔了过来，“车在后院，你骑走吧。”

他道谢，又说了句什么，紧跟着走了进去。里面传出他的声音，应该是给县里的修理厂打电话，明月在外面等了大约几分钟的光景，就看他落下门帘走了出来。

他看到街边的明月，犹豫了一下，走过来，问她：“这镇上的人我大多熟悉，你要是找人，我可以帮忙。”

明月赶紧摆手，“我不找人。没关系，你走吧，我应付得了。”

他看看她，没说什么，转身走了。

“等等——”她拉着行李箱紧赶两步，轮子和坑洼不平的路面发生摩擦，发出刺耳的声响。

他停在商店侧门，转身看着她。

她有些不好意思，但还是很真诚地对他说：“谢谢你。能告诉我你的名字吗？日后若有机会再见，我……”

他摆摆手，打断她，“不用了，我们不会再见面的。”说完，他就转过身子，大步走进黑洞洞的门里。

她在原地站了一会儿，才拉起箱子走向亮着灯的春风商店。

“你好，我想问问到高冈村怎么走?”明月掀开门帘，就看到那个叫红姐的女人正勾着腰在整理货架。

听到声音，她霍然起身，一不小心撞到货架，上面刚摆好的香皂晃了几晃，掉了下来。她顾不得去捡，瞪着一双淤肿的眼睛，打量着门口这位不速之客。越看越惊讶，她忍不住问：“你……要去哪儿?”

明月看着她，回答说：“高冈村。红山镇高冈村。”

红姐这次听清楚了，她再次上下打量了明月一番，仍旧疑惑不解地问：“你是城里人吧，去高冈村干啥?”

明月沉默几秒，回答说：“我去高冈小学支教。”

# 02　这是什么鬼地方

行李箱绑在一辆早就淘汰的摩托车尾部，明月就夹在好心男人和行李箱的中间，向红姐挥手告别。

他踹了几脚才吭哧吭哧发动的摩托，像一头疲惫的老牛，不情不愿地被人拉起，朝前跑了几步，车速慢下来，再哼咛几声，才又开始走。

明月生怕他们像之前一样，被扔在半道上，可是这破车适应了他们的重量之后，跑起来倒是后劲十足。高冈村离红山镇还有十几公里，听他刚才蹦了一句，说村子依山而建，因为一处高冈而得名。明月想不到他也要去高冈村，不然的话，她今晚就要露宿街头了。

摩托向西出了镇子，一直在爬坡。坡度不算很陡，但是路况却很糟糕，摩托车在水洼和泥泞中不停地打着摆子，明月几次吓得尖叫，却都被他用高超的车技化险为夷。看得出来，这条路他经常跑。

天空不再飘雨，可山风却明显透着凌厉。她被挤在中间，而他体型魁梧，倒是没感觉风刺骨，但仍旧很冷，湿透的衣服黏在身上，外面就算套了一件羽绒服仍旧被冻得牙齿打战。

大约骑行了半个钟头，他们终于到达位于大山中部的高冈村。他将车停靠在一处散发着浓郁气味的棚子下面，松了油门，让摩托自然熄火。

整个高冈村沉浸在一片黑暗之中，远处偶尔传来几声凄凉的鸟叫，四周空旷得可怕。

明月的头懵懵的，下车时被车子踏脚绊了一下，差点跌倒。多亏他扶了她一把，才不至于出丑。短暂的身体接触，比刚才摩托车上同骑时要尴尬一些。隔着厚厚的棉衣，明月依旧能够感觉到他手指的力道，以及他身体的温度。

他很快就撤回手。之后，下车利索地解开后架上的行李箱，放在地上。

明月犹豫了一下，问他："高冈小学在附近吗？"

他摇头，"还要上山。"

听他这么一说，明月觉得头嗡的一炸，只想死在这里算了。这都什么啊，一路火车、汽车、摩托车还不够，大半夜到了地方，居然还要爬山。

虽然看不清她的表情，可听静夜里传来的呼吸声也知道她被刺激到了。

他露出白牙，"要我送你吗？"

她还能怎样，都到这分上了，她索性厚着脸皮对他说："麻烦你了。"

于是，他重新把行李箱绑在背上，又把手电换上从红姐商店买的新电池，两人才正式出发。

崎岖的山路让明月差点怀疑人生，她一边喘着粗气跟着他，一边问："村小学为什么不建在村子里？"她以为刚才他们停车的地方就是高冈村。

"山下只有一间破祠堂，那不是村子。"他解释说。

明月不甘心，又问，"我以后要去红山镇或县里，也要走这条路？"

他回答是。明月瞬间崩溃，她的脑子里浮现出挑山工的形象，未来的她，难道也会成为挑夫？一旦泄了气步子就慢下来，他以为她累了，就放慢脚步，照顾着她。

明月没再说话，直到他主动开口问她："你是支教老师？"

她嗯了一声，心想，她是倒了八辈子的血霉，才会被下放到这个鸟不拉屎的破地方来。想到此刻正享受着楼房单间待遇的宋瑾瑜，明月愈发感到沮丧。

他没再问，就这样默默地陪着她走走停停爬了很久的山路，终于，他指着前方，对她说：“到高冈了。”

明月累得直不起腰，可还是硬撑着抬头，却愕然愣住。顺着他指的方向，她看到一片沐浴在皎洁月光下的平坦山冈。清风徐徐，带来山野青草和野花芬芳清冽的气息，她愣了一下，问：“这里怎么没有下雨?”

“地势高。”他说。1838 米。他在心里默念了一串数字。

明月顾不上欣赏月光下的自然美景，此刻，她就想快快到学校，然后睡个地老天荒。

他带着她顺着小路走到一片低矮的平房前面。在靠南的一扇黑门前停下，他推开虚掩的房门，钻进去半个身子，朝里面高声叫道：“郭校长——”

过了四五秒钟光景，一个干瘦的人影从里面的一间屋里出来，那人拿着手电，朝门口一照，不禁惊喜说道：“关山，你怎么来了!”

原来他叫关山。

明月还在发愣，却听到他说：“你进来吧，见见郭校长。”

她随着关山走进院子。这是一个篮球场大小的院子，三面围墙，迎面背靠大山的方向竖着一排破旧的平房。

郭校长看到明月，先是感到惊讶，朝关山投去征询的目光，随后，还没等关山介绍，他就上前态度熟稔地捶了一下关山的肩膀，武断下结论：“啥时候找对象了，咋还跟我保密!”

关山愣了愣，赶紧摆手，“不是，郭校长，她不是我对象！她不是……”

“行了，跟我还装。这大半夜的，谁家姑娘肯跟着你到高冈来!”郭校长认定明月就是关山的女朋友。他越看明月越是满意，到最后，竟开怀大笑，“好啊，太好了。”

明月接收到关山的求救信号，才强打起精神解释说：“我不是他女朋友，我是来支教的老师。”

郭校长脸上虽还带着笑，但是很明显已经挂不住了。他瞅了瞅关山，得到肯定的回答之后，他还是不敢相信，“你是……是……”

明月从行李箱的夹层掏出一份盖有县教育局公章的介绍信，递给郭校长，“这是证明，您看看。”

郭校长用手电照着仔细读了两遍，没有说话，而是背过身去，迅速用袖子在眼睛擦了擦，之后转过身，朝明月伸出手：“欢迎你，明老师！”

实习结束前，她被学生们亲切地称呼为明老师。他们期望漂亮可爱的明老师、明姐姐，能一直陪着他们，却不想，她一下子被发配到大山里，成了另一位明老师。

怔忡了片刻，明月伸手，回握，“你好，郭校长。”

在接下来的几分钟里，明月知晓三件事。一，郭校长本名郭木鱼，他是高冈小学的校长，也是学校唯一的老师。二，学校只有三间屋子，一间是学生们的教室，一间是郭校长的宿舍，另一间是厨房。三，关山不是村民，更不是来这儿采风的驴友，他是附近部队转信台的一名军人，四级军士长，和郭校长是老相识。

真没想到，他竟是一个兵！

明月对军人的印象大多来自她的父亲，因为父亲在部队待了半辈子，母亲去世之后，他才转业回到家乡 H 省。从小到大，她没有享受过什么父爱，因为母亲总说，她嫁给了一个心中有国、有人民群众却唯独没有妻儿的男人。所以，母亲才会在一天天的等待和煎熬中患上严重的抑郁症，最后……

明月感到一阵心悸，她别过脸，朝院外随风摇曳的树影望了过去。

郭校长和关山在一旁低声说话，说的什么，她没听清，也不关心。

“明老师，饿了吧，我给你们做饭去。”过了一会儿，郭校长晃了晃手电，朝边角的一间屋子照了照，“进屋吧，里面暖和。”

明月回过头，犹豫了一下，说：“我……想先换换衣服。”一路上跋山涉水，顶风冒雨，里面的衣服全都湿透了，浑身黏答答的实在是不舒服。

郭校长猛地想起还有宿舍这茬儿事。他沉默了片刻，说：“我还没给你准备宿舍，这样吧，你住我屋，我马上给你腾东西去。”

关山却拦住他，“那您住哪儿？”

郭校长笑了笑，“伙房。”

“那怎么行，您……”关山还想说什么，却被郭校长打断，“我怎么都能凑合，倒是学校的条件，实在是委屈了小明老师。”

明月摇摇头，说：“郭校长，您别这么说。”

郭校长和关山去最东头的屋子收拾东西，明月就拿着关山给她的手电在院子里瞎转悠。她照了照低矮的围墙，土坯砌的墙体呈现出一种古旧的颜色，墙面斑驳不全，露出里面杂乱排列的石块。她竟在上面找到一行标语，“普及九年义务教育，大力发展山区教育”，标语中的九和山随着掉落的墙皮无迹可寻，明月猜是这两个字。

她不敢去外面，所以只能走到平房中央的一间屋，也就是学生的教室，去她未来工作的地方看一看。门虚掩着，她轻轻一推，黑色的木门就开了。

她刚想进去，却被一股刺鼻的霉味给熏了出来。她捂着鼻子，举起手电筒朝里面照过去。教室里黑乎乎的，看不清什么，微弱的光亮掠过的地方，几乎都是黑的。

正准备朝里面挪挪，忽然，从教室里传出一声尖利的啸叫，一抹黑影急速朝她冲了过来！明月被吓傻了，只觉得后心发凉，手指一抖，手电啪一下掉在地上。

“啊——”明月感觉到耳畔掠过一阵强风，有什么东西从她头上飞过去，她捂着脸，尖叫后退。

旁边的屋子里传出脚步声，“明老师！”“小明老师！”

明月惨白着脸，单手按着胸口，惊魂不定地说：“有……有鬼……鬼！”

鬼？郭校长和关山面面相觑。

明月指着教室，又指着身后院子，牙齿打战地解释：“从里面飞出来一个黑影，朝那边去了……真的，真的有鬼!”

关山朝院子里的一棵老榆树看了看，思索了几秒，忽然弯腰从地上捡起一个石子朝树冠砸去。就听到啪的一声响，紧接着，一道黑影从郁郁葱葱的枝叶深处飞起，盘旋飞叫着消失在黑黢黢的山谷。

明月看傻眼。竟是一只乌鸦吗?

“是乌鸦，不是鬼。”关山说完，转身从郭校长手里抢过一摞厚重的书籍，走到平房尽头的屋子，用膝盖轻轻一磕门，走了进去。

郭校长挠挠头，不好意思地说：“都怪我，关门的时候应该检查一下。小明老师，吓到你了吧，实在对不起啊。”

明月却在暗自庆幸，不是鬼，只要不是鬼就好。

关山来回搬了两三趟，就对明月说，“行了，你可以进去了。”

明月心里纳闷，这就搬完了?她没见关山搬出什么东西呀，除了几摞厚厚的书籍之外，只有关山手里拎着的一个黑色旅行包。

关山看她迟疑，主动解释说：“郭校长很简朴。”

等明月走进郭校长的宿舍，才知道他口中的简朴是什么意思。

一桌一椅，还有一张床。狭窄的房子里，只有这三样家具。破旧的书桌上点着一根蜡烛，烧了一半，蜡油不时滴下来，发出滋滋滋的响声。明月低头看了看自己那个硕大的行李箱，能表现出来的情绪只剩下苦笑了。

她关上门，找插销，却没找到。她只好把椅子搬过来，挡住门。然后拉上用细铁丝穿着的窗帘。窗帘布花色俗艳，一看就是农村集市上摆摊叫卖的那种廉价花布。想到清癯朴素的郭校长每天就在这样一副帘子下面备课读书，她不禁觉得可笑。

床铺也是一样，花色俗艳的被单，上面摆着一床被子和一个枕头。

她太累了。一看到床铺，就想扑上去长睡不起。明月的力量大了些，刚挨到床铺，就听到咯吱一声响，随即，床中央塌了一块。她差点又要尖叫。

她拉起床单，低头一看，顿时愣在那里。这是床吗？三个长条板凳分别撑起几块木板就成了床体，被她压塌的部分是中央一块快要腐朽的木板，此刻在她的破坏下，坏掉的木板向外翻翘，露出一个拳头大小的空洞。

明月是真的想哭了。她将手握成拳，牙齿紧咬住食指关节部分，用习惯性的疼痛提醒自己，不要哭，不要哭，明月。

“当当——”明月警觉环住自己赤裸的肩膀，“谁?”

外面的人沉默了几秒，回道：“我，关山。”

“什么事?”明月有些紧张。

“郭校长问你，吃不吃面条?”关山问。

明月换好衣服出来，一轮新月恰好钻出乌云，照亮了学校的院子。

她没敢细看，加快脚步走到厨房门口。黑色的木门大敞着，从里面传出铿锵的响声。迈过一道十寸高的门槛，她走了进去。

第一眼看到关山。他拿着一个硕大的炒菜勺，在整个锅体都埋在灶台中部的铁锅里不住翻搅着什么。郭校长站在他的旁边，在一块用凳子搭建的硕大案板上切菜，一边切一边朝锅里丢。蜡烛的光映射出两人的影子，投在墙上，看起来就像是皮影戏里的角色。

关山看到门口的明月，动作明显缓了一缓，才主动招呼道：“你先坐吧，面条马上就煮好了。”

郭校长回头看到明月，却是愣了愣，“坐吧，坐吧，明老师。”

明月走到屋子里唯一一个小木凳上坐下。可能是郭校长临时搬来的缘故，他的书和行李都堆在屋子的角落里，还来不及整理。厨房比她现在住的屋子大上一点，明月想，如果郭校长再用凳子搭一张床，恐怕这里就没地方做饭了。

面条很快就熟了。摔不破的搪瓷大碗，盛了满满一碗汤面，经由关山的手递给她。

碗底很快就烫得端不住，她四下里寻找餐桌的影子，却被关山看到，他说了声等等，之后，跑去隔壁的教室拎着一个破旧的木凳走了进来。

木凳放在她的面前，“这里没有餐桌，你就搁凳子上吃吧。”

明月应该谢谢他的细心与体贴，但是，她此刻的心情非常糟糕，她什么也不想说。

关山倒没计较，他和郭校长各自盛了一碗面条，就蹲在地上，托着碗底，呼噜噜吃起来。

明月饿惨了，顾不得什么形象，挑起一筷子面条就朝嘴里塞。很烫，这是她第一感觉。很淡，这是她第二感觉。低头看着碗里，她发现汤竟是清的，没有一滴油花，一看就知道是用白水煮熟的，出锅时只撒了一点盐末。明月蹙起眉头，勉强咽下口中的食物。

郭校长很快吃完一碗，又去盛第二碗，发现明月的面基本没怎么动，他指着锅里的汤面，表情局促地问她：“是不是很难吃啊，小明老师?”

明月赶紧抬头，摆摆手，“还好，我不太饿，所以……”

关山起身，看着明月说：“学校的米面油是金贵物，都留着给学生补充营养。郭校长平常只吃咸菜，开水泡馍。像这样吃面条，已经是改善生活了。”

关山的话让明月感到很尴尬，好像她做了一件天大的错事，对不起郭校长似的。就有些赌气地端起碗，埋头吃起来。

汤面虽然没什么油水，味道也差强人意，可热汤热饭的功效却不是盖的。大半碗吃下去，她的额头和鼻子上布满了一层细密的汗珠。之前堆聚在身体缝里的寒意统统被透骨而出的热汗洗涤一空。

饱了，且酣畅淋漓。剩下的半碗她实在吃不了，于是站起来准备倒掉。谁知关山却抢过她的碗，“不要浪费!”他侧过身，也不用筷子，就用嘴对着碗边，仰起头，将明月剩下的汤面倒入口中。

明月震惊地看着他，等她脸红，踮起脚尖想抢过碗的时候，他已经将碗底亮起给她看，“吃完了。”

她真想给他一脚。但还是被他的白牙晃了眼，让他给逃了。

饭后三人坐在厨房聊天。灶台里的余火还在燃烧，整间屋子暖和得要命，就连之前让明月感到不适的烟熏火燎的柴火味也变得不那么讨厌了。

明月问郭校长："这里一直都没电吗?"

"每天送一小时电，不固定。偶尔天气不好，就不送了。"郭校长说。

"那网络呢？学校里有网吗?"明月又问。

郭校长摇头，"这里没有网。"

明月想起什么，掏出手机，不由苦笑，"连手机也不能用，对吗?"

郭校长抱歉说："对不起啊，小明老师，高冈村比较困难，去年才解决了老大难的吃水问题。"

明月嗯了一声，抱着膝盖，把目光转向院子里的老榆树，很久没有吱声。

关山在院子里挑水。他和郭校长是真的熟，自来到这里就一直在干活，帮着郭校长搬家，帮着郭校长做饭，这会儿又在帮着郭校长挑水。

院里装有水龙头，但却更像是个摆设。因为村里定时供水，每周两次，一次一个小时。吃水就从存水的水窖里一桶一桶拎上来，然后再倒入厨房里的大水缸。

月光下的小院像是永恒静止的水墨画，而他却像是这幅画里的灵魂，一动一静，凸显出两极。他的动作充满了力量感和美感，水桶在他手里就像是幼儿的玩具，轻松就可以驾驭。

明月想起她那个硕大的行李箱被绳索缚在他身上的一幕，那个时候，她就应该察觉到他与普通人是不一样的。

军人都是这样的超人吗？像她记忆中的父亲一样，举起她就像是举起一片轻飘飘的画纸。想起父亲，她的心口掠过一丝细微的疼痛，像针尖刺过胸口，这种疼痛虽不致命，持续的时间却很长。

可能她沉默得太久，让郭校长产生误会，于是就安慰她说："也不是完全不能用，有时候天气好，在附近地势高的地方，偶尔也能打通电话。但是信号时断时续，不稳定。”

明月转过头，冲着郭校长笑了笑，“我回头试试。”

关山很快就挑满水，告辞离开。

郭校长送他，明月就回了自己的屋子。刚准备用凳子挡门，却听到郭校长站在院子外面喊她，“小明老师，你出来一下。”

明月拉开门走了出去。院子里被月光照得很亮，完全不用点灯。

可能是太过清瘦，郭校长看起来竟有些佝偻。他看到明月出来，表情变得不太自然，犹豫了一下说，“明老师，要不我还是下山住吧，我虽然五十多岁了，可还是个单身汉，和你这样住在学校里，恐怕……”

“不用！郭校长，您不用走！我不介意！”明月赶紧表明态度。

明月怎么可能一个人住学校呢？刚才的乌鸦事件，吓也要吓死她了。她初来乍到，对郭校长了解不多，但通过观察郭校长的言行，她觉得郭校长不像一个坏人，至少，在这样恶劣的条件下一待就是半辈子的乡村教师，他能坏到哪里去呢。

于是，在明月再三恳求下，郭校长同意留下，他住伙房，明月住他之前的宿舍。为了表达谢意，明月主动向郭校长提出第二天代课。她知道乡村教师一般都要身兼数课，所以她想教授自己擅长的数学和英语。

郭校长听她要教英语，顿时变得激动起来，他在高冈小学盼了这么多年，终于等来了一位英语教师。

明月问郭校长，学校一直没有开设英语课吗？郭校长说，去年暑假期间，学校来过几位支教志愿者，教了孩子们一些英语基础知识，可他们只在这里待了一个星期就走了，孩子们学得快忘得也快，已经记不得什么了。

明月心想，这要从头开始教了。

她回到宿舍，收拾了一下行李箱，没地方挂衣服，她就把第二天要穿的衣服找出来，搭在桌沿上，其他的衣服还叠放在箱子里。

“小明老师，我给你拎了一壶热水，还有一个脸盆，放你门口了。”门外传来郭校长的声音。

等她跑去开门，郭校长已经回屋了。门口的地上，放着一个壶体被柴火熏得乌黑的烧水壶，一个印有花卉图案的搪瓷脸盆。旁边放着几本书。

明月先拿起书本，发现那是一套快要翻烂的英语教科书、教参和教案。

曾经最原始的教师备课方式，就是把参考教案上的内容抄在备课本上。评价备课好不好的标准主要是内容写得详细、字写得端正与否。他们这一代的师范毕业生，是教育改革和科技发展的新锐力量，在他们看来，这种落后陈旧的备课模式是教育发展的禁锢和枷锁，他们更愿意用集体备课甚至是电子备课的方式为学生们带来全新的教学体验。

这里不是城市，没有高效便捷的信息网络供她施展才华，明月拿出压在最下面的本子，借着院子里的月光，她看到土黄色的封皮上写着三个硕大的黑字，备课本。备课本是新的，但边缘却非常粗糙。她翻了翻，猜想这应该是郭校长自己订的本子，因为她在本子上方看到了棉线的痕迹。

东西都拿进来，本来想用热水烫一下脸盆再洗漱，却发现她根本是多此一举，因为脸盆光滑如新，非常干净，根本不需要她费二道劲儿。想到郭校长连这点细节都考虑到了，明月不禁感到一丝久违的暖意从心里升腾起来。洗漱之后轻松不少，她就坐在书桌前翻开课本备课。

她这个师范学院英语系的高才生，教小学基础英语，简直是大材小用。她闭着眼睛，就能将整个小学阶段的英语课程逐一细述下来。每学年的重点，单词、语法，甚至是小作文和英文歌曲，对她来讲，仿佛就是刻在脑子里，随时想起，随时就能拿出来用。

她简单在备课本上写了一段不像样的教案。这叫简案。通常有经验的教师才会使用简案，而像她这样初登教师殿堂的年轻人，学校一般会要求他们备出有自己特色的教案。谁不想发挥自己的长处与众不同呢，可这里不是皖州，更不是同州，这是高冈，是一个深埋在大山里、连手机都无法使用的贫困盲区。

熬了一会儿，明月铺床睡觉。先前被她压塌的窟窿她找了些碎纸堵上，即便是这样，她躺下去的时候还是感到后腰处被狠狠硌了一下。身下的褥子很薄，几乎等同于没有。盖在身上的被子也不厚，没有棉花该有的蓬松感，还散发着一股陈腐的味道。

明月强迫自己闭上眼睛。对于生活环境，她不是个很挑剔的人，因为她和母亲常年寄人篱下，她比同龄的孩子懂事要早。她惯于看别人的脸色，尤其是舅舅一家的脸色。因为母亲没有工作，父亲每月寄来的生活费有限，所以她一直用表妹淘汰下来的被褥，甚至是表妹不要的发饰和衣服。她从未计较过，因为她知道，如果她透露出一丝不满或是委屈，神经质的母亲就会找舅舅一家哭闹。到最后，受苦的还是她们母女。

她吃点苦没什么，因为早就习惯了，她就怕母亲受委屈，怕母亲哪一天想不开就会离开姥姥家，丢下她不管了。后来，发现母亲患病，她几乎每天都活在沉重的痛苦和压力之下。可就算她拼尽全力，还是没能阻挡住母亲决绝的念头……

明月睡着了。居然梦到了母亲。

她立在大雪纷飞的同州街头，朝手心里呵着气，焦急不安地等着女儿放学归来。明月看到她，惊喜大叫。母亲小跑过来，一路上还打了两个趔趄，看得她心惊肉跳，可她还是被母亲一把揽入怀中，亲昵心疼地喊她月月、月月……

母亲的怀抱是那样的温暖，透着阳光和鲜花的气息，让她忍不住哽咽。“妈妈，不要走……不要抛下月月……”话还没说完，就觉得手心一空，母亲竟不见了。她心中大恸，恐惧加上悲伤，令她情绪失控，放声大哭。雪越下越大，慢慢覆盖了同州城……

“妈妈——”明月猛地惊醒，四下里黑乎乎一片，只有方窗一角透出几根形状诡异的枝丫，正随风摆荡。

明月捂住眼睛，心脏却怦怦狂跳。指间湿凉的水汽让她感到怔忡而又心酸，紧接着，从身体内部升上来的寒意让她的牙齿打起战来。

她很快弄清楚一个事实。她不是因为做了噩梦而感到寒冷，而是室温太低，她活活被冻醒了。还不到九月底，在同州还要穿短袖的季节，而在这里，盖着被子，却还是被冻醒。

她拿起枕边的手机看了下时间，三点二十。

陌生的环境，寂静的深夜，都让初来乍到的明月感到无比的恐惧。她把头埋进被子里，身体蜷缩成一团，强迫自己入睡，可是黑暗如同漩涡一样吞噬了她。她渴望听到声音，哪怕一两声狗吠鸟叫，也证明她生活在一个有人的世界里。可又害怕听到响声，哪怕是呼呼山风搅动树枝，她也会被吓得心惊肉跳，肝胆俱颤。她就这样深陷在无助和恐惧的轮回里，直到凌晨五点半，外面的天色微微透亮，她才蒙眬入睡。

可没想到如此寒冷的夜里竟还会有蚊子。被咬醒的那一刻，她抓挠着奇痒钻心的手臂，最后一道防线也随之被攻破。

她瞬间崩溃。坏情绪如同开了闸的洪水倾泻而出，满腔的委屈和愤怒使她失去了理性。她迫切需要向沈柏舟，向好友，甚至向皖州的父亲发泄和倾诉，一分一秒都不能等。

她迅速起床穿上衣服，脸也没洗就冲出宿舍。室外的温度接近零度，呵气成霜，可她却因为心里烧着一团火，一点也不觉得冷。

学校的大门敞开着，她一路沿着山道朝更高的山坡跑去，她好像记得，山顶的信号会强一些。她围着雾气弥漫的高冈转了几个来回，手机从左手换到右手，举高或是倾斜，那象征着希望的阶梯状信号始终是黑灰状态。

明月走不动了。体力超出极限后的反应，倒没想象中那么剧烈，只是感到泄气和失望，她拨开一块山石上的杂草，噗通一声坐下去。她的面前，是层层叠叠的秦巴山脉。这里山峰高矮错落，云雾环绕，绿油油的看不到边际。尽管她的心情糟糕透顶，可她还是被大自然的景色吸引住目光。

因为家境原因，她从没出去旅游过。寒暑假，当同学在微信和 QQ 各种晒旅游照片的时候，她只有羡慕的份儿。沈柏舟是个很体贴的男友，为了她的自尊心，他曾提议两人 AA 制一起去三亚看海，为此，她多带了两个孩子的家教，辛苦了一个学期才凑够去三亚的费用。但是……但是这个词，在她看来，就是终结一切希望的转折点。就像网络上的流行语，愿望是美好的，现实却总是残酷的，她在毕业季的选择中失去了一切……

她从胸前掏出一串镀银的项链，手指摩挲着被她当成项链坠的美丽耀眼的钻戒。“柏舟，你想我了吗?”“我很想你……”

不知为什么，就这样静静地坐着看山，看云，看天边被初升的太阳映红的朝霞，她内心的焦躁和一路隐忍的委屈却渐渐消散转淡。

明月从山上下来，回到宿舍却看到门被关上了，上面贴有一张纸条，是郭校长的字迹:“早饭在灶台上，不用等我。”明月扯下纸条，推门进屋。

屋里还是她走时凌乱的模样，被子翻卷在床铺上，她准备今天讲课穿的米色裙装歪歪斜斜地挂在桌沿儿，眼看着就要掉下来。

明月用力拍打着被山风冻得僵硬的脸颊，“醒醒！明月！你别无选择!”

从小到大，每次受到挫折的时候，她都会用这样的方式激励自己。

她叠好被子，洗漱完，换上沈柏舟送她的二十岁生日礼物，一套价格不菲的米白色羊毛裙。决定以一个全新的自己迎接她事业的开端。

郭校长不知道去哪里了，厨房一角和她一样用凳子拼凑成的木板床上，是一床叠得整整齐齐的被子。明月上前摸了摸被子的厚度，不禁皱起眉头。

灶台的铁锅里熬了小半锅面汤，因为一直用柴火的余温煨着，所以掀开锅盖时，还能看见黏稠的表面升起一个个细小的气泡。灶台上还放着一个用土黄色笼布盖着的搪瓷碗。明月掀开笼布，发现碗里放着一个黄乎乎的馍，还有一小块黑咸菜。

她用大碗盛汤，谁知勺子刚舀下去，就觉得不对劲，捞起一看，竟是一个白白胖胖的荷包蛋。她咽了口口水，把荷包蛋盛入碗中，又在上面浇了一些面汤。因为咸菜是整块的，明月吃不惯，所以她就找到菜刀把咸菜切成细丝，拌了点醋，拿起香油瓶的时候，她犹豫了一下，还是滴了两滴在咸菜里。还是一顿没有油水的饭菜，可明月的胃却因为那个荷包蛋的摄入而觉得满足。

她把碗筷洗净放回案板上。正准备走，猛地想起什么，又折回来，掀开木锅盖。她用勺子翻搅了一下面汤，从左到右，从外到里，转了几个圈，都没能找到她要的东西。

她不禁愣住。荷包蛋只有一个吗？郭校长特意为她准备的？

明月意识到这一点后，心里涌上一阵说不清道不明的滋味。有愧疚，有不安，还有一些别的情绪，她却并不愿意去深究。吃都吃了，也不能再吐出来，明月想，大不了下次她还郭校长一个人情好了，于是，放下思想包袱回屋去备课。

过了没多久，院子里传来一阵喧哗声，她透过方窗朝外望，发现是几个小男孩。一看就是这里的学生，一个个背着辨不出颜色的破旧书包，玩耍打闹着走进院子。

明月起身，对着桌上的小镜子照了照自己刚刚画好的淡妆，又拿起镜子照了照身上的裙子，没有发现异样，她满意地笑了笑。拿起昨晚准备好的教案和教科书，她拢了拢肩上散开的长发，走了出去。

院子里的孩子完全没想到郭校长的屋子里会走出一个漂亮得如同仙女似的阿姨。他们惊讶极了，说是看傻了都不过分，一个个瞪着眼睛，张着嘴，盯着陌生的明月。明月冲他们微笑，他们却一个个露出羞涩受惊的表情，纷纷闪躲着明月的目光。

这时，院子外面又走进来几个孩子，这次是几个女孩。她们看到明月的反应和男孩子差不多，但是会时不时地偷瞄明月，并且低声快速地交谈。

“大家好，我是高冈小学的支教老师，我叫明月，大家可以喊我明老师。”明月主动介绍。

兴奋的孩子们跟着明月走进教室。明月终于看到昨晚闹出乌鸦事件的教室真容。教室有十平方米的样子，正中摆着三排黑乎乎的课桌椅。前面是一个三尺见方用砖块砌成的讲台，黑板是最古老的水泥制刷黑漆的样式，右上方居然还掉了一块。

此刻，呈现灰色的黑板上写着硕大的几个粉笔字。

——欢迎新老师。

黑乎乎的教室里散坐着七八个农村小孩，一个个面孔黢黑，头发蓬乱，衣衫破旧。他们好奇地盯着讲台上的明月，看着这位如同仙女一样的漂亮老师从初时面露微笑渐渐变得面如寒霜。

明月拿起手机看了看时间，放回讲桌上，蹙眉问道："你们几点上课？"

坐在第一排的小女孩立刻站了起来，用夹带方言的普通话响亮回答说："八点！"

明月看着她，秀气的眉毛蹙得更紧，"以后起来回答问题要先举手。"

小女孩瘦得皮包骨，穿着一件硕大的成人冲锋衣，一看就是捐赠来的衣服。她的头发枯黄，胡乱在脑后系了个马尾，脸脏兮兮的，一看就没洗。可她的眼睛却很大，双眼皮，黑葡萄似的，长在过分瘦削的脸庞上，倒显得很是突兀。

听到明月说她，小女孩眨着睫毛，脸红红地举起手，"报告——"

孩子们觉得新奇，你指我我指你，学着小女孩的动作，傻呵呵地笑了起来。

明月压下火气，又问那还未坐下的小女孩，"咱们学校一共多少学生？"

小女孩愣了愣，举起手，"报告——"

明月忍不住想翻白眼。她吸了口气，平稳了一下情绪，耐下性子教她，"老师没让你坐下，你就可以一直回答老师的问题，不用再打报告了，明白吗?”

小女孩似懂非懂地点点头，张开嘴，想说什么却又怕说错，干脆就不说了。

明月又问了一遍学校有多少学生。

女孩这次很快就回答：“18 个。”

“那我们班现在有多少学生?”她继续问。

女孩的样子有点懵，她迅速眨了几下眼皮，回过头，用手指一个个数到最后，“六个。”

娃娃们轰一下笑了起来，有快嘴的娃娃叫道：“是七个，笨蛋花妞儿!”

那小女孩的脸刷一下就红了，她又数了一遍，发现还是六个，正要辩解，却被明月无情地点醒，“你把自己忘了!”

在娃娃们的哄笑声里，明月将右手向下压了压，“坐下吧。”

花妞儿惭愧地低头坐下。孩子们交头接耳，嘲笑人头都数不准的花妞儿，花妞儿气急，朝后面的同学挥舞拳头，教室里顿时乱作一团。

明月面无表情地将课桌上的教材教案收成一摞，夹在手里，大声喝道：“我拒绝给你们上课。”之后看也不看那些错愕惊慌的面孔，转身就离开教室。她回到宿舍，嘭一下甩上门，将自己关在里面。

教室里安静了一会儿，花妞儿咬着嘴唇，一副快哭的表情，愤怒地冲那些笑话她的同学吼道：“都怪你们，老师都不给我们上课了!”

“还不是因为你，连我们几个人都数不清!”班里最调皮的宋铁刚反唇相讥。花妞儿本来就委屈，再加上被同学奚落半天，忍不住捂着脸大声哭了起来。

只有班里学习最好的宋伟伟站出来替花妞儿说话，他说：“老师生气不是因为花妞儿，而是因为那些没来的同学。”

花妞儿哭声立刻小了，她用袖子擦了一把泪，哽咽地说：“真的吗?”

宋伟伟年纪小，可头脑却是同学里最聪明的。只有他找到了明月老师生气的真相。明月的确是因为没到的十个学生生闷气。因为对于一位教师来说，学生表现尊重的最直接方式就是出勤。连出勤都保障不了的学生，何谈尊重和努力。

尤其这是她正式入职后的第一堂课，她从内心到形象都无比重视珍惜的一堂课，教师事业的开端，却被出勤率不到50%的残酷现实给打碎了。活该她抱有希望，以为只要她履行义务就会得到回报，可她竟忘了这里是封闭落后的秦巴深山，忘了这里住着的都是与世隔绝的山民，他们懂什么叫尊重、懂什么叫教育？恐怕都不如一碗饭、一杯水来得实际。

在她愤怒思索的时候，她的屋外聚集了一群学生。调皮捣蛋的宋铁刚靠在土坯房的墙上，探头探脑地用手指甲抠着明月宿舍的木门。

花妞儿去制止他，却被宋铁刚龇牙咧嘴地训斥道：“滚，少管我，外来户！”

花妞儿咬着嘴唇躲到一边，眼看着又要哭了。

宋伟伟看不下去，推了高头大马的宋铁刚一把，“别欺负人！”

宋铁刚在墙上蹭了一身土，他撇着嘴，一脸坏笑地朝宋伟伟挤眉弄眼：“咋，你喜欢花妞儿了，老帮她说话。”

其他几个孩子哄然大笑，宋伟伟气疯了，撸起袖子就要和宋铁刚打架。

宿舍门开了。一脸冰霜的明月立在门口，指着教室方向，怒气冲天地大吼：“都给我回去！谁也不许出来，不许讲话！”

孩子们作鸟兽散，花妞儿最后一个离开，她转过头，想和明月说些什么，却被明月的目光给镇住，老老实实地回去了。

明月把自己关在宿舍生闷气，待了不知多久，院子外面再次传出喧哗声，这次，明月听到了郭校长的声音。她从椅子上弹跳起来，疾步跑到门口，刷一下拉开木门。

学校院子里除了郭校长，还有一群山里的孩子，他们和之前那拨学生不同，一个个在寒冷的天气里光着脚，裤腿挽得老高，鞋子用鞋带相连挂在脖子上。就连郭校长，也是一样的打扮，只是他的整条裤子都湿透了，上衣也湿了大半，感觉就像是没脱衣服游了个早泳。

他一边把鞋从脖子上取下来，一边对孩子们说："都快点去教室，今天新老师给你们上英语课。"这时，有孩子发现院子里的明月，于是大叫，"新老师!""郭老师，郭老师，快看，新老师!""好漂亮啊!"

明月朝前走了几步，疑惑不解地问，"郭校长，您这是……"

郭木鱼捋了一把脸上的汗，憨笑着解释说："有学生住在鹳河对面，现在是雨季，河道涨水，我要每天背他们过来上课。"

他想起什么，干瘦的脸上涌起愧疚的神色，"对不起啊，小明老师，我忘了跟你说我要去接学生。今天河水湍急，耽误些时间，你等急了吧?"

明月瞠目结舌地看着院子里一群好奇的孩子们。原来这些孩子们迟到，是有原因的……

几分钟后，明月重登讲台。

破败不堪的教室，昏暗混沌的光线，一群坐得笔直的山里娃。

明月在最后一排看到郭校长的身影，他像学生一样端坐着，手臂交握搁在桌上，表情认真地注视着讲台上的明月。

明月并非新手，她在实习期间就曾代表省属重点小学参加了全国小学英语优质课竞赛，并获得一等奖。她独创的视、听、说、唱结合的先进教育模式在全省得以推广。明月很有自信，这是她教师生涯中具有开端意义的第一堂课。她非常重视，并坚信自己能做到最好。可令她吃惊的是，开课仅仅不到十五分钟，学生们就出现了散漫、开小差的现象。

明月越讲越没底，声音渐渐低了下去。最后她停止讲课，冲着郭校长挥挥手，示意他出去谈谈。

郭校长走到门口，明月蹙眉问他："他们都不愿意学英语吗？还是我教得不好?"

郭校长赶紧否认："不！不不！明老师你教得很好!"

明月摇头，“教得好，他们还会打瞌睡?”

她指了指靠边坐着的宋铁刚，那家伙头枕着手臂，睡得正香。

郭校长尴尬地挠了挠后脑，说：“可能……可能孩子们听不懂，小明老师，你能不能从最基础的讲起，哦，我不是说你的教学有问题，就是给你提个建议，因为这些孩子不比城里的孩子，他们没上过英语班，连最基本的 26 个字母都背不全。”

明月咬着嘴唇思索了一会儿，明白问题是出在自己身上了。她引以为傲的教学方式根本不适用于这些山里娃娃，譬如她开始就说一大堆课堂教学用语，学生听不懂干脆就不愿意听。恶性循环，才会出现有人开小差的现象。这些山里的孩子和城里的孩子从出生开始就不曾站在同一个起跑线上，她不能把过去的标准生搬硬套到这些孩子身上。因为，不适合。

“那我重来一次，郭校长。”明月说。

郭校长干瘦的脸上浮现出一抹笑容，“谢谢小明老师。”

果然，明月调整授课方式之后，她觉得整个课堂的气氛都不一样了。尤其当她用英文字母歌结合卡片字母的方式教课时，就连偷懒睡觉的宋铁刚也饶有兴致地跟着大家一起朗读起来。

45 分钟的课延长到一个小时，孩子们仍意犹未尽要求明月加课。最后，郭校长只好在外面用木锤敲击铁钟强迫孩子们下课。

明月合上书本，“下课。”

“起立——”班长宋伟伟声音洪亮地喊道。

18 个学生齐齐站了起来，扯着嗓子喊：“老师再见——”

明月急忙要撤，她想去厕所，而且嗓子也干得要冒烟了。谁知，还没走到门口，就被一群孩子团团围住。

“老师，你是城里人吗?”

“老师，你长得真漂亮!”

“老师，你唱歌真好听!”

“老师，你的裙子真好看，比我小姨的纱裙还好看!”

“老师，你的英语卡片能借我一下吗?”

“老师——老师——”

明月憋着一泡尿，实在忍不了，她用敷衍的语气回答了几个问题后，向外推着学生，“老师有事，你们先去玩。”

花妞儿大概是舍不得她走，一把拽住明月的裙子，“老师——”

明月就觉得头皮一奓，用力拂开花妞儿的手，花妞儿被她推得倒退几步，咚一下摔在地上。明月的心里涌上一阵不祥的预感。不是因为花妞儿跌倒，而是她的裙子……

果然，沈柏舟送她的这件米白色羊毛裙上多出了几道黑黑的手指印，仿佛科幻片里的巫灵之痕一样，凭她怎么拍打都无法消失。

周围静了下来。所有的孩子都在盯着她。

花妞儿撑着地站起来，惶恐不安地说，“老师，我帮你洗……”

人的坏情绪累积到顶点，爆发前往往差的就是一个动作一句话的挑拨。

花妞儿没想到她的无心之举会招惹到新来的漂亮老师，她以为衣服弄脏了洗一洗就可以了，却没想到这件衣服是明月的心头肉。

明月气得浑身发颤，她用力闭了一下眼睛，冲着花妞儿大吼道：“洗?你会洗吗?你能洗得了吗?你知道这条裙子对我来说有多……”

她原地跺了下脚，指着快要哭了的花妞儿，“你!还有你们，以后谁都不要靠近我，离我远远的，记住了吗?!”她说完就走，挡路的孩子被她撞了一下，差点跌倒。没过几秒，明月宿舍的房门再次传出砰的巨响。

孩子们面面相觑，宋铁刚耸耸肩，嬉皮笑脸地说：“我打赌新老师明天就会走!”

宋伟伟瞪他，“乌鸦嘴!”

宋铁刚哼了一声，用手背蹭了蹭嘴上的鼻涕，不屑地说：“她嫌弃我们，你看不出来?”

宋伟伟不吭声了。

郭校长目睹这一幕，心情非常沉重，他朝那扇紧闭的房门瞅了瞅，然后用木锤，用力敲响挂在房檐上的铁钟。“上课了——”

明月回到宿舍就把裙子换了，她把脏掉的衣服抱在怀里，一遍一遍抚摸着衣料细腻的纹理，嗅闻着衣服上残存的气息。

这条羊毛裙是沈柏舟用勤工俭学的报酬给她买的。他家境优渥，根本无需做那些体力活，可因为明月一直拒收他的礼物，所以他才想靠自己的能力送她一份纯粹干净的成人礼。

这条裙子明月只在生辰或是重大活动时穿，可见她对这件衣服的爱惜程度。对于她来讲，这条裙子和挂在她颈项间的戒指一样，是上升到精神层面的宝物，不容亵渎和侵犯。

她掏出手机一遍遍拨打着沈柏舟的电话，一直拨到手机电量耗尽，自动关机，她才颓然倒在床上。

不知道怎么就睡着了，睡得很沉，连郭校长叫她吃饭，她也没醒。

等她从床上爬起来，发现天已经黑了。孩子们放学了，空荡荡的学校，只有山风掠过枝丫，发出阵阵恐怖的回声。

# 03　留守儿童

傍晚，郭木鱼到达通讯兵转信台时，士兵董晓东正在绘声绘色地向台长关山讲述他今早的奇遇。

董晓东是去年冬天应征入伍的新兵，刚下连队就被派到秦巴大山里的转信台工作。刚来时，因为不适应山里的环境，他还闹了一阵子情绪，有次，甚至偷跑回团里，向领导要求留在县里的部队。最后，是关山亲自把他领回大山。

关山对他说："你要是个军人，就从这里堂堂正正地出去！"董晓东不明白，问他什么才叫堂堂正正。关山黝黑的脸上隐隐升起光芒，他看着董晓东说："像我一样到了年限岗位轮换或是……考军校。"

考军校？董晓东觉得眼前豁然开朗，新世界的大门已经打开，希望正冲他招手。从那一天开始，新兵董晓东有了一个宏伟的愿望。他要考上军校，离开这个"破地方"！

豆腐块似的厨房里，董晓东拉住正在切白菜的关山，竖起眉毛说："哎，告诉你，我今早上真遇见仙女了！渺渺白云间，仙女隐青山，哇哦，那长相，那身段，简直绝了！哎，你别撇嘴啊！你到底信不信啊！"

关山胳膊一拧，甩开董晓东，不冷不热地敷衍道："我信，我信还不行吗。"关山把刀拿起，一边用手指摩擦着锋利的刀刃，一边用眼睛瞥着董晓东，"可是晓东，那仙女没跟你说点什么你就撤了？这也太不符合你衡阳花少的名头吧!”

董晓东顿时语塞。他瞪着眼睛，狠狠地戳向关山，“你爱信不信，反正我今天的确是遇见仙女了！要不，明早你去巡线，看能不能再遇见她!”

关山点头，正要说好。却听到院子里传来脚步声，紧接着，就有人喊他，“关山——关山——”关山和董晓东对视一眼，撂下刀就冲了出去。

“郭校长，出什么事了?”关山第一个跑出去，迎头就问。

郭木鱼连忙摆手，“没有出事。孩子们都回去了。是我，想来找你借点东西。”

关山讶然，借东西?

明月在院子里走了几个来回，直至天完全黑透，她才去伙房把煤油灯点着。铁锅里空空的，灶台也是一片冰凉。她翻了翻菜篮，里面除了一棵打蔫的小白菜，什么都没有。她在放碗筷的木柜里找到一包用塑料袋包裹严实的挂面，她拿了一把，凑近煤油灯看了看日期，不禁蹙眉。这都过期两个月了，能吃吗?想到昨晚她吃的可能就是这包挂面，她的胃就开始翻腾。她放下挂面，回到宿舍找出沈柏舟带给她的零食，撕开吃了几包，却觉得更加饥饿。

山里的夜晚总是透着一股子寒凉和恐怖的气氛，久等郭校长不归，明月的心里也开始敲起小鼓。他不会出什么事吧，早上漫山遍野找信号的时候，她隐约看到高冈附近的那条河，河水清亮，弯弯绕绕，不大容易过去。

明月走到院子里，她想打着手电去外面找找，可几次走到大门口，却被黑黢黢的大山给吓退回来。正心神不宁，胡思乱想，外面的山道上传来了一阵脚步声。明月惊喜抬眸，扶着门框，大声喊道：“郭校长，是你吗?”

郭校长很快应声，“是我，小明老师!”明月长长地吁了口气。

郭校长走进院子，看到换了装扮的明月，先是为学生的无礼行为向她道歉，然后举起手里的袋子，笑着说：“作为赔礼，今晚给你改善生活。”

明月看到袋子里的暗红色猪肉，不禁惊讶问道：“怎么会有肉？您去买的?”

郭校长抿嘴一笑，“算是吧。”

明月想到通往山下的崎岖山道，她的心里充满了浓浓的负罪感。“我不吃肉也可以的……”

“你还年轻，得补充营养。”郭校长把肉倒进塑料盆，从水缸舀了一瓢水清洗猪肉上的杂质。

明月主动去生火，她把干柴火塞进灶膛，用打火机点着废纸试图点燃柴火，谁知等郭校长拎着盛有洗肉水的小桶浇了菜地回来，整个厨房却像是着火一样，向外冒着黑烟。

“咳咳——”明月捂着鼻子，呛得满眼泪跑了出去。

郭校长赶紧把柴火拨出来浇上水，黑烟才渐渐散去。

明月站在门口，看着被她弄得一塌糊涂的厨房，又想哭又想笑。

倒是郭校长回过头来安慰她，“去洗把脸歇着，饭做好了我叫你。”

明月点点头，就从水窖里舀了一瓢水洗干净手脸，然后，她又回到厨房，帮着郭校长洗菜。

郭校长不愧是做了二十几年大锅饭的人，他手脚利索地生着火，又不知道从哪儿翻出小半碗大米，添水放进铁锅里蒸上。

郭校长拎着菜篮出去，不大一会儿，他就变戏法一样拎着满满腾腾的篮子回来了。明月一看，嗬，小白菜，芫荽，红萝卜，居然还有几个红绿相间的菜辣椒。

“这都是您种的?”明月拿起一个菜椒，放在手心里比大小。

“是啊，高冈村海拔高，村民生活不方便，只能家家户户种菜，自给自足。”郭校长把两袋方便面大小的猪肉放在案板上，用刀切成大块，然后掀开锅盖，直接丢进蒸米饭的铁锅里。水之前添得很足，足够把这些肉煮熟。

郭校长擦了把额头上的汗，解释说：“这样可以多煮些肉汤，明天中午就可以给娃娃们煮面条了。”郭校长说话的时候，黑瘦的脸膛在灶火的映照下发出满足的光晕。似乎一锅带着肉香味的汤面，就是这世界上最美味的珍馐似的，让他充满了成就感。

明月搬了个凳子，坐在灶火前，看郭校长动作利落地切菜。小小的伙房里，静谧而又温暖……

菜是明月炒的。她不想坐享其成，而且，她比较信任自己的厨艺。三菜一汤：辣椒炒肉、宫保肉丁、青菜熘肉片，白菜汤。

郭校长从教室里搬了几个凳子围成一个方桌，才勉强放下这些菜。

明月盛了两碗米饭，却被郭校长阻止，“我不爱吃米饭，我吃馍就行。”他硬是把一半米饭又放回锅里，然后从屋子角落里摸索了一样东西，拿到桌上。明月凝神一看，竟是一瓶有些年头的烧刀子酒。

一灯如豆，炉火不温。家园热酒，冷月无垢。

“小明老师，你的手艺真好!”郭木鱼每样菜都尝了尝，到最后是赞不绝口。他来了兴致，拿起酒瓶，用力拧了一下瓶盖，顿时，一股呛鼻的酒味就在屋子里弥漫开来。

明月对这种劣质酒的味道并不陌生，小时候姥爷还在世的时候，他老人家每顿饭都要喝上两盅。一两的酒盅，一次二两，一直喝到去世。

郭校长盛酒的杯子比姥爷的大多了，足有三两的口杯，他咕咚咚倒了半杯。眼看着酒瓶就要落下，明月不知哪里来的勇气，竟一把抢到手里，朝空碗一股脑倒了进去。

郭校长愣了一下，连忙过来抢，“使不得，使不得。这酒你可不能喝!”

近60度的烧刀子，喝一口跟吞了一团火似的，从嘴唇一直烧到胃里，后劲猛烈。因为高冈冬季苦寒，他才备了几瓶烈酒御寒，偶尔赶上节庆，他在山上孤灯寡人，清冷寂寞之时，也会对月独酌，慨叹岁月的流逝。但那只限于他，一个男人，怎么喝都没关系，可明月却不行。别说她有没有这个酒量，就算是有，“烧刀子”的这团火她也受不了。

还是慢了，眼看一瓶酒空了一半，郭校长只能重复："这酒你真喝不了。"

明月搁下酒瓶，端起酒碗，摆出一副壮士断腕、视死如归的决绝架势，"那我偏要试一试——"仰脖就灌。

纵使郭校长眼疾手快，夺了酒碗，可她也一气儿灌了半碗酒下去。

明月就觉得一团火从嘴唇一路烧到胃里，烧得她耳根发懵，如坐针毡，呛得她抬不起头来，张嘴就像在喷火。

她捂着嘴猛咳，吓得郭校长倒水的时候差点摔了一跤。她捧着水碗咕咚咕咚喝了个底朝天，碗底落在桌上打了个旋，她的眼神已经迷离涣散，整个人软了下来。"郭……郭校长，你是个……是个好人！"明月朝郭校长竖起大拇指，傻笑。

郭校长叹了口气，"小明老师，你醉了。"

"nonono……我没……没醉。我今天……今天就是……想喝酒，喝酒！"明月把水碗朝前用力一推，瓷碗骨碌碌转了几圈，最后落在郭校长手里。

"咦？"醉后的明月像个孩子，指着郭校长夸张叫道，"好、好功夫！"

郭校长心里那个悔啊，他恨不能把酒瓶吞了，换回清醒的明月。

平生见过许许多多的醉汉，嗔痴怒骂，嬉笑痛哭，撒泼打滚甚至暴力相向，各种醉汉的表现他都见识过。可像明月这样安静痛哭的醉酒之人他还是第一次遇见。

安静，痛哭。是的，两个极端同时发生在她的身上。她笑着笑着突然就哭了，捂着脸，肩膀一耸一耸的，但却没有哭声。郭木鱼能够感觉到来自她内心刻骨的悲伤和绝望，这个在大山里待了一辈子的老人，只能用同情的目光看着在痛苦中挣扎的明月。

"我是我们学院最好的学生。我讲的课……英语课，获过全国、全国大奖，重点小学……点名要我…你知道、知道这是……多么大的荣耀吗……我是学院唯一一个还没毕业就、就找到工作的人。可、可我是免费师范生……哈哈免费生……你懂的……对不对……人家就、就因为我是免费生……不要我了……他们说……几年后的事谁也说不准……”

明月哭得很伤心，“我没……没办法……留在同州……毕业了……我只能离开柏舟……离开他……川木县支教……我以为是一所……乡镇学校……我不会阿谀奉承……分到高、高冈……我努力……适应……但是不行……不行……我做不到……他们不尊重我……上课睡觉……还、还弄脏了我的裙子……我不是……不是一个小气的人……只是因为是……柏舟送的……所以不可以弄脏……不可以……”

明月根本不知道自己在说些什么，她下意识地想要倾诉，不管有没有人听，听不听得懂，她也要说。

郭校长听懂了。从她什么都没说就开始无声地哭泣，他就什么都懂了。他能理解明月，尤其当得知明月是师范学院的尖子生，因为履行免费生的合约丢掉了宝贵的工作机会，并且因此和相恋多年的男友分开时，他除了理解，更多了一份同情。明月应该到更广阔的天地去施展才华，而不该被困守在高冈这个封闭狭隘的山村小学做一位碌碌无名的支教老师。

所以，郭校长一边抽烟，一边等着明月哭够了、闹够了之后，才掐了烟头，语气郑重地对她说：“就两年，两年后，我保证送你下山！”

那一晚明月醉酒失态，难受了两天才渐渐缓过劲来。她发誓不再碰酒，就算是不能忍受，她也发誓不再碰那劳什子“烧刀子”。

说来也怪，自打那一晚酣畅淋漓地醉过一次后，她的心境竟没之前那么阴暗和沉闷了。或许是大彻大悟后的平静，抑或是认命后的无可奈何，她渐渐接受了自己将在高冈村支教两年的现实。

很快，她就发现了一件事。她被学生孤立了。没错，高冈小学 18 个学生，全都不理她。除了上课回答问题以外，他们基本上不和明月有任何言语上的交流。尤其是那个叫花妞儿的女孩，课下一见到她就跑，仿佛她是毒蛇猛兽一样。这让明月感到很是失望，还有种莫名的委屈。

这天，下课时郭校长叫住她。“小明老师，你想打电话就去部队的转信台，我和关山打过招呼，他同意了。”

晚饭的时候，沈柏舟和爸妈大吵一架。后来，他摔门而出，在小区附近的商场转悠了一会儿，最后，在星巴克随便找了个位置坐下来。

他掏出手机，打开微信和 QQ，甚至点开微博的私信记录，细细看了一遍，结果还是同前几天一样，失望。

他最近心情烦躁，常常为一点小事就发脾气。刚才也是，爸妈因为公务员考试多说了他两句，他就跟爹了毛的猫似的，乱发一通脾气，嫌他们管东管西。原本几句话就能沟通的小事最后却演变成一场争吵。

冷静下来，他觉得愧疚不已，爸妈虽说唠叨了些，可也是为了他好。他不该对他们发脾气，因为参加国考是他自己选择的道路。

他比谁都清楚自己的问题出在哪里。从送走明月的那一刻起，他就知道，他沈柏舟的心也跟着她一起走了。说好了安顿下来就给他电话，可是从他主动打去那次之后，明月就像是人间蒸发了一样，再也没了音信。她过得不好吗？还是……他没去过川木县，但是从网上查到的资料都显示那是个穷山恶水的地方。

他怀疑明月被分到了深山沟里的学校，那里没有电，没有网络，就连手机也用不成。一想到被他宠了三年的女友，哦不，现在已经是未婚妻，独自一人在寒冷寂寞的大山里遭受煎熬，他的心就疼得抽搐起来。

高冈村，傍晚，明月拿着一袋子零食去学校附近的部队转信台。

郭校长原本要送她过去，可村里有人喊他去写诉状，所以，明月问清转信台的方位之后，就收拾了一些零食独自去了。

出发前，郭校长从门后拿了根长木棍递给她，“山里有蛇，你走路的时候在两边草丛打打。”他又回屋取了手电，“用这个，我刚换了电池。”

转信台也在山上，距离学校大约两公里的路程。

抛开一切情绪不说，山里的景色真是美得令人心跳。天边的火烧云如同少女绯红的脸颊，不时变幻着深浅不一的颜色，黛青色的山峦，起伏绵延，无边无际。山路两旁野花盛开，向上就是一大片红色的黄栌树林，漫山遍野，色彩绚丽，令人忍不住屏息惊叹。再远一些，是一条玉带样的河水，绕着美丽的高冈拐了一个S形的弯，之后一路流淌远去……空气里透着青草和野花的清香，明月甚至嗅到了丝丝的甜味。

穿过一片如火的树林，一个足足有二十多米高的通信塔矗立在她的眼前。明月曾在学校望见过它，当时，她以为是电视转播塔，后来，郭校长告诉她，那塔的下面，就是部队的转信台。

通信塔建在山巅之上，转信台的平房就掩映在青山绿水之间。

明月气喘吁吁地走上台阶，望了望空无一人的院子，用手压住胸口稳了稳心跳，抬高音调，叫："关山——"

董晓东正在厨房炒菜，关山去拎水了，还没回来。

听到有人喊关山的时候，董晓东以为自己出现幻觉了，他朝黑乎乎的院子瞅了瞅，什么也没瞅见，不由得摇摇头，"不可能……怎么会有女的找关山！绝对不可能！"联想到恐怖片的画面，他更是四下里看了看，用力搓了一下手臂，"莫非是……女鬼！"

明月看到亮灯的房间里人影一闪，紧接着，一个肉乎乎的脑袋从门口探了出来，一脸惊悚地朝院子里瞅。

明月被人当成鬼还是有生之年头一遭。她无奈地笑了笑，迈步向前，从院门口走到院子中央。"你别怕，我不是鬼。我是来找关山的，他在吗?"明月落落大方地说明来意。

就见门里那人死死地盯着她，嘴巴张得极大，过了足足有五秒，那个年轻人忽然指着她，结结巴巴地叫道："仙……仙女……你是仙女!"

仙女？明月一脸迷茫地转头看了看四周，伸出食指对准自己的脸，

“你……你在说我吗?”从女鬼到仙女，这变化也忒快了。

那年轻人顿时点头如捣蒜，他一把拉开门，从里面冲了出来。“我前几天巡线的时候见过你，大清早的你坐在那边的山上，云从你身边飘过去，和仙女一样。”他上下打量着她，再次肯定地说：“绝对是你，错不了!”

明月努力回想了半天，猛地眼前一亮，她扶着额头，扑哧笑了。“可能就是我。我那天起早爬山，累了就坐下休息，你没见过我，可能误会了。我解释一下，我可不是什么仙女，也不是什么女鬼，我是高冈小学的支教老师，我姓明，叫明月。”

那个年轻士兵眨着眼看了她半天，才挠着后脑勺，不好意思地说：“哦，我叫董晓东。董永的董，破晓的晓，东方的东，我是这里的通讯兵。”

明月伸手，“你好，董晓东。”

董晓东愣了愣，赶紧在裤子上蹭了蹭油乎乎的手，握住明月，“你好，明……明……”

“明月。”明月眸光闪闪地接道，“你也可以叫我明老师。”

“明老师好!”董晓东憨憨地笑了。

明月松手，却紧接着蹙起眉头，“我怎么闻到一股煳味。”

董晓东呀的惊叫，扭身就往厨房里跑。他的菜……

关山拎着两桶水回来，刚进院子，就听到厨房里传出阵阵欢声笑语。

当然，主要是董晓东标志性的傻笑，其间还夹杂着几下与这绿色军营极不搭调的女声。

关山还没来得及消化一下这声音带给他的莫名的熟悉感，就听到董晓东咳嗽两声，又吹起牛，“我们关站长啊，你别看他不爱说话，其实，他骨子里可闷骚了……他……”

关山专挑董晓东讲得起劲儿的时候，冷不防从外面踢门进去，吓了里面的人一大跳。

董晓东捂着胸口，做出备受摧残状退后几步，“你……你……谋杀!”

关山拎着水桶径直走到水缸前面，两下倒完水，回头冲着被吓到的明月点点头，又瞥了一眼董晓东，“你，活该！”

董晓东理亏在先，只能忍气吞声地啃着馒头就煳掉的炒芹菜，时不时地朝对面的关山投去怨懑的眼神。

关山和董晓东吃饭的时候，明月就在院子里散步。

她吃过饭来的，又和他们不熟，所以，她借口气闷出来走走。

转信台是军营的分支，比高冈小学的条件要好得多。虽然是平房，可都是水泥的，院子里铺着青砖，垒有围墙，还有四圈已经成材的大树。

转信台是这高冈上唯一有电的地方。虽然是发电机的电，可明亮的灯管与她宿舍里的油灯还是形成了巨大的反差。最重要的，是这里有电话，有同外界联络的最宝贵的纽带。明月曾想，如果高冈小学也能有这样一部电话，那么未来的日子，也许会变得不那么难熬。

关山吃完饭出来，看到明月站在院子里发呆，他的脚步不由得放轻了些，走到距离她五步远的地方，停下，低声叫她，“明老师，你跟我来。”

明月抬眸看他，漆黑的眼睛里仿佛一下子充满光，整个人都变得神采奕奕的。她有些激动，走路的时候，步速明显加快。

关山领着她走到一间黑着灯的屋子，他推开军绿色的房门，然后拉灯，指着挂在墙上的一个黑色电话机说：“你用吧。”

明月抿着嘴用鼻子快速吸了口气，她几步走过去，拿起话筒，就去按数字键。忽然，她停下来，回头看着倚在门口不动的关山。

关山也在看着她。之后，他解释说：“我必须在场，这是规定。”

她愣了愣，浓密的眉毛向上挑起一点点，又降下来，她垂下眼睫，又迅速抬起，笑了笑，说：“好。”

明月拨通沈柏舟的电话。听到那熟悉的彩铃音乐在耳边响起，压抑许久的情绪如同被风漫卷的海水在心里翻起一层层的浪涛。彩铃大约持续了八九秒钟的时间，明月听到电话接通的声音。

明月捂着嘴，嗓子哽了哽，低声叫他："柏舟，是我，明月。"

沈柏舟打了个激灵，瞬间竖起上身，将随意放在左耳边的手机换到右手，压紧，问："是你吗？明月，我是柏舟啊。"

"是你的柏舟。"他说。

明月的眼泪刷一下就涌出眼眶。

她的鼻子酸得厉害，只能按着鼻梁，强忍着委屈，哽咽说："我……我被分到红山镇高冈村小学了。这里是山区，学校在山上，没有电，没有网络，手机也用不成，所以，我才拖了这么久给你打电话。"

相恋多年，沈柏舟怎能听不出明月的声音里压抑的委屈和煎熬，他亦是心痛如绞，可该问的还得问："你怎么分到山区了？你的同学呢，叫宋瑾瑜的，她也分去了吗？"

明月的心一痛，"她……留在县中学。"

"为什么？她哪里有你优秀？你可是获过奖，年年拿奖学金的绩优生！不行，我明天就去川木县教育局问问清楚！"沈柏舟气愤不平地说。

"别……别去，柏舟，没有用的。我这个人，你知道的。不会说好话……也不会撒谎……我……"明月说不下去。

沈柏舟沉默。他喜欢的姑娘，自然只有他最懂。

沈柏舟长叹口气，对她说："原本我还犹豫着要不要参加公务员考试，看来，这次是非考不可了。"

"嗯？"明月不明白。

"你这个小笨蛋哦。我若是不考上公务员，就进不了省教育厅，进不了教育厅，那还怎么把你从深山沟里捞出来！"沈柏舟说。

明月听了心中暖暖的，还是沈柏舟好，无论什么时候，他都会先为她考虑。"那你加油！我等着你将来把我从这里接出去。"明月语气温柔地说。

沈柏舟就喜欢明月依赖他信任他的感觉，这让他很有成就感。

他问起明月高冈村的状况，不免又唏嘘感叹一番，为明月的遭遇鸣不平。明月倒反过头来安慰他，说她现在很好，校长人也很好，让他不用担心。

沈柏舟想起重要的，问她："那你怎么给我打的电话？还有，这电话很奇怪，不显示号码！"

明月回头瞥了一眼正在擦拭仪器的关山，低声解释说："我借用部队的电话。"

"你们那里还有部队啊，那倒是不错，很安全！"沈柏舟说。

明月又回头看了看关山，"柏舟，那我挂电话了，以后，我还用这个电话和你联系。"

"明月——"沈柏舟不舍地叫她，"我好想你。"

明月抿了抿嘴唇，用最小的声音对他说："我也想你。"

沈柏舟满意地咂了下嘴，"你需要什么？我给你寄过去！"

"什么都不要，快递根本到不了这里，你别瞎费劲。哦对了，你抽空去我家帮我浇浇花通通风，我怕那些花会死掉。"

明月在同州租了一间老旧的平房，仅能容身而已。到山区支教前，她曾想着退掉，可后来想到山区学校也有寒暑假，到时她回同州，住哪里？于是就把房子留了下来。想到每月四百块的租金，她就肉疼。那可是她省吃俭用攒下来的血汗钱，统统都交给了房东。

沈柏舟答应下来。明月和他又说了两句，才依依不舍地挂断电话。

她转过身，不好意思地捋了一下鬓边的长发，对关山说："我好了。"

关山做完清洁，正双手插兜靠在门上，见她转身，就直起身子，看了看她，低声说："是你男朋友吧？"

明月脸一红，头低下去，嗯了一声。

关山等她出去，才关灯关门。看着明月隐在黑暗中的影子，他不禁感到奇怪，她只给男朋友电话，却不给父母打电话报平安吗？

明月没想到关山会送她。她已经做好了独自回校的准备，棍子紧紧握在手里，就连回程路上准备唱的歌她都想好了。

这下大刀不用向鬼子们的头上砍去了。

山路狭窄，关山走在前头开道，明月紧随其后。月朗星稀，虫鸣草动。莫名的熟悉感让明月又想起那凄风苦雨的一夜，仿佛就发生在昨天，她那时陷入绝望的深渊，几近崩溃，唯有前方遮风挡雨的宽阔脊梁带给她一丝安慰，支撑着她走下去。

“小心——”山路崎岖，一不留神就会发生危险。明月的身子呈 45 度角向山谷外倾斜，她的腰际卡着一条健壮的手臂，把她牢牢地固定在这一角度，再没扩大。

手电筒掉了下去，没过一会儿，从深不可测的谷底传来阵阵可怕的回声，呜呜山风从耳边掠过，吹乱长发，夜色中，犹如魔鬼的舞蹈。

明月先是感到冷，而后，脊背开始出汗，呼吸也变得急促。出于本能，她紧紧抓住眼前的手臂，并顺着他的力量回到安全地带。

关山几乎同时松手。他后退一步，看着夜色中惊魂未定的明月，提醒说：“跟紧我。”

他转身朝前走，明月再不敢怠慢，紧紧跟着他，生怕再出现刚才的一幕。可夜晚不比白天，手电没了，她的视线受阻，每走一步，都觉得胆战心惊。这样走了一阵子，她的速度明显降了下来。

关山察觉到异样，回头看了看明月，将步子缓了缓，“你可以抓住我的衣服。”

明月愣了愣，才明白他的意思。她犹豫了一下，还是伸手攥住了他的衣摆。坚硬厚重的迷彩服，像他的背影一样带给她实实在在的安全感。明月放心地把自己交给他，渐渐地，紧绷的神经也舒缓下来，她主动开口问：“你不用手电筒也能看见路吗？”

关山嗯了一声，“这条路我闭着眼睛也能走下来。”

明月诧异：“那你岂不是超人？你有特异功能？”

关山笑了，“这条路我每天都要走八个来回，六年，你说是不是已经熟悉到不用眼睛看了。”

明月的手猛地一紧。他察觉到，脚步一缓，回头看她。明月就觉得自己看到了一双会说话的眼睛，黑暗中，透着光，带着一丝疑惑还有关切。

她冲他笑了笑，“我没事。就是听到你说你在这儿待了六年，觉得有些不可思议。”

是真的不可思议。六年。一年365天，那就是2190天。

他像是猜到她在想什么，解释说：“我习惯了。军人就得耐得住寂寞，吃得了苦。”

“那你们部队也太没人性了，人生又有几个六年。”

关山沉默，没有接话。

明月为他鸣不平，“我听说边远哨所都有岗位轮换制度，譬如说待两年就会调回去升官授奖什么的，你们部队没有吗?”

关山摇头，“我不需要。”

明月还想说什么，却被他打断，“不说我了。说说你吧，你是不是不想待在高冈?”

明月揪下路旁一朵野花，苦笑说：“我不想就能回去吗？不可能啊，我已经认命了，要在这穷山恶水的地方待上两年……”

“高冈不是穷山恶水。”关山蹙着眉头纠正她。

明月看到月光下他那抹高挺的鼻梁和方正的下颌，一闪而逝。

她抬起头，看着他的背影，问：“你指什么?”

“其实高冈漫山遍野都是宝。这里森林覆盖率达到83%，全省最高。这里是天然氧吧，呼吸的都是最纯净的空气。山里有野生菇，野生木耳，一斤就能卖到几百元。而中药材更是遍布高冈周边，有些药材已濒临绝种，却在高冈被发现。最值得一提的，还是高冈的景色。你应该看到了，这里的秋天是多么的美。”关山的声音带有一种很强的穿透力，如同他的人一样沉稳踏实，让人听了就会不由得深陷其中。

只是明月并不认同，因为她最先接触到的，却是高冈原始贫穷的一面。“这里没有电，没有水，甚至连手机也用不成。你说，连驴友都不来的地方，景色再漂亮有什么用?”

关山张了张嘴，想说什么又自动打住。他的确没法反驳明月，因为现实就是这样，贫困是印在高冈村的标签，谁也没有能力把它撕掉。

谈起高冈，明月不免想起那群山里娃。“学生们也不喜欢我，他们不跟我说话。”可能和关山熟了，明月说话时不自觉地就带上了点自己习惯的调调，譬如现在，尽管在陈述事实，却多多少少带了些委屈的口吻。

关山默了默，问她：“你一定惹着他们了。”

明月叹了口气，解释说：“我又不是故意的。沈柏舟……哦，我男朋友送我的裙子，我多爱惜啊，平常都舍不得穿，第一次给高冈小学的学生上课，我穿着它，就想给他们留下一个好印象，可是……可是被一个叫花妞儿的女孩弄脏了，我当时发了一通脾气，从那以后，他们就不理我了。”

“你怎么发的脾气?”关山问。

“我只是让他们离我远点，不要用脏手碰我。我……我承认我当时气急了讲话不经大脑，可能那么说会伤害到他们，可我……不是故意的，我只是很生气，你知道的，我是抱着怎样一种心情上的高冈!”明月说。

关山没有立刻说话。不知为什么，就在关山沉寂的这几秒时间里，明月却感到一股前所未有的压力从他沉稳坚定的脚步里传了过来。因为忐忑，又生出一丝委屈，不由得抬高了声调，冲着他的背影质问说：“连你也觉得我错了吗?”

“你错了。”关山这次没有犹豫，直接接口说道。明月愣住，脚步跟着一顿。她的手从他的衣摆处滑落，砰的一下砸在腿上。关山也停下来。

他转过身，看着月光下脸色阴晴不定的明月，说：“明老师，你了解过那些孩子的情况吗?”

明月愕然，看着他，“不都是高冈村的……”

“他们的确是高冈村的孩子，但是，他们的父母都不在身边，他们是一群留守儿童。”关山看着明月。

# 04 下山

接下来的山路，明月基本上没怎么说话。到了学校门口，关山没有进去的意思，他摆摆手，连再见也没说就要离开。

“关山——”明月主动开口叫他。

关山转过身诧异地望着她。

明月咬了一下嘴唇，鼓起勇气，问他：“你是不是生我气了？”

关山没说话。

她偏过头去，看着漆黑的大山，闷了一会儿，才说：“算了，你早点回去吧。”不等关山说什么，她转身进了院子。

关山没有立刻就走，他立在门外面，听到里面传出郭校长和明月谈话的声音，郭校长似是在问她路上的事，关山听了几句，转身离开。

院子里，郭校长也准备回屋。

“郭校长——”明月站在宿舍门口，回头叫住郭校长。接收到郭校长审视的目光，她习惯性咬了咬嘴唇，说：“明天能不能加一节英语课？”

郭木鱼一愣，随即兴奋地点头，“好，好啊，小明老师你不累的话，我来安排。”一周三节英语课，实在是太少了，对于这些连 26 个英文字母都不会写的山里娃娃们，一天安排两节课都不过分。因为顾虑明月的情绪，郭木鱼没敢去麻烦明月，这下她主动提出要加课，让他感到既惊讶又高兴。

明月点点头就进屋去了。不一会儿，宿舍里就亮了灯，那一夜，这灯光一直亮到很晚才熄灭。

第二天，得知英语要上两节课，孩子们反应不一。爱学习的宋伟伟等人表示赞同，可宋铁刚却聚集了几个调皮捣蛋的孩子故意在明月上课的时候捣乱。明月难得没有生气，她耐着性子讲完课，布置了作业，然后下课回了宿舍。

到了午饭时间，孩子们拿出从家里带来的干粮，就着郭校长煮的清水挂面，一人一碗，坐在门槛或是院子里的砖垛上吃得喷香。明月自打到高冈小学之后，从未主动和孩子们一起吃过饭，郭校长一般是在锅里留着一大碗，等她自己过来吃。所以，当明月按时出现在厨房，并且帮着郭校长给娃娃们盛饭的时候，郭校长不禁惊讶地问她："小明老师，你怎么出来了？"说完觉得这句话有语病，又赶紧改口，"哦，我不是那个意思，我是说，他们还没吃完，地方还没腾开。"

明月利索地盛了一碗面条，递给宋伟伟，"我以后就和你们一起吃饭。"

郭校长和宋伟伟对视一眼，宋伟伟接过面条鞠了个躬就去了院子。

明月低头盛饭，盛满了递出去，却发现刚才排在宋伟伟身后的花妞儿不见了。她探头望了望，发现花妞儿正缩在门缝外面偷偷看她。

她摇摇头，把碗递给郭校长，"您给花妞儿吧，她可能不想见我。"

郭校长张嘴就要叫花妞儿进来，却被明月用眼神制止，"您去吧，不然她更恨我了。"

郭校长无奈，只好亲自把面碗送出去。明月看到花妞儿别别扭扭地捧起碗，缩在老榆树下面狼吞虎咽地吃起来。明月最后一个盛饭，其实锅里已经没什么面条了，稀稀的几根，一筷子就全都捞起来。

郭校长蹲在院子里和孩子们边说边吃，他们不知在聊些什么，一个个笑得前仰后合，花妞儿朝他们的圈子凑了凑，却遭到宋铁刚的白眼，她只好又缩着脖子回到树下。

灶台上放着不知哪位学生带来的干粮。黑乎乎的馒头，不像是全麦粉，更像是掺了黑豆面蒸的馒头。她发现这里的孩子大多吃这种主食，家境好一些的，会吃那种黄面和白面两掺的黄馍。

明月拿起一块，掰开，咬了一口。馒头很硬，嚼起来特别费劲，入口发酸，一吃便知是用当地特有的酵子发的面。她一口馍一口面汤，吃了大半碗，味道暂且不说，胃暖了心情也变得舒畅。

吃完饭后，明月倚在灶台边等着孩子们进来送碗，她来高冈后从未刷过碗，不知道一下子清洗 18 个孩子的饭碗是怎样一种感受。她以前在姥姥家住的时候每天都要刷碗，全家人的碗筷，加起来也不过五六套。她干活仔细，费水，所以常常被舅妈骂败家子。

明月没想到自己再不用做败家子。因为没人给她机会。她惊讶地看到这些山里的娃娃们一个个排着队走到院子盛水的木桶处，用葫芦舀水自己刷洗碗筷，然后再排着队送进厨房里的碗柜。

就连郭校长，也用同样的方式把碗筷刷洗干净后，送进厨房。看到明月，他一边甩着碗里的水，一边关心地问她："小明老师，吃饱了吗?"

明月神情复杂地看着郭校长，半晌，点点头，"吃饱了。"早就吃饱了，她甚至还想做一回活雷锋，可人家愣没给她这个机会。

孩子们似乎早就习惯了这样的生活方式，他们认为这是再正常不过的事。就连敢在她课上调皮捣蛋的宋铁刚也老老实实地遵守学校的规矩，一板一眼地刷碗，然后再把碗摞进碗柜。

可像他们这般大的城里的孩子们呢，几乎没有主动帮家长做家务的吧。至少，在她带过的班里，她调查过的资料显示，五十五个孩子，只有一个孩子帮着家长做过家务，还是为了得到玩具，才故意讨好家长。

一样的年纪，一样的天真，却又如此的不同。

下午的英语课上发生了一件事。宋铁刚故技重施，带着几个孩子继续在明月课上捣乱。明月这次没有容忍，而是用细竹子做的教鞭，在三个孩子手上，各打了五下。细竹鞭打人有多疼，看他们三个的表情就知道了。

明月没有手软，因为郭校长课前说了，她有惩罚学生的权力。

“宋铁刚，你知道错了吗?”明月问。

宋铁刚的脑袋扬得跟英勇就义的烈士一样，他哼了一声，就是不服软。

明月眸光轻闪，把教鞭在左手磕了两下，对另外两个破坏课堂秩序的学生说：“谁先认错，就免了他抄写一百遍英文字母表的惩罚。”

“老师，我错了!”“老师，我也错了!”宋铁刚身边的两个小男生几乎是立刻就认错。

宋铁刚的表情扭曲了一下，朝左右各吐了一口口水，“胆小鬼!”

明月不理宋铁刚，而是继续追问另外两个男生，“你们错在哪儿了？说清楚就下去坐着。”

“我不该听宋铁刚的话，和你对着干!”一个男生惭愧地低下头。

“我不想在课堂上捣乱，可宋铁刚说，我不听话就打我。”另外一个男生指着宋铁刚说。

宋铁刚一听火大，他直接抡起拳头就朝那个告状的男生打过去。

“宋铁刚——”明月大声怒叫。

谁知拳头还没落下，宋铁刚就被一只有力的大手拎起脖颈，原地打起旋来。明月看向来人，不由得惊喜叫道：“关山——”

他穿着昨晚的迷彩服，袖子挽到手肘，提溜着个头不小的宋铁刚却像是老鹰叼着小鸡，不费吹灰之力。

孩子们愣了愣，忽然大叫着关叔叔冲了上来。所有的孩子，包括宋铁刚在内，都露出惊喜雀跃的表情，一个个小炮弹似的冲上来，猴儿一样挂在关山的身体各个部位。得亏他体型魁梧，不然的话，这群孩子还不把他给吞了。明月看得是瞠目结舌。

关山原本还绷着脸，可看到明月的表情，他不禁嘴角上扬，露出了一圈洁白的牙齿。

“放了我，放了我——”宋铁刚还被提溜在半空，挣扎中鞋掉了一只，露出没穿袜子的脚丫，在空中摆荡。

“向明老师道歉。”关山说完，单手抱起一个总也够不到他的小个子男孩。

宋铁刚不像刚才那么嚣张了，明月以为他怕关山，可仔细看来，却又不是怕，是一种从骨子里透出来的服气和尊重。果然，宋铁刚扭捏了两下，冲着明月咕哝说：“对不起。”

关山晃了晃手臂，“大声点。”宋铁刚顿时哀叫起来。

宋铁刚的脸涨得通红，大声喊道：“明老师，我错了，请你原谅我！”

明月赶紧替宋铁刚求情，“老师原谅你了。关山，你快放他下来。”

关山这才把宋铁刚放到地上，宋铁刚一恢复自由立马就去找鞋。可一群孩子围着关山，早不知道把他的鞋踢哪儿去了。他就光脚蹦着到处找，最后是明月拎着一只大脚趾破洞的球鞋递过去，“宋铁刚，你的鞋。”

别看明月此刻表情自然，其实刚才她从地上捡起鞋子的时候，差点没被那味道熏晕过去。可她知道自己不能表露出任何嫌弃厌恶的表情，因为一旦她露馅，那她和孩子们的关系只怕会更加糟糕。

宋铁刚几乎是一把将鞋夺过去，脸比刚才更红，背着身穿上后，他看也不看明月，就大吼一嗓儿，扑向身上挂满小猴子的关山。

教室里顿时乱作一团。郭校长不知何时走了进来。他站在明月身旁，神情愉快地笑了几声，说：“娃娃们都很喜欢关山。”

明月看得出来，关山和这些山里的孩子关系十分亲密。孩子们肆无忌惮地在他身上撒欢，他用宠溺包容的态度去回应他们。他们之间的交流大多是野蛮直接的，可就是这样毫不做作的沟通方式，却是那么的真，那么的暖……

明月甚至觉得嫉妒，她比不上关山吗？为什么这些孩子宁可缠着关山，也不肯和她多说一句话。明月默默转身，收拾讲桌上的教案，准备离开。

“对不住啊，小明老师，这节课……”郭校长追过来道歉。

明月摇摇头，“没关系，他们难得这么开心。”她回头又望了一眼教室中央，然后快步走出教室。

关山看到明月走了，就一个一个把黏在身上的娃娃们剥离下来。“都去做作业，关叔叔一会儿要检查。”他故意板起脸。

孩子们虽然还想和他玩闹，可也知道轻重，他们冲着关山做鬼脸，然后回到自己的座位上，开始自习。

关山陪着郭校长走出教室。没想到明月也在院子里。她的手里夹着一摞教案，半弯着腰，好奇地抚摸着地上被砂纸打磨得光滑的长竹竿。结实的竹竿，足有她小腿粗细，看长度，竟有十米之多。

听到声音，她回过头，但没起身，下午的阳光从树叶的缝隙穿透下来，细碎的金子似的，照在她的脸上。“这什么呀？”明月微笑着问。

关山有一瞬间的失神。心脏像是被什么东西撞了一下，霎时泛起酸麻的滋味。心跳也跟着一下下剧烈起来，耳膜处传来嗡嗡声，视线模糊起来。

就听到郭校长笑着解释：“哦，你说这根竹竿啊。它是关山帮咱们学校做的国旗杆。”

“国旗杆？我们也要升旗吗？”明月惊讶地问。

“是啊，我很早就有这个愿望，想带着孩子们在高冈升国旗，可惜的是，我做不了这东西。多亏了关山啊，他为了弄这根竹竿，可费了不少劲儿。”郭校长扶着关山的肩膀，用力按了按。

明月起身，“谢谢你，关山。”

关山摇摇头，“没什么。”

郭校长看看表，“该下课了。这样吧，小明老师，你帮着关山立旗杆，我送孩子们回家。”

明月点点头，想起什么，她左右望了望，问郭校长："旗杆竖在院子里吗？这里好像没地方了。"

郭校长指指围墙外的空地，"竖在外面。"

学校外是一片空地，郭校长说以前那里是村民的田地，可后来那户村民搬去了别的乡镇，这块地村里就收回去了，现在无人耕种，倒是可以利用一下。

关山去收拾工具，明月回宿舍放教案。郭校长把孩子们带出来站队，孩子们显然不想走，他们对那根长竹竿好奇不已，磨磨蹭蹭地想和关山说话。

关山单膝跪地，动作麻利地挑拣着工具包里能用得上的工具，他时不时地朝站好队的孩子投去微笑，孩子们也纷纷回应他，不是冲他做鬼脸，就是像花妞儿一样，一脸不舍地朝他挥舞着小手，低声说再见。

因为要涉水过河，所以郭校长不再耽搁，领着孩子们走了。院子里只剩下关山和明月。

明月从院子的晾晒绳上取下她的被子，经过关山身边，却被他叫住。

明月诧异地看着他。

"这是你的被子？"

明月点点头。

关山笑了笑，解释说："我以为是郭校长的。"

明月低头看了看被子上的俗艳花朵，心想，他一定被她的审美给吓到了吧，所以才问。"本来是郭校长的，我来了，他就把被子让给我盖了。"

关山双手拿满工具站起身，"你去送被子吧，我先去干活了。"

明月就往屋里走，"你等等我，我帮你——"

"不用！"他说着就没了影。

没想到插个旗杆也这么费功夫。先是用洛阳铲一样的工具在地上凿出一个深深的孔洞，而后，一点一点扩大到竹竿直径大小，把竹竿一端深埋进去，然后再填土，用工具一层一层压实。

绑红旗的绳索是市面上常见的尼龙绳，利用顶部的滑轮，就可以把国旗升起来。

许是插旗杆的时候费了些力气，关山把迷彩服脱了下来。他里面穿着一件深绿色的军用 T 恤，露出的手臂黑亮结实。

明月什么忙也帮不上，就去一旁的菜地拔草。菜地里新长出的韭菜，碧绿水嫩，生机勃勃。明月掐了一根直接放进嘴里嚼了嚼，顿时，一股辛辣蹿鼻的气味就弥漫至整个口腔。她呸呸吐了残渣出来，然后用手扇了扇吐出的舌头，忽然，她的动作顿在半空，扭头望向关山。

关山侧立在旗杆旁，正反复试验绳索的拉力，夕阳西下，映红了天，也映红了那抹军绿色的身影。

她轻轻蹙眉，眨眨眼，心想，是她敏感了吗？怎么会生出他在偷看她的错觉。应该没有吧，不然的话，他还会如此从容镇定？

明月拍拍身上的草屑，起身，慢悠悠地走过去。“关山，我想拜托你一件事。”她眨着眼睛看他。

他头也没回地说：“说吧。”

明月犹豫一下，说：“你……你能不能送我去红山镇？”

他的手一顿，头向上仰，盯着绳索从滑轮间穿过的角度，过了一会儿，他才问她，“去镇上买东西？”

“哦，不……我……我想去洗澡。”明月终于把憋了几天的愿望讲出来。

绳索刷一下降到底。关山默了默，转头，看着她，眼睛很黑。“好，我送你，什么时候？”

明月一下子跳起来，欢喜和雀跃都挂在脸上，“太好了，你真的肯送我去！”

关山笑了笑，“我们也得下山洗澡，顺路。”

明月颊边的酒窝一闪一闪，看得出来，她是真的高兴。“那我们一会儿就去好不好，你还有工作吗?”

关山摇头，“晓东在，我随时可以走。不过，我要回去和他打声招呼。”

明月说好。

关山检查了一下旗杆，收好工具和明月走进院子。“你去整东西吧，我现在回转信台。”

“大概要多久?”明月问。

关山算了算时间，“半小时吧，可以吗?”

明月说好。等关山走了，明月没急着收拾东西，而是去厨房把火生着，然后找出干粮馏上，她想起菜地里的新茬韭菜，就出去割了一小把，择净洗净切段，葱花切碎，又打上一个鸡蛋撒了点粗盐搁在灶台上。

她回宿舍整理东西。她把洗漱包、换洗衣服统统装进一个双肩包，想了想，她从行李箱的夹层拿出钱包，塞进书包里。

之后，她又回到伙房。柴火烧得很旺，铁锅很快冒大气，她等了一会，掀开锅盖，用手拈起上面的黑面馍馍扔进瓷碗，然后用洗干净的笼布盖严实。她把铁锅里的滚水舀到一个瓷盆里，用抹布擦干锅底，倒上一点颜色发黑的菜籽油。等油锅热了，她把腌制入味的韭菜鸡蛋液倒入锅内。

“滋啦——”铁锅里的鸡蛋一下子膨胀起来，她迅速用筷子将鸡蛋划散，一会儿，看鸡蛋一面颜色变深，她挑起一点尝了尝味儿。鸡蛋刚一入口，她的眼睛就瞪大变成滚圆，频频点头，然后将韭菜鸡蛋迅速盛入一个小瓷碗里。来不及洗锅，她就把之前馏馒头的滚水又倒回铁锅内，放上篦子，把黑面馍馍和韭菜鸡蛋放进去，扣上锅盖。她将炉灶里的柴火挑到一边，不至于让水熬干。

做完这一切，她长长地出了口气。郭校长回来，应该能吃上热饭了。不过，郭校长一定会说她浪费，因为鸡蛋是学校的奢侈品。偶尔下面条，才会放上一个，增加点色彩。

明月拎着书包走出伙房，却被斜靠在门口的关山吓了一跳。他竟回来了？“你怎么不进去？”明月一边背书包，一边问他。

关山直起身子，“看你一直在忙，我就没打扰。”关山还穿着下午干活时的军装迷彩，不过，头上多了一顶军帽。

明月第一次见他戴帽子，不由得多看了两眼。

他似是察觉到明月的视线，扶了下军帽，问她：“我戴帽子很奇怪吗？”

明月笑着摇头，“不，挺帅的。”

是真的很帅。他的身上天生带着一股子军人的气质，磊落分明，英气勃勃。只是有点黑。啊，不，不是有点，是太黑了。

关山笑得有些腼腆，他指着门口说：“快走吧，不然回来太晚，郭校长会担心。”

“好。”明月跟着关山刚走了几步，忽然拍着脑袋叫道，“我忘了给郭校长留条了！”不等关山说话，她就火烧眉毛似的冲回伙房，借了郭校长的笔和纸写了一张字条，压在灶台上，这才着急慌忙地跑出来，一口一个 sorry 地追上关山。

下山路很陡，有些坡度接近九十度。要是换另一个人陪着明月，她说什么也会矫情两下，可是关山陪着她，她却不会。前方宽阔结实的背影就像是最安全的港湾，就算她整个人失足砸下去，也不会出现任何的危险。

“你刚才为郭校长做饭？”他忽然开口说话。

明月拉着台阶旁边的草维持平衡，“嗯，你看到了。”

“没想到你做饭还挺好，前阵子郭校长跟我说的时候，我还不相信。”

明月笑了两声，“那什么时候我给你露一手！”

关山也笑了。他的笑声很好听，浑厚悦耳。“董晓东一定会感谢我的。”

“我也感谢你，关山，要是没有你，我在高冈村一天也待不下去！”明月说完，觉得不大合适，又笑着解释说，“我没别的意思，你别误会。你知道的，我有男朋友，我想说的是，能在这里遇到你这个朋友，是我最大的幸运！”

关山听了她的话，眼神微微一晃。

步行大约半个多钟头，就到了山下。“都搬下来多好！这样，学校也能挪下来了！”明月擦了一把脸上的汗，指着大片空旷荒芜的土地说。

关山笑笑没说话。

明月瞅瞅他，“你笑什么？我说错了？”

“你以为盖房子就那么容易？有些人家攒一辈子钱，也不够在山下盖一间房。而且村里老人多，观念守旧，认为金窝银窝赶不上自己老窝，没有人肯下来。”关山说。

明月顿觉心情沉重。是她忘性太大，她竟忘了高冈村是一座空巢村，她教的那些孩子，是一群缺少父母关爱的留守儿童。

明月跟着关山来到祠堂。上次雨夜心情不佳未曾细看，今日一见方觉此处破败腐朽的程度较之山野荒屋更甚。看似古老的家族祠堂几近坍塌，一根木质横梁歪歪斜斜地架在祠堂上方，摇摇欲坠，而祠堂匾额上“尊宗敬祖”四字已被密密麻麻的爬墙虎遮蔽。

空气里散发着刺鼻的臭味。见明月踟蹰，关山指着一堵快要坍塌的墙壁，解释说：“那边是个鸡场。”明月恍然，怪不得这么臭。再竖起耳朵一听，果然，墙那边时不时地传来鸡叫声。

关山走到祠堂一角，掀开一块隆起的防雨布，一辆和这祠堂一样破旧的二轮摩托车就露了出来。深蓝色的车身锈迹斑斑，掉漆掉得严重，根本看不出是什么牌子的。车的后视镜也不知道哪里去了，看起来就像是少了触角的蜗牛，怎么看怎么别扭。

关山倒是一点也不嫌弃，他先是扶着车把晃了晃到处乱响的摩托车，然后抽出一块干抹布擦拭着车子上的浮尘。看得出来，他对这辆车非常爱惜，就像她在转信台看他用心擦拭那些仪器时的表情一样，带着宠溺，带着一丝别样的温柔。

“好了，上车!”关山长腿一迈，跨上车座。

明月和他也熟了，没那么多讲究，于是拽着他的衣摆，单腿越过车座，稳稳地坐下。

“腿跷一下。”关山忘了先发动再让她上车。

明月把右腿抬得高高的，就见他扶着车把维持平衡，然后右脚在启动杆上猛踹一下，见没动静，又连踹了几下，车子才像老黄牛一样吼了两声，动了起来。他拧了拧油门，说了声扶稳了，就载着明月驶离祠堂，拐入一旁的土路。

别说，这摩托破归破，可一旦跑起来，还是很有劲儿的。明月坐在后面，长长的头发被风带得飞起，她一边拢着头发，一边问关山：“这是你的车吗?”可能声音太小，关山没听清。她于是扯开喉咙在他耳边大声喊道：“我问，这车是你的吗?”

“不是。这车是红姐的，哦，就是红山镇春风商店的红姐!”关山大声回答。

明月的脑海里浮现出一道火红的影子。“那她不用车吗?”

“她免费借给我用，但是我定期要给她带些山货!”

“山货？都是什么?”

“木耳和野山菌，她收购这些东西。”

“你亲自去采吗?”好像部队不允许官兵搞副业吧。

“不。我就是把村民们采来的山货顺道带给红姐，红姐再把钱托我交给村民。而我，就可以免费使用这辆摩托车。”

原来是这样。明月哦了一声，心想，关山真是热心人，他除了是部队的通信士官，还兼着高冈村和外界的联络员。

一路顺利，天擦黑的时候，摩托车顺利驶入红山镇。在春风商店门前，关山刹车，然后他对背后的明月说，“到了。”

明月跳下车，一边原地活动腿脚，一边打量着红山镇的街景。和雨夜留下的记忆差不多，小镇街道依旧很窄，但是贵在有电。街道两边稀稀落落的商铺，大多开着门，可能摩托车的动静太大，惹得店铺里的孩童纷纷跑出来看热闹。

关山停好车，指着春风商店旁边的一幢平房说：“浴池就在那里。”

明月朝亮着灯的平房看过去，发现大门旁边的墙上挂着一个白色的木牌，上面用黑笔写着四个大字，“春风浴池”。

明月下意识就朝春风商店的招牌瞅过去，关山笑了笑，解释说：“没错，浴池是红姐开的。”

看他想走，明月赶紧叫住他，“关山，我们先去吃饭吧。”

关山看着她，眼睛被灯光映着，似有微光在里面轻盈跳跃。

“好。”他同意了。

明月看了一圈，指着春风商店左侧的一间餐馆，说：“去那儿吧，看着还算干净。”

走进餐馆，就闻到一股子农村房屋那种特殊的潮气。不算刺鼻，但也绝不好闻。餐馆不大，就放了三张破旧的长桌，椅子是长条凳，一边一个。

只有一桌有人。两个五十多岁的男人对桌而坐，桌上放着一瓶“烧刀子”，还有两盘凉菜。看到他们进来，其中一个长得胖点的男人站了起来，热情招呼道：“这不是关山吗？你咋来镇上了？”

“我过来办点事。”关山没朝里走，而是把距离那桌最远的椅子拉开，示意明月坐下。

明月把背包放在桌上，刚想落座，却看到那人端着酒杯走了过来。“难得碰面，来，关山兄弟，当哥的敬你一杯酒！”

不知道是不是错觉，明月觉得关山似乎并不欢迎这个人的到来。可关山还是接过那杯酒，一口闷了。

那胖男人一边向关山敬酒，一边眯缝着眼窥伺明月。他的眼神太过直接，让人感觉很不舒服。人也长得獐头鼠目，头尖耳滑，尤其是那双老鼠眼，骨碌碌的狐狸似的，透着无尽的狡诈和油滑。

虽然不认识他，也没说过话，但明月已经讨厌起这个男人。

“大妹子，哥也敬你一杯酒……”那人添满酒就朝明月这边凑，明月被一股明显的狐臭味熏得直向后躲，心里却在暗骂，真是个不要脸的，也不瞧瞧自己多大岁数了，竟喊她妹子！

“宋老蔫——”关山上前一步，挡住明月，顺手抢过那人手里的酒杯，“她不会喝酒，我替她。”说罢，仰脖朝喉咙里一倒，咕咚一下咽了。

明月很少如此强烈地讨厌一个人。哪怕是对抢了她留县支教机会的宋瑾瑜，她也只是怂怂无奈地郁闷了几天而已，谈不上有多么的仇视。可这个叫宋老蔫的男人却不同。初次见面，按理不该背后论人是非。可明月就是讨厌他，不论他的穿着打扮，还是粗鄙猥琐的言行，她都反感得不得了。

看到宋老蔫灌了关山两杯酒居然还不想打住，明月不禁蹙起眉头，直接对宋老蔫说：“关山待会儿还要骑车，不能再喝了。”

宋老蔫的老鼠眼在明月和关山身上打了几个来回，悻悻然嘟哝说：“男人喝点酒怕啥。”他撩起眼皮，浑浊的眼珠子转了转，问关山：“这位大妹子，是你的……”

关山刚想说话，却被明月抢了去，“我是高冈小学的支教老师，我叫明月，和关山是朋友。”

宋老蔫很明显愣了一下，他抬起食指，在脸上鼓得很高的颧骨处蹭了蹭，语气夸张地叫道：“呦！居然是咱村的老师！刚你说你叫啥？”他借机又想朝明月这边凑，却被关山挪了半步挡住。

明月看着他，不卑不亢地回答说：“明月。明月几时有的明月。”

“噢。天上的月亮啊。好名字，比我这土鳖名字强百倍，哈哈！好，好啊。”他晃了晃酒杯，龇着一口黄牙朝明月意味深长地笑了笑，“大妹子，我记住你了。你也要记住我啊，我叫宋老蔫，是咱村村民四组的组长，就管着你们学校，以后我们还会见面的。”

明月不想看他奸邪世故的模样，拉着关山朝椅子上坐。“那以后见面再聊，我们还有事，先吃饭了。”说完，不等宋老蔫接话，就朝后厨里面喊道：“服务员——我们点菜！”

宋老蔫讨个没趣，难得没生气，他一步三回头，恋恋不舍地回去坐下，仍时不时地朝关山他们这桌瞥过来。

农村的餐馆，不兴叫服务员。明月等了一会儿看没人来招呼他们，就想再喊，却被关山拦住。关山侧过身，回头冲着空无一人的后厨喊道：“小九，小九！”

这次，很快从布帘后面钻出来一个人影。对望一眼，都愣了愣。“关山！”“红姐！”

明月也愕然不已，当红姐笑呵呵地过来帮他们点菜的时候，明月很想跑出去看看这间餐馆的招牌，是不是她想象的那几个字。

“春风餐馆。”关山低声对她说，“餐馆也是红姐开的，不过她一般不在这边。”

明月的表情有点怪，尤其红姐笑眯眯地瞅着她的时候，她觉得自己看不到红姐圆盘似的脸颊，只看到硕大的春风二字。

“小九呢？”关山问红姐。

红姐朝商店的方向勾了勾下巴，“我让他上货呢。”

怪不得老板娘亲自上阵。

“你们倒是处起朋友来了。”红姐打趣说。

“就是一般朋友。”关山从红姐手里抢过一张破旧的过塑菜单，递给明月，“你来点菜。”

明月赶紧推回去，“啊，不不。今天我请客，你爱吃什么随便点，别客气。”

关山看看她，又把菜单推给她，“我不会点菜。”

明月瞅他，再推回去，“那就挑贵的点，总没错。”

关山皱眉，刚想说话却被红姐的笑声给打断，“哈哈哈，你们可真逗。照这样让下去，我觉得你们也别吃饭，直接回去得了。”

红姐抖抖菜单，摆出权威架势，指着菜单上几个菜，“我替你们做主了，就辣椒熘肉片、炒山菌和凉拌腐竹吧，荤素营养都有了，还下饭。”

“成！”关山拍板。

明月看看红姐和关山，“可就一个荤菜。”还是个熘肉片，连只土鸡都没有，怎么能算请客。

关山毫不介意，“比山上的伙食好多了。”

他转头对红姐说：“抓紧时间上菜，吃完饭明老师还想去洗澡。”

红姐笑了笑，伸手朝关山厚实的肩上压了压，说：“放心吧。”

红姐回后厨的时候，恰好路过宋老蔫他们那桌，想必是熟客，宋老蔫竟拽住红姐的胳膊，当众调笑起来，红姐倒也不恼，陪着宋老蔫他们周旋了一阵儿，才找个借口走掉了。

明月看不下去，就去隔壁桌上取茶壶。“他看着不像好人。”明月给关山的茶杯倒上水。

关山说了声谢谢，然后朝那边瞅了一眼，低声嘱咐说：“他是高冈村出了名的老流氓，以后不要单独见他，记住了吗？”

明月想象不出老流氓这个词是如何界定的，可她知道宋老蔫是个极度危险的男人，以后一定要远离他。

她点点头，质疑道：“那他还能当官？”

关山单手将杯子转了个圈，垂下眼皮，说：“他家的亲戚是镇里的干部。而且，宋是高冈村的大姓，他在族里辈分很高。”

明月拧起眉头，“就没人管吗？”

“高冈村里尽是老弱妇孺，谁也不敢惹他。我只能管我看到的，看不到的，也是无能为力。”关山低头喝了一口水，静了静，说，“你是不是觉得我太懦弱了。”

明月摇摇头，“没有。你是军人，有你要遵守的纪律条令。我能理解。”

关山飞快地撩起眼皮看了明月一眼，他的表情有些惊讶，可能觉得明月刚才的话很是出人意料。

明月苦笑，“我父亲在边疆部队工作，他平常最爱说的一句话就是，要搞好军民关系。”

幼时的记忆，几乎快要淡成一张白纸。可父亲严肃到令人害怕的面孔和铿锵如金石般冷硬的声音却始终停留在记忆深处。

关山讶然，“你父亲也是军人?”

“已经转业了。”明月似是不愿多说，把话题转到红姐身上，“红姐很有钱吗?”

关山看看她，“你说呢?”

明月笑了笑。红姐不仅有钱，还是个很有头脑的女人。光看她经营的三家店铺，就能看出她与众不同的商业能力。

“红姐是寡妇。她的丈夫头两年出车祸死了，留下红姐和一个三岁的男孩，后来，她用丈夫的保险金干起了买卖，一直发展到现在的规模。”

明月抚摸着杯子边缘的裂口，脑子里闪现的都是红姐泼辣肆意的笑脸。她轻叹口气，“还真看不出来。”

女人的命运往往和家庭环境有很大关系，很多不幸的家庭反而催生出一些强势有能力的女强人。红姐或许就是这样的人。

小九是红姐雇的伙计，整个餐馆从采买到营业，从厨师到服务员，就他一个人，得亏红山镇过往的人少，不然的话，繁重的体力劳动压也把这个骨骼清瘦的年轻人给压垮了。

小九人长得机灵，炒菜功夫亦是一流，从他开火到菜肴上桌，也不过十五分钟时间。关山要了三个馒头。蒸馍是白面的，硕大的个头，一个就比明月的拳头还要大。

明月问小九有没有粥，小九腼腆地回话，“有的。我给你们盛去。”

熬得黏稠的小米粥，散发着谷物独有的清香。明月食指大动，低头开吃。虽然很饿，可明月的吃相还是很斯文。可能是多年寄养生活养成的习惯，她吃菜喝粥时基本上不会发出响声。

关山则是军人作风，吃饭时神情专注，一口馍一口菜，馍吃完了菜也差不多光了。他喝粥属于一口闷，端起碗，也不吃菜，就那么呼噜噜的，一口气喝光。可能是热，后来，他还摘了军帽。灯光下他的平头被帽檐勒出一道印子，黑色的头发茬一根根竖着，上面隐约可见潮湿的水汽。

“你今年多大了?”明月也不知道自己为什么忽然问他这个问题。都说男人问女人的年龄不合适，其实，女人问男人的年龄同样不大合适。可惜，说出的话如同泼出去的水，再也无法收回。

关山刚好吃完，他放下碗筷，眼神黑黝黝地看了看明月，回答说：“三十。”

明月伸出纤长白皙的食指，勾了勾，“比我大七岁。”

关山笑了笑，“看着就很小。”

“不小了，我现在结婚都够上晚婚了。”明月就怕别人说她小。因为沈柏舟比她大四岁，两人认识的时候，明月上大一，沈柏舟上大三。后来两人相恋，经常会听到有人说她小，说她幼稚，配不上在本校攻读硕士学位的校草沈柏舟。

沈柏舟不介意，对她一如既往的宠溺和爱护，明月却把那些流言蜚语当了真，为了沈柏舟，她平生第一次去发廊烫了头发，几个小时受刑似的折磨后，满头飞鬈让她至少老气十岁。沈柏舟看到她的新发型，气得几乎背过气去，他根本不听她解释，拉着她就去了同州最高档的发廊，进门黑着一张脸，直接冲着发型师吼，“用最好的药水，把她头发给我弄直了。”

发型师以为明月遇到家暴男友，趁着洗头的时候问她要不要报警，明月哭笑不得，赶紧否认，说他不喜欢她烫头。又是几小时的折磨，鬈曲的长发恢复平顺，沈柏舟看着镜子里的明月总算有了笑容，明月这才仰头问他，“你不觉得我这样太小，配不上你吗?”沈柏舟拨乱她刚刚梳好的头发，用明月熟悉的、能让人瞬间泡在春水里的温柔嗓音回答她，“我就喜欢这样的你。”

那个时候的明月，是世上最幸福的女孩。

关山正思忖着怎么接明月这个稍显敏感的话题，可他紧接着发现不用了，因为对面的明月显然陷入某种情绪或是某段记忆里面，眼神涣散，表情也出现微妙的变化。关山极有耐性地等着她，等她面色恢复正常，人也重新精神了以后，提醒她说：“时间不早了，你去洗澡吧。”

明月惊觉时间流逝太快，她跳起来，叫小九来结账。

小九撸着袖子正在腌制咸菜，听到喊声，他抬起头，大眼睛一眨一眨的，冲明月笑得欢快，“老板娘说了，这餐免单!”

明月迟了几秒钟才意识到在红山镇出现免单这个词是多么的时髦和怪异。“怎么能免单呢，我们吃了这么多。”明月起身，去掏书包里的钱夹。

小九朝关山递过来一个促狭的眼神，意思是交给你了。

关山笑了笑，对明月说：“红姐说不收钱，就不会收的，你别费劲了。”

“可……”

“没有可是。这里红姐说了算。”关山率先站起来，他拿起桌上的军帽戴好，指着外面说，“走吧。”

宋老蔫那桌不知何时已经散摊，餐馆里就剩下她和关山、小九三个人。

明月只好跟着关山出去，小九在后面喊：“明老师，没事来玩啊。”

明月应了一声，跟着关山走去商店旁边的春风浴池。进了门，关山指着右边的帘子，“女部在那边。”明月哦了一声，低着头就朝里面走。

关山等她进去了，才冲着门口的人影，轻声说道：“谢谢你了，红姐。”

那一道火红的身影晃了进来，红姐嘴里嚼着口香糖，圆脸一耸一耸的，一边笑一边上下打量关山。

关山的黑脸没什么表情，像泥塑一样由着她看，最后红姐觉得无趣，自己先收了笑。她盯了一眼比她足足高出一个半头的关山，低声调笑说："傻样儿！我做这些不都为了你。"

关山站着没动，也没说话。

红姐靠近他，用更低的声音问他，"你喜欢上这个小老师了？"

关山退开一步，眼神已变冷，"不要胡说。"

红姐嚯一声笑开，她笑得那么大力，仿佛真遇上了特别好笑的事情。

空气里潮湿的霉味让关山感到极不舒服，他刚想出去透透气，却被红姐推了一把，推进了男部浴池。

外面传来红姐独有的女高音，泼辣尖细，犹如武侠小说里的魔音穿脑，威力十足。"你也好好洗洗吧，一身臭汗，亏得人家姑娘忍得了你！"

关山不禁蹙眉，他抬起胳膊，闻了闻身上的味道，浓眉愈发竖得高。红姐说得没错，他的确挺臭，也不知道这一路上明月是怎么容忍他的。

乡村浴室没那么多的讲究，脱衣服的地方就摆着几张光板木床。男部的泡澡池子和淋浴在里面的屋子里，不过，这会儿静悄悄的，没有水声。关山刚把上身脱光，就听到隔壁女部那边传出一声惊叫。

是明月！关山猛地一顿，几个箭步，冲出浴室——

# 05　突发事件

明月已经脱了衣服走进洗浴间。里外两间屋，只有她一个人。旧房子改造的浴室，到处透着破败的景象。十几平方米的空间里，靠左是一个五米见方的泡澡池子。池水不冒一丝热气。挨着泡澡池子是一排五个连通的淋浴头。浴室的墙壁黑乎乎的，长着深绿色的青苔，地板是水泥的，但是很多地方被水冲刷起皮，走上去，发出东西碎裂的声音。

空气里散发着潮湿的臭味，明月的脑子里浮现出一群女人裸身搓澡的情景。她捂着嘴强压下胃部的翻腾，狠狠心，快步冲过泡澡池。她随便找了一个淋浴头，用力扳开老式的开关。淋浴头并未立即出水，管子咕噜咕噜响着，就像是家里停水后打开水龙头的反应。

她双手环胸，在寒冷的空气里瑟瑟发抖。就在这时，她忽然感到脚背处传来一丝异样。痒痒的，像是有什么东西在挠她。低头一看，她的眼睛赫然瞪大，浑身的汗毛都奓起。

老鼠！一只足有巴掌大的灰皮老鼠正趴在她的脚面上。

“啊——”除了尖叫，她不知道还能做些什么，凄厉的尖叫声吓到了老鼠，它竟忘了逃跑，而是瞪着一双会发光的眼睛直直地瞅着她。

“啊——”她再次失控尖叫。

这次不仅老鼠跑了，头顶的淋浴头也在发出咕咚咕咚两声之后，刷一下，刺骨的冷水从天而降。

明月被浇个正着。那一刻，冷水击中心脏的刺激，让她想到了死这个字。就是那种万念俱灰、生无可恋的感觉，强烈到无法阻挡。她甚至没有跳开，而是就那样傻乎乎地淋着冷水，直到外面传来关山急促的喊声。

“明老师——出什么事了——明老师——”

明月一直沉默到她再不发声他下一秒就会冲进来的时候，才关掉开关，哑着嗓子朝外面喊道：“没事，我没事，是一只老鼠，吓到我了！”

关山同样沉默了几秒，才回应她，“哦，知道了，你洗澡吧。”

明月没说话，以为他走了，可紧接着就听他说：“淋浴的水多放一会儿，不然会凉。”

听他说完，明月才忽然觉得委屈。“你怎么不早说！”

声音明显带着哭腔，让外面站着的关山愣了一愣。想到里面刚刚出现的可怕一幕，关山的浓眉蹙了一下，回应说：“对不起。”

是他疏忽了，忘了叮嘱她这些细节。自责了半秒，他忽然意识到他们现在的状况有多不妥。他光着上身，穿着迷彩军裤杵在女浴室的门口。而她，亦是身无寸缕在空无一人的浴室里和老鼠搏斗。他们之间，仅仅隔着一层薄薄的布帘。

关山忽然觉得身体一热，有什么蛰伏的东西在小腹的位置猛一下苏醒过来，令他猝不及防，耳根发烫。他刷一下背过身去，匆忙丢下一句，你赶紧洗吧，快步离开了女浴室。

明月听到脚步声远了，才重新打开开关。这次水很顺畅地流下来，她也学机灵了，躲得远远的，生怕再被冷水浇身。果然，水流了一会儿，就有热热的蒸汽向上升腾。她探手，试了试水温，向前一步，终于站在了久违的热水下面。

洗澡是舒缓神经、减轻压力的最佳方式。当汩汩的热烫的水流冲刷过冰冷疲惫的肌肤，那种从骨髓深处透出的暖意，犹如大雪中熊熊的炉火，寒冰下袅袅的温泉，令人心情舒畅，精神放松。

明月仰起头，闭着气享受着水流的抚摸。忽然，她退后一步，捂着脸猛咳起来，“咳咳咳……”

她刚才都做了些什么！她竟然光着身子和一个刚刚成为朋友的异性男人说了那么久。她竟后知后觉到，现在才意识过来。越想越糗，越想越无措，她甚至想到沈柏舟，他若是知道了，肯定又该大发雷霆……

关山正在洗头，忽然，他关掉开关，冲着身后低声喝道：“小九?”

缩在门帘后的小九冒出头来，一脸沮丧地嘟哝：“这次明明没出声啊，怎么又被发现了。”

关山瞪了他一眼，拧了下开关，水刷刷流下来。他扭身继续洗头。

小九走进来，咂了咂嘴，崇拜地说：“关大哥，你要不是太黑了，肯定比杂志上的明星还要帅。”

关山默了默。

“关大哥，你没事教我打拳呗，我也想有你这样的身材，老板娘说了，要是我能练出你这样的肌肉块，她就给我加工资。”小九自顾自说着，从兜里摸出一块搓澡巾，湿了水，拧干，拍拍关山宽阔的脊背。

关山关掉淋浴，半弯下腰，伏趴在管子上。小九卖力搓澡，一边搓，一边用搓澡巾测试关山肌肉的弹性。关山微眯着眼睛，享受这片刻的轻松和惬意。

搓到关山腰部，小九力道用得猛了点，关山一缩，小九才猛地意识到自己犯错误了。

小九实打实地抽了自己一巴掌，而后用搓澡巾按着关山左侧腰部位置，轻轻揉了揉，小心翼翼地问：“很疼吗?”

关山闭着眼睛，额头上湿漉漉的，分不清是洗澡水还是汗水。“不疼。”

小九避开那地方，继续搓别处。室内安静了一阵，传来小九谨慎忐忑的声音，“关大哥，你那块是不是枪伤?”

关山的表情僵了一下，但很快就舒展开，他直起腰，转身一把抢过小九手里的搓澡巾，用力在小九稚嫩的脸上按了一把，“小伢子，懂什么!”

不等小九反驳，关山推了他一把，“滚出去守着，少在我这儿磨叽。”

小九的大眼睛滴溜溜地在关山的腰部和关键部位瞄了瞄，扭头跑了。

关山打开淋浴，水流像瀑布一样倾泻而下，伞一样，在宽阔的肩部形成一道屏障。他低下头，目光略移，最后，缓缓落在左侧腰部一处深褐色的伤疤上面。

明月洗好出来，已是夜里八点半。她站在浴池进门处，一边用木梳梳着湿淋淋的头发，一边朝男部的长门帘瞄了一眼。厚实的门帘垂着，什么也看不见，明月的脑子里却不合时宜地蹦出一帧画面。一个衣衫不整的男人神色慌急地从里面跑出来，随后，他挑开女部的门帘冲了进去……

明月的手一抖，头皮紧跟着一疼。她晃了晃木梳，才把打结的一处解决掉。谭木匠的木梳，用了有八年，木质依旧结实。梳子齿上缠着几根黑色的头发，是她刚才不小心拽掉的，她用手指捻下发丝，拽着两头打了个结，刚准备出去扔掉，却不防从门外走进一个人来。

她被吓了一跳。刚想喊，却又自动打住。因为她看到了黑黑的皮肤下面那一线耀目的洁白。

关山笑望着她，语声温柔地问：“洗好了?”

明月赶紧错开目光，应了一声，“哦。”

关山闻到空气里飘散的香味，陌生而又熟悉的气息，让他想起夕阳西下的高冈，那漫山遍野盛开的野花。

微微一晃神，明月已经察觉到，她收起木梳，拎着双肩包，然后，黑漆漆的眼睛望着他，说：“我想去红姐的商店买点东西。”

他们一前一后走进隔壁的商店。红姐像是知道他们要来，就在柜台里坐着。她面前的柜台是玻璃的，台面上有一道明显的裂痕，上面黏着一条长长的白胶布。柜台里都是烟。各种各样的烟，明月在最下面一排找到沈柏舟喜欢的牌子，中华。

看到他们，红姐噗一下吐掉嘴里的瓜子皮，将丰腴的身子倚在柜台上，一只手搁在下巴处挑眉看着明月，问："这热水澡洗得可好？"

从红姐的角度看过去，这个叫明月的小老师，可真称得上是水嫩皮滑的小美人。标准的鹅蛋脸，细长眉，肤色晶莹如玉，下颌尖尖，小嘴红红，看人的时候，杏眼儿里几乎全是黑眼仁儿，还自带一层薄薄的水光。

难怪某个人会动了凡心……

红姐瞄了关山一眼，就听到明月低低糯糯的声音，"挺好的。"

抛却刚开始那段插曲，后半段倒是非常惬意和舒服。不过心里还是存了疑惑，明月问："红姐，你这浴室生意不好吗？怎么晚上都没人？"

红姐听后表情变得有些奇特，她的嘴角似乎抽了抽，而后和关山交换了一个眼神，才打着哈哈敷衍回复明月："哦，是不大好。"

其实红姐心里早就爹了。要不是为了成全我家关山兄弟，我特意关了浴室，给你俩包场，这一晚上，我少说也得赚个几十块。

但红姐不会说。就像关山心知肚明却也不会向明月挑明一样，他们清楚，这个小明老师，不是那种给颗糖就会感激你的人。

红姐眼波轻转，瞅着明月问："你还想买点什么？红姐给你打折。"

问到主题，明月的表情明显放松下来。她捏了捏还在滴水的发尾，指着货架上几样膨化零食的袋子，"每样给我一包，再给我一盒糖。"

红姐照做。她用大塑料袋盛明月要的东西，不一会儿就满了，大多是吃的，还有坚果类的零食。

"哦，我还要一个手电筒，再给我四节大号电池。"明月想起被她摔下山谷的手电筒，那是郭校长的，她得还回去。

红姐拿出一个电筒，还有电池，递给关山。"嗳！别光杵着不动，帮试试好不好用！"

关山接过去，低头鼓捣起来。

明月趁着关山忙碌的间隙，手指一伸，指着红姐右侧的货架，压低声音，说："那个……再给我两包。"

红姐知道她想要啥。但她就是故意逗弄明月，佯装迷糊，拿了几次都没拿对。明月急得满脸通红，"红姐，就是第二层的……"

"嗳，你早说嘛，你要卫生——"红姐还没说完，就看到关山抬起头，朝她们看了过来。

明月一下子傻掉了。她的手上恰好接住红姐递来的某牌子的卫生巾，深紫色的包装，印有卡通娃娃和脍炙人口的广告语。

关山的目光扫过她们。不，确切讲，是扫过她，和她手里的东西。

明月想闭眼睛，却听到关山说："手电没问题，我放这儿了。"他把手电筒放在柜台上就出去了。

明月朝红姐望过去，发现红姐也在饶有兴味地看着她。

她于是更加窘迫，不知该说些什么，只好手忙脚乱把手电放进袋子，又把袋子塞进背包。弄完这些，她低着头，也不敢看红姐，低声问道："红姐，多少钱？"

红姐拿出计算器，噼里啪啦按了一通，"五十七块。你给我五十吧，零头不说了。"

明月从钱包里抽出一张一百元的钞票，递过去。红姐转身找钱，明月迅速把另外一张一百元钱压在柜台上的糖果罐下面。

明月背上包，和红姐道别后，离开春风商店。

关山不在门口。但是通向商店后院的小路却亮着灯。知道他去取车了，明月就不着急，背着包在附近转悠。

她思忖着怎样才能利用这些零食和学生们搞好关系，想得入迷，一时间竟走得远了。黑乎乎的街道深处，充满了未知和不安。明月赶紧转身，想往回走，却忽觉耳根一热，紧接着一股刺鼻的臭味扑面袭来……

男人浊重的呼吸、沉重的压迫感接踵而至，明月意识到危险已经晚了，她的嘴被一只肮脏的手掌捂住，胸下部连同两只手臂也被勒住，脚底打着滑，被人拖着朝更黑暗的地方退去。

明月拼命喊叫，可是嘴里只发出呜呜的声音，她拼命挣扎，用脚去踢打背后钳制她的男人。可是没有用，任凭她如何反抗，那蒙眬的灯影，都离她越来越远，越来越遥不可及……

她被拖到一处荒僻的地界，感觉已经出了镇子，四周漆黑一片，除了风声，什么也听不见。她感觉自己的身体被翻转过来，而后，被狠狠地掼在地上。或许也不是地面，而是一处堆放树枝杂草的垃圾堆，她的右脚底传来针扎似的疼痛，背包不知何时已经掉了，整个脊背戳在坚硬的树枝上，疼得她猛地挺起了腰。

袭击她的男人是个惯犯，他不仅熟悉这里的地形，而且从始至终，他的手掌都紧紧地捂着明月的嘴，阻止她向外界求救。

明月倒地，他也紧跟着压上去。沉重陌生的男性躯体，让人一下子坠入绝望的深渊。她的嘴不知被什么东西堵上了，双手也被粗暴地捆扎起来。只有腿能动，可是大腿却被紧紧卡住，动弹不得。

男人急速地喘息着，喉咙里发出野兽般兴奋的低鸣声，他的嘴里喷出阵阵令人作呕的臭气，迫不及待地朝明月的脸上、颈子里拱了过去。

“呜呜……呜呜呜……”明月目眦尽裂，除了喉咙里碎掉的悲鸣，她什么也做不了。她的脑子里闪出沈柏舟的影子，柏舟——柏舟——救我！

大地死一般的沉寂，除了男人兴奋的喘息，她什么也听不到，看不到。鬓边早被夺眶而出的泪水打湿，她仰面躺着，绝望得如同一具尸体。她宁可自己此刻已经死掉了，就不会面对接下来的羞辱。

人的反抗本能是可怕的。当男人粗糙油腻的手指用力刮着她的肚皮向她的裤扣探去，那一瞬间，明月全凭本能，提起稍稍能够动弹的右膝，拼尽力气，朝男人的裆部狠命顶了上去。

男人没想到她这个时候还会反抗，而且反抗如此有效而致命。“嗷——”

几乎是在偷袭成功的同时，男人痛嚎一声从明月的身上滚了下去。他双手捂着裆部，身体蜷缩成虾米状，疼得满地打滚。

天上乌云散去，弯钩似的月牙露出一角清辉，照着男人的脸。宋老蔫！尽管男人的脸已经疼得变形扭曲，可明月还是一眼认出，他就是刚才在餐馆里遇见的那个猥琐男人。

顾不得多想，明月挣扎着起来就朝一边跑。过度恐惧加上刺激，她的腿早就软得没有一丝力气，可她却不敢有丝毫放松，因为她知道，一旦她停下来，她的命运就将万劫不复。

没跑多远，她就觉得自己撞到一个人的身上。她吓得眼神涣散，浑身发抖，后退了半步，狼狈地跌坐在地上。觉得有人朝她靠过来，她把头缩在膝盖里，身子蜷缩着朝后挪。

“明老师——明老师——是我！明月，我是关山！”

听到最后一声，明月终于慢慢抬起头。她的眼睛早就被汗水和泪水弄得一塌糊涂，看不出之前清秀细致的轮廓，可她的眼仁儿却是出奇的黑，乌洞洞的，直勾勾地瞅着他，从惊惧无光，渐渐到蕴满水光。

她看见关山了。他单膝跪地，正一脸焦灼地看着她。他想必吓坏了吧，盯着她的眼神没有一丝温度，看起来好可怕。

忽然就想哭。眼泪扑簌簌断了线的珠子似的滴下来，滴在他的手上。

关山像是被烫了一样，蓦地抽回手。他刷一下站起来，朝明月来时的方向跑。

“呜呜……呜呜……”明月的声音成功阻住他。

他站定，几步回到明月面前，重新蹲下。他盯着狼狈不堪的明月，猛地蹙了一下眉心，伸手将她嘴里的破布拽出来，用力扔掉。他低头去解明月腕子上的绳索，一截从垃圾堆捡来的尼龙绳，将她洁白的腕子勒出了一道道血痕。

明月张开嘴，想说什么，最后，却只是从喉咙里逸出嘶哑的两个字，

"关山……"

他的身子震了震，却没抬头。他用最快的速度、最轻柔的力道解开禁锢她的绳子，像刚才扔破布一样，把它远远地丢掉。之后，他才抬头望向她。漆黑的眼睛，隐隐有光。他默默地抬起手，将她被撕破的上衣拢好。

"对不起，我来晚了。"

明月怔怔地看着他，摇头，再摇头，"他没得逞。"

月辉清明，他的视线从她头顶的发丝一路向下，最后，停在她的脚上。

他抬起她的脚踝时，她瑟缩了一下，但她没说什么，而是选择信任他。

他用手掌托起她的脚，放在自己膝盖上，并且脱掉了她的袜子。月光下，她的脚宛如透明一般，晶莹如玉。借着月辉，他看到她的脚底被树枝和石子刮破的痕迹，脚踝处也有一道几寸长的血痕，应该是搏斗时不小心伤到了。

所幸都是擦伤，没大问题。他拂去她脚上的灰尘，然后抖了抖袜子，反过来，为她穿上。他的身边，放着他从路上找到的背包和一只黑色帆布鞋。他拿起鞋，松开鞋带，然后轻轻握住她的脚踝。

"我来……"明月低头想抢。

他却略微抗拒了一下，托起她的脚踝，将鞋子套在她的脚上。

是朋友就该胸襟坦荡荡。所以当关山向明月提出背她回去时，明月用这个理由说服了自己。

月光下，关山左脚横跨，稳稳地扎了个马步，拍拍厚实的肩膀，"上来吧。"

明月犹豫了一下，还是瘸着腿上前，趴向他的脊背。暖暖的，宽宽的，像一堵遮风挡雨的墙壁，给她带来一种实实在在的安全感。

关山稳稳站起。

这段路并不算长，两人皆是沉默，没有发声。看到镇子里隐约透出的灯光，明月忽然开口说，"宋老蔫。"

关山脚步一顿，明月揪着他的军装，说："我要去派出所。"

关山把她背到派出所。竟然就在红姐餐馆的隔壁。一幢不大的平房，门口挂着川木县红山镇派出所的牌子。本应有人值班的派出所关着门，里面黑黢黢的，啥也看不清。

关山把明月放下来，上前拍了拍门，"有人吗？"

喊了几声，倒是把红姐从商店里叫出来了。红姐还不知道发生了什么事，她一边嗑着瓜子，一边冲着关山他们说道："里面没人。"

关山就问："咋没人呢？"

红姐扑哧一声笑了，"你有啥事，要报警啊！"

然后红姐笑不下去了，因为她看到一瘸一拐的明月从阴暗处走到了灯下。关山亦是一脸沉默地跟着她走过来。

红姐面色一僵，呸一下吐出嘴里的瓜子皮，她跳下台阶，疾步冲到明月面前，一把拉过明月的胳膊。"咋了？你这是咋了？"

刚还娇嫩嫩的花朵儿现下狼狈得如同被摧残过一般，浑身上下透着一股可怜劲儿。联想到什么，红姐面色一沉，拉着明月的手，对关山说："进屋再说。"

一行三人走进商店。明月被白炽灯晃了眼，就用手去遮挡。

红姐却拉下她的手，在灯下将明月仔仔细细瞧了一通，她避开关山，低声问明月："没得逞吧？"

明月咬着嘴唇，轻轻摇头，"没。"

红姐长长地吁了口气，她狠狠地瞪了关山一眼，声量放大，训斥说："这么漂亮的女人，你就放心让她一个人在外面溜达！这幸好是没出事，要是出了事，你……你就悔去吧！"

关山自知犯下大错，闭着嘴，面色沉得如同罩上一层寒霜。

"看清是谁了吗？"红姐不问明月，却问关山。

"宋老蔫。"关山从牙缝里挤出三个字，眼瞳里火光四溅。

红姐愣了一瞬，了然冷笑，“还真是他！我就说，哪个红山镇的狗崽子敢动你关山的女人！”

关山的嘴角抽了抽，明月亦是如此。

关山瞅了瞅明月，“我出去一下，你照顾她。”

商店里静悄悄的，就剩下红姐和明月。

“这事我还真没法劝你，你自己想开点，毕竟没被那畜生糟蹋了就是万幸。”红姐一边说，一边走到商店门口，嘭一下关上大门。

红姐回头看了看沉默的明月，“我知道你想报警，抓了那混账玩意，把他狠狠教训一顿。可妹子啊，这里是红山镇，不比县城，这里的派出所就一个管户籍的女警，还正常上下班。关山和她不熟，所以不清楚，可我跟她熟得很啊，我连她有没有配枪都一清二楚，所以，你找她报警，我告诉你，一点用都没有。”

明月低头掐着自己的小拇指，直掐得生疼，她才猛地抬头，用水汪汪的眼睛看着红姐，语气坚定地说：“可我还是想告他！”

红姐细瞅瞅，发现明月不是想哭，而是气得汪了两眼泪的时候，不禁对面前这个看似柔弱的城里姑娘刮目相看。

在她看来，一般的女孩遇到这种糟心事，早就崩溃嚎啕了。明月却没有，她或许哭过，但绝对不至于失控，出了事，她不是惶急发疯，而是理智镇定地拉着关山报警抓人。

可她再坚强，也忽略了强暴对一个女人造成的伤害，不仅仅是身体上的。她忘了这里是思想封建的秦巴深山，女人把贞操看得比命还要重。即使那畜生没成事，可一旦传出去，她的名声就毁了。

她太年轻，太过好强，根本体会不到流言蜚语的威力有多可怕。就像当年新寡落魄的自己，凄风冷雨中吃了多少苦头，才有了现在的红姐。

人啊，有时候，还得学着弯腰。

红姐没有回答明月，她进到里屋，倒了一盆热水，出来后，又从货架上拿了一条新毛巾，端到明月面前。“先洗洗吧。”

趁着明月洗脸的工夫，红姐把明月之前放在糖罐下的纸钞推过去，“你瞧不起姐？”

明月抬头，神情窘迫地解释说：“不是，红姐，我不是那个意思。”

红姐冷哼一声，“赶紧给我收起来，以后，别给我弄这一套！”

明月乖乖把钱攥在手里。

“这不就对了。”灯下的红姐笑纹很深，凤眼微眯，气场十足。

“大妹子，我知道你心气高，受不得这种委屈。可你想过没有，怎么去告那畜生！去县里告吗？可你又拿什么去告？”红姐还剩几句话没有说，就算告赢了，你就真赢了吗？

明月张开嘴，想辩驳，却发现除了自己身上的擦伤和淤青以外，的确没有什么直接的证据可以告倒宋老蔫。却又不甘心，于是低声说：“我可以拍照，请求法医验伤。还有他绑我用的布条，我可以去找回来，我……”

忽然就说不下去了。从红姐的眼睛里透露出的讯息令她感到深深的绝望，说到最后，连她自己都没了底气。她能折腾得起吗？

红姐盯着她瞅了半晌，忽然走上前，把可怜兮兮的明月一把揽在怀里。“唉，既然没什么损失，就忘了吧。别再去想了，你这样折腾下去，只会让关山更加自责和难过。”

那一夜，明月凌晨才回到学校。走到路口，远远的，一抹微弱的灯光正一闪一闪地向这边移动。

“是郭校长。”关山半蹲下身子，明月顺势一滑，稳稳地站在地上。

关山偏过头，擦了把额头上的汗。这一路上山，他背着她走走停停，体力几乎耗尽。搁在过往那段不为人知的岁月里，这点负重算得了什么，她能重到哪里去，抵不过单兵一次全装备任务的重量。

可现在的他不再是二十出头的特战尖兵，身上有着无穷无尽的能量。

在这秦巴深山里，他一待就是六年，这六年带走的，不仅仅是碎成一片片的时光，还有他个性里最锋锐的棱角和……昔日里引以为傲的健康体魄。

如果说，现在还有什么值得他骄傲和自豪的，恐怕就剩下深埋在骨髓、血液甚至是梦里的血性和斗志。正因为丢不掉，忘不了，所以当年在负伤转业和下基层连队的双向选择中，他毫不犹豫地选择了后者。

他知道，这一辈子，他都将为军人这两个字而活。

“用这个擦。”明月把红姐送她的毛巾递给关山。月光下的明月美得出奇，一双黑眸盈满了感激的水光，幽幽地瞅着他。

他接过毛巾，擦了擦额头和脖子里的汗，却没把毛巾还回去。

他抬起右手，朝走近的郭校长晃了晃，“我们在这儿!”

郭校长疾走两步，迎头就问，“咋这么晚呢，我还以为路上出什么事了。”

关山瞥了一眼明月，解释说：“明老师……她摔了一跤，扭了脚。”

“咋还摔了！唉，这路真是个老大难，不知道何年何月能修修。小明老师，要紧不？我那儿有土方配的药酒，赶紧回去擦擦。”郭校长神色担忧地看着明月的脚，催促道。

明月说没事，她转过头，看着关山，“谢谢你，那我和郭校长回去了。”

关山把背包递过去，郭校长一把抢去，挎在自己肩上，他搀扶着明月，冲关山挥手，“你也赶快回去，刚才小董跑学校找了你一趟，说是有事。”

关山神色一肃，转身就往转信台那边走。

“手电!”郭校长喊他。

“不用!”远远地传来关山的回声。

明月回到宿舍，点了灯，坐在凹凸不平的木板床上，才有了一些踏实感。随之而来的，是从骨头缝里钻出来的酸痛和疲惫，更甚一些，还有心底那层抹不去的阴影。

她脱了鞋，脱了袜子，看着伤痕交错的脚，忽然间，眼眶就红了。

如果沈柏舟知道她刚刚经历了什么，他会如何？像对待她烫头发一样，一声不响地拉起她就走，还是和她期望的那样，报警抓了宋老蔫，将他绳之以法，以解心头之恨？

她想，沈柏舟一定会选择前者。她熟悉的沈柏舟，是个自尊心强的男人。

自尊心强，说白了就是好面子，沈柏舟是绝不容许他的女人遭到一丁点质疑和亵渎的。当年，因为烫了一头他不喜欢的鬈发被他朋友说，他反应大到不顾及她的感受和头发的承受能力硬把她拉去弄直；还有一次，因为在酒桌上，沈柏舟的同学喝高了，夸她和电视剧《水浒传》里的潘金莲长得像，就被沈柏舟当众泼了酒。只是一句玩笑话而已，明月自己都没在意，沈柏舟却觉得丢了面子，不惜和相交多年的同学翻脸。

那今天的事呢？明月不敢也不愿深想下去。因为她知道，沈柏舟永远也不可能做到像关山那样，为了揪出宋老蔫，短短一个小时，竟跑遍了整个红山镇。

他没说，更不会借此向她邀功。但是红姐看不下去时会为他鸣不平，所以她才知道，在春风商店等他的那段时间，他究竟去了哪里。

“小明老师，小明老师——”是郭校长。

明月赶紧抹了一把脸上的泪，一边答应，一边穿上鞋，一瘸一拐地走到门口。拉开门，就看到郭校长一手拿着手电，一手拿着个酒瓶子站在院子里。看到明月想出来，他赶紧走前几步，制止道：“少走路，少走。”

因为屋里点着灯，光线比刚才明亮，所以郭校长把药酒瓶递给明月并嘱咐用法之后，有些奇怪地盯着明月的脸看了看，犹豫了一下问：“小明老师……你，你这伤，不是摔的吧。”

明月用手挡住破皮的嘴角，可是手腕的袖子却滑下来，露出一道道刺目的红痕。

郭校长目光一沉，“到底出啥事了？我看你这像是……”

她的嘴唇颤了颤，露出一丝痛苦的神色，低声说：“在镇子上出了一点事。我……我……”

“到底咋啦！关山呢，他没在你身边吗?”郭校长可能是真急了，话音一停，他迅速别过头，捂着嘴，剧烈地咳嗽起来。本以为一会儿就停，谁知咳起来竟止不住。

明月渐渐变得不安，她进屋想给郭校长倒些热水，他却猛摆手，阻止道：“咳咳……不……咳咳……不用喝……”

等了一会儿，郭校长侧身用袖子擦了擦嘴，他的动作似乎停顿了一下，之后转过头，呼吸却明显变得沉重起来。

明月想让他去休息，郭校长却还揪着刚才那事不放，“小明老师，你是咱们高冈小学的支教老师，我是校长，你在一天，我就得负责你一天的安全。到底发生了什么事，你不要瞒我，一五一十地跟我说，我会为你出头。”

明月从未见过如此严肃的郭校长。就算是那些调皮捣蛋的学生闯下祸事，明月也没见郭校长如此严厉。

看明月不说话，他跺了跺脚，转身就走，“我找关山去——”

“别去——”明月匆忙伸手，却没拉住郭校长，她一急，冲着郭校长干瘦的背影，失控喊道，“我差点被宋老蔫强暴!”

# 06 比亲生父亲更像父亲的人

关山仅用了八分钟就跑回转信台。以为线路故障，董晓东搞不定，没想到推门进屋，却看到这小子正挑着锅盖上的方便面，吃得不亦乐乎。

看到一头汗水的关山，董晓东先是一愣，而后笑着招呼说："正好，面刚下出来！"

关山一看他这架势就知道转信台没事。他长出口气，卸下军帽撸了把湿淋淋的寸头，然后想起什么，他从口袋里掏出一块潮湿的毛巾，又把头发擦了一遍。

董晓东斜着眼睛看他。黑黑的眼仁儿骨碌碌乱转，探照灯似的，觑得关山很不自在。

关山顾左右而言他，"我听郭校长说，你去学校找我了？"

董晓东不自然地笑了两声，呼噜了一口面条，口齿不清地回答："我……见你这么晚没回来，以为你在学校。"

"管得倒宽！"关山瞪他一眼，去案板下取了碗筷，又搬了凳子，坐在董晓东对面。

接下来，两人像平常吃饭一样抢来抢去，很快，小铝锅见了底，董晓东抢了锅去，几口将剩汤喝干净。他意犹未尽地舔了舔嘴唇，把锅朝前一送，"该你值日了！"

关山接过铝锅，顺势在董晓东的头顶揉了两把，"你啊，欠收拾是真的。”

“呵呵……”董晓东傻笑着抻了抻胳膊，他靠在背后的墙上，看着从缸里舀水洗碗的关山，神情调侃地说：“站长，最近桃花运挺旺啊。”

关山懒得理他，用丝瓜瓤用力擦洗着锅底，这个小铝锅是转信台的文物，从建台那年就有了，伴随着十几任守台官兵，一直沿用到现在。

铝锅的外壳早被炉火熏得乌黑，任凭他如何擦洗也恢复不了最初的样子，可即便它丑得没人待见，也没有哪一任守台人要丢掉它，都把它好好地利用着，用它煮粥，焖米饭，甚至像董晓东这样，半夜起来用它煮面。

董晓东不知何时凑了过来，他揪着关山的衣服，闻了闻，眉毛立刻竖起，“你洗澡了！你……你居然洗、洗澡了！”

转信台的水是金贵物，因为都要从附近的水塔一桶一桶担回来。董晓东自打来到这里后，可没少担水，正因为吃过苦，受过累，所以才和守财奴一样，守着金贵的水，不舍得浪费一点，连带着下山去镇里洗澡，也成了一件奢侈的事。

关山和董晓东一般换着下山去镇上洗澡，每两周一次，其余时间，就是晚上睡觉前，两人共用一盆水，洗完脸洗脚，能省则省。

夏天好说，他们每天巡线完毕，直接跳进鹳河游个泳。但是秋冬春这三季，山里气温低，只能下山去洗澡了。董晓东为啥觉得惊讶，是因为前两天关山刚去镇上洗过澡，这才几天呀，他又去！

关山用抹布把铝锅擦干，放在灶台上，然后擦擦手，回头看着董晓东，“怎么，不行？”

董晓东的眼珠子骨碌碌转了几圈，忽然翘起嘴角笑了，“哦……我知道了，是小明老师要去洗澡，所以你才迫不及待地下山去了，对不对！”

关山笑了笑，算是回答。

董晓东顿时来了劲头，他嗽了一嗓儿，上前搂住关山的肩膀，兴奋地问：“你和小明老师一起洗了！”

关山虎躯一震，侧头瞪着董晓东，抬手就给了他一个势大力沉的脑嘣儿。“饭可以乱吃，话可不能乱说。什么叫我和小明老师一起洗了，我一大老爷们，糙一点，被人讲两句闲话没关系，可小明老师不同，她是个女的，还是个未婚姑娘，最关键的，是……是人家有男朋友。”关山一本正经地教训着捂头呼痛的董晓东。

“有怎么了！不还没结婚吗，再说了，站长你哪里差了，除了黑了点，土了点，也没啥缺点啊，怎么就不能追求小明老师了！”

关山又一次鸡皮疙瘩掉满地。董晓东啊董晓东，你这是夸我还是损我呢。关山今晚心里不自在，懒得和董晓东较真。

董晓东是个机灵鬼，早看出他心里有事，找个借口先回屋去睡了。

关山拿了脸盆，舀了水，先洗了洗手脸，然后把兜里揣着的毛巾用肥皂仔仔细细搓洗了一遍，冲干净，挂在屋里的晾衣绳上。

睡觉前，他像往常一样，在机房和院子巡视了一圈，回到屋里，他看董晓东已经睡了，就放轻脚步，走到放置军需品的柜子，打开，从里面拿出了一床新被子，撂在床头。

他先关灯，之后抻开床上有棱有角的豆腐块，脱了鞋，躺上去。四周很静。只有董晓东有节奏的呼吸声深深浅浅地传过来。

关山的手摸向大腿。右腿，靠近腹股沟的位置，有一处长达十几公分的伤疤。手指拂过去，能够清晰触摸到上面凹凸不平的痕迹。这道伤疤，同腰眼处的疤痕一样，曾经差点要了他的命，但也因此让他彻底远离了那段不为人知的岁月。

由于过度劳累，他的腿开始抽痛麻木，那痛，一跳一跳的，从伤疤处开始向周身蔓延，他知道，明天早上他不一定能站得起来，巡线的工作又要拜托晓东了，可他并不后悔陪她走这一遭，因为她无恙归来，就是值得所有人庆幸的事，尤其是他。

她此刻在做什么？是在一个人偷偷地哭泣，还是靠在窗前，等待着天明？原以为自己要失眠，却没想到竟在痛苦的折磨下沉沉睡去……

相比起关山，明月就要惨得多。她用郭校长给的药酒擦了伤处，谁知竟过敏起了一串红疹，痒得要命，又不敢挠，只能用手扇风，缓解症状。

好不容易不痒了，她吹灯睡觉，却怎么也睡不着。听力出奇灵敏，院外一点点风吹草动到了她这里，就升级为一次次地震海啸。窗子外的树影，每一次晃动都令她感到恐惧，那种透骨的凉意，从脚底一直蔓延到心口。

远处，隐约传来男人的咳声。每一声压抑得都像是从胸腔里硬挤出去，显得过于沉重。就在这咳嗽声里，明月终于熬不住，渐渐闭上眼睛……

第二天，明月从噩梦中惊醒，她的脊背上、额头上黏着一层冷汗，双脚冰凉，但是额头却烫得惊人。

尽管她极少生病，她也知道，今天是起不来床了。昨夜留下的后遗症，浑身酸痛不说，她的胳膊和脚踝，现在轻轻抬一下，就忍不住想要尖叫。

强撑着从桌上拿到手机，一看，不禁倒抽一口冷气。十点了。她第一节有课。可现在……

“咣咣咣——”下课钟响了。从隔壁的教室传出阵阵喧哗声，有学生从里面跑出来，可能是尿憋得急，脚步声比平常快了不知多少倍。

后面还有学生出来，她感觉到宿舍木门被谁推了一下，咣当一声，撞到门背后的椅子。明月蜷缩进被窝，她紧紧咬着嘴唇，一动也不敢动。

外面传来喁喁细语。

“老师走了？”男孩的声音，轻轻的，听起来，像是宋伟伟。

“肯定走了！我早就说过，她坚持不了一个月。”答话的是宋铁刚，他说话时口音重，嗓子也粗，一听就知道是他。

外面没声了。可明月知道他们没走。

果然，一个女孩接上话，“郭校长说老师病了，这几天不上课。”

“嗤！那是骗我们，你还傻不唧唧地信了！咋，你不恨她了？前几天你还说一辈子都不理她了!”宋铁刚说。

女孩没吭声，于是宋铁刚更加嚣张，他似乎是想踹门，但是被宋伟伟拦了下来，两人起了争执，打作一团，女孩劝不住，就向郭校长求救。

郭校长正在厨房里给明月蒸鸡蛋，听到外面的吵闹声，他扭身重重咳了几下，才快步走了出去。他上前一手一个，拉开宋伟伟和宋铁刚，“你们干啥打架！宋伟伟，你是班长，你先说!”

宋伟伟瞪着宋铁刚，胡乱抹了一把鼻子上沾的土，气愤地说：“他想踹老师门，我拦住他，他就打我!”

郭校长拍拍宋伟伟的肩膀，帮他合上被撕开的衣服。

宋铁刚站在一旁，高仰着头，撇着嘴，一副满不在乎的模样。

郭校长走上前，抬起手，像刚才对待宋伟伟那样按了按宋铁刚的头，干瘦的脸上泛起一丝微笑，“是这样吗？班长有没有冤枉你?”

宋铁刚冷哼一声，甩掉郭校长的手，语气桀骜地说：“是又怎么样!”

“花妞儿，是不是这样?”郭校长问刚才向他大声求救的女孩。

花妞儿拧着黏糊糊的小手，瞅向宋伟伟。宋伟伟递给她一个鼓励的眼神，她咬着嘴唇，小声对郭校长说：“是宋铁刚想踢老师门，班长不让踢，他们就吵起来，然后……然后宋铁刚打了班长一拳……就……就……”

花妞儿的视线不小心撞到宋铁刚，吓得缩起脖子，不敢说了。

宋铁刚用冒火的眼睛狠狠瞪着花妞儿，低声骂道：“告状精!”

郭校长目光很深地看向宋铁刚，“男子汉敢作敢当，这是你的优点。但是，你为什么要踹门，小明老师得罪你了?”

郭校长的措辞不算严厉，说话的语气和平常差不了多少，可莫名的，却给人一种压力，尤其是宋铁刚，他看着郭校长，几次张开嘴想为自己辩驳，却都没能说出话来。最后，他黑黄的脸憋成猪肝色，仍旧懊恼不已，于是，冲着郭校长大声喊道：“她不想待在咱们学校，你看不出来?!”

郭校长瞅着他，渐渐收起笑容，“我没看出来。”

“那她咋不给我们上课！肯定熬不住溜了！”宋铁刚抬手指着明月的宿舍门，神情笃定地说。

话音一落，围在四周看热闹的孩子们包括郭校长在内，都朝那两扇漆黑的木门望了过去。院子里静悄悄的，只有山风吹过树梢发出的沙沙声，让人无端生出一种悲观的情绪。

就在这时。眼前的木门却霍一下开了。离得近的孩子，被这动静吓了一大跳，纷纷朝一旁闪避。只有宋铁刚、宋伟伟还有花妞儿瞪大眼睛看着从里面走出的人。

竟是明月！她……她不是走了吗？刚刚宋铁刚还砸过门。

明月还是明月，不过化了浓妆的明月和平常清素自然的明月比起来，有很大的差别。孩子们惊讶地看着她。

明月不瞅别人，就瞅着被她实力打脸的宋铁刚说：“老师没有溜，你是不是很失望。”

宋铁刚的脸一阵红一阵白，咬着嘴唇，低下头去。

明月环顾一圈，看到宋伟伟朝她投来惊喜的目光，她轻轻点点头，而后，她的视线瞥向宋伟伟身边的花妞儿。

花妞儿发现自己被明月关注，顿时紧张地垂下眼帘，她小心翼翼地退后几步，藏在郭校长的身后。明月见此情景，不由得神情一黯。

“小明老师，孩子们不懂事，说些啥不好听的话，你别往心里去。”郭校长主动开口说。

明月嗯了一声，她拿出手机看了看时间，“郭校长，敲钟吧，下节课我上。”

郭校长一脸担忧地看着她，“不用着急，你再好好休息……”

“不用。我能上。”明月转头回去拿教案，许是转身的动作猛了，她的背影明显晃了一下。郭校长的心跟着一抖，想阻止，却又说不出合适的话来。

他扭身去敲上课钟。“上课，都回去上课了!”他喊了一嗓子，却不慎刺激到喉咙，又开始重重地咳嗽起来。

等他敲了钟，回头却看到花妞儿站在他后面。他一边用拳头压着嘴，克制着喘息的频率，一边问花妞儿，“咋了，还有啥事跟老师说?”

花妞儿的脸很红，她从破旧的上衣口袋里掏出一个纸包，递过去，“这是我奶奶配的药，专门治咳嗽气喘，说让你每天煮了喝。”

趁着郭校长愣神的工夫，花妞儿把药包塞进他手里，迅速转身跑了。“我奶说让你先喝着，我下学进山采药，很快就能接上。”

花妞儿一家是外来户，爷爷早逝，父母常年在外打工，家里只剩下她和奶奶相依为命。花妞儿的奶奶懂中医，靠给村民看病换一些微薄的收入。花妞儿自小就跟着奶奶生活，耳濡目染之下，渐渐掌握了辨别草药的本领。现在花奶奶给人看病，基本上用的都是花妞儿从山上采的草药。

郭校长咳了几声，低头看着手里粗糙的中药包，低低地叹了口气。

“同学们跟我念，Stand up。Sit down。”

“Stand up! Sit down!”

“verygood，下面我们做个游戏。宋伟伟，请你站起来。”明月示意宋伟伟起立。

宋伟伟迅速站起，黑眸闪烁着光芒。

“下面，我需要再请一个同学站起来，和宋伟伟搭档做游戏，谁想做游戏?”明月略微弯腰，向学生们发出邀请。

有几个学生站了起来。“老师，我想做游戏!”“我也要做游戏!”

明月摇摇头，伸出右臂，弯曲呈 90 度，引导学生：“在课堂上发言要怎样呀?”

“举手——”同学们异口同声地回答。

“yes! 要举手。”明月让那几个学生坐下，再次问了一遍，谁要和宋伟伟一起做游戏。

这次没人叽叽喳喳乱发言了，都乖乖举起手。

明月看了看讲台下的学生，“花妞儿，就你吧，你和宋伟伟搭档。”

花妞儿和宋伟伟坐同桌，忽然被点到名，吓得她一哆嗦。心慌腿就打软，长条凳跟着晃了几晃，她才扶着课桌慢慢站起来。

“老师，花妞儿没举手!”有人站起来揭发。

明月伸出食指压在嘴唇上，比了个噤声的手势，“你也没举手，怎么也起来了。”

“哈哈哈——”学生们哄堂大笑，那个男学生挠挠头，红着脸坐下。

“好，下面，我就讲一下游戏的规则。这个游戏叫角色扮演，Let's act，大家跟着我念——Let's act!”

“Let's act!”

“下面，我们开始游戏。宋伟伟，你和花妞儿现在是搭档，你用英文说请站起来或是请坐，花妞儿就按你的要求去做，五次一轮换。做错了，就罚演节目，大家说好不好!”明月本想挥一下手臂活跃活跃课堂气氛，可身体状况太糟糕，手臂才抬起到半空，人却晃了晃整个向左侧偏过去。若不是讲桌离得近，她靠过去撑了一下，只怕她此刻已经倒了。

她的笑容还挂在脸上，但是额头上却冒出一层细汗。

“好!”学生们还在因为新奇的游戏激动雀跃。

只有前排的花妞儿偷偷看了她一次，两次……

明月也无心去探究花妞儿眼神里的含义，她强撑着意识，对宋伟伟说：“开……开始吧。”

“Sit down，please。”不愧是明月教出来的学生，宋伟伟的英语发音和城里的优等生一样，标准而又动听。

花妞儿一脸茫然，杵在原地一动不动，宋伟伟小声提醒她，“坐下，快坐下，花妞儿。”

附近的同学有吃吃笑的，有不屑一顾的，有看笑话的，都瞅着笨笨的花妞儿，看她如何应对，或干脆是，如何丢丑……

第一次就出了糗，花妞儿被罚出节目。山里孩子从没有当众表演过节目，唱歌跳舞更是提都不用提，最后，花妞儿红着脸背了一首唐诗算是过关。

游戏继续。宋伟伟故意把坐下和起来的英文放慢了说，还按着顺序来，即便这样，花妞儿仍然错了两次，又被罚背了两首唐诗，才轮到她出题考验宋伟伟。宋伟伟不愧是班里学习最好的学生，他思路清晰，反应机敏，每次不等花妞儿磕磕巴巴将单词说完全，他已经提前做对了。

花妞儿也和他一样，总是按着顺序来。这一轮还剩下一次，花妞儿该说请坐下。同学们觉得方才戏弄花妞儿才有趣，都趴在桌上，神情闲闲地等着宋伟伟顺利拿下这一轮。

花妞儿朝讲台上的明月瞅了瞅，发现明月也在看着她，不禁心里一颤，赶紧转头过来。下一句，紧跟着就随心而出。“Stand up，please。”

宋伟伟大意了，谁曾想花妞儿无心摆了他一道。他的屁股挨到长条凳的一刹那，脑子里却蓦地炸起一团白光。完了！晚了！他竟然错了。

教室里静了一静，紧接着就爆发出哄笑声。宋铁刚嚷嚷得最大声，叫得最欢，“噢！噢！宋伟伟错了！宋伟伟错了！受罚——受罚——”

花妞儿此刻还处于一种懵圈的状态。她揉了揉眼睛，迷迷糊糊地问宋伟伟，“你咋错了呀，我说的是……是坐……呀！我说错了!!”

花妞儿黑黑的眼睛一瞬间瞪得滚圆。她惶急无措地搓着双手，愧疚自责地连连道歉：“我不是故意的，我是想说坐下，可……我没想坑你，真没想坑你，班长，你别生气，你别生气。”

宋伟伟若说不生气那是假的，毕竟在外人眼里，他和花妞儿是一伙儿的。他也确实和花妞儿走得近，但那和宋铁刚他们调侃的毫无关系，去年春上，花奶奶曾救过他奶奶的命，他为了报恩，一直在学校里护着花妞儿。

谁在背后捅他刀子他都能接受，可就是花妞儿不行。

宋伟伟沉默起身，在同学们的起哄声里清了清嗓子，“我唱个歌。”

宋伟伟接下来唱了一首山歌，一首秦巴大山独有的山歌。“秦巴山里的年，热闹又红火，大红灯笼高高挂，旺旺的篝火烧起来，大山景儿美，鹳河会唱歌……”

宋伟伟的歌声清亮悠远，带着浓郁的地方特色，充满了原生态的美感。同明月一样，高冈小学的学生们也是第一次听宋伟伟唱歌，他们没想到土气木讷的班长还会唱山歌，而且还唱得这么好听。

一曲唱罢，余音袅袅。明月带头鼓掌，同学们也跟着鼓起掌来。

宋伟伟红着脸坐下，花妞儿扯了扯他的衣服，低声说：“对不起。”

接下来的半节课，明月就用游戏的方式让所有的学生都参与进来，让他们每个人都记住了坐下起立的单词和用法。

被罚出节目的学生不在少数，这些山里孩子的潜力令明月感到震撼。一个从未开设过美术和音乐课的山村小学，却有不识谱能唱歌的宋伟伟，还有没拿过画笔却能在黑板上用粉笔画大山、画飞鸟鱼虫的宋旭旭。

哦，他们班上还有一个年纪小小就会看病的小神医——花妞儿。

傍晚，明月下床走路，回想起白天身心交瘁的情形，竟还像在梦里。

一灯如豆，莹莹烁华。看到明月进来，正在火上熬药的郭校长不禁蹙起眉头，“你怎么起来了，药熬好了，我给你端过去。”

明月找到长条凳坐下，摇头，“睡了一觉好多了。”

“还烧不烧?”郭校长一边用勺子搅动药罐，一边朝她投来关切的目光。

明月摸摸头，冲着郭校长微笑，“不烧了。”

火炉的火烧得很旺，火苗蹿起老高，药汤在黑色的罐子里咕咕作响，腾起很大的白烟。郭校长用火钳子将灶膛里的柴火拨出一些，火苗渐渐缩回去，空气里弥漫着草药的气味，明月舔了舔嘴唇，回忆起药汤的苦涩滋味。

“我给你下面吧，药放一边慢慢熬就行。”郭校长问明月。

明月说好。她一天没吃什么东西，此刻发了汗退了烧，正觉得饿。她想起身帮忙，可是郭校长不让。十几分钟后，一碗热气腾腾的漂着鸡蛋花和葱末的面条就端到她的手上。

“这是咸菜，觉得淡了就着吃。”郭校长把一个盛着咸菜的小碗放在她的凳子上。他回头又去熬药。

明月低头，用筷子挑着吃了一口面条。和以前的味道差不多，但硬是被她吃出了不一样的滋味。不知道怎么的，她的头越低越沉，越沉越低，最后，几乎埋在洋瓷碗里。

等郭校长听到声，察觉到不对，回头去看，才惊讶地发现明月竟然在哭。不是第一次看到她落泪，上一次醉酒嚎啕的一幕仿佛还在眼前，可今天却又变成另一番情景。昨夜她把下山遭遇的羞辱统统讲给他听的时候，虽然红了眼圈，但也未见她委屈落泪，这是怎么了，怎么就忽然哭起来了。

“小明老师，你想吃什么，我重新给你做，你别哭，是我慢待了你，我该给你做些好吃的，你病还没好……”郭校长焦急地搓着手，不知该说些什么劝慰明月。

明月拼命摇头，泪水如同断了线的珠子滴在碗里，看得郭校长愈发着急。“小明老师，你要觉得委屈，我这就找宋老蔫那个王八蛋算账去，我今天就是豁上这条老命，也要给你讨个公道回来!”郭校长作势欲出，却被明月一把拽住。

“不……不是……您别去……别去……”明月一手端碗，一手拉着郭校长，身子有些打晃。

郭校长接过碗，放在灶台上，然后把毛巾递给明月。明月用毛巾捂着脸，肩膀耸动着，久久不曾拿下来。

郭校长瞅着她，清瘦的脸庞上，涌上不忍和愤慨之色。他不应该听她的，应该昨夜就去找那个混蛋算账。明月是正儿八经的支教老师，不是村里那些懦弱愚昧的婆娘媳妇，可以任他欺凌羞辱，他就不该听明月的，白白耽搁了这许久。念头一起，火气就上来了。喉咙一热，他还来不及捂嘴，一口血沫子从嘴角溢了出来。

明月这时恰好放下毛巾，看到这一幕。她的眼顿时瞪得滚圆，震惊叫道："郭校长……"

"咳咳——咳咳咳——"郭校长捂着嘴，弓着腰，快步走出伙房。

明月紧跟出去。她看到郭校长疾奔到榆树下，左手扶着树干，右手支在腿上，半蹲着猛烈咳嗽起来。

她上前拍着郭校长的脊背帮他顺气，可手掌拍在上面，就觉得拍到了石头堆里，没一下不硌手。

"你……回……咳咳咳……回去。"郭校长害怕她着凉，不让她管。

明月怎么可能不管，她一直帮郭校长顺气，直到他咳嗽见轻，才惊惧不已地问道："您的肺有问题？"

咳血，不外乎几种棘手的肺部疾病。看郭校长的症状，倒像是……

"不是肺结核，你放宽心。"树影幢幢，郭校长的脸色白得骇人。

"那您……"明月的心一沉再沉。

"也不是癌。"郭校长撑着树直起身，干瘦的身板风一刮就会散去一样。他偏头又咳了几声，冲着神色凝重的明月笑了笑，"就是一般的肺病，拖的日子久了，就……"

"支气管扩张？"明月问。

郭校长讶然看她，"你知道……"

"我姥姥就是这个病去世的，她咳血比您严重。"姥姥临终时仍大口咳血，鲜红的血沫子流得哪里都是，触目惊心。

"你也知道这病不传染，不吃药也死不了人，但就是要养，心情平和，刚才我是看你委屈，才动了心火，不妨事的。"郭校长指指伙房，示意进去说话。

明月却一把拽住他的袖子，“您已经咳血了，这很严重，您必须马上住院治疗！”姥姥就是不愿意去医院，在家里拖得时间太久，所以送医之后才药石罔效，回天乏力，终是丢下她心疼的外孙女走了。

郭校长摇摇头，放下明月的手，说：“花奶奶的医术不比那些西医差。你看我中午吃了一副药病就见轻。你要不信，就看看你自己，花妞儿去门口的草垛边随便采的几味药，你吃了就能转好，你还不信中医比西医强?”

明月不反对用中医治病，但是有些病的确西医见效更快，疗效更好。姥姥故去的那一幕像烙印一样刻在她的脑了里，每每梦里见到，都会懊悔得泪流满面。她应该早点赚钱带姥姥去看病，早点去，是不是就不会失去她在这个世界上最亲的亲人?

跟着郭校长回到伙房，她再不让他做任何家务。熬药她来，添柴火她来，到最后，就连郭校长的饭也是她做的。一老一少，两人坐在灯光幽暗的伙房里默默吃饭。

吃到一半，明月忽然抬头说：“我刚才不是因为昨夜受了委屈才哭。我是因为您……”

郭校长的嘴里塞了一口馍，他一边嚼，一边诧异地看着明月。

明月抬起黑漆漆的眼睛瞅着他，半晌，才说：“您像我的父亲。”

一个比她的亲生父亲更像父亲的人。

明月没说假话，郭校长的确比她名义上的父亲要称职得多。从小到大，她对父亲的记忆基本上是模糊不清的，只是记得他个子很高，眉毛很浓，脾气不好，每次他探亲回到同州，明月就会担心得要死，怕他和姥爷吵架，和舅舅舅妈吵架，最怕的，是他和妈妈吵。

但基本上，她的父亲从未和谁吵过架。因为没有机会吵，他的探亲假短到让人还未体会到他的存在，他就走了。

所以，明月从未享受过所谓的天伦之爱。他们一家三口从未一起出现在公园或是游乐场，就连同桌吃饭，也一年只有那么一次。小时候，看到母亲背地里哭泣就觉得心里很难过，觉得父亲对不起母亲，长大了，懂事了，才觉得他们之间没有爱情。不，应该也有，只是母亲对父亲单方面的爱，永远得不到回应。所以，她才会那么痛苦，最后选择了死亡来求得解脱……

她尽管有姥姥疼惜，但姥姥能陪她多久？在她还没能力回报她老人家的时候，姥姥就走了。

大学这些年，她全凭自己的努力熬出头。父亲曾有意资助，她却连说话都欠奉。说到底，她是恨他的。但这恨从何而来，她今天看到郭校长为了她忙里忙外的背影才豁然明白，原来，她恨他，不过是因为爱，所以想要属于她的亲情和关爱，原来，真的是因爱生恨，恨而爱不绝。

烛光闪烁，寒夜里唯一一点温暖，竟让她忍不住潸然落泪。

郭校长费力地咽下馒头，试探地问："你父亲……"

"他在世。不过，他是他，我是我，没什么关系。"明月说。

郭校长若有所思地点点头，还想问什么，明月瞅见，惨笑了一下，主动回答道："我母亲过世了，她患有非常严重的抑郁症，是自杀。"

郭校长紧蹙起眉头，愈发显得颧骨高耸，面庞瘦削。他没想到明月的身世竟如此的可怜，比起寡然半生的他，更加令人唏嘘感叹。

明月看他默然，低头吃面条，咽下之后声音低低地开口："我告诉您这些不是让您同情我，我这个年纪，别看不大，可也算是经历了几场风雨。我哭，是因为我觉得您对我好，是真心的。我不哭，是因为我觉得那些个破事不值当我哭来解气。那个混蛋，我日后必会找他算账，不用您劳神费力，再气坏了身子。真的，为那种渣滓生气，不值当！"

郭校长看了她一会儿，倒是笑了，"小明老师，你和我想象的一点都不一样，是我狭隘了。"

明月也笑了，"您能不能不叫我小明老师了，叫我明月吧。"

"好。以后就叫你明月。"郭校长说。

话音刚落，院子外面传来脚步声。"郭校长——"

郭校长和明月对视一眼，同时站了起来。

"小董，你怎么来了？吃饭了没？"郭校长招呼院子里的董晓东。

"我吃过了。我来给你们送被子。"董晓东把胳膊肘朝上抬了抬，露出怀里的两床军用棉被。

郭校长赶紧撂下碗，"你怎么还送被子来，你们不盖了？"

董晓东嘿嘿一笑，"我们冬天有暖炉，比你这边暖和。"

郭校长接过棉被，道了谢，转身送进屋里。

董晓东不着急走，他朝伙房探了探脑袋，看到正准备去洗碗的明月，就冲她招手，"小明老师，你出来一下。"

明月放下碗筷，走出伙房。

董晓东穿着和关山一样的迷彩军服，不过他没戴帽子。发现明月走路有点瘸，他问："你脚怎么了？"

"没事，扭了一下。"明月看着他，问，"找我啥事？"

"我想求你帮个忙。"董晓东抓了抓后脑勺，绷着嘴角，显得有些拘谨。

"你说。"外面冷，明月把手插进上衣口袋，看着董晓东。

董晓东眨眨眼，鼓起勇气说："我想请你帮我补习文化课，我想参加明年的部队军考。"

"你想考军校？"明月惊讶地问。

董晓东点头，"是啊，我的梦想是成为袁朗那样的军事指挥人才，我可不想待在大山里虚耗青春！"

"袁朗？你以为你是特种兵啊。"明月笑道。

"关山就是特种……"董晓东意识到自己说了不该说的，立马紧急刹车。

但明月已经听见了。"你说，关山是特种兵？"

董晓东四下里看了看，压低声音说："你别说出去啊，关山曾经是我们军区赫赫有名的兵王！"不知道是不是《士兵突击》看多了，董晓东对特种兵有一种盲目的崇拜。

"那他怎么来高冈了？"大军区赫赫有名的特种兵王不应该待在渺无人烟的秦巴深山里呀。

董晓东却沉默下来，就连刚刚还散发着光彩的眼睛也跟着黯淡下来，他瞅着明月，指了指腰部和右大腿部位，"关山这两处有伤，我听其他战友提起过，说他差点成了烈士。关山也不知道怎么想的，放弃了转业安置的好机会，主动申请到这里守台了。"

明月心中一震，关山，有伤？那他还背着她上山，还一个小时就跑遍整个红山镇……

明月说不出心里是什么滋味，脑海里都是昨夜关山在月影下拿着毛巾擦汗的一幕。想到什么，不禁声音也跟着发紧，"那他今天怎么不来？"

董晓东愣了一下，不大明白明月为什么会这么问，他抓了抓后脑勺，眨眨眼，"你说关山啊。他吃了饭就去排查线路故障了，说是让我把被子给送来！"

明月忽然想起昨天下午她在院子里收被子那一幕。当时她还笑着问他，是不是嫌弃她的被面太花哨了。

原来，他那个时候，就想着给她送被子。

"你快去找他！他昨晚背我上山，我怕他的腿……"

董晓东愕然几秒，忽然叫出声，"啥！他背你爬山了？"

看到明月点头，董晓东猛拍一下大腿，语气焦急地说："他不要命了！我走了，明老师，我……我得接他去！"

明月跟着走出门外，看到董晓东的背影消失在夜幕中，她才扶着墙，慢慢走了回去。

# 07 不会打扰她

不愧是小神医，两剂药汤喝下肚，又蒙着两床被子睡了一宿，病竟完全好了。脚踝也是，抹了小神医配的草药糊糊，也就一晚上，居然一点也不疼了。身子爽利得如同屋檐下的燕雀，给她一双翅膀，就能轻盈地飞起。

以前好的时候也不曾有过这样的感觉，所以，明月起个大早缠着郭校长要和他一起过河接学生，郭校长拗不过她，又看她的确是好了，才勉强答应。两人一前一后走在雾气弥漫的山道上，明月忍不住问起花妞儿的事，“花妞儿跟她奶奶学的医术?”

“嗯。别看这丫头学习总不开窍，但是识药断药的本事，却是令人叫绝。我曾经拿着几种山里的药草考她。你猜怎么着，她闭着眼睛尝了尝味道，立刻就说出是什么，还能说出它们治什么病。”郭校长感叹道。

“花奶奶以前就是中医?”明月问。

“那不知道。他们家是后来搬到山里来的，刚来的时候，花妞儿刚出满月。她的父母常年不回来，在外打工养家，花妞儿从小跟着奶奶长大，跟着学了不少看病的本事。”郭校长停下来，指着左边山谷一大片野生树林说，“你看，那就是野生连翘树，高冈的大山到了春天，漫山遍野开满黄色的花朵。花妞儿昨天采的药里，就有连翘叶。”

明月知道连翘，这种药有清热解毒、散结消肿之功效，最近几年，国内的中医常采用连翘与其他中药配合，治疗癌症病症，取得了很好的疗效。

“这里的连翘没人开发吗?”野生连翘贵在天然，药用价值极高，如果善加管理，日后的经济效益不可小觑。

郭校长摇摇头，“谁开发呢？高冈村是个空巢村，青壮年劳力都外出打工赚钱去了，村里就剩些老弱妇孺，能顾好自己生活就不错了。”

望着山谷里看不到头的连翘林，明月是真觉得可惜。

原来，关山并未夸大其词，这座大山里，真的遍山都是宝。

经过这几天的接触和了解，明月对山里孩子的印象正在慢慢改观，就像前头走着的郭校长，初见时以为他就是一个古板守旧的老教师，可熟悉了才发现他是一个极其温暖的人，尤其对她，就像对待女儿一样，从生活到教学，都力所能及地给予她无私的帮助。

去河边要经过村子。高冈村被鹳河一分为二，之前河上有一座古老的铁索桥，连通村子南北，2007 年夏季，山里发生特大洪灾，汹涌的洪水将铁索桥冲毁，阻断了两岸的交通。高冈小学在鹳河南岸，北岸的学生要去学校上学，必得涉水而过。旱季还好，河道干涸，学生们结伴而行，没有什么危险。但到了雨季，鹳河涨水，护送学生们安全过河，就成了郭校长的责任。

这还是明月第一次到村子里来。清晨，山顶的村落笼罩在一片薄雾之中。村民的房屋零零散散地分布在高冈上，房子大多破旧不堪，老式的灰瓦尖顶，掉了皮的土坯墙体，还有用干树枝圈起的院子。

早晨的屋顶冒出白色的烟雾，走得近了，还能听到村民大声说话的声音。南面的村子不算很大，很快就走到村头。

“那个房子就是花妞儿家。”郭校长抬手指向路旁的一幢房屋。

花妞儿家的房子比刚才的更破，没有炊烟，没人说话，只有一只金毛黑头的大公鸡在她家门前溜达。

“花妞儿应该跟着奶奶采药去了。”

“早上也去？能赶上上学吗?”明月讶然。

“她采完直接去学校，花奶奶把草药背回来，入药还要晾晒、碾磨。”

“那早饭……”

郭校长摇摇头，无奈地叹了口气，“有剩馍就带一个，没有就算了。”

明月没再接话，但是脚步声却明显变得比刚才沉重了许多。

鹳河就在眼前。这几日没有下雨，河水不是最深的时候，但也到膝盖上部。河道大约三十几米宽，在距离接送点不远的河面上，一座铁索桥从中间断掉，只剩下河两岸的残体尚杵在河道里。

“老师——”需要过河上学的 11 个学生，已经排成竖排站在河对岸，向他们挥舞着小手。看到孩子们，郭校长的脸上漾起笑容。他应了一声，弯下腰就去挽裤腿。

“您还病着，我过去接。”明月阻止道。

郭校长怎么肯。“你没经验，万一落水，那就麻烦了。”鹳河现在虽然不深，但一尺高的小河沟也能淹死人，他可不能让明月冒险。

“我会游泳!”明月不肯罢休。经过一番交涉，明月获得下水的资格，但是郭校长也要一起跟着。

“这水太凉，你的病才刚好，小明老师——”郭校长还在后面絮叨，明月已经光着脚走下河去。

冰冷的河水漫过脚面、小腿，刺激得她差点叫出声来。她忍着，吸着气，大声说：“没事!”

河道下面是砂砾和石子，加上水流的阻力，走起来并不容易。郭校长走惯了，很快就追上她。“能行不？受不了就回岸上去，别让我担心。”郭校长自打看她下了水，一颗心就高高地悬了起来。

明月平举手臂，维持平衡，头也不回地说：“我能行，您看，这不好好——啊——”话音未落，她就打了个趔趄，郭校长暗叫不好，刚想去扶，却看她晃了晃稳住身形，扭头朝他嘿嘿笑着说：“失误，失误。”

可走了一段，她又大声叫起来。郭校长觉得整个人都不好了，他沉下脸，准备让她上岸待着，最后再带她回去。却见明月正一脸兴奋地指着清澈的鹳河河底，大声欢叫：“鱼！我看到大鱼了！郭校长，你快看，这水里有鱼！”

郭校长的嘴角抽搐了两下，默默上岸。

对于明月的到来，学生们感到既惊讶又欢喜。他们从没想过有一天城里来的漂亮老师会背他们过河。

“谁想让我背呀？”明月发誓她只是客套了一下，并没想抢郭校长的“生意”。可结果却是，所有的孩子都朝她扑了过来。

明月艰难地吞了口口水，朝立在一边笑得脸上褶子都堆出来的郭校长发出求救信号。

郭校长拍拍手，清了清嗓子，说：“明老师第一天下河，而且还病着，就背三个学生。宋春妮，宋苗苗，宋梦凡，你们三个女生跟着明老师，其他的同学，跟着我！”

三个偏瘦的小女生羞涩又欣喜地挤在明月跟前，其他的孩子尽管失望，但还是向郭校长靠拢过去。

背学生过河有多重，试试才能知道。尽管郭校长背着一个学生还时不时地扶她一把，明月仍觉得艰难。她收起之前看见游鱼时的玩乐之心，背着宋苗苗，深一脚浅一脚地走在坑洼不平的河道里。

“把苗苗给我，你慢慢走过去。”郭校长朝她伸出手。

明月咬咬牙，摇头拒绝，“我走慢一点，没关系。”

“那你撑不住就及时跟我说。”郭校长不仅担心明月，也担心她背上的学生。

明月说好。郭校长加快步子朝河对岸走去。

明月把宋苗苗的身子向上送了送，不由得回头瞅了瞅，“宋苗苗，你怎么不抱着老师的脖子？”

宋苗苗开始没说话，后来才吞吞吐吐地说：“我早上喂过猪，没有洗手。”

明月愕然一愣，她想起正在山里采药的花妞儿，如果她也住在鹳河北岸，刚才一定不会让她背吧。她空出一只手，拉住宋苗苗的小手，环住她的脖颈。“没关系，老师不怕脏。”

宋苗苗的手臂起初有点僵硬，手虽然环在她的脖子上，但是明显感觉到没有用力。后来，她被河道里的一块石子绊到，差点摔进河里。她和宋苗苗同时大叫，宋苗苗出于本能，双手交握，紧紧卡住她的脖子，明月凭着过人的反应稳住身形，宋苗苗再也没松开手。

宋苗苗送到，明月又要下水，郭校长却冲她连连摆手，“你就待在这儿，其他的，我来!”

明月笑嘻嘻地伸出一根食指，央求道:“再背一个，就一个，我保证!”

郭校长看着朝阳下那张明媚的笑颜，黑漆漆的乌亮大眼里闪烁的光彩，那些拒绝的话，却是怎么也说不出口。

再次下水，就比刚才有经验多了。她学会在河道里摸索平坦的地势，而且微微侧身，顺着水流的方向行走，会省力不少。这次，她一点磕绊没打就顺利到了对岸。

她要背的学生是宋梦凡。宋梦凡比宋苗苗个子高，也要重一些。明月弯下腰，拍拍肩膀，“上来吧，老师背你。”可等了半天，设想中的重量却没能落到脊背上，反而身后传来阵阵压抑的笑声。

她豁然回头。入眼却撞上一双黑得如同夜空一般的眼睛，此刻里面闪烁着光芒，还有他微微扬起的嘴角，那一抹来不及遮掩的微笑。

“关山?”明月惊讶极了。明月左右望了望，似是在证明什么，孩子们看到明老师迷迷糊糊的模样，一个接一个地大笑起来。

关山也笑，黝黑的脸庞上，鼻子下的一线洁白耀得人眼花。

明月不自然地揉揉发烫的脸颊，嗔怪说:“你从石头缝里蹦出来的?”

关山咧嘴一笑，“我巡线，正好路过。”他的确背着一个军绿色的工具箱。

孩子们却被明月的话逗乐，他们齐齐朝关山扑过去，大声笑闹，“关叔叔是孙猴子，关叔叔是孙猴子！”

“你们才是一群猴儿！”一群可爱天真的小猴子。关山用力揉着孩子们的脑袋，脸上漾起笑容。

郭校长一看关山来了，长长地吁了口气，“关山，你来得正好。快把小明老师给弄过去。”

明月顿时挺起腰，“您答应我再背一个！”

郭校长还想说什么，关山却插话说：“成，你就背一个，我跟你后面。”

明月得意地挑挑眉，郭校长无奈叹息，怎么这两个年轻人都不知道害怕。

“谢谢你，一直在帮我。”明月是真的感谢关山，不光是因为他帮她说话，还有前夜的事，他救了她，还用受过伤的腿背她上山……

想起他的腿，眼神落下去，眼圈不由得开始泛红。关山察觉到，循着她的视线找到答案。同她一样，关山的目光在自己的右腿上停顿了几秒，他沉默着，浓眉微蹙，似在猜测又在思索。然后，他抬起头，目光湛然地问她：“小董告诉你的？”

明月没答话。

他摸着鼻尖，低声笑起来，“小董的话，你居然信得！”

“可……”

“走吧，孩子们还等着呢。”他不再和她纠缠这个话题，一边挽着裤腿，一边朝孩子们拍手，“走喽，过河喽！”

有了关山的加入，一次就送过去四位学生。明月背上是宋梦凡。关山的背上却一下黏了两只“小猴子”。要不是他要分神照顾明月，还能再带过去一只。

“小猴子”们叽叽喳喳热闹得不行。关山背上的两只还时不时斗两句嘴，打上一会儿，关山就跟没事人一样，轻轻松松地护着他们，还能分神跟明月说话。

“脚踝不疼了？”清澈的水底，明月脚踝上的红痕清晰可见。

“不疼了。昨晚抹了花妞儿给的药，起来一点都不疼了。”

关山瞟了她一眼，“你们和好了？”

明月的眼皮耷拉下来，失望地瞅着河水，“没有。药是郭校长给我的。”

宋梦凡听到这里，忽然探头说：“老师，我帮你教训花妞儿。”

明月愕然，而后朝关山脊背上闹得正欢的男学生努努嘴，“你怎么帮我，像这样打她一顿吗？”

宋梦凡捂着嘴，偷偷笑了笑，“俺们女同学不打人，只要不跟她玩，她就急了。”

明月却笑不出来。像之前他们孤立她一样，孤立花妞儿吗？她尝过那种滋味，很不好受，所以，她不赞同宋梦凡的做法。

“梦凡，你抱着老师的脖子。”她说。

宋梦凡比宋苗苗胆子大，她贴上去，搂住明月的脖颈。

关山默默跟在一旁，关注着亲密互动的两个人。

明月拍了拍宋梦凡的腿，笑了笑，问：“你们是不是都害怕老师？”

宋梦凡没想到明月会问得这般直接，她愣了一小会儿，才扭捏地回答说：“有……有一点。”

“是因为老师推了花妞儿，所以，你们也跟着她一起怕我，是不是？”

“就是，就是。老师你那次太凶了，我们都害怕你。”关山背上的一个男生，抢着回答说。

明知和学生们的隔阂并非她奉献了一次爱心就能立刻消除，可看到上了岸的孩子们自动聚成一堆，与她又保持着之前的“客气”和距离感时，明月仍旧感到有些气馁。

郭校长带着孩子们走在前面。明月刚才耗费了不少体力，又是大病初愈，就落到后面。幸好，有关山陪着她。

听到她的叹息声，关山从前方收回视线，看向她，“山里的孩子朴实，你对他们好，他们自然会回报你。”关山仍然穿着昨天的迷彩作训服，不过脚上换了一双军用解放鞋，也不知道他多早就出来巡查线路，鞋面竟被晨露打得透湿。

明月低头盯着他的鞋尖，闷闷地嗯了一声。

回学校要经过村子。这次走到村子里，又是另外一幅景象。家家户户的门几乎都开着，但大多是一些上了岁数的老人在院子里活动。有的拾柴做饭，有的喂鸡喂猪，有的已经端着碗蹲在门口吃上了。

看到郭校长带着孩子们从门前经过，这些年老的村民会主动向郭校长问好，虽然只是简单地打声招呼，但是态度却出奇的恭敬。看得出来，郭校长在村子里的威信极高，人缘也好。

郭校长但凡见到人，就会向他们主动介绍明月。“这是我们小学新来的支教老师，明月，明老师。你们认认脸儿，以后还得乡亲们多多照顾！”

不用郭校长介绍，村民也早就注意到队伍后面的明月。其实从自家孩子的口里，他们早听说了这位从城里来的女老师是多么的漂亮，多么的时髦，她讲课都用外国话，课堂上还带着他们做游戏，别提多有趣了。

“明老师好！”“闺女长得真俊！”“闺女，没事来家串门啊！”

明月低头哈腰，应付了这家又应付那家。好不容易走到村头，一位四十多岁的中年妇女挎着一个竹篮立在路边，看到他们，立刻迎了上来。“校长，你接娃了。”

郭校长停下来，侧身让路叫孩子们先回学校。孩子们一窝蜂跑远，才冲着那女人点点头，“刚回。”

女人羞涩地笑笑，把竹篮递过去，“早上刚蒸的馍，给你送些。”

郭校长默默接过篮子，道了声谢。

关山和明月走近，那女人飞快地拢了拢鬓边的短发，冲着关山笑了笑，“关山兄弟，你也在。”

“是啊，婶子。”关山同那女人熟稔得很，两人聊了几句家常，那女人瞅向明月，试探地问：“你是……是新来的老师吧？”

明月赶紧点头，介绍自己，“您好，我叫明月，是新来的支教老师。”

那女人冲明月笑了笑，拢了下鬓边的头发。其实，这位半路冒出来的农村妇女，离近了看，倒没远看那么土气。她长得颇为清秀，个子也不低，就是一身破旧的衣裳和革命妇女的短发硬生生把她扮老了。

“婶了，你和郭校长说吧，我们先进去了。”关山不动声色地扯了扯明月的衣摆，暗示她离开。

明月眨眨眼，脑子有点懵，但还是跟着他的意思说：“我还得进去备课，先进去了……婶，婶……你们聊。”

不等郭校长说什么，明月就被关山拉走了。

郭校长的瘦长脸泛起红潮，他轻轻蹙了下眉，偏头咳嗽起来。

女人听到咳声，神色一变，语气关切地问他：“老毛病又犯了？要不要紧？”

“不妨事，不妨事。”郭校长压抑着止了咳，脸色却很难看。他攥着竹篮光滑的手柄，“一会儿还有课，我也回了。”

看他要转身，那女人一急，就拽了他的袖子，“等等——”

郭校长怕学生看见，赶紧拂开她的手，他后退半步，站定，“宋华，你想说啥？”

女人叫宋华。她看着郭校长清癯的脸庞，心里却是一紧。才数日未见，他竟瘦成这个样子。看着那两道高高的颧骨，她的嘴唇颤了颤，低声问他：“我上次跟你说的事，你咋想的？”

他没回答。但宋华从他的沉默里，只能猜到一种可能。她捏在一起的手指紧了紧，指甲陷进肉里，有种绝望的痛感。

“宋华，我……”

郭校长刚开口就被宋华抢过去，“你别说，先别说，我家里还有事，我先回了。”说完，不敢再看郭校长隐忍的眼神，转过身，逃跑似的，一下就走远了。

宋华不知道的是，郭校长在她身影消失的一瞬，忽然背过身，剧烈地咳嗽起来。他佝偻的身躯，像是被风摧残的枝条，透着无尽的萧索和寂寥。

院子里，关山卸下工具箱，撸起袖子就去拎水桶。

明月追着他，一迭声地问：“关山，你说清楚，刚才的婶子怎么了？她和郭校长到底怎么了？”

关山拧着浓眉，嘘了一声。明月朝四下里一看，才意识到自己刚才的声音太大了。关山从水窖里打了两桶水，也不用扁担，双手拎着就朝伙房走，明月紧紧跟上。走进屋里，她迫不及待地扯着关山的袖子，“这下没人了，你快说呀！”

关山回头瞅瞅她，眼神很亮地笑了笑，“你猜！”

“你这人怎么这样啊，你想急死我，是不是！”明月用力跺脚，瞪着关山。

关山的嘴角一直扬着，他把两桶水倒进水缸，又把桶放下，靠在案板的边缘，冲着明月龇牙一笑，“真想知道？”

明月不说话，瞪着他。

关山偏过头，忍了忍笑，又故意清了清嗓子，“外面的婶子叫宋华，和红姐一样是个寡妇。她没结婚的时候和郭校长谈过恋爱，后来家人做主把她嫁到了别的乡。二十年前，她的丈夫去世之后，她就回了娘家，可能一直忘不了郭校长，所以……”

明月懂了，可又有些不明白。“她追了整整二十年，郭校长还没答应？”

伙房光线很暗，关山眼睛里的光，却像是这房里唯一的光源。

他的眼神，莫名地令她心慌。

刚想说我不问了、我走了，却听到他的声音，沉沉的，哑哑的，带着一丝无奈，对她说："物是人非，大概讲的就是如此。"

物是人非这四个字从一位穿着军装的魁梧大汉口中说出来，多少还是有点出戏。但是细想又会暗暗感叹。

原来，郭校长也非不谙情事的山村教书匠。他的不愿，必有他的不得已，二十几年的时光变迁，白云苍狗，沧海桑田，变化最大的却是人心。

她不禁联想到自己。离开同州已近一月，与沈柏舟仅仅通过几次电话。虽然电波也无法阻挡彼此的思念与爱意，可是，这种柏拉图式的恋爱真的像她期望的一样，能够长长久久，毫不褪色吗？

她有信心，但是沈柏舟呢？不敢深想下去，她借口上课匆忙逃出伙房。

关山看着她出去，嘴角扬起的弧度却一点一点收敛，直至平行，微微向下。他回忆刚才他说过的话，是否有不妥的地方。但仔细回想，却无甚特别之处，他猜测，她是不是忽然想到了她的男朋友，那位藏在电波深处，总是让明月思念哭泣的男人……

"关山——"院子里传来郭校长的喊声。

关山蓦然回神，直起身子，"来了！"他拎起水桶走了出去。

郭校长把竹篮放在砖垛上，左右张望一下，"小明老师呢？"

"在宿舍。"关山回答。

郭校长从关山身侧过去，想去喊明月上课，可刚一动，就被关山攥住手臂。"您又开始咳了？"

郭校长愣了愣，否认说："哪有，我……"

"您这儿有血，瞒不了我。"关山指了指他的下颌。

郭校长噎了一下，默默转头，"天凉感冒，正常……"

"咳血了，还正常！"关山攥住郭校长的胳膊，扔下水桶就朝门口走。

郭校长脚蹭地，拉着关山哀求："别这样，学生们会吓坏的。"

关山的眉心连在一处，压低声音说："我管不了那么多，你的身体才是最重要的。”

“我吃药了，一直吃着花妞儿带来的药，我好多了，不信你问小明老师!”郭校长敌不过关山的力气，心一急，就搬出明月来。

看到关山迟疑了一下，郭校长赶紧拉住旁边的树干，稳住身形，“学校离不开我，我走了，留下小明老师怎么办，学生们还在抵触她，她性子犟，万一闹出什么事，我向谁都交待不了!”

关山停下脚步，仍攥着郭校长的一只胳膊，但表情已有松动。

明月这时恰好抱着教案出来，看到院子里姿势奇怪的两个人，不禁走过去，问：“关山，你拽着郭校长做什么!”

关山张开嘴，刚想解释，却被郭校长抢先说：“没啥，没啥，我俩准备去看看围墙。”

“围墙?”明月扭头看了看学校破旧不堪的土坯墙，诧异地问，“看它做什么?”

郭校长趁关山不注意，挣脱开来。关山不满，想揭发他咳血的事，他却横跨一脚，挡住关山，指着学校的围墙对明月说：“前阵子下雨，靠菜地那一面墙壁裂了道口子，我昨天割韭菜的时候发现裂缝变大了，不信，你们过来看看!”

关山沉默，眼睛盯着郭校长瘦骨嶙峋的背影，终是没再执着。

他们绕到菜地那边实地察看，围墙的裂缝的确如郭校长所说，足有三寸宽窄，四五米长。关山跳过去，目测了一下土墙的角度，再跳出来，表情已经变得严肃，“墙体已经倾斜了。”

郭校长一听就急，声音也跟着打战，“这可咋办！万一下雨，墙塌了砸到学生岂不是危险!”

明月也觉事情严重，这堵墙说高不高，说低不低，万一塌了，不管砸住谁，都是要命的事。

郭校长一着急上火嗓子就发痒，嗅到嘴里的铁腥味，他暗叫不好，避开两人佯装去看围墙，绕到菜地的另一头，背过身去轻咳。

明月神情担忧地看着郭校长，关山却看着她，神情渐渐了然。“你知道郭校长病了?”关山开口问她。

明月咬着嘴唇，轻轻点头，“他的病是支气管扩张，和我姥姥的病一样。严重时咳血，大口大口地吐。”

关山看了她几秒，转过头，“他这病全靠花奶奶的药维持着，但我看他今年复发的势头不大对，咳血也比往年厉害。我看耽搁不得，他需要马上去医院。”

“我劝过他了，可他说花奶奶的药管用，不愿去。不过，他答应我了，如果再严重，就一定去医院治疗。这个病虽不能彻底治愈，但是早发现早治疗不至于拖到这种程度。”

关山嗯了一声，“他这病是累出来的。一年四季，没一天消停的日子，总是在为学生忙东忙西，就连寒暑假，他也定期家访，去帮成绩不好的孩子补课。时间久了，加上吃得太差，病就自动找上门了，得了病他还不肯休息，轻了不在乎，重了就去花奶奶那里拿两副药挺一挺，就这样，一年又一年，越拖越严重。”

“说到底，他就是舍不下这些孩子。”关山最后下定论。

关山说话的时候，明月一直默默听着，她的视线紧紧跟随着远处的郭校长。看他弯腰压抑地轻咳，看他神情焦虑地抚摸着围墙，嘴里念念有词，看他跨过菜地时明显老迈的身形，看他……

明月迅速低头，抹了一下眼睛，“我先去上课了。你再劝劝郭校长。”不等关山答话，就步履匆匆地回去了。

关山一直目送那抹纤细窈窕的背影消失在大门里面，才转回视线，迎向郭校长。

郭校长此刻也正讶然注视着关山。晨光下的高冈，这位身材伟岸的年轻军人，眼中毫不掩饰的爱慕和怜惜，让他感到格外惊讶和震撼。

他虽年逾五十，尚未婚娶，但并不代表他就不懂得男女之间的情爱。年轻时，他也曾不顾一切地爱过，这种炽烈专注的眼神，他是那么熟悉，因为他也曾经对着一个女人，长久地、不舍地凝视过。

所以，关山……你是爱上明月了吗？

关山和郭校长对视，渐渐，嘴角噙了一丝苦笑，“我不会打扰她，您放心。”

郭校长和关山找来木头顶住倾斜的围墙，防止它坍塌。

“暂时先这样撑一阵，我还得想办法。”郭校长擦擦头上的汗，示意关山也坐下来休息。

关山脱了迷彩服，露出里面的军用 T 恤。他的额头、手臂上挂着汗珠，在阳光下闪闪发亮，他用外套胡乱一抹，拎起地上的工具箱，“我得回去了。”

郭校长不便挽留，“行，你回吧。”

“有事喊我。”关山朝教室的方向瞥了一眼，转身走了。

老榆树被风吹得沙沙响，郭校长坐在树下，摇摇头，低低地叹了口气。

教室里，此刻却是阴云密布。明月又被气着了。原因是她收作业时只交上来十本，有八个人没交。学生不写作业，不交作业，证明学习态度有问题。这些刚刚接触英语的学生，全凭背诵和书写加强记忆，他们不重视作业，根本就是没把她这个老师放在眼里。

她让没交作业的学生站起来，挨个说明原因。学生们起初都不敢说话，因为她的表情和态度太过严肃。后来，她忍着脾气向他们承诺，只要理由充分，她不会惩罚他们，这才陆陆续续有学生开始说话。

“老师，我奶让我拌猪饲料，喂猪，还清理猪圈，我没时间写作业。”宋苗苗第一个回答。

明月看着宋苗苗稚气的脸庞，不禁回忆起早晨背她过河时，她同自己提过喂猪的事。明月思索片刻，点点头，“今天把作业补上，宋苗苗坐下。”

宋苗苗愣了愣才坐下。其他的同学朝她投来羡慕的目光，教室里响起一阵嗡嗡声。

宋苗苗开了个好头，立刻就有其他人跟上。

“老师，我爷让我去喂羊了，噢，对了，我还洗了羊圈！”宋小宝话音刚落，同学们就哄堂大笑。

“老师，他家没有养羊，只有猪。”

“老师，他骗人，他跟宋铁刚去后山玩了。”

“我没有，我在家。不信，你问我爷。”宋小宝涨红脸，为自己开脱。

明月用手撑住额头，揉了揉，“宋小宝，你在家为什么还不写作业？”

“我……我……”宋小宝转转眼珠儿，“我在羊圈……”

已经被揭发了，还羊圈！“你是不是想说，你养的羊吃了你的作业和笔记？”明月说道。

教室里一静，紧接着，爆发出一阵夸张的笑声。

“宋小宝，你的理由不充分，罚写作业十遍，今天放学之前交给我！”明月摆摆手，示意他坐下。

连着几个孩子，说了自己的理由。其实真假不用仔细分辨，只需看其他学生的反应就清楚了。像宋苗苗一样说真话的，她从宽发落，只需将作业补上即可。可那几个说谎的，和宋小宝一样，惩罚加倍，绝不手软。

只剩两个学生还站在座位上。明月双臂交握，横在胸前，目光严肃地在两人之间打了一个来回。她抿了一下嘴唇，问：“你们谁先说？”

底下的人沉默。

明月隐忍着胸口蹿起的怒气，指着距离她最近的女生，“花妞儿，你先说，你为什么不写作业！”

花妞儿垂着脑袋，不吭声。她的同桌宋伟伟神色焦急地在课桌下拉她，低声提醒：“快说呀，快说和你奶奶去采药了。”

花妞儿仿佛没有听见宋伟伟的话，她僵着姿势，一动也不动，更不说话。宋伟伟急得不行，他瞄了瞄讲台上的明月，忽然举起手，大声喊道："报告——"

"起来说吧。"明月让宋伟伟起立。

宋伟伟站起身，脸涨得通红，指着花妞儿对明月说："花妞儿每天下学要去后山采药，早晨也得去，她的作业都是熬夜写的。昨天没写，是因为……因为她摔伤了。"

花妞儿略显英气的眉毛霎时一翻，紧接着，她用力推了宋伟伟一把，扭身就跑出教室。她的脚明显不爽利，跑起来像是鸭子一样，一摇一晃。

教室里再次静下来。这次，没人敢起哄，也没人敢窃窃私语。

明月拧着眉头，朝教室外的院子看了看。秋天的老榆树枝叶金灿灿的，风一吹，就有叶子飘下来。像是从树上蹦下来的金子，晃得人眼疼。

她沉默一会儿，转过头看着教室里立着的男生。"该你说了，宋铁刚。"

不知道是不是刚才那一幕刺激到他，这个班里年纪最大的学生，也是最难管教的学生，竟朝着明月露出一副从来不曾有过的笑模样，"老师，我昨晚太困了。"

明月第一次遇见这种把偷懒当作理由还说得这么理直气壮的学生。

她不由得想起曾经看过的一篇文章，讲国内外的孩子不写作业的奇葩理由。其中有一个，和宋铁刚的很像，"我家猫老找我抱抱。"

"作业，十遍，放学前交给我。"明月将右手向下压了压，示意他坐下。

宋伟伟还呆呆地站在那里，明月叫他坐下，他没听到，还是后面的宋梦凡踹了他一脚，他才涨红脸坐下。

"下面，我们开始上课。这节课，我们学习新的对话……"

课上完，孩子们撒欢似的跑出去，明月低头整理教案，一抹细瘦的身影移过来，在距离讲台很近的地方，停住。"老师。"

明月抬头，看向宋伟伟。男孩子过了十岁，个子就像是拔高的竹节，一天一个样儿。她看着班里学习最好的学生，放柔嗓音，问：“今天的内容没学会吗？我可以给你……”

话没说完，就被宋伟伟抢过去，“老师，不是，我想说花妞儿……”

明月蹙起眉头，目光冷下来，“你想说她，那就算了。”一个不懂得在课堂上尊重老师的学生，即使再值得同情，也不值得她付出精力。

“对不起，老师，我说谎了。花妞儿不是采药时摔伤的，她是被宋梦凡和几个女生欺负，推在砖垛上，扭了脚。”

宋梦凡？明月想起早晨过河那一幕。

“老师，我帮你教训花妞儿！”

# 08　针锋相对

明月心情复杂地走出教室。

院子里秋阳正好，孩子们在老榆树下玩耍，你追我赶，不时发出欢乐的笑声。

她瞅了一圈，没发现要找的人。

“小明老师——”郭校长在伙房门口冲她招手。

她走过去，顺手摸了下宋小宝光乎乎的脑袋。

伙房里的光线永远是这么暗，连天熬药，屋子里透着一股苦涩的药味，即使敞着门，也散不出去。

她以为没别人，进来就说：“您去上课吧，我准备午饭。”

谁知郭校长却把一个热乎乎的鸡蛋塞进她手里，“快，趁热吃了。”

明月推着不要。

“你没吃早饭，饿坏了怎么行。”郭校长坚持，明月就没再矫情。她把鸡蛋在灶台上磕了几下，正准备剥皮，却看到缩在灶台边缘的一抹人影儿。

竟是，花妞儿。明月心神一晃，心想，她是逃到这里了？

花妞儿看到她注意到自己，身子朝角落里缩了缩，头也跟着低下去。

明月剥鸡蛋壳的动作明显慢下来，她朝花妞儿瞥了一眼，问正在破桌上收拾教案的郭校长，“您吃了没？”

郭校长对着桌上的镜子照了照自己的形象，拨拉了一下灰蒙蒙的头发，回头对明月说："吃了，我炒了一碗馍花，和花妞儿一起吃的。"

"花妞儿，走了，跟老师上课去。"郭校长冲着花妞儿招招手。

花妞儿似乎就等着这一句，她刷一下起立，差点打翻了身后的凳子。她绕过明月，疾步朝郭校长跑过去。

郭校长让她先去教室，他又折回去在抽屉里拿了一包粉笔，走到门口，他忽然顿住步子，转身看着正在啃鸡蛋的明月，说："花妞儿不是个坏孩子，你且忍忍，我会好好劝劝她。"

郭校长又指着桌上一个塑料袋，"那是花妞儿昨晚上去采的外伤药，她磨好了，让我转给你，记得按时涂抹。"说完就去上课了。

伙房里很安静，明月嘴里毫无味道的鸡蛋白和心里的五味杂陈形成鲜明的对比。她默默吃完，将破碎的鸡蛋壳收进肥料袋，然后，她走到郭校长的备课桌前，将盛了药的袋子连同教案一起抱着，走了出去。

回宿舍要经过教室。郭校长的声音非常洪亮，正在给孩子们讲一道简单的四则运算题。透过教室唯一的木窗子，她看到学生们按照前后排，分成两组，前排的在认真听讲，后面的在低头做题。

明月知道，高冈小学目前有两个年级，由于条件限制，两个年级的学生一直并在一起上课，她教英语并不觉得麻烦，因为是从头开始，不存在课程上的差异。可郭校长就不一样了，他同时带语文和数学，每次上课都要分成两部分，先给低年级讲，之后是高年级。

明月上学的时候，曾听同学说起过这种特别的授课方式。当时觉得和自己离得太远，根本没往心里去。可今天，当她亲眼目睹了以前从未接触过的一幕情景时，她的感受，只能用复杂和震撼来形容。

怕惊扰到学生，她绕远一点，从榆树边走回宿舍。放下教案，药包却掉在地上。她捡起来，打开，看到被碾磨成粉末的深褐色药面。她低头闻了闻，鼻尖皱了皱。

她坐在床上，从桌上拿起药碗，把花妞儿给她的药面倒了一些进去，

宋华来不及诧异明月的反应，硬挤出一副笑脸，转头招呼几丈开外的胖男人。“宋组长，你咋回来了？不是说去镇上开会了吗?”

宋老蔫是村民四组的组长，管着鹳河北岸三十几户人家，高冈小学也划在他的小组管辖范围之内。这个宋老蔫，是个好色之徒。年轻时因为调戏妇女，被关进监狱待了几年。可出狱后，他死性不改，靠着在镇政府工作的亲戚当上村民小组长以后，愈发肆无忌惮地纠缠欺负村里的女人。

宋华就是受害者之一，不过她性子刚烈，用剪子和菜刀吓退了宋老蔫几次，他也就老实了。说白了，此人就是个名声极臭的恶霸村官，而且欺软怕硬，奸猾狡诈至极，村民心照不宣，路上遇见他都会绕道走，省得被他黏上，感觉恶心又晦气。

宋老蔫远远就看到宋华和一个陌生的女人走在一起，这个女人身形窈窕，穿着时髦，虽未见着脸，心已经开始痒了。于是，他隔了老远就叫住寡妇宋华。走近了，看到那陌生女人背对他站着，蓝色牛仔裤包裹的部位凹凸有致，引人遐想，他不由得吞了口口水。

宋华看到宋老蔫浑浊发黄的眼珠子一直在明月身上绕，心先凉了半截。她侧身挡住明月，用只有两人才能听到的声音，动着唇皮提醒：“别回头，别让他看见你。”

明月没动。宋华以为她明白自己的意思，笑着打个哈哈就想拉着明月从岔路口离开，“组长，那不耽搁你了，我还有事，就先走了。”

“别急嘛，这位是你家亲戚？咋还不敢露脸，给人个背身！来，我瞅瞅，长得是不是有啥毛病!”宋老蔫霸道惯了，上前就想去搭明月的肩膀。

宋华面色一变，刚想阻止，却看到明月肩膀一抖，敏捷地躲过宋老蔫的手，猛地转过身去。

这下，才真正是，仇人相见，分外眼红。

明月死死地盯着宋老蔫错愕的胖脸，黑眸里能喷出火来。看到明月的模样，宋老蔫细窄的老鼠眼蓦地紧缩，挤成一道缝。他脸上露出惊恐之色，张着肥厚的嘴唇，开开合合几次，却没能吐出一个字来。

“你还记得我吗？宋老蔫！”明月向前一步，手指攥紧油布包着的猪肉。

宋老蔫踉跄退后，抬手指着明月，“你……你……”

“没错，就是我，明月！”明月冷笑一声，看着太阳光下猥琐得如同过街老鼠一样的恶臭男人，鄙夷骂道，“你做了什么丧尽天良的事，不会都忘了吧。这几日你可睡得着？梦里就没有人去找你算账?”

宋老蔫沉着脸，缩着脑袋朝一边挪了挪。

宋华看傻眼了。她满肚子疑问，扯了明月一把，“闺女，你认识他?”

明月冷笑，“宋老蔫，你敢不敢跟婶儿解释一下，咱们是咋认识的！”

宋老蔫心虚不敢接话，他瞥了瞥生满杂草的墙根，脚底一抹，就想溜。

“你别跑——”明月发现他的心思，捡起地上的石头就朝他背后砸了过去。“嗷——”手掌大的石头不偏不倚，正好砸在宋老蔫的后脑勺上。宋老蔫惨嚎一声，抱头鼠窜。

明月狠狠啐了一口，冲着逃跑的宋老蔫大声骂道：“王八蛋！你最好给我滚得远远的，下次再让我碰到你，见一次打你一次，你信不信！”

直到宋老蔫逃回自家院子，闩上门，宋华才把怒气冲冲的明月拉走。

路两旁有人出来看热闹，指着宋华她们嘀嘀细语，不知道在说些什么。

宋华紧扯着明月，一直走到学校的路口，她才吁了口气，放开明月。她到这会儿再看不出来怎么回事，就枉吃这几十年盐饭了。“闺女，你有委屈跟婶儿说说，是不是、是不是那畜生……”宋华不敢再说下去。

明月咬着嘴唇，眼眶泛红地转过头去。过了片刻，她对宋华说实话：“他想强、暴我，但没得逞。”

宋华神情痛苦地看着明月，气愤地骂道：“那个畜生，我早该割了他的东西！”

明月讶然，“婶儿，你也……”

“他敢动我一根指头试试！”宋华像明月刚才一样朝地上啐了一口，愤

宋华把围裙系了系，无奈地笑："我家的娃娃早就像燕子一样飞喽!"

看明月不明白，她解释说："他啊，在外省上大学呢。"

"那是好事，在哪个大学?"

"农业大学，学的是、是什么中药材植物……植物科学……"宋华记不住儿子那一大串系名。

"是中药材与植物科学系。"明月帮着宋华把盆里的面倒在案板上，"我有个高中同学考上云南农业大学，他学的就是这个专业。我听我同学说这个专业就业前景很好，基本上没毕业就会被签走了。"

宋华眼睛一亮，"真的?那太好了，我那娃儿性子犟，当初非要学这个，我还跟他赌气，说他咋死心眼呢，咋就跳不出田里去呢。"

明月呵呵笑道："您的儿子眼光看得真远。哦，对了，他当年是怎么考上大学的?"从高冈小学出去的孩子，也能顺利考上大学吗?

宋华听了明月的问话，不由得朝伙房的角落望去，那里是郭校长生活起居的地方，床铺和书桌虽然简陋，但是打理得非常干净。就像他的人，简单朴实。

宋华低下头，说："多亏了他。"说完，觉得不妥，她赶紧抬头解释说："就是你们郭校长，他为了我家娃儿，当时……当时操碎了心。"

"哦。"

"不过我娃儿也争气，他是高冈村第一个大学生，当年高考，他是县里的状元。"宋华提起儿子，眼睛里泛起母性的光辉，骄傲之色溢于言表。

"他叫什么?"明月没想到宋华的儿子居然这般励志，一个闭塞的小山村里，竟然出了一个高考状元。

"孙家柱。小名叫柱子。"宋华说。

明月喃喃重复了一遍，记住了这个未曾谋面的年轻人。

明月和宋华赶在午饭前包了近三百个饺子。圆圆胖胖的小元宝似的饺子是明月包的，宋华包的个头有点大，但看起来很实在。

明月故意包得多了点，她想饺子要是下不完，晚上去转信台打电话的时候可以给关山他们带去。

“咣咣咣——”郭校长敲响铁钟，隔壁的教室顿时沸腾起来，就听见一阵拉扯板凳和推桌子的声响，然后就有一排小脑袋从木门处一个摞一个地朝伙房里瞅。

郭校长摸摸他们的头，抱着教案走进屋。他看到灶台前背身忙碌的宋华，不禁愣了愣。明月却冲他眨眨眼，故意清了清嗓子，招呼道：“下课了，郭校长。”

“哦……”郭校长步子缓了缓，迟疑着把厚厚的教案放在桌上，他回过头，恰好和宋华的目光撞上。几秒钟后，两人同时撇开眼，郭校长佯装喉咙不适背身咳嗽，宋华脸红红的，耷拉着眼皮，紧瞅着锅里翻滚的水饺。

郭校长转过身，看着案板上密密麻麻的水饺，不禁惊讶地瞪大眼睛：“今天中午吃饺子？”

宋华一边用大笊篱翻动水饺，一边头也不回地说：“没看见咋的，就是吃饺子啊。”

外面等待的孩子们一听，高兴地欢叫起来。“吃饺子喽！噢——过年喽！”

明月正端着一摞空碗经过门口，噗一下笑喷。

看着孩子们狼吞虎咽地吞吃着饺子，明月又觉心酸，不过是几个不见荤腥的饺子，放在城里孩子的碗里，他们恐怕会嫌弃倒掉，可在这里，却成了香饽饽，大家都争着抢着吃。

“明老师，你的饺子，快吃吧。”宋华把一大碗水饺递过来。明月接过碗，宋华把另一个碗递给郭校长，“你也吃吧。”

郭校长看宋华没有，就让她先吃，宋华不肯，说她再下一锅。郭校长没再说什么，捧着碗坐在门槛上，边吃边和学生们聊闲话。

明月也凑过去。

郭校长一听愣住，就连明月也跟着瞪大眼睛。

饺子馅几乎看不到肉的影子，或许有那么一两块没剁碎混在馅料里，也完全不打紧啊。山里的孩子不爱吃肉？

郭校长动了动干涸的嘴唇，了然怜惜地说："我知道了，我会批评宋铁刚，你去吧，先回教室。"

花妞儿点点头，从人缝里钻出去，她没有立刻回教室，而是去水窖边，用水瓢舀了一瓢清水，反复冲洗着碗里脏掉的饺子。

院子里的学生都散了，郭校长把宋铁刚叫到一边训话。

宋华不知何时走到明月身边，她的眼睛有点红，看着水窖边的小女娃，面色沉重地叹口气说："花妞儿家里实在太穷，一年吃不上一次肉，所以，猛一吃，她才会恶心想吐。明老师，像花妞儿这种情况的孩子班里还有几个，他们平常没机会吃肉，所以，觉得肉吃起来很酸、很腥，不好吃。"

明月愕然不已，她记起前阵子郭校长从关山那里借肉的事，当时郭校长用他们吃剩下的肉和肉汤下了一锅面给学生们改善生活，她记得有几个孩子就没吃肉，只吃了面。没想到，竟是这个原因。

除了心酸，她更多的是无力。

花妞儿等宋铁刚回教室了，才小步走到郭校长面前，她的脸泛起红潮，小声恳求说："郭老师，我能不能把这几个饺子带回去给我奶吃？"

吃完饭，宋华帮着拾掇了伙房，又去参观明月的宿舍。

明月的宿舍，其实就是郭校长以前住的屋子。宋华曾经进去过几次，知道里面的模样。她心想明月是城里人，想必要求高，会讲究一些，谁知进门一看，却猛地愣住。

屋里还是之前的老三样，摆在原处，照旧寒酸得很。只是书桌上多了一些书和女人用的物品，墙角多了一个行李箱，还有窗台上一个"烧刀子"的空酒瓶里，插着一束路边随处可见的野花。

看到明月还用着郭校长之前的破床，宋华不禁蹙起眉头，对明月说："我家有张闲置的木板床，明天我就让人搬过来。"

明月赶紧摆手拒绝，"不用了，婶儿，我睡习惯了。"

"郭木鱼吃苦也就算了，咋把你也拉上！你瞅瞅，这床能睡人吗？"宋华上前一把掀开床单和褥子，露出凹凸不平的床板和撑床板的长条凳。

明月苦笑了一下，把宋华撩起来的床褥放下来，铺平。

"刚来的时候不大习惯，床硬得像脊背顶着石头，无论怎么翻身都不得劲，早晨起来，跟打了一夜拳似的，浑身都疼。可后来睡久了，也就惯了，感觉以前睡的床，都不叫床，应该叫棉花垛。"

宋华扑哧笑起来，"你这闺女说话可真有趣。"不过她还是摇头，坚持说："必须要换床。你一个娇滴滴的城里闺女，能来我们高冈村支教已经很不容易了，好的咱不敢比，但能给你改善的，我也绝不吝啬。"

宋华说完就指着屋里空旷的地方，说："这里摆上两个箱子，你回头放衣服、行李啥的，偶尔来个客还能坐坐。那边，摆个新脸盆架，墙上钉面镜子，你洗漱就方便了。哦，对了，还得在屋里两头扯根绳，这万一下雨下雪，洗个衣服就不怕了。"

明月的心暖暖的。郭校长对她很好，可他毕竟是男人，能顾着大面就已经很不错了。反而是初相识的宋华，从一个女人的角度，从生活的角度，为她处处考虑周全。这让明月感到很是窝心。她发现，在某一方面，宋华和红山镇的红姐有些相像，不过她们一个走心，一个走真。

自然流露的真情和关心，是无需猜测或是证明的，看着对方的眼睛，你就一眼能辨识出来，什么是真，什么是假。明月说谢谢。

宋华笑了笑，目光不经意地朝院子外面的人影瞥了瞥。

明月看到，心中一动。"婶儿，有句话我不知道该不该问？"

宋华看着她，笑道："有啥你就说。"

"我……您是不是喜欢郭校长？"明月攥了一下自己的手，低声问道。

脸，断然拒绝。

宋铁刚挠挠头，刚想说话，门却咣当一响，被人推开。

郭校长顶着一头汗水走进来，“对不起啊，小明老师，我回来晚了。”郭校长是真的过意不去，明月今天的工作量是他的两倍，下午还替了他一节课。可他并非故意偷懒，也不是和宋华在一起，而是在回村的路上，他撞上一件稀罕事。

“我现在送他们回去，你也早点歇着。”郭校长说完觉得气氛不对，他心里隐隐掠过一丝不安，然后就看到三尺讲台上，明月正和宋铁刚针尖对麦芒地对峙着。说对峙也有点过，因为只有明月一个人心情不爽，而宋铁刚则觍着一张脸，笑嘻嘻地看着明月。

不用想也知道宋铁刚又闯祸了。郭校长的头开始隐隐作痛。他放缓脚步走过去，低声问明月：“又出啥事了，小明老师？”

明月瞪着宋铁刚，晃晃手里的作业本，“一节自习课，一个字没写，我问他，他还犟嘴，我让他叫家长，他就在这儿跟我嬉皮笑脸耍无赖！”

坏情绪总要有个发泄口，此刻郭校长就是她的出气筒。明月看着郭校长，语气明显带了一丝埋怨，“还有，咱们学校的学生口音太重，他们在家怎么讲话，那是他们的自由，我管不着，但是在学校里，在课堂上，我希望他们能用普通话进行交流。毕竟普通话是我们国家的统一语言，是各民族、各省份之间交流与沟通的纽带。讲好普通话，不仅仅是山区教育的需要，更是为了他们将来能走出大山，自信从容地同外界交流。这不是小事！”

郭校长低头沉默了大约四五秒的光景，方抬头看着明月，诚心道歉：“是我错了。我平常对他们要求不严格，和娃娃们没关系。”

明月摇摇头，“这怎么能是您一个人的错呢？是他们，没有这个意识。”

宋铁刚杵在讲台上，早待得不耐烦，他看明月和郭校长对上话，就想悄悄开溜，谁知脚刚挪了半步，肩膀就被明月扣住。“宋铁刚，你又想跑？”

"嘿嘿……我脚痒了，磨磨。"他有一肚子千奇百怪的理由。

明月漆黑的眼眸里闪现出一抹火光，她压抑着怒气，沉声说道："下周一我要见到你的家长，要是不来，你也不用来上课了。"

宋铁刚顿时傻眼了，他张开嘴，嗫嚅着说："我……我……"

撞上明月格外严厉的目光，他哆嗦了一下，赶紧改口说普通话："我……我爷来不了。"

"那你也不用来了。"明月松开她的手，示意宋铁刚可以走了。

宋铁刚以为明月就是吓唬吓唬他，没想到她竟然来真的，他毕竟只有12岁，还是个半大的孩子，再顽劣淘气，也害怕老师发脾气。他顾不上笑了，扭过头，求救似的望向郭校长。

郭校长心有不忍，上前替宋铁刚求情，"他爷爷不大方便出门……"

明月目光一沉，以为郭校长故意偏袒宋铁刚，质问说："有多不方便！见下孙子的老师，难道比养猪养羊还难吗?"

宋铁刚神色一变，嘴唇抿得紧紧的，偏过头去。

郭校长看看他，又转头看着气头上的明月说："你要真想见宋铁刚的爷爷，我带他过来就是了，你别生气。"

"我没生气。"明月转身收拾教案。

她在说谎。她其实很生气，因为不理解这些山区的家长，对孩子的教育一点都不重视，他们认为孩子吃得饱穿得暖，再识俩字就足够了。把学校当成大托儿所，把孩子寄养在这里，对学习情况、考试成绩不闻不问，等孩子大了，考不上高中早早辍学，就让孩子回来重复祖辈父辈的命运，一代一代，就这样悲剧性地循环下去。

同样都是生命，城里的孩子却从未出生就开始接受胎教，到出生后的早教、幼儿园、小学、初高中、大学，研究生直至博士，基本上有条件的家庭都非常重视子女的教育。这体现出一种对生命的尊重，更是一种思想的进步。所以，山区教育总是滞后，总是跟不上时代发展的趋势。说白了，

董晓东拍着胸口长吁口气，一脸庆幸地回屋做饭去了。半人高的水缸放在角落里，旁边就是一片小树林，是个隐秘的地界。

“我在这儿等着你回来，等着你回来，看那桃花开……”不用回头也知道董晓东这货又开始发疯了。

关山无奈地摇摇头，将迷彩服挂在树枝上，然后一掀胳膊，短袖衫就脱了下来。他解开皮带，连裤子带裤头一起褪掉，扔到树杈上。

傍晚时分，太阳下山，山里的温度很低。刚做了数百个俯卧撑，光着身子也不觉得冷，反而因为心情畅快，浑身上下发烫，想冒汗。掀开水缸的盖子，用挂在缸壁上的瓢舀了一瓢水，刷一下，从头顶浇下来。山里的井水格外的凉，脊背上的伤口被水浸到，尖锐的痛楚刺激得他倒吸口气，他闭着眼睛，又接连舀了几瓢水冲刷自己汗渍渍的身子。

他对董晓东说谎了。他没去断崖处理线路，因为方圆五公里的通讯线路全都正常，不需要做任何维护。他今天办了件大事。一件现在想起来仍旧会使他畅快微笑的大事。董晓东说他撞上熊瞎子了，也对也不对。他遇到的，是比这山里的熊瞎子更可怕的禽兽，数日来，他牺牲休息时间蹲山踩点，就是为了今天午后那畅快淋漓的一击！

受点伤算得了什么，比起她那日遭受的伤害，这点刮伤根本不值一提。

倒是那只披着人皮的禽兽，倒在陷阱里嗷嗷痛叫的一幕，成为他日后安眠的动力。

“我在这儿等着你回来，等着你回来……”这首歌自带魔性，心情畅快的关山居然跟着董晓东一起哼唱起来。眯着眼睛揉着头上的香皂末，蓦地想起内裤还在宿舍，他扯着嗓子吆喝屋里的董晓东，“晓东——晓东——”

董晓东正用随身听播放流行曲，声音开得老大，根本没听见。

关山气得瞪眼，香皂水淌进眼里，蜇得他愈发看不清东西。他集中所有火力，冲着屋子的方向，大声吼道：“董晓东——把我裤衩拿来！”这声吼气贯长虹，威震天下，不仅惊起树上的飞鸟，而且震走了林间的野兽。

董晓东虎躯一震，咔哧一下按掉随身听，直奔宿舍而去。

“非把你那破玩意儿砸了不可！”关山用力撸了一把脸上的香皂末，恨声说道。他刚准备舀水冲身，脸色却骤然一变，眼中闪过凛冽的寒芒。“谁——”质问的同时他已经背转身去，拉下树杈上的衣服胡乱裹在腰上。

与此同时，院子里传出惊叫。“啊——”

董晓东傻眼了，张着大嘴，指着院子中央正捂着脸惊声尖叫的明月，也跟着叫起来。他一边叫，一边把目光在明月和角落里光着身子的关山之间来回转换。

明月捂着脸，朝董晓东的方向挪过去，“董、董、我……我啥……啥也没看见。”

董晓东整个懵掉了。他下意识地接过明月的手臂，把她拉向厨房。

片刻后，关山黑着脸，夺过董晓东递过来的大号军用裤衩，一弯腰穿上。关山直起腰，用手按了下发烫的额头，瞪着董晓东，低吼道：“还杵在这儿干啥！把我干净的衣服拿来！”

总不能让他穿着裤衩和明月见面吧。虽然，他已经被她看光了。想起刚才那一幕，关山的老脸不禁愈发胀痛。

董晓东像不会说话的小孩一样唔唔着跑了，背影和路线都很诡异，关山的脑子里蹦出两个字，风骚。

又过了一会儿，衣冠整齐的关山走进厨房。

董晓东正和明月聊着什么，看到关山的模样，他扑哧一下笑喷，“我说关山，你大晚上的戴啥帽子啊，哈哈哈哈。”

关山的嘴角抽了抽，面无表情地说：“我高兴。”

明月垂着头，不敢看关山。不过从关山的角度望过去，能看到她脸颊上透出的粉嫩颜色。

董晓东捧着肚子，笑得眉眼皱成一团，笑得关山最后也绷不住，跟着笑了起来。明月抬眸，恰好撞上关山的目光。漆黑的瞳仁里漾着畅快的笑

“我……”董晓东想说我休息一会儿，跟美女唠会儿嗑。

“立刻，马上，去——刷碗。”谁知关山根本不讲情面，直接下死命令。

等董晓东不情不愿地走了，关山指着热气腾腾的铝锅，说：“你快吃吧，别一会儿凉了。”

明月用筷子挑了半碗面，斯斯文文地吃起来。因为烫，她只能撅起小嘴，小心翼翼地把面吹凉再放进嘴里嚼。刘海长了，细碎的头发丝落下来，正好遮住眼睛，她不时向上吹气，用气流荡开那些头发丝，再继续吃面。

忽然，眼前一亮，额头上多了一个东西。她诧异抬眸，却看到关山不知何时坐了过来，正用一根食指帮她挑着发帘，同时，神色坦荡地对她说：“你吃吧，我帮你固定住头发。”

明月愕然，随即脸就红了。“这多麻烦你，不用……”她想拒绝。

“你吃你的，我看着别处，你当我不存在就好了。”关山当真转开脸，可他转的方向不大对，不是有些看头的院子，而是贴着部队宣传标语的白墙。

看到这一幕，董晓东差点没跌个跟头。看到关山主动去搭妹子的时候，他还以为自己是在做梦。心想这头大黑牛开窍了，像个正常的男人了，可他还没乐上两秒钟，就发现那头牛还是……那头牛！

董晓东悄悄退出厨房。他走到院子里，里面的人看不到的地方，才捧着肚子无声地狂笑起来。关站长啊关站长，想不到，你也会有今天！

最后，明月从兜里摸出一个卡子别住刘海，才算打破这种尴尬的局面。

关山说了声“你慢慢吃”，就出去了。

明月这才彻底放开，加快速度，呼呼噜噜吃起来。院子里传来扑通扑通的声音，她抬头望了望，没看到人影。说了不饿，可一锅面被她吃下去大半，汤也喝了两碗。正觉得有些难为情，关山和董晓东走了进来。

董晓东不知道怎么了，出去转了一圈，走路就不得劲了。

“董晓东，你……”明月诧异地指着他。

董晓东抿着嘴，委屈地朝关山瞟了一眼，“我……我刚摔了一跤。”

怪不得刚才外面咕哩咕咚的。看样子，摔得还有些重，董晓东走路还捂着屁股。“要紧吗?”明月起身收拾碗筷，神情关切地朝董晓东看了看。

董晓东刚想把伤说得严重点，求得明月的安慰，就听到旁边的黑大个猛地一咳，“你怎么能让明老师收拾碗筷?”

董晓东张大嘴，啊都没啊出一声，就被关山命令收拾刷锅去了。

“关山，我想打个电话。”明月不好意思地说。

关山看看她，指指门口，声音放柔：“走，我带你去。”

还像前几次一样，明月打电话时，关山擦拭设备等着她。

第一个电话还是拨给沈柏舟。彩铃响了很久，一直无人接听。明月有些着急，挂断，重新拨号。这次，音乐响了一会儿，耳边就传来沈柏舟惊喜地呼唤，“明月——明月，是你吗?”

沈柏舟不在家。他那边传出嘈杂的人声和摇滚乐的声响。

“是我，柏舟。”明月的声音瞬间就淹没在嘈杂声里。

沈柏舟没听清，他抬高音量对明月说：“我和大鹏他们在‘水岸’，我马上出去，你等我，一定等我!”

“水岸”是一家KTV，她曾跟着沈柏舟去过几次，是沈柏舟和发小聚会的场所。电话那端传来他同大鹏说话的声音，很吵，明月听到有人起哄，熟悉的同州口音，沈柏舟同他们笑骂了几句，之后走出包间。

“明月，明月——”

“嗯，我在呢。”

沈柏舟长吁口气，“我怕你等不及挂了。这帮人，就是见不得我好。”想到重要的，赶紧解释：“今儿大鹏生日，吃了饭还不尽兴，非要到这边玩。”

“我又没问你。”明月笑着说。

沈柏舟叹了口气，忽然说：“我想你了。”

她思忖了几秒钟，转头拿起话筒，对沈柏舟说："你寄到我同学那儿吧，就是宋瑾瑜，上学时住我隔壁屋的女孩，你也认识的。你就寄给她吧，她在川木县中学，能收寄包裹。"

沈柏舟说好。明月掏出口袋里的手机，把里面存的宋瑾瑜的手机号和地址给沈柏舟念了一遍，沈柏舟记在手机便笺里，说找到资料就给她寄过来。

两人说了几句，明月挂断电话。

她转头又问关山："我能再打一个电话吗？"

关山的手一顿，抬起黑黝黝的眼睛看着她，"你只管打，不用问我。"

明月哦了一声，重新拨了一串号码。单调的铃声，响了大概五六声，对方接起，"喂？"

明月赶紧自报家门："宋瑾瑜，是我，明月。"

宋瑾瑜愣了几秒，忽然拔高音量叫："明月！是你吗？明月！"

"是我。"

"老天爷，你失踪了咋的，我打你多少遍电话都无法接通，等你打过来又等了一个多月。你手机坏了？红山镇没电话吗？还是……"宋瑾瑜倒豆子一样问了一大堆问题。

"我很好，就是这边的小学条件很差，没有电，没有通讯信号，我的手机成了摆设。"明月解释说。

"哦，是这样啊。那你现在在哪儿？红山镇？"宋瑾瑜只记得明月被分到川木县最贫困的红山镇去支教。

明月不禁苦笑。如果高冈小学在镇上就好了，最起码，镇上还有电，有澡堂。"不是，我在高冈村。"她轻轻带过。

宋瑾瑜不知道高冈村在哪儿，但是听明月的语气也能猜到那里肯定不怎么样。她晓得明月心气高，不想多说就是忌讳她提起，加上之前分配的时候她的确亏欠了明月，所以宋瑾瑜巧妙地转换话题，主动问明月："你明天休息不？来县里玩吧，我带你转转。”

明月说：“先不了，改天再去。”

“那好吧，来之前给我打个电话，我好做准备。”宋瑾瑜说。

明月嗯了一声，就把沈柏舟邮寄包裹的事跟她说了一下，“镇上接不到包裹，所以只能寄到你那儿，给你添麻烦了。”

宋瑾瑜心跳如擂，兀自还在消化沈柏舟三个字给她带来的震撼。她做梦也想不到单恋三年的学长竟要给她寄包裹，虽然这包裹是明月的，可一想到快递单上摆在一处的收件人和寄件人的名字，她就莫名地兴奋起来。

“宋瑾瑜？”半晌没等到回音，明月试探着叫了一声。

宋瑾瑜蓦地回神，紧张地回答说：“哦……我知道了，你给、给你家沈王子说我的地址和电话了吗？”

“说过了。”

“那就好……就好……”

“那我挂电话了，谢谢，宋瑾瑜，再见。”

“再见。”宋瑾瑜挂了手机，一骨碌从床上坐了起来。她抱着手机屏幕，啪啪啪亲了几口，开心得想飞起来。“沈王子，我的沈王子，这是真的吗？”

明月挂了电话，却没放回话筒。她的眼睛盯着数字按键，看了好一阵子，才把话筒挂回去。转过身，她对关山说：“我好了。”

关山把抹布放在一边，瞥了她一眼，“你可以继续，我反正也没事。”

明月摇摇头，“不用了，打好了。”

关山等她出去，关门闭锁。“现在就回去？”关山问她。

她点头，“回吧，不早了。我和董晓东说句话。”

关山指着大门处，“我在那边等你。”

“我自己能回去，不用……”明月话还没说完就看到关山抬手阻止她，“不安全。”

明月张张嘴，没再坚持。

觉得、你做的和孩子们看到的、感受到的，并不一定对等。因为真心，是发自内心的喜欢和热爱，掺不得一点虚假，孩子们的世界干净、纯粹，他们眼睛里的人是透明的，好与不好，自有他们的一套评判标准。当然，我说这些并没有贬低你的意思，相反，我因为理解你，一直站在你这一边。我想告诉你的是，换其他的人，不会比你做得更好。但是，明老师，你对孩子们感到失望的同时，我建议你问问这里……看它能不能帮你找到答案。”他再次把手压向胸口，眼眸里的光芒映着月华，竟出奇的通透。

明月不觉一怔。她迅速收回目光，抿着嘴唇细细思索关山的话，两人并排默默走着，很快就到了学校的路口。

“我回去了，关山，谢谢你送我。”明月抬头说。

关山点点头，微笑说：“明天的事明日急，晚上别想太多。”

明月感动地看他，冲他挥挥手，转身走了。

关山没动，一直等那抹纤细的身影彻底消失在夜色里，他才蹙起眉头，用手撑了一下闷痛麻木的腰部。

明月回到学校，看到伙房亮着灯，就过去敲了敲门。“郭校长，我回来了。”

门吱呀一声从里打开，郭校长披着件外套从里面出来。“明老师，你见到关山了？”

“见到了，他刚送我回来。怎么了？”伙房里的光透出来，明月发现郭校长脸色很差，神情也不大对劲。

郭校长看看她，一副欲言又止的神色，犹豫了片刻，才说：“有件事我得告诉你。”

明月的心一沉，以为郭校长的病不好了。“您又咯血了？我去叫关山——”

明月转身就要走，却被郭校长大声叫住，“不是……不是我！”

明月诧异地望着他，“到底什么事啊，您快说啊！”

“我下午没上课是有原因的。”郭校长把掉在肩头的衣服朝上拽了拽，情绪有些激动地向明月讲述了下午的离奇经历。

什么？宋老蔫！他被人挂在树上！

明月的脑子里闪现出一个矮胖子被绑成粽子挂在树上的画面。

关键这只粽子是剥过皮的……

“扑哧——”明月笑出声。她的眸子里光芒闪亮，上前一步，急切地追问道：“真的吗？真的是他吗？他被人绑了？是谁把他挂上去的？”

郭校长摇摇头，“不知道。宋老蔫被村民救下来，冻得嘴唇发紫，浑身哆嗦，问他是谁，他直摇头，说啥也不知道。”

明月暗暗攥了一下拳头，恶人自有恶报。可她又觉惋惜，该去哪里寻找那位无名英雄呢？

郭校长犹豫了片刻，才从兜里掏出一个东西，递给明月，“你看看这个，是我从挂着宋老蔫的树杈上找到的。”

明月低下头，看向郭校长手掌的物件。一看之下，不由得惊诧挑眉，她微张着嘴，和郭校长视线交汇了一下，不禁同时轻声、缓慢地念出一个人名。

“关山！”

没错。郭校长手里的东西是一块不规则的迷彩布，细长的一条，一看就是被某种尖利的东西挂掉的。这种布，只有军人才穿。可这方圆十里的高冈村，只有关山和董晓东两位军人。董晓东，他那小身板，背着宋老蔫爬树，还是算了吧。直接否决掉。那就只剩下一个人。这个人不仅有惩罚宋老蔫的动机，而且还真的有能力……

仔细一想，关山的确最可疑。董晓东说他下午不在转信台，回来就洗澡，而且，他的迷彩服被挂烂了，他的脊背也不舒服……是他用他的方式惩罚了宋老蔫。一定是他！

明月从郭校长手里拿过那根布条，“您找过了吗？树上还有没有他留下的痕迹。”

郭校长摇头，很肯定地说：“找过了，就这一块布，没别的。”

“嗯。布条我收着了，郭校长，这事就我们知道，你谁也别说。”

“我跟你说宋老蔫受苦是想让你高兴，关山的事，我谁也不会说。哦，宋华也不知道。”郭校长保证道。

明月笑了笑，刚想回屋，郭校长问，“明老师，你明天下山吗?”

“不了。我后天去镇上。”明月说。

“好。”郭校长冲她摆摆手，“睡吧，早点歇着。”

明月回到宿舍，把那根布条摆在书桌上，盯着看了许久。到最后，她捂着嘴笑了起来。“哈哈哈……”快意的笑声回荡在四周，之前眼角眉梢盘桓不去的晦涩怨气，都随着阵阵笑声一扫而空。

一夜无梦。第二天一大早，明月还没起床，就听到院子里乱哄哄的。

“明老师起了吗?”居然是宋华。

明月赶紧坐起来，去拉被子上盖着的毛衣。

“还没呢，你来得太早了。”是郭校长。

宋华似乎笑了笑，然后低声对同来的人说：“你们把东西放下就走吧，回头去我商店拿烟。”

有人和她讨价还价，有人笑着说好，很快，院子里的嘈杂声就小了。

“你……跟明老师说昨天的事了?”宋华问郭校长。

郭校长嗯了一声。

“那明老师高兴不？她肯定激动得睡不着觉。”

郭校长笑了声，说：“高兴着呢，半夜还能听见她的笑声。”

宋华哈哈大笑，察觉不合适，又赶紧捂住嘴，她瞅了瞅紧闭的屋门，低声对郭校长说：“这丫头心强着呢，别看她表面上没什么，其实，她一早就准备着报仇呢。”

"她跟你说要报仇了?"郭校长诧异道。

宋华说,"可不咋的,昨天来学校的时候撞上宋老蔫,她直接撂了块砖头送人家当'礼物'。还说,一定要把受的委屈加倍给讨回来!"

郭校长沉默半晌,说:"我早看出来,她和别的寻常女子不一样。她是能成大事的人。"

宋华默认,过了一会儿又问:"那昨天的事,你看是谁做的?"

不知道宋华是不是凑太近了,郭校长先是轻叱了一句让她别动,然后语气严肃地说:"你咋也学村里女人一样爱翻闲话呢。管他是谁做的,只要那畜生得到报应就行了。"

"我……我好奇呢。刚才出门,我见不少人围在宋老蔫家门口指指点点,都在说昨天的稀罕事。"宋华委屈解释道。

"你就别管了。"

"哦。"

又是一阵沉默。"柱子给你来电话了吗?"郭校长的声音。

"来了。打到镇上红姐那里,说他一切都好,让我别惦记。哦,对了,他给你买了一个氧气包,说是这个月底能寄到县里。"宋华说。

郭校长似乎不满,埋怨说:"这娃,买啥东西!他哪儿有钱!"

宋华解释说:"娃娃有出息,上学有奖学金,还能出去打工,他用自己赚的钱给你买的,你就收下,娃娃的一片心意。"

"叫他退了去,我不需要那玩意。浪费钱。"郭校长坚持。

"你就不要犟了,这些年你资助他还少?他如今大了,让他尽尽心。"

郭校长还要再说,明月却拉开门走了出来。她冲着宋华叫了声婶儿,然后看着郭校长说:"您就别固执了,就算柱子不给你买,我也要给你买个氧气包。"

郭校长愕然怔住,宋华笑了笑,眼眶却红了。

明月怕他们再说什么,就指着院子里堆放的家具问:"婶儿,你真给我搬来了!”可不是吗，除了一张结实的木板床，床头还有两个半新的木质箱子。看起来很有些年头了，上面的漆呈现出一种深褐色。

“我就是怕你嫌弃。这些家具，在家闲置好些年，能派上用场就是它们的功劳。”宋华挽起袖子，就要去搬东西。

明月赶紧拦住她，“我还没洗漱，洗漱完了，我帮你。”她指了指自己的脸。

宋华瞅着她笑，“不洗脸也跟戏文里的仙女一样，粉嫩水滑的，让人想摸一把。”

明月大窘，“婶儿，你学坏了，净逗我!”宋华哈哈大笑。

就在这时，一道挺拔的身影大步迈进院子，“这么高兴，有啥喜事?”

一看来人，三人的脸上都露出笑容。

“你来得真早!”“你来得真巧!”

明月刚漱了口，听到这两声，噗一下把水都喷了出来。

三双眼睛都看她。她脸红摆手，“sorry，sorry，失误，失误。”

宋华伸出食指点点明月，转头对关山说：“不管来得早还是来得巧，都得干活。来，关山，搭把手，把这俩箱子抬明月屋里去。”

关山脱掉迷彩外套，卸下军帽，放在水窖的盖板上。

他指着地上的箱子，“就这两个是吧。”

宋华点头，想帮忙，却被他阻止，“我自己就行了。”只见他扎了个马步，略微弯腰，从底下托起箱底，右手扶着箱盖，试了试重量，然后低吼一声，“起!”还别说，沉重的箱子真被他抬起来了。

“慢点，关山，你慢点，这又不是比赛。”宋华跟在关山屁股后面嚷嚷。

关山扛着呈 45 度角倾斜的木箱经过明月身边的时候，明月噙着一口洁白的牙膏沫子，冲他竖起大拇指。

关山嘴唇一咧，露出一排大白牙。他的笑容爽朗热情，像天际冉冉升起的太阳，灿烂夺目。不愧是军人，行动力惊人，等明月洗漱完毕，关山已经把床褥晾在院子里的绳上。

明月怕他翻到私密的东西，赶紧小跑着进屋收拾。

关山进来拆床板，看到上面用废纸填充的孔洞，手下的动作不由得顿了一顿。这些天，她就睡在这样简陋的床上？她从来没提过，哪怕最委屈的时候……

关山正走神凝思，“宋老蔫那事，是你做的？”明月忽然问他。

关山目光深深地看了明月一眼，没回答。他弯下腰，像刚才抬箱一样，轻松扛起床板，走了出去。

明月盯着床下的几双鞋发了会儿呆，脑子里乱乱的，不知道是该追出去继续追问，还是等他进来再说。

她找了个纸盒子把几双鞋摞着放进去，搁在一边。

新搬进来的箱子是实打实的木材做的，虽然旧，但是看起来非常结实。明月打开箱盖朝里面瞅了瞅，发现里面空间很大，她比了比胳膊和腿，感觉自己能钻进去藏着。

关山肩上挂着两个床头走了进来。郭校长和宋华合力抬着床板，紧随其后。“我来，我来！”明月赶紧去接宋华，却被宋华一甩肩膀阻止道：“这床板是杉木的，沉，你别沾手。”

关山比了比以前床的位置，放下床头，把书桌朝边上扯了扯。他把床头塞进去，靠墙根固定住，然后把另一个床头比对着放好。

他接过宋华这边的床板，“郭校长，咱俩一起放。”

“好。”随着咕咚一声响，床板稳稳地落在床头上。

关山调整了一下床板的位置，坐在中央，用力压了压，“真结实！”

宋华笑道，“那可不咋的。别看这床旧一点，木料都是上好的，当初打家具的木匠说，这床能睡到人老（去世）喽！”

郭校长上前压了压床板，脸上露出满意的笑容，“这下小明老师就不会睡不着觉了。”

明月笑了笑，冲宋华说："谢谢婶儿。"

"谢啥哩，我要不是穷，还想给你们盖间新学校哩！"宋华说。

郭校长睨她一眼，小声嘟哝道："能嘞不行！"

宋华没听清，"老郭，你说我啥？"

"我啥也没说。"郭校长朝外走。

宋华拧着眉头追上去，"肯定说我坏话呢，你别走，给我……"

两人声音渐渐远去。屋里就剩下明月和关山。

关山挠挠头，看着在书桌前整理东西的明月，说："今天是秋收节，你去瞧瞧热闹吧。"

明月回头看他，"你也去吗？"

"嗯，我代表转信台参加秋收节。顺道过来叫上郭校长，他要在秋收节上点火把。噢，今天就不用做饭了，大场上会有杂烩菜，不过都是素的。"

明月眨眨眼，"听你一说，倒是很有趣。"

"走吧，一起去。"关山发出邀请。

明月却指着他的上身，伸手说："把你的迷彩服拿来。"

关山愕然一愣，明月蹙眉催他，"快拿进来呀！"

他出去把迷彩服和军帽都拿了进来。进屋却看到明月正在她那个硕大的行李箱里翻找着什么。

"找到了！"她低声嘟哝了一句，拿着一个圆形的小盒子走了过来。

关山朝盒子上瞅了一眼。针线盒。还没等疑惑，关山手里的衣服已经被明月抢了过去。

明月把针线盒放在桌上，抻着迷彩军装的领口，用力一甩，衣服就抖得展生生的。她对着亮处，用细长的指尖仔细摩挲着衣服。一处，两处，四处，五处。五处缝补过的痕迹凹凸不平，尤其是最后一处，细长的一条，缝补的人也不找块内衬布垫着，就直接把裂开的部分缝在一起。这道痕迹，不禁让明月联想到手术后的疤痕，肌肉外翻，怵目惊心。

关山走前两步，想抢回衣服，“军装有什么好看的。”

明月背身一转，避开他的手，径自走到书桌前，打开针线盒。她取出剪子和针，坐在床板上开始拆衣服上蹩脚的针线。

关山想拦她，却被她的眼神给盯回去。关山只好一边待着，看明月干活儿。看得出来，她经常做针线活，手底动作娴熟而又麻利，针和剪刀在她手里变戏法，勾挑剪抹之间，那些口子逐渐露出本来面目。

“这是你缝的，还是小董缝的?”她抽空还能用鄙视的眼神瞅他一眼。

关山眨眨眼，差点没掉冷汗。他用很小的声音，回答说：“是我。”

明月抬头瞥他，那眼神，除了鄙视还传递着就知道是你的意思。

约莫十分钟，明月就拆完了。她吁了口气，笑道：“幸亏你技术不精，针脚大，不然的话，光拆完就得半宿。”

关山再次汗颜。

明月朝书桌坐过去一点，拿起一本书开口向下抖了抖。有个东西从里面掉了下来，落在桌上。关山两眼裸视 5.0，以前在特种部队时，不用瞄准镜也能射出比别人好的成绩。所以，那东西一露面，他的脸色就跟着变了。他昨天差点把小树林翻个底朝天也没找到的布条，居然在她手里！她怎么找到的?

心情复杂的关山抬起头，恰好撞上明月的目光。一泓深黑里像是藏着万语千言，在关山看来，就是一言难尽。可她的表情却又出人意料的轻松，嘴角轻扬的弧度，微翘的鼻尖，透出一丝狡黠和顽皮。

他在想，他该怎么开口。

她却低下头去，手指拈着针快速翻飞，缝起了衣服。

“你不用绞尽脑汁敷衍我，没用。就是没有郭校长找到的这根布条，我也能猜到是你。因为在这座大山里，只有你和郭校长会为了我拼命。我这个人看着有点傻，其实一点也不糊涂。谁实心待我，谁值得深交，我一眼就看得出来。你、郭校长就是值得我深交的朋友。郭校长是长辈，我就不说了。但是关山，以后，别这样做了。为了教训那头畜生，冒这么大的风险，不值当。”明月低着头说。

关山抿着嘴，像堵墙似的立在屋子中央。

明月抬头瞅他，指指他背后的箱子，笑着说：“你坐啊，我这儿还得一会儿。”

看到关山腰板挺直、双手垂放膝头的标准坐姿，明月暗自感谢了一下宋华，她送来的箱子既能放东西又能当椅子，真是好。

明月低下头继续做活儿。三寸长的口子，屋里头静悄悄的，偶尔能听到他的呼吸声，与一般人不大一样，清浅而又缓慢。

过了一会儿，他突然开口道：“你值得我这么做。”说完，不等明月反应，就起身走了出去。

# 10　秋收不仅仅是收获

明月打小就练出来的针线功夫绝不是盖的，半刻多钟，她就把关山的军装补好了。和之前疙疙瘩瘩麻袋包似的不同，现在的针脚又细又密，一丝线头也没有，穿在身上，就算是仔细看，也看不出缝补过的痕迹。

关山的嘴巴，从学校一直到村里的大场，就没合上过。

“秋收节”从字面的意思不难理解，是个庆祝丰收的节日。这一天，高冈村的村民齐聚在晒麦子的场地上载歌载舞，用舞龙、耍狮子、吹唢呐、敲大鼓等等方式欢庆丰收。

热烈的气氛感染到每一个人，明月捂着耳朵，好奇兴奋地看着眼前从未见到过的景象。秦巴山区的舞蹈，粗犷热烈，男男女女，用夸张的肢体动作欢庆丰收，祈祷来年风调雨顺。

宋华看来是跳舞的高手，她一上场，就博得了村民热情的掌声。虽然岁数不小了，可身体的协调性还是很强，下腰，扭胯，振臂，流畅漂亮的舞蹈表演，引得村民欢呼，草龙和狮子都围着她打转。

之后，大场里响起更热闹的喧哗声。明月定睛一看，不由得笑了。原来是郭校长，他不知被谁推到了场上，和正在舞蹈的宋华撞在一起。

郭校长的脸红得像酱缸里熟透的大酱，他一边遮着嘴闷声咳嗽，一边朝人群摆手，要退回去。谁知宋华一把拽住他的胳膊，轻轻一个旋转，就把他给带进场地里了。

离得那么老远，明月还能看到郭校长的眉毛几乎拉成一条直线，嘴角抽动的震颤，她也似乎能感觉到。“哈哈哈哈……”明月忍不住开怀大笑。

就在这时，身边却坐下一个人。

明月笑着转头，撞上一双满含笑意的眼睛和熟悉的一线洁白。

“忙完了?”刚才关山被村长叫走帮忙去了。

关山点头。锣鼓渐歇，腰鼓上阵。两人就说起场上的节目。

明月莞尔笑道：“这不是为难郭校长吗?你看，他都不动，就婶儿一人在那儿跳。”

关山却摇摇头，“我看未必。”

明月揪着眉毛，看他，“你这个人真是的，不去救郭校长，还落井下石。”

关山眨眨眼，垂下睫毛，嘴角有抹笑纹。明月微微一怔。她的思绪有点跑。男人的睫毛也能长得这么长吗?沈柏舟的睫毛就很长，可和他比起来，似乎还差了一点。以前她怎么没发现呢?

察觉到什么，关山抬起眼睛，眼神里透出一丝疑惑。

明月瞬间回神，张着嘴啊了一声，指着场上开始舞动的郭校长，惊喜叫道：“天呐，郭校长会跳舞!”

不仅会跳，还跳得很棒!

别看他身材瘦削，面相平凡，可一旦被周围的热烈气氛感染到、刺激到，那骨子里潜藏着的舞蹈天分就像音符一样，源源不断地涌了出来。

明月敢说，郭校长是她见过最棒的灵魂舞者。越是这种粗犷原始的舞蹈，才越能激发出他的舞蹈本能。

明月越想越不对，一拳头捶到关山的胳膊上，“讨厌啊你，都不告诉我!”害她像个傻子一样白担心一场。

他咧开嘴露出爽朗明亮的笑容，耀得人眼花。

捶完才觉得手疼，她啊呦叫了一声，一边甩着手腕，一边瞪他和他的胳膊，“你是铁做的啊。”

他露出无辜的笑容，嘿嘿笑笑，把手臂朝她送了送，“那你再打。”

明月揪着眉毛，扬起拳头，作势欲打。可看到他促狭中带着认命般的眼神，她羞恼地收回手，“讨厌，欺负人!”

他哈哈大笑。她用脚踹他，却又抱着脚，哇哇叫起来。

场上，宋华到最后成了陪衬，但她却心甘情愿地做郭校长的绿叶。因为她知道，再想看他如此肆意奔放地释放自己，不知要等到何年何月了。

明月看着那样的一幕，却悄悄地背过身，拭去眼角涌出的泪珠。一对儿被命运耽误的有情人，到了迟暮之年，只能用这种方式才能走到一起。

“擦擦吧。”眼前多了一条手绢。灰白格子相间的手绢，像他的人一样，随时随地带给她朴素不张扬的安全感。

明月接过去，在眼睛上按了按。“不好意思，我好像想多了。”她低着头解释说。

关山的目光温柔地落在她黑黑的发顶，他很想去抚摸一下，安慰她，可手已经抬到半空，却又隐忍地落下。他有什么立场去碰触她呢？一个才相识一个多月的朋友，或许，连朋友也是他美好的想象。他的嘴角露出一丝苦涩的笑意，目光转回场上。

秋收节可不是只有舞龙耍狮子，还有丰富多彩的农业技能比赛。割谷子、剥玉米、搓麻绳等等有趣刺激的竞赛项目将现场气氛一次次带向高潮。最后一项比赛，是挖红薯。不知谁喊了声，男女配对挖红薯才公平，于是村长宋家山直接拍板，说就一男一女搭配着来。

一些爱玩闹的村民把台下的明月给拽了出来。“明老师和关山配一对!”“好——”“噢——噢——”有人大声起哄。

明月吓得朝后跑，“我不会。我没挖过红薯。”要她做个针线，做个饭，或是讲个课，她驾轻就熟，可做农活……饶了她吧!

但这些人闹起来了，又岂会轻易收手，于是，她被半推半绑地架到关山面前。有人在背后用力推了她一把。“接好喽——”明月大声尖叫，她闭着眼，以为要摔个狗啃屎，谁知下一秒却稳稳落入一个熟悉的怀抱。

明月掀起一线眼帘，悄悄向上看了看。关山的高鼻梁犹如一座山横在视线里。“啊——”她弹跳立起，转眼撞上关山招牌式的笑容和闪亮的目光。

她局促地捏紧手指，结结巴巴地说：“我真不会干农活。”

“没事。”关山笑着说。

“我会拖累你的。”她再次强调。

关山笑容更灿烂，“没事。”

就这样，明月和关山做了搭档。和浩浩荡荡的村民队伍一起，冲进了红薯地里。和割谷子的比赛规矩差不多，从田埂一头开始，顺着直线挖，在规定时间内，谁挖的红薯最多，谁就是冠军。阳光充足，漫山遍野的连翘林如同金色的麦浪，绿色的番薯藤闪烁着露珠的光泽，浓郁的乡土气息扑面而来。

参赛的每个人被分到一把镰刀一把锄头。他们沿着田埂排成一排，就等着宋家山吹哨。“各就各位，预备——嘘——”比赛开始了。转眼间参赛村民就到了地里，只有明月还杵在田埂边上，盯着手里的镰刀和锄头发呆。

“明老师，傻站着干啥，快下地挖啊——”宋华急得上前推了明月一把。周围的人哈哈大笑，明月涨红脸，跟在关山后面，弯下腰，用锄头戳了戳地。好硬，戳不动。

“哈哈，你看她——”围在四周的村民们笑得更大声了。明月窘得想钻进土里，刚想要不要跑掉算了，眼前却多了一双穿着军用迷彩鞋的大脚。

“我教你，别慌。”天空一暗，然后夹带着一丝汗味的男性体息就盈满了鼻间。

“刨红薯要先除掉秧子，像这样，把它割掉，然后，用锄头刨这些松土，刨的时候掌握住力道，千万不要挖断红薯根。”关山是个魔术师，他没怎么费力，一个红色的胖乎乎的东西就被他从土里拽了出来。

“好大个！”明月稀罕得不得了，一把抢过红薯，笑出声来。

关山目光温柔地笑了，他问她，“会了吗？”

明月挠挠头，“我试试吧。”

“你就慢慢刨，多少没关系，输赢也没关系，只要你学会了，得到快乐了，就是收获。”关山说。

明月若有所思地看了看关山，“你真像我的老师。”

“瞎说！”关山黑脸一红，转身走了。

明月低头一笑，把刚刚挖出来的大红薯放进竹筐里，她挽起毛衣袖子，一边回忆关山刚才教她的动作，一边偷窥着旁边地里的村民，认真学起了挖红薯。

农活是要力气的。她早晨急着走，没吃郭校长给她做的早饭，所以挖了一阵儿，就感觉到累，满头大汗，双腿发虚，走一步都想摔倒。但同时又很开心，因为她在关山的鼓励和帮助下，看到红薯一个个被她挖出来时，那种成就感，不亚于她获得教学大奖时的心情。

真的是笑声和汗水齐飞，快乐和辛劳共存，她真切感受到秋收的快乐和喜悦，以及农耕的艰辛和不易。谁知盘中餐，粒粒皆辛苦。古人所想表达的意思，莫过如此。

“嘘——”宋家山吹响哨子。比赛结束。

明月帮关山抬着筐子，去田埂上过秤。最终，他们没能取得冠军，但是相视而笑的他们，却收获了世上最珍贵的财富。

此刻，在村子里，宋老蔫和前来报信的本家堂弟宋孝春正窝在他那间破败的屋子里说话。

“哥，你咋不开窗户哩，这屋你也能待住！我算服你了！”宋孝春说了几句话就受不了屋里刺鼻的臭气，他起身想去开窗，却被躺床上的宋老蔫踹了一脚。

“开啥开，你想冻死我。”宋老蔫不让。

宋孝春皱着眉头坐下，椅子嘎吱一晃，吓得他赶紧拉住床头。宋老蔫被逗得嘿嘿笑起来，宋孝春拧着眉毛敢怒不敢言，心里却骂上了。

活该他这个不成器的堂哥打一辈子光棍，像他这样又臭又懒又好色的男人，哪有婆娘愿意跟他。像昨天有人绑了他挂在小树林里，那就是他造孽太多惹了仇家，才活该受罪。要他说，绑得好，绑得妙，要不是他有把柄捏在他这堂兄手里，他也真想把他这堂哥朝死里弄。

“你的病咋样了？不行就找花家的老婆子给你看看。”宋孝春说。

“我有啥病，你还不知道！”宋老蔫瞪眼。

宋孝春在心里呸了一声，装病！死狗！面上却带着笑，说：“没病就好嘛。你想了一夜，想起是谁绑了你不？”

宋老蔫肥胖的脸上露出一丝冷笑，衬着屋里阴沉沉的背景，看起来格外瘆人。他顿了一下，朝床前探出身子，猛地咳嗽两声，朝地上啐了口浓痰。

宋孝春躲避不及，脸上溅上了几点唾沫星子。他隐忍地闭了闭眼睛，问：“咋，你猜出是谁了？”

宋老蔫倏一下坐起，肿肿的眼泡一抬，低声说：“不是郭木鱼那个老混蛋，就是转信台那怂！”

秋收节收尾是“百人宴”。

“村长，现在的秋收节一年比一年冷清了，你看，今年的百人宴两茬人都坐不满。”席间，宋华指着围坐在宴席前的老弱妇孺说。

原本一桌人谈兴正浓，却因为宋华的一句话变得沉默下来。

宋家山觉得嘴里的烩菜如同嚼蜡一般，全无刚才喷香的滋味。说起来，他这个村长当得实在是窝囊，可有啥办法呢，高冈村就是这个条件，就算他长出三头六臂，也无力去改变村里贫穷的面貌。

明月看看默不吭声的一圈人，心里泛起阵阵酸楚，她只是个无钱无权的小老师，除了教好学生，其他的忙，什么也帮不上。

宴席散了已是下午四点光景。关山带做百人宴的小九来见明月。

“小九——”虽然只见过几次面，可明月对小九的印象极好。

小九腼腆地笑了笑，叫了声明老师。

关山对明月说：“小九明早回镇上，你俩可以搭个伴。”

明月惊喜说好。原以为要独自去镇上采买生活用品，却不想还有了个伴儿。

关山从兜里掏出一串东西，朝小九扔了过去。小九接住，低头一看，眼睛赫然一亮，“车钥匙！你让我骑车了！”

关山用力揉了揉小九的脑袋，叮嘱道：“把你明老师给照看好了，不许出事！”

“是！保证完成任务！”小九立正，向关山敬了个军礼。

川木县中学，周六全校休息。宋瑾瑜睡到十一点才起，然后磨磨蹭蹭地到食堂吃饭。

贫困县中学的食堂比她想象中要好得多，南北菜系的菜都有，而且老师还有饭菜补贴。在这里吃住近两月，她居然还胖了。

她在窗口要了一份套餐米饭，刷了教师卡，找到一个空位坐下。食堂人不多，在她身后，坐着四位年轻教师。可能见到她过来，那几个人将音量压低了些，可还是能传到她的耳朵里。“你们听说了没有，教体局要从我们学校选一位年轻教师去同州一中参观学习。”

宋瑾瑜刚刚夹起一根青菜，“啪”地掉了下去。

全省重点中学？同州一中！

“听说要学习半年呢，你们知不知道，要是能去一中参观学习一趟，就跟国内的学生出国镀金差不多。”一位老师慨叹道。

宋瑾瑜的手再次顿住。半年。繁华现代的大都会同州。没有明月的同州，却有沈柏舟的同州。她的心底某一处忽然松动了一下，放在桌下的手指慢慢攥紧。

“你不是有个亲戚在教体局吗？赶紧去走走关系，说不定就能去了。”

“算了吧，我那亲戚管食堂的，和人事科八竿子打不着，我可不去自讨没趣。”

“那现在谁是人事科科长？我听胡老师说教体局刚刚调整过中层领导。”

“好像姓王，是个女的，以前就在人事劳资科里工作，是个干事。”

“找她最好了。我告诉你们……”后面的声音越来越小。

王干事升科长了？宋瑾瑜惊讶地撩了撩耳边新烫的大波浪，低下头，盘算起来。

“叮！”兜里的手机响了一声。她掏出手机看了看。原来是微信里有人添加她为好友。她的手指在屏幕上轻点了两下。突然，她勾头贴近手机，猛地捂住嘴。天呐！加她的人，居然是沈柏舟！

我是沈柏舟。

宋瑾瑜心跳如擂，她盯着屏幕上的一行提示，伸出食指，指尖颤抖着按下接受。

泛彼柏舟，亦泛其流。耿耿不寐，如有隐忧。因为沈柏舟，她把这首《诗经》背得滚瓜烂熟。

“叮——”微信信息来了。沈柏舟的头像图片就是他的近照，帅气的男人冲着镜头微笑，颊边深深的酒窝，让她看了心动脸热。

她打开信息。居然是一条语音。

宋瑾瑜更紧张了。她摸着脸颊，四处看了看，然后一路小跑来到操场边一棵梧桐树下面，才收住步子，将语音点开。

她赶紧把手机贴近耳朵。沈柏舟清晰而又标准的普通话就通过电波传了过来。“宋同学，我是明月的男朋友沈柏舟，明月让我给她邮寄一些资料，地址留的是你的，可我手机前阵子出故障，信息丢了不少，所以，能不能麻烦你把地址再给我重新发一下。”

宋瑾瑜盯着屏幕上显示的语音，心头掠过一丝复杂的情绪。又激动，又失望，似乎还掺杂着一缕失落。原来，他找她还是因为明月。怕他的小公主收不到邮件而寻到她。他怎么找到她的？他们好像没有留过电话。

宋瑾瑜低下头，抿着嘴唇打字。你怎么找到我的微信？

沈柏舟很快就回复。不过还是语音。

“我从你们系的同学那里找到你的微信号，冒昧打扰，很不好意思。”

宋瑾瑜不习惯语音，于是接着打字，“你太客气了，学长，明月和我是很好的……”手指顿住，她犹豫了一下，接着敲：“……朋友，我帮她是应该的。还有学长，你以后有事随时联系我，我 24 小时在线，不关机。”

沈柏舟这次没用语音，而是手敲了两个字谢谢发了过来。

宋瑾瑜把自己学校的地址和手机号编辑成信息发给沈柏舟。顺便，她也要到了沈柏舟的电话号码。

收起手机，宋瑾瑜步履轻快地朝宿舍走去。

周日，明月起个大早，刚洗漱完，小九就来了。

她今天穿了一套浅灰色的运动套装，黑色运动鞋，长发高高束起，化了淡妆，年轻得像是十六七岁的少女，冲着院子里的小九笑得明媚灿烂。

小九看呆了，指着她，张着嘴，啊了两声，嗫嚅说：“明……明老师。”

明月走过去，像关山一样揉了揉小九鸡窝似的头发，笑道：“怎么，不认识我了？”

小九脸红，躲了躲，低声说：“董晓东说你是仙女，我看你就是仙女。”

“你说什么？”明月摆弄身后的背包，没听清。

小九嘿嘿一笑，“没说啥，我说，咱们下山吧。”

郭校长出来叮嘱了几句，明月就和小九走了。下山一路顺利。可到了山脚下，去老祠堂那里推了那辆破旧的摩托车出来之后，就开始状况百出。

先是小九踹不着火，摩托车发动不起来。踹了大约半小时，细细的发动杆都快被小九踹断了，车子终于震颤着动了起来。

小九在前，明月在后，车子歪歪扭扭地朝镇上驶去。

可谁知车子到了中途自动熄火，这次，任凭小九还是明月，都没法把它弄着。最后，只能是小九前面推，明月后面推，费了九牛二虎之力终于步行到了红山镇。

红姐倚在春风商店的门框上，指着路边狼狈不堪的明月和小九，笑得前仰后合。“哈哈……瞧你们的样儿……啊呦……笑死我了……小九……你被、被摩托车骑了……哈哈哈哈……”

明月擦了擦额头上的汗，冲着垂头丧气的小九安慰说：“别理她，你已经很棒了。”

小九感激地瞅瞅明月，手捏着刹车，发泄一般猛地踹了脚发动杆。

“突——突突——”沉寂了一路的摩托忽然狂放地吼出声来。

小九不防备，差点丢开刹车，明月则是吓得闭着眼睛，手捂着耳朵。

红姐愣了愣，再次爆发出尖锐欢畅的大笑。

小九无地自容，一脚跨上摩托，飞驰而去。

明月面色讪然地朝红姐笑了笑，低头走进商店。

红姐笑舒坦了跟着进来，她睨了一眼明月，心中暗暗赞道，好一个水灵灵的妹子。怪不得关山……

“下来买东西?”红姐问。

明月点点头，“宋华婶儿给我宿舍搬了几样家具，我想买新的被单被罩，哦，对了，我还想买块布，做幅窗帘。”

红姐摊手，“我这里不卖被单，不过，镇上有家做布生意的店面，我领你过去。”

明月说不用，她自己找过去就行，红姐却直接关了店门，拉着明月朝镇子后街走了过去。

吉祥布店。虽然店里的设施比起红姐的商店差了许多，暗沉沉的，没有一丝吉祥的气氛，可是布匹独有的味道却让明月感到一种久违的亲切感。

她的姥姥曾经是位裁缝，她的针线活就是跟着姥姥练出来的。家里那会儿到处是布，冬季的毛呢，夏季的乔其纱，“洗可穿”的涤纶料，还有棉花布，棉绸布，最好是真丝面料，有印花、暗纹和纯色之分，薄薄的一匹真丝布料，扯一块拉下来，手指摸上去像缎子一样光滑……

吉祥布店可没有这些高档面料，这里除了棉花布，就是纯色的棉布，放眼望去，宛如掉进棉布的海洋。明月挑了一块方格布做床单和桌布，窗帘她选了天蓝色的棉布，看到布店里还卖白色的劣质花边，她又要了五尺。

回到红姐的商店，又买了一些零食和日用品，明月装好东西，拎着洗漱包对红姐说：“我想去洗澡。”

红姐摆摆手，“去洗吧。哦，对了，我得提醒你，今天人多！”

红姐怕明月受不了澡堂的环境，从她进去后就吩咐看澡堂的不要再卖票了，她以为明月坚持不到十分钟就会捂着鼻子冲出来，可谁知等了又等，等得她肚子都咕咕叫了，才看到明月和几个高冈村的婆娘媳妇有说有笑地走了出来。

明月看到她，面带微笑地冲她招手，又向同行的女人们告辞，不知说了句什么，惹得一群人哈哈大笑。

明月小跑着过来，白皙的脸庞因为刚洗过澡，显得红润而有光泽。

红姐笑了笑，朝明月投去别有深意的一瞥，“看不出来，还挺行……”

明月讶然看她。

红姐笑了笑，她捏了捏明月潮湿的发尾，“我是说，你看起来柔弱，其实骨子里很坚强，怎么折腾都能挺得住。”

红姐朝远去的村民努努嘴，夸赞她：“她们看来也认可你了，连跟你说话都撇起洋腔了！”

明月回忆一下，还真是这样。她们和她说话的时候，尽量不说当地生涩难懂的方言。明月笑了笑，“那还不好，指不定我在高冈待两年，村民们都会说普通话了。”

红姐撇撇嘴，“洋腔洋调的有什么好。”

“那你说的，不也是普通话。”明月反驳。

“我是做生意，需要。”红姐不服输。

明月想了想，说：“高冈村也需要会说普通话的村民，你想啊，高冈村不可能总是这样封闭啊，以后，如果外来的商人上门和他们谈生意，他们讲一口土话，对方听都听不懂，还怎么做生意啊。”

红姐看着一本正经的明月，眼珠转了转，扑哧一下笑出声来。“你这丫头……真逗……哈哈哈……谁能看上高冈啊……鸟都飞不过去的地界……生意人会上门……你可、可真逗。”

明月没有笑，她朝远处隐没在云层里的巍峨青山望了过去，低声却坚定地说：“我相信，迟早有一天，高冈会富起来。”说完，她转过身，朝隔壁的春风商店走去。

红姐的笑容僵在脸上，她歪着头，朝明月刚才注视的方向望了望，嘴里嘟哝说：“刚夸夸她，就上脸了！”

怼归怼，饭还是要请的。红姐留明月吃午饭，就在隔壁的春风餐馆。

小九刚把炒好的两个菜端上桌，就听外面响起一阵霸气十足的轰鸣声。

汽车？三人面面相觑。红山镇除了每天一趟开往县城的班车外，再无外来车辆。小九猴急地跑到门口，和邻居家的孩子一样，扒着门框探头一看，不禁大声叫起来，“是军车，军车——”

军车？还没等红姐起来瞧热闹，小九又杀猪般地嚎叫起来，“他们……他他……他们来了。”

红姐蹙起眉头，站起来呵斥小九，“你给我滚回来，说的都是些啥……”

啥字还没落地，就觉得视线一暗，前后走进来三位身材魁梧的军人。

关山每次下山都穿军装，所以红姐他们认得这些人是和关山一样的军人。生意人的本能，红姐立刻改换笑模样，搓着手迎上前去，“哎呦，稀客，稀客，你们是当兵的吧。”

这不废话吗！不仅明月抿着嘴乐了乐，就连那三位陌生的军人也露出了忍俊不禁的表情。站在中间年岁看起来最长的一位军人，对红姐说：“我们要去高冈村，到这儿吃顿便饭，老板给安排一下，菜要简单，三个就行，务必要快！”

他抬腕看了看表，又说：“十五分钟最好。”

红姐端着身架儿笑了笑，“没问题，包您满意。”转过头，“小九——清炒茄子——辣子炒肉——芹菜香干——炒上喽——”

“成——”没过半分钟，后厨就传来滋啦爆锅的脆响。

三个军人坐在明月和红姐隔壁那桌，等待的时候，他们三个人就跟木桩子一样，双手贴放在膝头，目视前方，一句话也不说。

“嗤——”红姐捂着嘴笑出声。

明月撞她一下，低声提醒说：“别笑，他们能听见。”

明月的背后就坐着一位。那位的身子晃了晃，忽然开口说话，“老板，不如我们拼个桌吧。”

这次，连明月都瞪圆了眼睛，回头瞅着那位一鸣惊人的年轻军人。

风卷残云，这四字成语用来形容面前的三位军人再贴切不过。桌上五盘菜，一筐馒头，眼看着就要被他们一扫而空。眼前这一幕莫名的熟悉，明月仔细回想了一下，脑中赫然一亮，她想起来了。

饺子！关山和董晓东吃饺子，同这三位军人的吃相如出一辙。

明月咬了口馒头，偷偷瞄向对面年长的军人。国字脸，浓眉、宽鼻、阔嘴，肩章上扛着两杠两星。中校。明月在心里默念了一句。比她名义上的父亲少了一星。

中校自带气场，不怒自威。其他两位年轻军人一个扛着一杠一星，一个扛着一杠两星，一个长相酷似影星胡军，man 得有型有款，一个长相憨厚，一看就让人想起《士兵突击》里的许三多。

许三多是中尉，胡军是少尉。

“你咋不吃菜?”许三多把一盘快要见底的辣椒炒肉朝明月这边推了推，顺便瞪了胡军一眼。

明月夹了一块青椒放进嘴里，又把盘子推给许三多，“我吃饱了。”

许三多咧嘴憨笑，露出嘴角尖尖的虎牙，“你的饭量也太小了，连我们大……哎呦——你掐我干啥!”许三多竖起眉头，冲旁边的胡军嚷嚷。

胡军拿眼皮撩了撩许三多，不动声色地把辣椒炒肉朝他这边拽了拽，“我看你是吃饱了，话这么多。”

许三多可能意识到什么，猛地捂嘴，神情紧张地瞅了瞅中校。中校还在大刀阔斧地消灭面前的清炒豆角，根本没朝他这边看。许三多松了口气，刚想去夹那盘辣椒炒肉，谁知，筷子尖却一下插到了桌板上。

他张大嘴，表情惊愕地朝一旁嘴角挂油的胡军望过去。“我去——”

“噗——”明月再也忍不住，侧过身大笑。

红姐也被眼前一幕逗笑，“菜不够就直说，瞧把这个大兄弟委屈的。”她正要招手叫小九加菜，却听到咔哒一声响。就见刚还吃得欢实的许三多和胡军像是听到冲锋号一样，立刻丢掉筷子，坐姿齐整，目视前方。

红姐和明月被吓了一跳，表情迷茫地互相看看对方，然后齐齐把目光转向中校。刚才那咔哒声就是他发出来的。他估计是吃饱了，要不就是看不下去了，直接把筷子扣桌上了。他的两道目光，探照灯似的照得人眼花，在两个尉官身上停了停，之后，落在红姐和明月身上。

“打扰了，结账。”干脆利落的五个字，从中校的嘴里蹦出来。

红姐一愣，心想，当官了怎么了，当官的就不让兵吃饱饭了？牛啥牛！她嘴角一撇，凤眼一瞪，冲着后厨的小九叫道：“油炸丸子、炖土鸡，要大个的，快点上！”

小九正闲得发慌，一听生意来了，立刻抄家伙开始烧油。

中校以为红姐是自己吃，从兜里摸出两张一百的人民币，放在桌上，起身说：“多谢老板招待，叨扰了。”

许三多和胡军也紧跟着起来。

“坐下——”红姐一拍桌子站了起来。

中校回头，诧异看她，“钱我给你了。”

“不够。”红姐挑眉冷笑。

中校蹙起眉头，“两百块还不够三盘菜钱？”

“七盘。”红姐右手三指轻捏，比划了一下。

七盘！这次不仅是中校，就连他那俩兵，包括明月都瞪着桌上五个空盘子，数了好几遍。

明明只有五个盘子。非要再加，也只能加一个馍筐。

红姐指着后厨，开始给他们算账，“咋？刚刚要的油炸丸子、炖土鸡，你们忘了？还有我们小姐妹原本是要自己吃，是你们非要和我们拼桌，咋，吃了我们的菜，就想赖账？”

听了红姐一通指责，中校的眼睛珠子都要从眼眶里蹦出来了。他瞪着牛眼，低吼道：“我什么时候要这两个菜了？不是你自己要的吗？”

红姐睁着眼睛说瞎话：“我就是个传话的，刚才你明明要了，不信你问你那两个兵！”

“不……不是……你这人，怎么空口说白话呀。”中校摘下军帽，撸了一把额头上的冷汗，指着许三多和胡军，“傻愣着做什么，快解释清楚啊。”

这时，后厨忽然传来滋啦一声响，紧接着一股炸肉的香味就飘进了前厅。许三多和胡军对视一眼，同时吞了口唾沫，像是商量好了，他们齐刷刷指着中校，指责道：“队长，你说谎。”

中校愣住。眼睛瞪到极限又收回来，再瞪大，再收回去，如此反复几个来回，他伸手，颤巍巍地指着神色发虚的许三多和胡军，说：“好……好个窝里反的兔崽子。”

他掏了掏口袋，又抽出一百拍在桌上，“吃！让他们吃，吃不完谁也不许走出这屋!”

红姐拿起桌上的红一百，对着明处照了照。

明月扯了扯红姐的衣摆，小声提醒说：“差不多了，红姐。他要被你气死了。”

红姐扑哧一下笑了，她弹了弹手里的钱，冲着脸色发青的中校，抖了抖，说：“行了，看在我妹子的分上，就少收你一百。得了，过来等吃吧。”

中校一脚一个把许三多和胡军踢过去，“兔崽子！饿死鬼投胎，走哪儿都忘不了吃!”

许三多和胡军赶紧坐下。他们朝明月和红姐投去感激的眼神，背后的中校一咳嗽，两人立马端得直直的。

红姐指指空着的位置，“当官的，来坐啊。”

中校瞪她一眼，把她当成开黑店的老板娘了。

红姐也不介意，又问他：“你们是来干啥的?”

中校在隔壁桌坐下，“你管不着。”

“管不着，我也想管管。这红山镇，没有我红姐不知道的事情。”

中校的嘴角抽了抽，看着红姐的目光明显变了。

不等他说话，就听许三多指着红姐惊叫道：“你就是红姐?”

红姐纳闷不已，她拽了拽身上的红衣服，回答说：“咋？我不够红?”

胡军忍了忍，才没笑出声来。他的嘴角抽搐着，插言问道：“红姐，你认识一个叫明月的人吗?”

“是关山让你们来的?”明月惊讶极了。

许三多笑得憨厚，“就是哩，他在电话里千叮咛万嘱咐，让我们一定护送你回去。”

“那你们，是来看望他的吧?”明月问。

“是哩，我们和他是一个……哎呦——你咋又踢我!”许三多怒了。

胡军瞪他一眼，向明月解释说：“我们的工作有些特别，不大能和别人说。你……”

明月点头，“我理解，没关系。”不就是特种部队吗，有什么好神秘的。

出发前，明月走到中校面前，把二百块钱还给他，“红姐和你开玩笑呢，她是个热心肠，见不得有人‘虐待士兵’。”

中校朝春风商店瞅了瞅，嘀咕说：“她怎么不亲自来？心虚?”

明月假装没听见，她走到军绿色的越野车前，胡军为她拉开车门，她卸下背包，坐上车。

胡军是司机。他车技很好，狭窄的山道如履平地，明月以为又会晕车，却没有。山路走到不能再走，胡军把车停在路边，一行人下车，准备步行上山。明月以为只有她一个人背包，谁知，胡军把车后盖一打开，里面溢出来各种生活用品，食品就掉了一地。

她不禁瞪大眼睛，讶然问道：“这是……带给关山的?”东西的种类简直比红姐的商店里还全，光是火腿肠就有三箱。

许三多用绳索捆扎地上的箱子，“我们难得来一次，来了就多带点，听说上边生活条件很差。”

明月蹲下来，帮他按着箱子，“是不太好，拿着钱也买不到东西。”

许三多笑了笑，问她：“你是城里人吧，咋也来高冈村了，走亲戚吗?”

明月摇头，“我是村里的支教老师，刚来两个月。”

“你是支教老师?”这次换中校主动问她。

“嗯，怎么，连我也不像老师吗?”明月笑着说。

许是想到刚才质问红姐那一幕，中校黑脸一红，说：“那倒不是，就是你看起来太娇弱了，不大像能吃苦的。”

明月低头看了看自己纤细的腰身，懊恼说：“你们惯会以貌取人！”

“还有谁这么看过你？”中校的眼睛里居然露出一丝笑意。

“关山——”明月冲口而出，话说出去，才觉得有些过了，她赧然解释说，“刚认识他那会儿，他也这么说过。”

中校嘴角上扬，眼睛里升起一道玩味的光芒。关山这小子，看样子有情况啊。

经过简单捆扎后，三位军人的背上都摞满了箱子和袋子。看样子不会轻，但他们神色平常，上山时，还轮流照顾明月。一路上聊得熟了，明月知道许三多叫王松强，胡军叫刘昆，中校姓徐，他俩都叫他徐大队。

“关山，他还好吗？”轮到徐大队照顾明月，他默默地爬着台阶，问道。

“你指什么？”明月反问道。

徐大队诧异地看了看她，明月回以湛然清澈的目光。

“你都知道了？他告诉你的？”徐大队哪里是平常人呢，看人只消一个眼神，一个动作，就能察觉到对方的所思所想。更何况，明月压根也没打算瞒他。

“不是。”明月摇头，“他不会说的，因为你们有纪律，不是吗？我只知道他曾是一名特种兵，后来因为伤病主动申请调来转信台。我只知道这些。”

徐大队的脚步忽然慢下来。明月也跟着放慢速度，偏头过去，却看到绿草盈盈的背景下，徐大队的面部五官缩成一团，露出痛苦的神色。

“徐……”明月大惊，刚开口却被他抢过去，阻止道：“我想起了往事，一时间有些感触。”

明月沉寂下来。她没问，徐大队也没说话。两人就这样步履缓慢地爬着山路，走到一处地势稍缓的地方，他示意明月休息。

明月也没强撑，爬到一半的时候，她已经累了，只是碍于徐大队他们不停步，她只好跟着走。找了块平坦的石头，一屁股坐下。从背包侧边抽出矿泉水瓶，打开盖子，仰脖子朝喉咙里倒了几大口，才喘着气，将瓶子递给徐大队，“喝点水。”

徐大队笑了笑，摆手说不用。这种山路，他们每次训练时都要爬上两个来回，早就不当回事了。用关山的话讲，爬山还要喝水，简直浪费时间。他的兵啊……总是这么牛……

他曾经引以为傲的全军特战尖兵……其他兄弟单位的战友无不服气感叹的铁血军人……却因为一次任务，为了能够多救回两个战友，硬生生被折断了翅膀……

放眼望去，巍巍青山，云雾缭绕，红叶如火，好一番瑰丽奇幻的景致。但是徐青云的心里，却感到无限悲凉，因为他这一生，遇到的最好的兵，就待在这座大山里，与寂寞和寒冷作伴，与清贫和原始作伴，他的世界从轰轰烈烈归于平淡，就像他离开大队时对他说的一样，他要做回关山，一个普普通通的兵。

从特种兵到通信兵的转行，他只用了三个月，等技术娴熟了，他就主动要求到秦巴山区最偏僻的转信台工作。一别就是六年。

记忆中的关山永远定格在六年前，他最后一次参加实战任务前英气勃发的模样。他叫他，徐老 A；他叫他，臭小子。

“徐大队，你怎么哭了?”

徐青云蓦地回神，他抬头看了眼明月，伸手抹了下眼睛。

果然，他还是老了，居然当着一个小姑娘的面，就控制不住自己的情绪了。他可是徐老 A，大队的“活阎王”，枪架在额头也不会眨下眼睛的硬汉，竟然哭了。

他又擦了一把，哧一声笑了。“瞧我，眼病犯了也不知道。”

明月静静地看了他几秒，然后，姿态漂亮地站了起来。“我什么都没看见。走吧，徐大队。”

“我们到了——”王松强和刘昆已经快爬到山顶，他们立在一处视野开阔的地方，冲着还在崎岖山道上跋涉的徐青云他们挥手。

山谷里传来阵阵回声。

明月听了，感到些许的怔忡，她不禁回想起大三暑假，沈柏舟陪她去攀登绵山时的情景。那时，她陪着体力不济的沈柏舟落在后面，前面的大部队，时不时地会吼上一声，激励后面的同学。

每次前面的同学嘶声呐喊的时候，沈柏舟就会回以同样亢奋悠长的呼喝声。他鼓励明月试试，说这样大声喊出来，是最好的减压方式。

明月不肯，她矜持惯了，总觉得这样做不够斯文。

“啊——啊——”走在前面的同学又开始新一波的“怒吼”。

沈柏舟停下脚步，双手围在唇边，做喇叭状，大声回应：“我爱——明月——我爱明月——”

明月傻眼了。她愣了一瞬，跳过去，踮起脚尖捂住沈柏舟的嘴。“你疯了!”

沈柏舟的眼睛亮若星辰，他握住她的手腕，把她带向怀里。

“我就是疯了，就是疯了，明月，我爱你爱得发疯……”他的嘴唇，贴在她的耳边低声呢喃。

“明老师?”

明月恍然回神，“哦，不好意思，我走神了。”

徐青云看着她微红的脸，眼神变得有些探究和惊讶。

明月加快步速，跟上徐青云。

王松强和刘昆就在刚才招手的山脊上面等着他们。远远望去，他们身上的军装和周围的树木几乎融为一体，若不是那一双晃动的手臂，明月几乎找不到他们的位置。

明月心里存着一个疑问，不吐不快。“徐大队，你为什么不让两个年轻人吃饱呢?”

再怎么说，他们也是跟着他出来办事的，辛苦就不说了，最起码要吃饱饭吧。所以嫉恶如仇的红姐才觉得他过分，故意摆了他一道。明月不爱管闲事，但也觉得徐大队对他的两个下属太过苛刻。

“体重超标。”徐青云默了默，回答道。

“你们还限制体重?”明月瞪着水汪汪的眼睛，蹙眉问道。

徐青云一愣，那种熟悉的感觉又来了。他眨眨眼，嗯了一声，忽然转到题外话，“明老师，你父亲做什么工作的?”

父亲？明月的脑子一时转不过弯，徐青云的这句话就像是卡在脑子里的某一处，忽然间就转不动了。

徐青云惊讶地看着明月脸上微妙的变化，心不由得一沉，他……是问了什么不该问的问题了。

过了一会儿，明月的神色恢复正常，她向上迈了一个台阶，用比刚才说话时略低的音量回答说：“民政局。他是公务员。”

徐青云莫名地感到有些失望，因为他认识的那个姓明的军人，应该还在遥远的边疆部队任职。民政局？他估计会守着那片鸟不拉屎的荒漠直到老死，回地方？开什么玩笑！

看了看明月明显黯沉下来的脸色，徐青云没敢再问。

世上的人长得像的多了去了，想到这里，徐青云就释然放松了。像，不代表是。世上没有那么多的巧合。

“队长，跟你商量个事呗。”刘昆觍着脸走过来。

“说!”徐青云瞥了一眼默默站在一边喝水的明月。

“你看咱们第一次来，也不知道转信台在哪儿，不如让明老师和我们一起去吧，反正她和关山认识，关山见了她……或许就不会……不会……对您怎么样……”最后几个字刘昆是从鼻子里哼哼出来的，他怕挨飞腿，随时注意着徐青云的表情变化。

徐青云一听，果然浓眉变成一道直线。他的表情晦涩，语声更是艰涩，“我欠他一个交待，大队也欠他一个公道。无论他怎么对我，都不过分。”

刘昆咬着嘴唇，眼睛里露出一丝不忍，“我跟明老师说，她要是愿意去，我们就带上她。”

徐青云刚想阻止，刘昆已经朝明月走了过去。

刘昆不知道怎么和明月说的，竟说通了。没一会儿，明月和刘昆一起走了过来。“徐大队，我陪你们一起去，正好，我也想过去打个电话。”明月主动开口。

徐青云点点头，“好吧。”

从山口到转信台还需走二十多分钟，明月走在前面，给他们带路。

只是这一段路，徐青云他们却显得出奇的沉默。就连聒噪的刘昆和王松强也不拌嘴了，更别提像上山时那般吆喝了，感觉他们连呼吸都放得很轻，望向远方通讯塔的眼神都带着一种异样的情绪。

刘昆刚才对她说，关山对他们有些误会，六年了，一直躲在这里不肯见他们，这次来，是徐大队好不容易争取到的机会，他们不想浪费，所以请她帮个忙，陪他们走一趟。万一，他说万一关山不见他们，撵他们走，求她帮忙说句好话，他们是朋友，碍于她的面子，场面总不会闹得太尴尬。

事关关山，明月一听就毫不犹豫地答应下来。

他帮了她那么多次，她也是时候回报他了。虽然她还年轻，阅人的本事不强，但凭直觉，她觉得徐大队他们并不是坏人。因为他们的身上有一种味道，这种味道不是靠鼻子闻，而是靠心灵去体会的。这股子“军味儿”，和关山身上的一模一样，令她感觉亲切又安心……

# 11　往事如风

到了转信台门口，明月却先听到熟悉的声音。“村长答应帮忙，我打算下周就拆围墙，关山，你到时候，还得来帮帮我……”

明月一喜，加快脚步走进院子。“郭校长——”

院子里的两道人影同时转头，看到明月，又同时露出微笑。“回来了——”“累坏了吧。”

郭校长和关山一人一句问候，问得明月心里熨帖一般舒服。

“我和……”明月回头想介绍身后的三位客人，可是背后却空落落的，连个人影也看不见。咦？人呢？

关山大步走过来，越过她，走到门口，冲着台阶下拐角处的深绿色身影，低声说道：“进来吧！”

他声音刚落，那三位就耷拉着脑袋从树丛里钻了出来。

打头的徐大队，神情激动地上下梭视着台阶上方的关山，嘴唇颤了颤，哑着嗓子，叫道：“关山——”

“关山——你可想死我了——”王松强和刘昆是直脾气，见到六年前的战友，一时控制不住情绪，竟一个一个飞奔过去，紧紧抱住比他们身材高大许多的关山。

明月走到神情错愕的郭校长身边，小声解释说：“关山以前的领导和战友，专门过来看他。”

"哦。"郭校长看着紧紧拥抱在一起的年轻人，感慨地摇摇头，"难得，他们还记得关山。"

明月惊讶地发现刘昆和王松强眼眶红了。他们用拳头捶打着关山挺阔的脊背，嘴里喃喃说着只有他们才懂的语言。

徐大队最后一个走上台阶。他穿着整齐的军常服，肩头却冒出一个个滑稽的纸箱，他的神情出奇的严肃，说是肃穆都不为过，他的视线自打见到关山之后，就没一秒离开过他。

关山用力拍了拍王松强和刘昆的肩膀，把他们拽到一边。

他慢慢向徐大队走去。五六步就能到达的距离，他却步子僵硬到身形都跟着起了变化。

明月觉得心口闷痛，她垂下睫毛，默默避开了接下来的一幕。

发生了什么，她不清楚。但是刘昆和王松强的啜泣声，却是那般清晰地传入她的耳膜，一声一声，被放大到极限。

董晓东巡线回来，一进院子就闻到扑鼻的饭菜香。他一边卸下身上的工具箱，一边狗一样地嗅闻着，嘴里啧啧有声，"牛肉罐头烧土豆、孜然火腿肠、锅巴肉片，他奶奶的，关山——关站长——你这个月不过了……啊，有客人在啊。"

不大的伙房里，乖乖，一共六个人。仨熟脸，仨生脸。但是视线瞄到对方肩上闪闪发亮的星星，他的眼睛里也跟着亮起了星星。

"首长好!"董晓东刚进门就来了个立正敬礼。滑稽的模样逗得大家都笑了。

关山离得近，用手指敲低董晓东的帽檐，向徐青云他们介绍说："这就是和我作伴的列兵，董晓东。"

徐青云从小板凳上起身，向董晓东回敬一个军礼，朝他伸出手，"你好，小董，我是徐青云，关山的老队长。"

"哇——你就是徐老 A!"董晓东激动得唾沫星子都喷出来了，他把手在裤边上用力蹭了蹭，双手握住徐青云，“徐大队，你是我的偶像！”

徐青云的嘴角抽了抽，他很想甩掉这双手，去擦一下脸上的唾沫星。

正在炒菜的明月忍不住笑出声，关山偏头看她，目光显得非常温柔。

徐青云注意到这一幕，眼神随之一亮。

明月把锅巴肉片倒进一个搪瓷盆里，用手臂蹭着额头抹了抹汗，“好了，开饭吧！”

三个大盆里全是荤菜。食材是明月从徐青云他们带来的东西里挑拣出来的。她尽力了，不知道这些当兵的能不能吃得惯。

关山他们的饭桌太小，董晓东就提议坐外面院子里吃，地方大还热闹。于是一行人就把吃饭的家伙挪到了院里的大石桌上。

“关山说，你们吃饭不讲究，只要有肉，量大就好。所以就用盆子盛菜，你们别介意啊。”明月说。

“我们就喜欢这样，吃得畅快！”

“就是，这一路上，就这顿——哎哟——”王松强话没说完就挨了徐青云一记脑嘣。

王松强不敢诉苦，低着头，小心翼翼地叨了一筷子牛肉放进嘴里。一咀嚼，他的眼睛赫然一亮。抬起头，看着对面的明月，竖起大拇指，“明老师，你的厨艺快赶上红山镇的小厨师了。”

明月摆手，“我可不敢跟他比，我就是把菜弄熟，没什么味道。”

“谁说！好吃死了，这锅巴肉片，肉滑溜，锅巴又酥又脆，你咋做的，待会儿教教我，我回去教我们大队的炊事班去。”刘昆和那盆锅巴肉片耗上了，频频举筷。

徐青云刚想警告他们注意点食量，关山却冲他摇摇头，用眼神暗示他开恩。徐青云没再说什么，低头默默吃饭。

有董晓东在的地方，永远不会寂寞。他和刘昆、王松强凑成三人组，不时蹦出搞笑段子，逗得一桌人哈哈大笑。

关山最先放下筷子。他起身，去厨房放碗筷。虽然刚刚做过饭，可是厨房的操作台上整整齐齐的，看不到一丝凌乱的痕迹。案板也擦得非常干净，抹布平摊在桌案边缘，一块刮过皮的黄色生姜和几瓣雪白的生蒜放在案板的右上角。

她以前做过很多家务吗？针线活好，厨艺好。哦，还得加上一条，教课也教得好……

背后传来脚步声。关山猛地回头，却撞上一双深邃漆黑的眼睛。徐青云。他们谁也没说话，对视着沉默了一会儿，关山指着外面的大山，建议说："队长，我们出去走走吧。"

徐青云点点头。"好。"

等待了六年，他才敢跋涉数百公里而来，为的就是这一刻……

吃过饭郭校长有事先回学校了，明月留下来帮着收拾碗筷，洗刷。

看董晓东的心思根本不在刷碗上面，她走过去撞了撞董晓东的肩膀，一边抢过他手里的碗筷，一边用揶揄的语气提醒他："想问什么赶紧去问，别等人家拍拍屁股走了，你再偷偷抹眼泪。"

董晓东嘿嘿一笑，冲着明月眨眨眼，"知我者唯我明月姐姐也！"

明月望着他笑。

转信台的条件比学校好多了，但是刷碗也必须要从水缸里舀水。偌大一个不锈钢盆子，十来个盘子和碗胡乱堆放在盆底，筷子东一道西一道地插在缝隙里，丝瓜瓤上黏着一层油，漂在水面上，一荡一漾的，像是鹳河上无根的浮萍。明月摇摇头，把董晓东之前涮好的几个碗又重新放回盆里。她挽起袖子，拿起丝瓜瓤，挤了一点洗洁精，揉了揉，捞起一个碗，动作麻利地清洗起来。

董晓东却被王松强和刘昆拉到门口，一处光线昏暗的角落里，将他问了个底朝天。"董晓东，你老实交代，小明老师和你们关站长到底是啥关系?”刘昆外号“小诸葛”，脑子好使得很，他一来就看出关山对明月的感情不一般，但没有立场去问，所以才抓住董晓东不放。

董晓东还是一副少年体格，瘦巴巴的，被刘昆拎着衣领，就像是中学生遭受校园欺凌一样可怜。董晓东单手扣着刘昆卡在他脖子下面的大手，掰了掰，发现没用，就眨了眨圆圆的眼睛，低声解释说：“没……没啥关系。”

刘昆的眼里掠起一道亮光，手指向上提了提，董晓东呼吸一窒，眼睛立马瞪得滚圆，眼看着就要喊出声来。

王松强一巴掌盖住他的嘴，低声警告说：“别嚷嚷。”

“唔唔……”董晓东拼命眨眼，表示他听懂了。

刘昆给王松强使了个眼色，王松强松开手，但是手指却扣在董晓东的脖子后面。

“说吧。”刘昆凑过去，姿态和眼神都充满了威胁感，董晓东大气不敢出，结结巴巴说道：“关山他……”

话还没说完额头就挨了一下。“关山是你叫的?叫关站长!”

董晓东捂着头，赶紧改口，“关、关站长，他是、是单恋！他偷偷喜欢明老师，人家有男朋友，他……”

“好了，不用说了。”刘昆一把松开董晓东的领口，王松强紧接着松手，董晓东的小身板前后打了个摆，才扶着墙站稳。

刘昆递给王松强一个眼神，王松强心领神会，两人一前一后朝院门口走去。

董晓东伸手，焦急喊道：“别扔下我啊——喂——喂——”看着两抹身影消失，他原地跺了跺脚，低声斥道：“不够意思！问完了就跑，我还没问你们特种兵的事呢。”

明月看到董晓东垂头丧气地走进来，不由得讶然问道：“怎么了，他们呢?不理你?”

董晓东走到明月面前，突然凑过去，双目圆睁，瞪着她。

明月身子后仰，边笑边推了董晓东一把，“你干什么呀，董晓东？”

董晓东仍旧朝明月这边凑，眼睛故意瞪得像铜铃一样，吓唬明月，“我眼神怎么样？有杀气吗？！”

“董晓东——”明月躲无可躲，用力推开他，只见董晓东蹬蹬蹬退了几步，脚跟磕到桌角，一屁股坐到小饭桌上去了。

“你发什么神经？”明月右手一挥，直接把洗碗水甩了过去。

董晓东迎头一脸水珠子，兀自还在喃喃自语，“我咋没那气势，我咋学不会那眼神……”

明月被他的模样逗乐，摇摇头，说：“我看你是魔怔了。”

她朝外望了望，问董晓东：“他们人呢？出去找徐大队和关山了？”

“不知道，”董晓东站起来，“我什么都不知道。”说完，就又出去了。

明月把洗好的碗筷收拾好，擦干净操作台上的水渍，拿出手机看了看时间。八点二十。她得回学校了。

她站在门口喊了一声董晓东，可是没人答应。看了看机房，里面也是黑洞洞的。她没办法，只能回屋找个板凳坐下。幸好背包里有一本泰戈尔的诗集，她挑了其中一首，轻声诵读起来。

假如给我的爱以回报，
仅仅抬头看一眼，
热泪就扑簌簌滚落。
亲爱的，我就朝你奔去，不顾疲倦……

高冈深秋的夜晚，多了几丝清冷的寒意，夜空呈现出墨蓝色，显得深邃而又旷远。一轮明月高高挂在天上，照亮了幽静古老的高冈。

陡峭高耸的断崖之上，徐青云和关山迎风而立，目视前方起伏绵延的秦巴大山，久久沉默无言。

路边的树丛里有草虫在呜咽，有节奏的唧唧声，唤醒了沉浸在回忆中的两个人。徐青云轻咳一声，偏头，望向身旁神情坚毅的军人。

“关山，你还在怪我吗?”

六年前残酷的往事，就像一把双刃剑，竖在两个曾经亲如父子的男人之间。即使过去了这么久，一旦碰触，还是会感到割裂般的疼痛。

当年的事，是他处理得草率了。如果能够多理解关山一点，他也不至于跑到这鸟都飞不过的秦巴大山上过起了苦行僧的生活。

关山没有转头，他只是唇角轻扬，低声肯定地说：“没有，队长，我从未怪过你。”

徐青云魁梧的身子猛地一震，他不可置信地盯着关山，声音颤抖地问：“你……你说什么?”

关山扭过头，神情坦然地又说了一遍：“队长，我不怪你。”

徐青云呆呆地怔住。山风过耳，犹如海啸龙卷，他的脑子里一片混乱，一幅幅记忆的画面从脑子里跳蹦出来，压得他几乎要窒息。半晌，他才瞪着通红的眼睛，问关山：“那这六年，你为啥拒绝和我见面?”

六年里，关山拒绝和外界联系，拒绝和特种大队的任何人见面，当然，最不想见的，应该就是他。

“队长，你误会了。我不见你，不见‘小诸葛’他们，不是我对你们有什么成见，而是想让你们快点摆脱过去的阴云，摆脱对我的愧疚感，专心投入工作，而我，也能在这片古老大山里重新寻回我要的平静生活。”关山目光湛然地解释。

徐青云没有说话，他呆呆地站着，目光从关山的脸滑到他的腰，他的腿，转了一个圈，最后迎上关山黑亮的眼神。“我……我以为你……你怨怪我当年没有把你留下……”

“不！队长，没有。我理解你，也感激你为我的前途所做的一切努力。如果不是你，我恐怕已经复员回老家去了。”关山说。

“可当时，我的确对你说了谎，你可以留在咱们大队，可以不用离开，但我却把你推向了后勤保障部队。我明明知道你离不开咱们大队，你……”徐青云面露痛色地低下头去。

“我不会留在大队。”关山说完顿了一下，因为徐青云猛地抬头，就要打断他，关山用眼神示意让他说完，徐青云咬了咬牙，等着他说。

“队长，你了解我，比我家乡的养父还要了解我的脾性和底线是什么。为了能把我安置在伤残军人适合待的岗位，你几乎跑断了腿，向上级说尽了好话。谢谢你，队长，你对我的好，我没齿难忘。去后勤保障部队固然好，但却不适合我。我这个人不愿意受机关单位的约束，那地方不适合我的野性子。所以，我自作主张打了报告，主动申请到转信台工作。”

关山伸开手臂，头向上仰，深深地吸了口山里新鲜的空气，表情惬意地说：“这里很好，真的，队长，你没在这儿住过，体会不到它的纯粹和美丽。我在这儿，不仅不觉得孤独，反而觉得生命变得充实了起来。”

“我的内心很平静。”他说。

徐青云的心情却很复杂，他看着月光下的关山，仿佛又见到了多年前，初到大队来报到的愣头青。

“报告队长，我叫关山！关山月的关山，今年 22 岁！”

如今他多大了？30，还是 31？一转眼，他从浑身是刺的毛头小伙子，军区赫赫有名的“兵王”，变成了如今胸怀豁达、沉稳坚毅的军人。

鼻子酸酸胀胀的，徐青云抬手抹了一把脸，指着关山的后腰和大腿，“伤病怎么样了？”六年了，徐青云总会梦到他血淋淋的样子。

关山咧嘴笑了，他拍拍后腰，又做个几个原地高抬腿，声音洪亮地回答道：“报告首长，没有问题！”

徐青云重重地叹了口气，上前将拳头用力砸向关山的肩膀，“你这浑小子，啥时候长大了，我都不知道，你啊，早点让我来看看你多好！”

看到了，话说开了，就不会受这六年的煎熬。

关山笑得充满愧意，他抬手，向徐青云敬了个标准的军礼，“对不起，队长，是我考虑不周，我错了！请接受我的道歉！”

徐青云怎么忍心苛责他呢。这个兵，他疼一辈子，护一辈子，都不会觉得过分。

关山却冲着远处的小树林，大声说道：“出来吧！还要藏到什么时候！”

随着一阵窸窸窣窣的声响，两道人影，一高一矮从树林里走了出来。正是躲在一边偷听的刘昆和王松强。他们看到关山，纷纷低下头去。

徐青云瞪了他们一眼，骂道：“没出息，哭什么哭！”

王松强猛吸了一下鼻子，声音浊重地犟嘴，“我们没哭。就是风大，迷了眼。”

徐青云气笑了，“嗬，对，风大，风大。”

这两个人，就是他平常惯得狠了，都和过去的关山一样，没大没小的，学会跟他犟嘴了。不过，这样也好。看到他们，就不会忘了秦巴大山里，还住着一个他最喜欢和欣赏的兵。

但他是队长，总这样丢面子像什么话。于是，他蹙紧眉头，指着刘昆和王松强，说：“你们是越来越无法无天了啊，行，下山的时候，每人背 20 公斤的石头。”

刘昆和王松强对视一眼，苦笑着给关山递眼色。

关山自然偏着自己兄弟说话，“队长，我看就算了。你卖我个面子，今天就不罚他们了，好吧。”

徐青云从鼻子里哼了一声，刀子似的目光在关山和两个兵身上转了几圈，说：“好吧，看在你的面子上，我就不罚了。但是……”

关山和刘昆他们刚暗自松了口气，一听这个熟悉的转折词，三人的脸色立马一变。徐青云上前拍了拍关山的肩膀，板着脸说：“我看这样吧，以后，我们半年过来一次，你不许拒绝，更不许提前跑掉。”

关山他们一愣。刘昆最先反应过来，神情兴奋地鼓掌叫好，“我同意！我坚决拥护徐大队的领导！”

看王松强还在发愣，撞了他一下，提醒说：“快鼓掌啊，你傻啦！不想来看关山？”

王松强这才回过神，用比刘昆更大的声音喊道：“坚决拥护徐大队的领导！坚决完成徐大队布置的任务！”

回声阵阵，三人相视大笑。

夜色正浓，关山送明月回学校。

董晓东追出来，扒着关山的肩膀，像刘昆他们吓唬他一样吓唬关山，并问他怕不怕。

关山揉了揉董晓东的脑袋，笑道：“怕！我怕死你了！董小A！”

董晓东噙着满足的微笑回屋去了。

明月捂着嘴，笑得肩膀一耸一耸地走出转信台的院子。

关山目光温柔地跟上去。

走在路上，明月兀自在笑。

关山就问她：“那么开心？因为董晓东？”

明月点头，月光下的她，脸颊绯红，眼睛亮晶晶的，嘴角轻扬，露出细白的贝齿。此刻山风也变得温柔起来，掠过关山的心里，痒痒的，带起一阵酥麻。

“董晓东有时候傻乎乎的，但人很可爱。”他解释说。

明月摆手，笑声很动听，“哈哈哈，他刚才、刚才也那样瞪我来着，问我怕不怕他。”

关山嘴角上扬，问明月：“那你怕刘昆他们吗？还有徐大队？”

明月笑着摇头，“不怕。一点都不怕，因为他们像你，身上都有一股味儿，特别亲切。”

味儿？关山脸色一变，低头闻了闻腋窝。没味道啊。

明月这下笑得更大声了，“哈哈哈哈……不是……那个味儿……是你们……身上的气质……军味儿……一股子只有你们身上才有的军味儿，董晓东没有。”明月解释说。

军味儿。关山嘴里喃喃，咀嚼着这几个字的含义。

后来，他笑了。军味儿。他喜欢这个词。

笑了一阵，明月的情绪慢慢平复下来。

看她背着背包，他就主动要过来挂在身上。“买什么了？”关山问。

明月想了想，回答说：“买了窗帘布、床单布、零食、洗漱用品，哦，还有一些调料。”

关山笑着说：“收获不小。”

“红姐带着我去买的布，便宜不少。”她说。

“那倒是，红山镇，没她不熟的人。”关山把一根挡路的树枝从底部折断，扔进山谷。

明月看看他，问：“问你个挺私人的问题，你的工资高吗？”

关山微微一怔，回答说：“一个月 3956，另外还有几百块补助。”

“哇！高工资了！”明月咋舌道。

明月他们省普遍工资都不高，小学教师也就一千多块的样子，她现在还没拿到工资，花销都是以前打工攒的钱。

关山对钱没什么概念，因为吃穿用都是部队发，他的工资对他来讲就是一串数字。他挠挠理得精短的头发，说：“平常也花不着。”

他忽然想起什么，紧接着又说：“你需要用钱就拿去，我留着也没用。”

明月愣住。让她随便用？凭什么啊？他们顶多算是朋友，关系比较铁的朋友。“我的钱够用，你别误会。我就是对军人的待遇有些好奇。哦，对了，你不是还有养父吗？你不用给他寄生活费吗？”明月听关山说起过他的身世，知道他曾是一个弃婴，被养父收留，养大成人。

“一年寄一次。但他说给我攒着，留着结婚用。”关山说。

“哦。那你养父对你真的不错。”明月眼里有一丝羡慕。

关山笑了笑，没再继续这个话题。

两人很快就走到路口。明月接过背包，冲关山挥挥手，“快回去吧。”

“明老师——”关山叫道。

明月看着他，“还有事吗？”

关山犹豫了一下，叮嘱她说：“最近几天你出门注意一点，遇到情况就大声喊，我怕……”

明月点头，“你放心，我绝对不会让那畜生再占我便宜！”

“总之小心。”关山说完，朝她摆摆手，转身大步走了。

回到学校，郭校长站在院子门口等她。夜里气温低，他就披了一件外套，立在外面。白花花的月亮地，他的身影被拉得很长，瘦骨嶙峋的样子，看起来令人感到心酸。

“郭校长，你怎么不回屋去？”明月紧跑几步。

他笑了笑，说：“我不放心，出来看看。”

“您以后别出来等我了，有关山送我，您还怕什么。”明月说。

“那倒是，呵呵。”

明月拉着郭校长朝学校里走，“上次都说了不让您等我，您就不听。病还没好，吹了冷风，再严重了可怎么办……”她像个心疼父亲的女儿一样，一路絮絮叨叨地埋怨着郭校长，郭校长除了笑就是笑，弄得明月也没办法。

“您明早还过河接学生吗？”

“接。”

“天越来越冷，冬季怎么办？”

“过段时间，村里会调来一条渡船接送学生和村民。严冬河面结冰，就踩着冰面走。要是赶上暴风雪，就在学校凑合一周。”

“那渡船不能现在就过来吗？天这么冷，下水哪儿受得了。”

郭校长摇摇头，“渡船是村长从上游村子借的，人家肯借用几天就是恩惠，怎么能再提条件。”

明月低头想了想，“那我明天跟您过河，等我熟练了您就歇着，我去。”

还有件事，一直困扰着明月。“郭校长，咱们学校日常开支，还有午餐费，教体局给补助吗？”

虽然学校很小，只有十八名学生，但是每天中午管一顿饭，再加上一些杂七麻八的花销，日积月累下来也是一笔不小的开支。

郭校长的表情有些茫然，“吃饭还有补助？”

“为什么没有？您没有向上级教体局申请吗？难道这些年，您自己倒贴工资给学生们加餐？”明月一连串问道。

“我……都是娃娃，吃不了多少。我也没做啥好的，娃娃们连肉都吃不上，菜也是地里种的。”郭校长回答说。

“吃不了多少也是吃！您一月工资多少？”

“956 元。”郭校长说。

“956?!”明月震惊。

“您连一千块钱都拿不到，还要管饭，管接送，管学费，管文具费。您自己身体有病，都舍不得去医院，却舍得为了学生们大把花钱，我该说您什么好呢？”明月替郭校长鸣不平。

郭校长笑了笑，把肩膀上搭的外套朝上提了提，“我一个人，花不了那么多钱。”

“您花不了就攒着呀，以后和宋……”

“好了，小明老师，今天晚了，你也累了一天，早点休息吧。”郭校长打断明月，冲她摆摆手，回屋去了。

明月立在院子里，心里说不出是个什么滋味。她承认，自己管得有点太宽了，毕竟那是郭校长的私事，无论是他心甘情愿地掏腰包为娃娃们加餐，还是他和宋华婵的事，说到底，那都是他的私事。

她看不惯，或是不理解，放在心里就好，可她的脾性却不允许她沉默下去，非要碰个钉子，才晓得厉害。其实，她的境况又比郭校长好到哪儿去呢？解决编制后，她也成了一名乡村教师，拿到手的工资抵不上过去一个月的家教收入。她还要负担同州的出租房费用，虽然租金不多，但对她来讲，也是额外的负担。

要不要先把同州的房子退了呢？念头一闪，她立刻就否决了。不能退。她寒暑假都要回同州去，到时候住哪儿？总不能再麻烦沈柏舟。

再说了，两年，不，目前只剩下一年十个月不到，她熬一熬，咬牙撑过去就行了，等她支教期满，回到同州，生活就会走上正轨。

明月想到这里，胸口闷闷的压力骤然减轻了不少。她看了看郭校长屋里的烛火，低声说："加油，明月。"

翌日，明月起了个大早，去敲郭校长的屋门。

可半天没人应，她推开虚掩的房门走进去，发现床褥整齐，哪里还有郭校长的影子。

明月走到灶台边，掀开厚重的木质锅盖。白色的蒸汽瞬间腾起一片蘑菇云，食物的味道迅速弥漫开来。她吹散蒸汽，朝里面一看，铝制笼屉上，和往常一样，放着一个煮熟的鸡蛋和一个颜色黄黄的馒头，旁边还有一个搪瓷碗，里面盛着一大碗白面汤。

灶台上放着一张字条，是郭校长留给她的。端正工整的钢笔字写在用过的作业纸的背面。

明老师：

天太冷，你下水不好，我去就行了。另外，昨晚我的态度不好，还请你多多谅解。

郭木鱼

落款是郭校长的本名。

明月双手捧着字条，视线在铁锅里的食物和字条间转了几个圈，忽然，“啪嗒”，一滴眼泪掉下来，砸在字条上，迅速洇湿了一大片。

一直以来，明月都觉得自己是个坚强的人。虽然外表看似柔弱，实际上性子倔强高傲得很，熟悉她的人都知道，她有多要强，在学业上拼命，在打工赚学费上拼命，在实习单位拼命，包括沈柏舟，也常常会心疼地叫她拼命三娘。

以前，没来高冈之前，她很少哭。不管是当着外人面还是独处，再委屈，她也会像宋瑾瑜抢了她的机会时一样，把那些委屈和愤怒咽回肚子里去。她知道这样不好，也知道她发一发声，结果就会完全不同，但她骨子里的骄傲却不允许她这样去做，她甚至厌烦周旋这些人情世故。

她从不允许自己软弱，尤其是向人示弱。她为自己披上了一件坚强的外衣，久而久之，这件衣服竟化成了她的肌肤，与她骨血相连，再也无法分割。她以为这种性格会伴随她的一生，只是没想到，来到高冈以后，她竟慢慢变了。变得易感、脆弱，变成了一个爱哭鬼。

奇怪的是，她并不讨厌这种转变。虽然辛酸流泪，内心却是无比的温暖。因为有郭校长在，未来的路再艰难，她也不会感到孤单和害怕。

吃了饭，把伙房收拾干净。她又去把院子角落里的厕所清扫了一遍。

农村的厕所，一直是城里人的噩梦。其实，有些言过其实。蹲厕是没有抽水马桶舒服干净，但是随用随冲，清扫及时，定期喷药，一样没有什么臭味。郭校长同明月一样，都有洁癖，再节约用水也不会在卫生设施上省事，所以，学校虽破，可角角落落都清扫得非常干净。

到了七点多，陆陆续续有学生走进院子，看到明月，都神色腼腆地向她问好。

第一节是英语。明月看看时间，把大扫帚靠在角落里，去水窖舀水洗手。这时，又有一群孩子走进院子。明月抬头一看，是鹳河南岸的学生们。

"明老师好!"宋梦凡向她问好。

明月笑了笑，回了句你好，然后问她："郭校长呢？怎么没跟你们一起回来?"

"郭老师去宋铁刚家了。"宋苗苗回答说。

明月愣了下，宋铁刚？脑子一转，她猛地想起上周五的风波。宋铁刚因为没交作业，被她罚叫家长。

"老师知道了，你们快进教室吧，马上上课。"明月甩了甩手上的水珠，径自回到宿舍。

拿了教案走进教室，她环顾一圈，发现只有宋铁刚的座位空着。她打开手机看了看时间，然后口齿清晰地说："上课——"

"从今天开始，我们的英语课将增加每日一练的内容。英语学习注重的是日积月累，每日一练就是测试检验你们知识输入的效果……"明月还没说完，班级的木门却被人从外面推开。

"老师，我爷来了——"门口站着的半大学生，正是上课迟到的宋铁刚。只见他许久未理过的头发刺猬一样竖着，发梢一层汗珠，黑红的脸庞上也黏着汗，不知是不是跑着来的，他弓着腰，只顾扶着门框喘气。

室外温度不超过十度，可他就穿了一件秋衣，下身是一条爱心捐赠的牛仔裤，裤腿太长，他就随意挽了几道，晃晃悠悠地堆在脚踝，脚上的鞋原本是白的，可现在基本分辨不出颜色，而且，大脚趾处已经被他顶破了。

明月点点头，"你先进来上课。"

宋铁刚朝身后指了指，摇头说："你先见见我爷，他来一趟不容易。"

明月就有些来气。什么叫不容易，当家长不容易，那做老师就容易了？尤其是像宋铁刚这样顽劣不堪的学生，哪个老师都会头疼。她算是好的，没有体罚他，更没有训斥他。她让宋铁刚叫家长也是出于想和他的家长沟通的目的，促使宋铁刚学好。

明月压住火气，对教室里的学生们说："大家翻开书，先自己背诵上节课布置的单词。”

她走下讲台，跟着宋铁刚走到院子里。“你爷爷呢?”明月左右一看，没发现有人。

“在那儿——”宋铁刚伸手一指。

明月一看，不由得心口一震。

学校破旧的大门处，站着一抹人影。不，确切地说，是两个人。不过，其中一位白头老翁趴伏在郭校长的背上，而郭校长和宋铁刚一样，头发汗湿，脚步虚浮，看来耗费了不少体力。

“郭老师，我来背——”宋铁刚跑过去，就要接下他爷爷。

郭校长朝他摆手，拒绝道：“你别添乱，搭把手就行了。”

“哦。”宋铁刚在一旁扶着他爷爷，郭校长对院里神色怔愣的明月说：“去我屋吧，老人家腿脚不方便，院子里坐着凉。”

明月恍然回神，急走几步，扶着郭校长的手臂，低声问：“您怎么不早告诉我，要知道他爷爷是这样，我……”明月的心情很复杂，内疚的情绪占了上风，她不知该说什么好。

郭校长笑了笑，说：“没事。宋大爷早就想过来见见你了。”

明月愕然。

进了伙房，郭校长把宋铁刚的爷爷安置在他的板床上，又给老人家倒了一碗热水，喂他喝了，才对明月说：“你跟宋大爷好好说吧，我带铁刚上课去了。”

明月说好。伙房一下子就安静下来。灶膛里的柴火噼啪作响，明月搬了个板凳坐在宋大爷的对面，主动开口说：“您好，大爷，我叫明月，是您孙子的英语老师。”

以为宋大爷耳背，她故意抬高了音量，谁知人家的耳朵好使着呢。

“我能听见，闺女。铁刚回家总提起你。说你长得可俊，说话好听，今天见到真人了，他没说瞎话。”宋大爷笑眯眯地夸她。

明月摆摆手，谦虚道："哪有。我就是他的老师，没他说的那么好。大爷，今天叫您过来，是为了您孙子不写作业的事。"

"这个孬蛋，又不写作业啦？"宋大爷用拐棍戳了戳地。

"我知道铁刚的父母都不在家，您一个人行动不便抚养他也很不容易，但是作为老师，我还是想劝您重视一下铁刚的学习问题。现在不写作业，您觉得没什么，可日后他考不上高中怎么办？辍学回家务农？还是和他的父母一样，出外打工赚钱？就算是打工，现在对学历也有要求。您得重视起来，不能再由着他的性子胡来了。不然的话，将来真的辍学，您就后悔了。"明月说道。

宋大爷听后没说话，他从口袋里掏出一根农村自制的土烟卷，叼在嘴上。他环顾四周，找着什么，明月从碗柜上取了一盒火柴，递给他。

宋大爷划火点燃烟卷，猛地咂巴了几下嘴，吸了几口，才把火柴头扔了。土烟带着一股辛辣刺鼻的气味，顷刻间就弥漫开来。

"闺女，你不清楚我们家的事啊。"宋大爷咂了下嘴，吐出一口浓郁的烟雾，"不怕你笑话，铁刚的爹妈……他现在的妈不是亲妈。你懂我的意思吧。"

不是亲妈？那就是宋铁刚的父亲离婚再娶了。明月嗯了一声。

宋大爷咂巴了一下嘴，吐出一口浓烟，"铁刚这娃娃秉性不坏，可就是被家庭给……他爹和后娘一直在外面干活，也不回来。铁刚性子犟，还好强，唉，总之一言难尽啊。"

原来每一个问题学生的背后都有一个问题家庭，这句话，一点也不假。

宋大爷的脸笼罩在烟雾下，看不真切，但是老人无奈悲伤的语气，令明月备觉心酸。

"那您……咳咳……"明月开口就呛了嗓子，她背过身咳嗽起来。

宋大爷赶紧把烟卷在床头的砖块上按灭，手足无措地说："对不住啊，闺女，我不该吸烟，不该吸烟……"

“没事。”明月平复了一下呼吸，继续说，“我叫您来，就是想和您商量一下，怎么才能督促铁刚好好学习。在学校，有我在，有郭校长在，您不用担心。就是铁刚回家以后，还要请您多多监督，实在不行，您就守着他做作业。做不完，不准他睡觉。您看这样，行吗？”

“行，行，老师说了算。”宋大爷态度诚恳地答应道。

“咱们先这样试一段时间，如果效果可以，就继续，您说好吗？”

“行。”宋大爷回答。

明月把宋铁刚留下谈话。“我和你爷爷谈过了，晚上他会监督你完成作业。宋铁刚，这一次，你不会让老师失望吧。”

宋铁刚把头摇得跟拨浪鼓似的，信誓旦旦地向明月保证：“绝对不会！我一定写作业。”

明月满意地摸了摸他的头，“那就好，去吧。”

宋铁刚噢的叫了声，滋溜闪身跑院儿里玩去了。

最后一节自习课。明月准备午饭。

她挽起袖子准备去菜地摘些新鲜蔬菜，院门口忽然传来吱呀一声响，紧接着，几道人影从外面走了进来。打头的是郭校长。

高冈村村长宋家山背着剪刀手走了进来。明月刚想出去打个招呼，视线却猛地凝结，身子也跟着颤了颤。

走在最后那人，不正是她的仇人，宋老蔫！

肥胖的体型，蜡黄发青的面色，老鼠眼，塌鼻梁，肥厚的嘴唇，走起路来晃晃悠悠像是没个重心，不是宋老蔫，又能是谁？明月的眼里喷出火光，她攥紧拳头，死死地盯着已经走到院子里的男人。

郭校长领着几位村干部在看围墙处的裂缝，只有宋老蔫贼眉鼠眼地四处打量着，似乎在寻找什么，后来，耐不住性子，他干脆背着手，迈着四方步，朝几间破旧的土坯房走了过去。

左首的屋子门虚掩着，他朝里探了探，屋子里黑乎乎的，什么也瞅不见。

他刚想推门，一抹瘦小的身影却挡在他的面前。“你不能进去!”

宋老蔫被人抓包，不由得面色讪讪地看着只到他腰眼儿高的女娃娃，含混解释说：“你这娃娃，哪只眼睛看我想进去了。我就是看看，没想进去。”

“花妞儿，咋了?”宋伟伟走了过来。

花妞儿低声对宋伟伟说：“他想进明老师的屋子，被我发现了。”

宋伟伟挡在花妞儿身前，小脸严肃地对宋老蔫说：“你不能进去，这是明老师的屋子。”

# 12　谣言风波

宋老蔫心里乐开了花，他今天过来，除了陪村长之外还有个不可告人的目的，就是和漂亮的明老师搭搭话，套套近乎。

上次的事，是他借着酒劲胡来，虽然没占到便宜，还挨了一脚，但明老师被他压在身子底下，那香喷喷的味道还有肌肤的触感……

邪念一起，小腹底下突然蹿起一股子火苗。他咽了口唾沫，露出笑容，对宋伟伟说："哦，这是明老师的屋啊，那我去教室看看，去教室看看。"

他背着手走到教室门外，朝里望了望。没发现他要找的人，心痒得很，于是，踱着鸭子步走到最后一间屋。"木鱼，这是伙房吧?"宋老蔫指着破旧的黑色木门问道。

郭校长正在和宋家山说话，没听到宋老蔫喊他。

宋老蔫摸了摸下巴，用脚尖踢了踢门。木门吱呀一声开了，他朝里看了看，不禁咦了一声。"那不是郭木鱼的衣裳?"

莫非……郭木鱼那个老光棍还想老牛吃嫩草?

想到他求而不得的好机会被郭木鱼占了，宋老蔫的心啊，像是鱼嘴被鱼钩勾了起来，又疼又痒的，恨不能把自己跟郭木鱼换换。

他右脚刚迈进屋里，想去郭木鱼的床上找点线索，却不防一根乌黑的东西猛地朝他的头砸了过来。幸亏他反应快，觉得不对，立刻就收脚朝后缩。可即便这样，他的脸也被刮了一下，顿时像是火燎草甸，被碰到的地方，火辣辣地疼麻起来。

“哎呦——”惶急之下，他的脚崴进坑里，一屁股墩在地上。这一跤摔得真叫实在，咕咚一声，加上他的狼嚎，把院子里的人都吓了一大跳。

宋老蔫痛得眯眼，可还没等他反应过来，就听到一阵银铃般的笑声，从伙房里传了出来。“哈哈哈……你朝我擀面杖上杵什么呀……”

宋老蔫听到心心念念的声音，骨头先酥了一半，疼痛似乎也减轻了。他觍着脸，眼里露出淫邪的光芒，看着从伙房里袅袅婷婷走出来的人影，结结巴巴地叫：“明……明……”

老东西！明月眼里闪过一道寒光，可脸上还带着笑。

“明……明老师。”宋老蔫一骨碌从地上爬起来，刚想过去凑近乎，却见一道黑影迎头盖下，这次没刚才那么幸运，就听梆的一声，刚还笑得涎水直流的宋老蔫倏地弯下腰去，捂着头嗷嗷惨嚎。

宋家山和郭校长赶紧过来。“咋啦，咋啦，老蔫?”刚才离得远，发生啥事没看清楚，就觉得宋老蔫聒噪得很，一会儿嚎一声，令人心烦。

宋老蔫捂着头，龇牙咧嘴地指着明月，刚想说话，却被明月抢了先。“噢，是我不小心用擀面杖戳了宋组长一下。宋组长，你说我正做饭呢，你过来凑什么热闹，怎么样？很疼吗?”明月佯装关心。

不小心，我看你这小娘们就是故意的！

“不……不是……”宋老蔫疼得眼冒金星，浑身冒冷汗，他指着明月，想找村长评理。谁知宋家山却一巴掌拍掉他的手，神情厌恶地瞪了他一眼，低声警告说：“我看你老毛病又犯了！滚一边去！”

宋家山转过头，改换一副笑颜，柔声对明月说：“小明老师，他这人皮糙肉厚，打几下打不坏，没事。”

“村长，你……”宋老蔫委屈死了。

宋家山猛地咳嗽一下，“我咋啦，我好着咧。下午你也别来了，我找人过来拆墙。”

“村长，咋不让我来嘛。都说好的，这里是我的地盘。”宋老蔫追着宋家山。

宋家山背着手瞪他，“啥地盘？你是村小组长，是为村民服务的，咋，你还想占山为王？”

“我没有，村长，你别冤枉我。”

“走咧，还杵在这儿干啥。还想和娃娃们抢饭吃！”宋家山训斥了一句，冲着郭校长和明月摆摆手，“我们回了。”

“家山，谢谢你啦。”郭校长笑得合不拢嘴。

“村长慢走。”明月大声说。

宋老蔫一边走，一边回头看。他的额头上肿起个大红疙瘩，面色青黑发红，眼神阴沉可怕，和明月的视线撞上，就像是战场上刀剑相撞，溅出一片愤怒的火星。

宋老蔫用拇指蹭了下油烘烘的鼻子，眼神充满警告的意味。

明月挑起眉毛，举起手里的擀面杖。

宋老蔫面色一变，很快扭过头，不敢再看明月，不知是不是心虚，他的脚忽然卡在台阶上，重心不稳，猛地撞向前面的宋家山，结果，又惹来一通训斥。

待两人走远了，明月捂着肚子哈哈大笑起来。她心里那个爽啊，就像是酷暑喝了冰水一般惬意畅快。

郭校长笑着拍拍她的肩膀，“这下解气了。”

“差远呢。以后我见他一次打他一次，让他再也不敢生出什么坏心思！”

郭校长摇摇头，提醒她：“他这个人手段阴毒，往日里祸害了不少良家妇女，你可千万提防着他点。”

“嗯，我知道。”明月笑着说。

下午还没放学，宋家山找的几个壮劳力就到学校来了。郭校长要留在学校看着拆墙，明月就自告奋勇送学生回家。

郭校长不放心，让宋伟伟去转信台喊关山过来帮忙。明月想想也好，毕竟她过河的功力还不够，万一把这些花朵儿磕了碰了就麻烦了。

关山很快就来了。孩子们见到他高兴得不得了，小猴子一样在他身上上蹿下跳，关山也不恼，由着他们闹腾。

平常郭校长带着走，队伍都很整齐，但今天却乱了套。明月牵着宋梦凡和宋苗苗的手，走在歪歪扭扭的队伍后面。夕阳西下，晚霞映红了绵延的青山，也给他们的身上镀上了一层艳丽的外衣。孩子们的笑声如同银铃般悦耳动听，路边的野花层层叠叠，迎风招展，带来阵阵原野的清香。

鹳河水，唱歌一样流淌，霞光水光融为一体，像是碎金子撒在水面上，耀人眼目。明月弯腰挽裤腿。

“你别下水了，我两趟就运过去了。”关山说。

两趟？十一个孩子？

看到明月眼中的疑问，他笑了笑，半蹲下身，拍了拍肩膀，对孩子们说：“上来吧。”

这可不得了。孩子们争先恐后地爬到他的背上，怀里，手臂，甚至还有个身材矮小的男生就骑在关山的脖子上。

关山笑吟吟地站起来。明月大惊失色叫道：“不行，太多了，太多了。”

他怀里抱了四个，脖子上骑了一个，脊背上挂着一个。

关山还没回答，其他没抢到位置的孩子们却为关山站队，“老师，关叔叔很厉害的，他最多带过八个！”

关山冲她笑了笑，微微颔首，说：“你在这边等我，我很快就回来。”

明月还能说什么，只能眼睁睁地看着他下水。虽然每到秋季，鹳河上游的水库都会蓄水，河道也会变窄，可一次带六个孩子过河，她也是服了。

十几米宽的河道，关山如履平地，明月觉得他像武侠小说里的轻功大侠在水上漂，一眨眼的功夫，就到了河对岸，再一眨眼，他又漂回来了。

对岸有家长来接。宋苗苗挥舞着小手，欣喜地叫道：“奶奶——”

明月帮着关山把最后五个孩子摞到他的身上。

“慢点。”明月叮嘱道。

关山冲她眨眨眼，一口气将剩下的孩子送过河。

明月还打着赤脚，她走到河边，想用河水冲掉脚底的泥沙，可脚底板刚一碰到河水，她就激灵灵打了个冷战。

她坐在地上，用手撩着河水洗了洗脚，穿袜子的时候，关山蹚着水回来了。他一屁股坐在明月旁边，把两只大脚在河水里涮了涮，然后用脚后跟撑着地，等风自然晾干。

明月瞄了一眼他的脚，忽然惊讶地说道：“你的脚长得真好看！”

虽然男人骨节偏大，脚码也偏大，但是关山的脚趾头一个个圆滚滚的，摆在一起，差距不大，感觉特别可爱，好看。

关山的嘴角抽了抽。他笑了笑，把刚刚洗好的脚丫又塞进水里。

关山很想说，你的脚也长得很好看。而且还想告诉明月，下次再想夸他的时候，千万别用好看、可爱等等字眼。那，的确不适合他。

如果董晓东在，估计又会笑得趴下了。

两人回到学校，发现裂缝的围墙已被扒掉了一大半，宋家山亲自来了，和郭校长一样，正撸着袖子用架子车清运砖块瓦砾。

关山脱掉军装刚想搭在树杈上，“给我吧。”明月伸出手，把他的军装接了过去。

关山里面就穿了一件短袖军用 T 恤，露出的手臂肌肉虬结，充满了力量感。他挠挠头，有些不好意思，“好几天没洗衣服了，你别嫌味儿大。”

明月笑着摇头，拿着衣服和他一起过去。

“回来啦，娃娃们都安全过河了？水这会儿凉得很，没冻着吧，小明老师。”郭校长擦擦额头上的汗，神色担忧地打量着明月。

明月指指一旁已经开始搬砖的关山，“我没下水，关山两趟就送过去了。”

郭校长一愣，朝关山望过去，感激地说：“总是麻烦你。”

关山爽朗一笑，“什么麻烦不麻烦的，军民一家亲，我们原本就是一家人。”

宋家山喊了声好。他把赞许的目光投向身旁的年轻军人，腾开手，用力捶打了一下关山的肩膀，“好哇，好样的，关山，高冈会记住你的。”

关山拧着眉头，抗议说：“记住我做什么啊，村长，我可不想做烈士。”

大家一愣，回味了一下，大笑起来。

明月看了看天色，觉得是时候准备晚饭了，清点了一下人头，她决定挑战一下极限，做一顿十几人份的大锅菜。

走进院子，她把关山充满了“男性味道”的军装放在水窖旁的盆里，打算一会儿洗了。

她到伙房添了把柴火，把火烧旺，然后铁锅添上水，把剩馒头都放在笼屉里馏上。她翻看了一下菜筐里的剩菜，发现有一大块新鲜豆腐和宋华婶送来的大白菜和萝卜。就是没有肉。

明月回忆了一下小九传授给她做杂烩菜的经验。“豆腐、白菜、萝卜洗净，野山菌和野生木耳用温水泡发，红薯粉条、腐竹泡发，然后葱姜蒜，好咧。”明月把食材备齐。

这次去红山镇，小九还送给她一瓶秘制调料，黑乎乎的调料面装在一个小玻璃瓶里，叮嘱她出锅的时候放上两小勺。

杂烩菜咕嘟咕嘟冒着大泡，食物的香气从伙房一直飘到了院子里。

围墙整个被拆除掉，砖头瓦砾也被清理干净，宋家山正准备喊人收工，谁知一股浓香钻进鼻子里，引得他腹中空虚，咕咕作响。宋家山朝亮着灯火的伙房瞥了一眼，诧异地看向郭校长，“小明老师会做饭?”

郭校长笑着回答：“不仅会做，还做得很好吃。”

宋家山眼睛一亮，咂巴咂巴嘴，“我好像闻见油炸豆腐的香味了。”

“还有咱们高冈的野山菌，你们闻闻，比肉还香!”

“我咋觉得比小九的手艺好。”

几个壮汉正在议论纷纷，明月甩着手从伙房里走出来，朝他们喊道：“村长，郭校长，开饭啦——”

“咋，还真管我们饭呢！”宋家山惊喜不已。

郭校长推了他一把，“走咧，还骗你咋的。”郭校长又回过头，叫关山他们，“吃饭去，辛苦各位乡亲了！”

他们到院子里洗了手脸，排着队站在伙房门口。

明月把菜都盛好了，一碗一碗的，摆在灶台、案板上，关山负责端，郭校长负责发馒头，不一会儿，大家或蹲或坐，稀里呼噜地吃上了。

他们像开百家宴一样，边吃边聊。

吃饱饭，宋家山揉着肚子，对郭校长说：“木鱼，我跟上游的村子说说，争取把渡船早点借过来，你就不用下水受冻了。”

郭校长说没事，现在这天还能忍。宋家山拍拍他的肩膀，带着一群朴实的山里汉子走了。

关山帮着明月把伙房收拾干净，起身找他的衣服。

明月指了指院子里的晾衣绳，笑着说：“我给你洗了，挂外面晾呢。”

关山愕然，朝外一看，黑脸上漾起一层可疑的红晕。“你怎么给洗了……”味儿挺大的，可他顾念着上面有她缝补的痕迹，一直舍不得洗，谁知，她却给洗了。

“嗯？不能洗吗？你兜里有东西?”明月想到她忘掏兜了，不由得一阵心慌，生怕好心办坏事。

正想出去看看，关山却拦住她，“没有，没有。我就是不好意思，怎么能让你给我洗衣服呢。”他说这话的时候，心里奇怪地涌起一阵甜甜的感觉。明月，给他洗衣服了！

关山把明月洗过的迷彩服当宝贝似的捧回转信台，被董晓东发现后嘲笑一番，这事且按下不表。

就在明月大宴村长一行人的晚上，一股恶毒的流言却从高冈村某处藏污纳垢的院落里传播了出去。

可能是昨夜干活劳累，郭校长后半夜咳得比较重，清晨起床，看到梳洗整齐的明月，他无奈地叹口气，说：“一起去吧。”

山上天气多变，一会晴一会阴，到了鹳河边，竟然下起了小雨。郭校长让明月在河北面等着，他下水去接学生。明月不放心，就偷偷跟着他下了水。

鹳河的水刺骨的凉，明月一下去就被冻得嘴唇发紫，浑身打起了哆嗦。她咬牙忍着，凭着上次的记忆，顺着河道里好走的地势，一步步挨到南岸。

孩子们看到她，都很高兴，缠着让她背。郭校长只好让她背着宋苗苗过河。这次明月不敢冒进，她在河边先做了一套热身运动，又撩着河水让麻木的双脚适应河水的温度。之后，她背起宋苗苗下水，这次明显比刚才的状况好多了，她走得很稳，也没再打寒战。过了河，把宋苗苗放下，她又回去接了两个学生。

“郭校长，以后您下水，也做一套这样的热身运动，让血液流通起来，热起来，下水时就不会感觉那么冷。”明月做着示范动作。

孩子们好奇，纷纷跟着她学。郭校长摸摸宋梦凡的头发，笑着说好。

一行人朝村子走去。

明月问郭校长：“咱们学校从没开设体育课、音乐课吗?”

郭校长摇摇头，“没有。哪里有条件呢，院子就那么巴掌大的地方，能让他们跑着玩玩都是奢求。”

是啊，高冈小学能撑过十几年的光阴，送走一批又一批的学生已经是一个奇迹，她还奢求什么呢？光是场地一项，就足够郭校长头疼了。

明月低头思忖片刻，说：“我有个想法，不知道该不该讲。”

“说说看。”郭校长看着她。

"我知道您最近为了围墙的事发愁。其实围墙扒了，不用在原先的位置重建。我们可以沿着山边竖起一道篱笆墙，既能开阔视野，又能给学生们划出一块活动的场地。"明月说。

"篱笆墙？升旗？"郭校长琢磨着这两个词。

"是呀。您想啊，村里穷得叮当响，连百日宴买肉的钱都拿不出来，怎么可能再给我们修围墙。篱笆墙就简单了，我们自己就能把它搭建起来。我知道，您昨晚睡不好，就是这个原因。而且，我还知道，您最大的心愿就是带着学生们在高冈小学升国旗，只要围墙搭起来，场地有了，我们就可以升国旗。"明月说。

郭校长越走越慢，越走越慢，到最后忽然停了下来。他啪地拍了下手，眼里掠过狂喜的光芒，大声说："对啊！我怎么没想到，我怎么没想到呢。"

郭校长太激动，他拉着明月的胳膊，兴奋地说："太好了，小明老师，你可给我指了条明路啊！"

明月莞尔，孩子们也很高兴，围着他们又蹦又跳。"哦，哦，我们能升旗喽，我们能升旗喽——"

明月笑着笑着，脸上的表情却渐渐变得僵硬起来。她朝四周看了看，低声提醒郭校长："他们在说我们吗？"

郭校长讶然四顾，发现一些高冈村的村民围在路边，三五成群的，对着他和明月指指点点，偶尔会有些嗓门高的声音，"不小心"飘过来。

"啧啧，你看他们，多不要脸。"

"就是，不嫌丢人，当众拉拉扯扯的，呸！亏他们还是老师！"

"郭木鱼都能做她爹了，两人居然住在学校里……"

后面的话不堪入耳。

宋苗苗拉拉明月的手，天真地问："老师，狗男女是什么意思？"

明月早就气得面色发白，浑身打战。她瞅了瞅身旁沉默不语的郭校长，忽然松开宋苗苗的手，朝刚才嘴贱的妇女走了过去。

郭校长没拉住，只好跟上前去。怕娃娃们听到不好，他又赶紧停住，回头对宋小宝说："小宝，带同学们先回学校去，记住，别去山边。"

宋小宝点点头，整好队伍，带着同学们先走了。

那边，明月已经和几个嚼舌根的农妇对上阵了。可能外人觉得明月外表柔弱，看起来很好欺负，其实则不然。像郭校长、关山他们，才了解她真正的性格。在她在意的一些事上，她比谁都要强，能坚持。

"你说谁是狗男女，不干不净的？有本事，把你刚才的话再说一遍，别藏在人后面，乱嚼舌根！"明月今天梳了一根马尾，高高地绑在头顶，随着她说话的动作，马尾急速摆荡。

对面那妇人可能没想到明月会直接过来怼她，再加上明月个子高，气势上先压了她一头，她朝后缩了缩脖子，小声嘟囔说："谁嚼舌根了。人家都这么说。"

"你听谁说的？"明月竖着眉毛，高声问道。

那妇人眨眨眼睛，忽然，指着旁边一个比她岁数小点的女人，"我听小琴说的。"

那个叫小琴的女人呆了一呆，接着，恼羞成怒，瞪着指认她的女人，开口就骂："你是狗啊，还咬人咋的。我说的，咋啦。我说错啦？明老师，你敢拍胸脯说，你没和郭校长住一起！"

明月压住体内快要爆炸的火气，直接招手，把其他几堆围观凑热闹的村民叫了过来。"我就解释这一次。你们全都听好了，我是和郭校长住在一起！"

明月话音一落，四下哗然。

郭校长紧张地拽住明月，"别瞎说，我来解释。"

明月却笑了笑，说："你们不是好奇吗？不是喜欢嚼舌根吗？来吧，来学校看看吧，看我和郭校长是怎么住在一起的。"

她转身就走，郭校长还想解释，却被那些好奇心爆棚的村民们簇拥着朝高冈小学走了过去。

一群人浩浩荡荡地朝学校走，路上难免吸引更多的人跟来看热闹。

最后到了学校，半个村子的人都来了，他们把学校围得密不透风，有人指着郭校长和明月，神情兴奋地向周围的人说着什么，村民不时发出怪声，还有甚者，竟当众嘲骂起郭校长和明月。

孩子们没遇见过这种阵仗，一个个好奇地扒着门缝和窗缝朝外瞅，看到人群里熟悉的面孔，激动地想往外跑。

明月走到教室门口，啪一下拉上门，又走到窗口，看了看里面匆忙找座位的学生，面色沉静地说，“这节课上自习，朗读古诗，谁读不出声，就不准下课。”很快，教室里传出学生们稚嫩的童音。“横看成岭侧成峰，远近高低各不同……”

郭校长脸色很差，瘦削的身影佝偻弯曲，神色怔愣地站在院子里，任凭村民们指指点点。这次的事对他刺激太大，想必是真气着了，连动动嘴皮子，向相熟的村民解释一句的欲望也没有。

明月不禁冷笑。这就是高冈村。这就是高冈村的村民。愚昧得出奇，封建得出奇，诋毁别人的本事更是一流。

明月环顾一圈，轻咳一声，冲着围观村民声音清脆洪亮地开口说：“你们不是爱凑热闹吗？来，跟我过来仔细看一看！”

她转身走向她的宿舍。门虚掩，她咣一下推开门，侧身让出位置，“这是我住的宿舍，你们看吧，看仔细点，有没有你们想找的龌龊东西！”

起初没人敢进来，后来，那个叫小琴的中年妇女带头走进了明月的宿舍。她进去后，不少村民也大着胆子进去凑热闹。

“这屋子咋恁寒酸，连个脸盆架也没有。”

“就是，我听我家掌柜的说，这床还是宋华给送来的。”

“她一个城里来的闺女，住这条件的破屋，她能受得了？”

“我看她还下河接娃娃……”

“没有郭木鱼的东西。”

“好好找找。”

“真没有……”

大约十几分钟光景，里面的人陆续出来。这明显践踏人权的行为令郭校长义愤填膺，他正要上前和一群啥也不懂的婆娘们理论，却被明月用眼神制止。明月神色淡定地问打头的中年女人小琴，“看完了？”

“嗯。”小琴点头。

“找到什么证据了？”明月又问。

“你……你都藏起来了。”她兀自嘴硬，不肯服软。

明月嘲讽笑道：“是根本没有你要的东西吧。”

明月径直朝前走，来到伙房门前，如法炮制，将门用力推开。“这是郭校长住的屋子，你们也可以进去参观。”

小琴一群人面面相觑。这不是伙房吗？伙房咋住人？

村民们都往这边凑，小琴她们试探着进屋查看。这次，比刚才更快，几个人进屋转了一圈，灰头土脸地走了出来。

小琴溜着墙想混进人群，却被明月一把拽住胳膊，连同几个挑事的女人一起堵在门口。“你去哪儿啊，嫂子？”

“我……我回家。”小琴低头，结结巴巴地说。

“你以为学校是你想来就来、想看就看、想走就走的地方？我告诉你，没那么容易。”

小琴朝后缩着脖子，“你想咋，你想咋。”

“我不想咋，就是想讨个公道！”明月的眼睛乌黑清亮，声音不大，但是气势十足。她拉着几个女人朝院子中央走，边走边大声说：“话是你说的，屋子你也瞧了，我就问你，问你们，找到什么证据了，就敢平白无故地污蔑别人的清白！”

“我……我没有污蔑你，你长得跟妖精似的，哪个男人见了你，都被迷得找不到北，我……我是看你和郭木鱼住一个院儿，他是个老光棍，觉得你们一定有事。就……就……”小琴为自己辩解。

“有什么事？你想我们有什么事？我从来到高冈小学的第一天起，就自己住在这间宿舍里。对，我一个城里来的姑娘，住在这样简陋的屋子让你们觉得惊讶，可就是这样一间宿舍，还是郭校长把他的屋子让给我住，他自己却住进了烟熏火燎的伙房。我刚才听见有人问，伙房能住人吗？我想说，你们家的伙房肯定不会住人，但是我们高冈小学就能住。郭校长在这里住了两个月，两个月的时间里，他起早贪黑，每天上课、备课、给娃娃们做饭、接送娃娃过河，就算是病倒了，仍旧每天坚持。郭校长是个人，不是个机器，你们不懂感恩也就算了，怎么还如此苛待一位兢兢业业、尽职尽责的老乡村教师！”

“你们可以不相信我，因为我们彼此不熟悉，你们怎么猜测都属正常。但是郭校长不一样，他是什么样的人，他这半生又为高冈村付出了多少，为你们的娃娃们付出了多少，你们每个人的心里都应该有杆秤。你们今天站在这里瞧热闹，昧着良心说谎，最难过的是谁？是我吗？不，不是我，是他，是郭校长！”

明月放开小琴，拉住站在一旁默默无言的郭校长，激动地说：“你们伤了他的心，懂吗？伤心是什么意思，你们懂吗？”

在场的村民纷纷低下头，有的醒悟过来，指着小琴斥道：“孝春屋里的，你这是作孽呢！”

小琴捂着头，从墙边找了个缝隙，钻出去，跑了。

“小明老师，别这样……”郭校长终于开口说话。

“他们都把您诋毁成什么样了，您还护着他们。”明月气愤地说，“我今天就是要把话说明白了，他们不是计较我和你住一个院子吗？那行，我今天就当着他们的面，”明月顿了顿，神情郑重地从口中蹦出两个字，“认亲——”

所有的人都怔住了。包括郭校长，也是一副震惊的神色，盯着明月，半天说不出话来。

“对，您别惊讶。我早就有这个念头了，我以前不是说，您比我的父亲更像一个父亲吗？我不是开玩笑，那时说的都是我的真心话。郭校长，您不嫌弃我的话，今天，我就认您做干爹，我会像您的亲女儿一样，照顾您爱护您！”明月的表情无比认真。

郭校长半生孤寡，第一次听到父亲、爹这样陌生的字眼，又是从明月口中说出来的，他整个人都呆住了。

明月，要找他认亲？这是真的吗？

他，郭木鱼，活过五十几年岁月光阴，竟有了一个女儿。

“明……明……”他哆嗦着嘴唇，想说，这不合适，这不合适。

“干爹——”明月竟当众叫出声来。

郭校长答应不是，不答应也不是，就僵在那里。

这时，忽然有人喊道：“答应啊，你这个榆木疙瘩，老天爷白送个亲闺女，你不要我可抢走了！”

只见一抹利落的身影从人群里走了出来，她一边走，一边抹着泛红的眼眶，大声数落道：“你咋恁傻咧，快答应啊，郭木鱼！”

正是刚刚听说风波赶来学校的宋华。

宋华一来就看到这感人的一幕，她一方面为郭木鱼叫屈鸣不平，一方面又被重情重义的明月所感动，她当众认亲，等于解了郭木鱼的难题，今后他们共住学校，也有了正当理由。

明月看郭校长眼眶泛红就是不吭声，不由得着急，她配合宋华婶儿，拧起眉头，埋怨说：“您是嫌弃我什么都不会做吗？不想认我这个干女儿？那算了，当我没说过。”

明月转身想走，却被郭校长拽住胳膊，“不是……不是小明老师，我愿意，愿意啊！我是怕委屈了你……”

“那您同意啦！干爹——”明月惊喜叫道。

郭木鱼抖了抖干涸的嘴唇，颤悠悠地答应：“嗳——”

宋华带头鼓起掌来。“好！我做见证，乡亲们也做个见证，今天，郭木鱼和明月老师认亲，今后，他们就是父女了，谁再乱嚼舌根子，我宋华头一个放不过他！”

“啪啪啪——”一场风波化为喜事，院子内外掌声笑声一片，孩子们再次被吸引到门缝窗口，他们对视着，跟着外面的大人，露出甜甜的笑容。

此刻，宋老蔫的家里却笼罩着一片阴云。

宋孝春得到媳妇的消息赶过来报信，被宋老蔫骂了个狗血喷头。

“你媳妇儿就是个笨蛋，她咋没长脑子呢，咋不弄个郭木鱼的东西装作从明……明月屋里翻出来，妈的，又让他们溜了，这口气，这个仇，我啥时候能报！”宋老蔫额头的肿块还没消，面目狰狞的模样再加上浑身上下散发的酒气，犹如地狱里的恶鬼，令人嫌恶厌烦。

宋孝春忍着心口的火气，装出一副笑脸，劝说道：“以后还有机会嘛，他们的学校还在，人还在，总能逮到机会报复他们。”

“呸！老子好不容易找个借口泼他们一身脏水，就让你们、让你那个蠢婆娘给搅黄了，妈的，他们还认亲了，这下可好，以后再想拿这做文章就难了。”宋老蔫骂道。

宋孝春在肚子里骂了一百遍老不死的东西，面上却堆着笑，劝慰说：“别生气啦，哥，中午去我屋吃饭，我让小琴炒几个菜，咱哥俩好好喝两盅。”

宋老蔫咂巴咂巴嘴，脑子里闪现出孝春媳妇肥硕的臀部，他咽了口口水，淫邪地笑说：“这还差不多，你跟小琴说，我这就去看她，啊，哈哈哈……”

宋孝春走出宋老蔫的破屋，刚转过门角，他就朝地上狠狠啐了一口唾沫，“妈的，畜生不如的玩意儿，总有一天，老子收拾了你。”

认亲结束，乡亲们也都散了。学校恢复平静，明月抱着教案准备去上课，郭校长却叫住她。“小明老师，你等一下。”

明月走过去，郭校长含笑望着她，真诚地说：“今天的事谢谢你了。”

明月抿着嘴一笑，“谢我什么呀，好像我没被泼脏水一样。”

“哈哈哈，你这孩子。”郭校长笑了两声，看了看明月，说，“认亲这事，我觉得还是缓缓。”

“为什么？您反悔啦？”明月拧着眉头，诧异地问。刚才不是说好了吗？还有宋华婶儿和乡亲们作证，她喊了好几声干爹呢。

郭校长赶紧摆手，解释说认亲不经过明月亲生父亲的同意，他觉得不合适。

“没什么不合适的。我说了算。”明月在这种事情上向来认死理。

郭校长还想再劝，明月却摇摇头，语气坚决地说：“亲已经认了，想反悔没门。不过，我可以答应您，称呼暂且不改，我还叫您郭校长，您叫我小明老师或是明月都行，随您喜欢。我去上课了，这事从现在起挽个疙瘩，就这么着了，您以后别再提，不然的话，我会伤心的。”

明月不等郭校长回答就去了教室。郭校长看着那抹看似柔弱实则刚强坚硬的背影，长长地叹了口气，“好孩子啊……可惜……”

# 13　负气下山

川木县中学，宋瑾瑜从学校会议室出来，直奔县里的联华超市。

超市位于县城最繁华的人民路，她的兜里揣着一个手机和一张银行卡。

银行卡上的数字她能倒背如流，从同州过来，这数字就处于一种有减无增的状态之下，今天，估计又要被她花去不少。

但是再心疼，这笔钱也要花。看下午开会时的情形，就知道有多少教师想去镀金，每个人都跃跃欲试，她如果不争取一下，如何能回同州？

好在她的教师编制解决了，听财务说，下个月补发工资。到时候，她就有钱了。

可她不知道王干事，哦，现在是王科长了，喜好什么？不过，女人的兴趣基本上差不多，无非就是化妆品和衣服。印象中王科长皮肤很好，平常应该很重视保养。

宋瑾瑜心里有了主意。她狠狠心，选了一套三百多元的化妆品套盒，付款的时候，宋瑾瑜捏着银行卡，轻声问自己：“我能成功吗？”

当天晚上，宋瑾瑜办完事回到学校，门卫叫她拿包裹。借着灯光，她看了看纸箱封皮上黏着的快递单。没错，是从同州寄过来的。寄件人没写全名，就龙飞凤舞地写着一个沈字。

向门卫道完谢她抱着纸箱回宿舍，思忖着，等下怎样和沈柏舟联系，是直接打电话，还是用微信？回到宿舍，她立刻拿出手机，给沈柏舟打电话。

沈柏舟刚洗完澡，他坐在书桌前，一边用手拨拉着潮湿的头发，一边从复习资料里抽出一套公务员考试的真题，打算做一做。

手机响了。他眯着眼睛怔了怔，想起什么，猛地丢下卷子，抓起手机。由于心情激动，在看到来电显示的那一刹那，沈柏舟俊美的五官显得有些扭曲，他的表情从极度期待、兴奋，逐渐变得失望、落寞，到了最后，他神情恹恹地滑开屏幕，冲着对方毫无情绪地喂了一声。

听到耳边传来熟悉的声音，宋瑾瑜如同被打了强心针似的，蓦地挺起腰肢，脸红心跳地说："沈……沈柏舟，我是宋瑾瑜。"

沈柏舟没接话，宋瑾瑜赶紧解释，"我是明月的同学，在川木县中学支教的，我……"

话被抢过去。"我知道，我的手机通讯录有备注。"沈柏舟打起精神，问，"你找我有事吗？"

宋瑾瑜敏感地察觉到沈柏舟语气中的不耐，她的喉咙一噎，一股子委屈夹杂着愤怒冲上心头。她帮忙收快递还有罪了？

于是，她的声音也跟着冷下来，"我收到你寄来的快递了，打电话就是想和你说一声，没别的事了，我挂了。"

刚要挂断，却听到沈柏舟说："嗳，宋瑾瑜，不好意思，我忘了这件事，对不起啊，我最近准备参加公务员考试，有点累，记性也不大好。"

公考？宋瑾瑜重又拿起手机，语气却变得温柔多了，"你要考公务员？准备考哪个系统？"

现在公考成为越来越多年轻人的选择，不论是国考，还是省考，通过之后都将获得一份体面安定的工作，温饱无忧，手里还有点小权力，时不时地熟人同学找来帮忙，满足一下虚荣心，的确挺好。

她就曾梦想过参加公考去教体局工作，做一位人人羡慕的公务员。只是现实太残酷，她现在……

“哦，我想考省教育厅。”沈柏舟回答说。

“省教育厅？那可是好单位，管着全省几千所学校呢。噢，也管着川木县，管着我和明月。”宋瑾瑜说。

“嗯。希望能被录用，这样的话，我也可以把明月早点从大山里接出来。”沈柏舟说。

宋瑾瑜一听，心里泛起一丝酸酸的滋味。还是明月。他除了明月，眼里再也看不到其他了吧。就连工作这么大的事情，他也是以明月为主，如果明月不在大山里支教，他只怕不会考什么教育厅的公务员。

妒火烧心。形容的就是她现在的心情。

“谢谢你啊，宋瑾瑜，没别的事我就挂了，晚上还得再写套卷子。”沈柏舟客气说道。

宋瑾瑜回过神，赶紧说：“好的，你快学习吧，马上要考试了，祝你一切顺利。”

挂断电话，宋瑾瑜盯着桌上的褐色纸箱，眼神慢慢变得冰冷。她凭什么要认输，明月真就那么好？一个把清高和倔强当饭吃的花瓶，注定要被她抢走到手的工作机会。沈柏舟心疼她，她却不会。命运既然选择了偏袒她，她就要牢牢抓住这次机会，她要去同州，一定要去同州。

三日后，学校召开教职工大会，主持会议的副校长宣布去同州一中学习的教师人选。“语文教研组宋瑾瑜老师，大家祝贺！”

在掌声里，在周围老师复杂的目光关注下，宋瑾瑜的嘴角噙着一抹胜利的微笑，慢慢起身，向同事们表示谢意。

与此同时，远在高冈小学支教的明月却在宿舍里生闷气。自打到高冈村之后，她的脾气嗖嗖见长，耐性和宽容却日渐稀少。她承认自己喜欢较真，可这些学生，尤其是宋铁刚，真的，每一次都在挑战她的底线。

周一，郭校长把宋铁刚的爷爷背来学校见她，出于内疚，她和宋大爷进行了一番长谈，希望他能管教自己的孙子，并且监督他完成作业。

周二，因为那场诋毁她和郭校长的风波，她到下午放学才批改头一天的作业，学生们完成得很好，只有宋铁刚，依旧是空白作业本，一个大字没写。

周三，上课前她把宋铁刚叫到院子里问话，问他为什么不写作业，宋铁刚挠挠头，说不出个一二三。明月问他，你爷爷回去没有监督你写作业？宋铁刚说监督了。明月又问他，监督了怎么还没写？宋铁刚笑嘻嘻地说，不会写。明月带着他回教室，把他的课桌从最后一排搬到讲台下面，然后把空白作业本发给他，说今天你什么都不用做，就补周一的英语作业。宋铁刚没说什么，趴在课桌上写了一天，下午放学前，他把作业本交给明月，说写完了。明月一看，的确补完了，虽说字歪七扭八，惨不忍睹，可总算是写完了。明月就对他说，周二作业，你今晚回家补齐，明早我要检查。宋铁刚答应得特别痛快，向明月保证他一定写。

周四，宋铁刚没来上学。

周五，也就是今天，她一到班就检查宋铁刚的作业，可他却只交了周一的英语作业。她看着吊儿郎当、痞子无赖似的宋铁刚，一股子怒火就从肚子里冲上来，直奔头顶。她把英语本照着宋铁刚扔了过去，啪的一声，本子从他的头上滑下去，落在地上。

宋铁刚吓了一跳，班里的学生也都愣愣地看着黑沉着脸的明月。

“周二的作业呢？你是怎么答应老师的？你在家偷懒休息还不把作业补齐，你到底想干什么？”明月一句连着一句，质问着宋铁刚。

宋铁刚依旧是那副满不在乎的模样，双手插在裤兜里，一条腿立着，一条腿屈着，根本不懂与人交往的礼节。他头发蓬乱，眼神桀骜不驯，黑中带红的脸蛋，被风吹得皴裂破皮，黑黑的脖子，污垢隐约可见。

可能感觉到明月不同以往的怒火，他用黑黢黢的手背蹭了蹭快流到嘴里的鼻涕，嗫嚅着辩解：“我家有事，没顾上……”

明月冷笑，鄙视地瞪着他，“是啊，全世界就你宋铁刚最忙。忙着掏鸟窝，忙着逗狗，忙着睡觉，忙着偷懒，就是把写作业的事忘了，对不对！”

孩子们哄然大笑。宋铁刚真是个厚脸皮，被同学们嘲笑，被她嘲笑，居然还能笑得出来，他回头冲着同学们做鬼脸，那副惬意享受的模样用得意来形容也不为过。

就是这挑衅般的微笑，把明月彻底给激怒了。她像上次一样，丢下一句你们自己学吧，拿着教案就离开了教室。

回到宿舍后，脑子里乱哄哄的，愤怒，委屈，失落，悲伤，种种复杂的情绪掺杂在一起朝她袭来，一波一波，如同海浪一般，没个停歇的时候。

她知道自己不对，这样躲起来只能代表她懦弱，她没能力。可她真的没有能力吗？前些天那个用智慧、用真诚完败对手澄清流言的明月哪里去了？她知道问题出在她自己身上。但她不愿意细想，或者干脆懒得去想。她只在这里待两年，两年后，这些娃娃都不再是她的学生，他们是陌生人，可能这一生都不再碰面，她又何必为了他们劳神费力，做一些出力不讨好的事。

想到她竟天真地拜托宋大爷监督秉性顽劣的孙子做作业，一想到那一幕，她就想抽自己两嘴巴，要你多管闲事？你算老几，你管得着吗？

明月苦笑着站起来，开始收拾东西。她这两天是不可能留在这里上课了，干脆下山去川木县散散心，也好过待在这里和一群屡教不改的山里娃娃置气。

片刻后，她背着包走出宿舍。郭校长在教室里看到她，赶紧叫住她，走出来，“小明老师，你这是要去哪儿？”

明月朝教室里探头探脑的孩子们瞥了一眼，低声说：“我去川木县找同学，这两天先不回来了。”

郭校长看出她还在为刚才的事生气，也没再阻拦，他一边掏口袋，一边对明月叮嘱说：“也好，你去玩两天，散散心。学校的事就别想了，我会教训宋铁刚……”

“您不用教训他，您对他说，他今后写不写作业与我无关。我只是他的老师，又不是他妈，管不了那么多。”明月带着情绪说。

郭校长看看她，眼神一黯，他把兜里的整钱塞给明月，“我会说他的。这里有二百块钱，你带上，想买点什么就买，别舍不得。”

明月赶紧拒绝，“我有钱，不要。”

“拿着！”郭校长也执拗，非把钱塞进明月手里，把她推出老远，才摆摆手，“去吧，早点到镇上，还能赶上班车。”

明月无奈，只好揣着郭校长给的二百块钱下山去了。到了红山镇，她直接就去了长途车站，长途车票价四块，从红山镇到川木县，要走上两个多小时。

明月晕车晕得严重，到了川木县，她下车后先去卫生间吐了一阵，然后坐在汽车站的台阶上，用手机给宋瑾瑜发了条短信。

过了一会儿，她的手机叮叮咚咚响了起来。

“明月，你咋来县城了？今天不用上课吗？”宋瑾瑜声音轻快，像是有什么喜事。

“哦，我请了两天假，想来县城逛逛，另外，我想把柏舟寄的资料拿走。”明月回答说。

“喔，行，你在哪儿呢？我过去接你！”宋瑾瑜问。

“不用了，你告诉我地址，我坐车过去找你。”明月不习惯麻烦别人。

宋瑾瑜报了个地址，然后让她去火车站坐 2 路车，到川木县中学那站下车，她在学校门口等她。

明月出了汽车站，先去门口的水果摊买了一些苹果和香蕉，然后拎着袋子坐上了开往城区的 2 路车。大约走了七八站，明月听到报站名的录音，赶紧拎着袋子下车。

下了车朝左一望，就看到川木县中学五个红红的大字，竖在一片四五层高的楼房上面。她低头整理了一下衣服，朝学校走了过去。

远远的，就看见一抹丰满高挑的身影立在县中学门前。可能县城的生活过得比较滋润，宋瑾瑜明显比刚来的时候白皙丰腴了不少，头发烫成时下流行的波浪卷，穿着一身合体大方的烟灰色毛料套装，看起来，竟和同州的时髦女子没什么差别。

看到明月，宋瑾瑜眼睛一亮，一路小跑过来，给了明月一个热情的拥抱，“你可来了，等了你好几个月呢。”

明月不习惯和她这样亲近，就用手臂挡了挡，退后一些，说：“对不起啊，没和你打声招呼就来了。”

“说什么呢，咱们可是好朋友，你这样见外，我可要生气了。”宋瑾瑜拉住明月，带她进学校。

“我先带你参观参观我的宿舍和学校，然后再请你下馆子，吃顿好的，怎么样？你喜欢吃什么？川菜还是豫菜？哦，我记得你挺能吃辣的，就川菜好吧，我们学校附近有一家有名的川菜馆，生意特别好……”宋瑾瑜今天显得格外热情。

明月默默听着，没发表意见。可能察觉到明月的情绪不大好，宋瑾瑜总算不再聒噪谈吃，而是试探着问明月，“你咋啦？看着不高兴呢。”

明月看看她，“没什么，可能坐车时间久了，有点头晕。”

“嗳，晕车，你肯定又晕车了！我不是说了，让你每次坐车的时候预备一些新鲜橘皮，闻着味儿就能止吐。”宋瑾瑜说。

“高冈除了山，哪儿有新鲜橘子？”明月苦笑。

宋瑾瑜不自然地笑了笑，也变得沉默下来。

两人走过操场，明月打破尴尬，主动指着一幢五层高的建筑问宋瑾瑜，“那是你们的教学楼吧？”

“嗯，一共三个年级，都在那楼里上课。你们学校呢？听说山区留守儿童多，你们那里也不少吧？”

明月点头，“学校一共十八个学生，全都是留守儿童。”

“全都是？”宋瑾瑜惊讶瞪眼，“那你可倒霉了，现在的留守儿童都是问题儿童，不好管。”

可不是吗。就因为不好管，管不了，她才被气得下山来了。

明月苦笑，算是默认。

“明月，川木县就是不能待。咱们还好，熬个两年就解脱了，那些老师，尤其是那些山村教师，真的挺可怜的。”宋瑾瑜说。

明月的眼前晃过郭校长瘦骨嶙峋的背影，他在高冈村苦熬了大半辈子，图的是什么呢？

不过交谈之后，明月倒是对宋瑾瑜生出几分亲切感，尤其当宋瑾瑜谈及她班里一些问题学生刁难她的情形，明月觉得，她对宋铁刚是不是有些过分严苛了。就像宋瑾瑜说的一样，现在的留守儿童，留守少年，大部分都存在心理问题，非常难管束。

“那你怎么办，由着他们胡来？”明月问宋瑾瑜。

宋瑾瑜摊摊手，“那还能怎么办，睁一只眼闭一只眼呗，就拿这么一点工资，再啥事都管，我们还活不活了。”

“那也不能看着他们一点点学坏。”明月说。

“哎呀，又不是自己的孩子，奉献那么多干啥，再说了，人家家长都不管，咱们老师操那么多心干吗，不是自找麻烦自寻烦恼吗？”宋瑾瑜拉着明月走进宿舍楼，“行了，别说学生了，一提就烦，走，上我宿舍去。”

明月跟着宋瑾瑜上楼，走进她的宿舍。

“进来呀，咋还看傻了呢？”宋瑾瑜招呼立在门口不动的明月。

明月的确是看傻了。同在一个县，同饮一方水，宋瑾瑜的宿舍宽敞明亮，家具生活用品一应俱全，而她的呢，除了破旧就是黑暗，别说这些令人羡慕的家私了，就连最普通的电，她那边都没有。

“快坐啊，你说你，来就来了，买这些干啥。”宋瑾瑜接过明月手里的水果，放在单人沙发旁边的茶几上。

“卫生间有热水，你要不要先洗洗？”宋瑾瑜问。

明月点点头，走进和宿舍连为一体的独立卫生间。宋瑾瑜不是个勤快人，卫生间里没有打扫，空气里弥漫着一股臭味。

明月把窗子打开，让新鲜空气进来，先闭门上了个厕所，然后用热水洗了手脸，又整理了一下头发，才从里面出来。

宋瑾瑜正跷着腿吃香蕉。看到梳洗干净后光彩照人的明月，她不禁怔了怔。虽然明知道她再刻意打扮也抵不过随随便便穿着一身运动装就能迷倒一大片男人的明月，可这样的对比，还是让宋瑾瑜感到嫉妒和羞愤。

明月再次打量了一下这间屋子，看到桌上浮着一层灰尘，以及刚才梳头时梳子齿缝间夹杂的污垢，她的眉头几不可察地蹙了一下。她的视线瞥见角落里放的纸箱。“宋瑾瑜，这就是柏舟给我寄的资料吧。”

宋瑾瑜说是。她咬了一口香蕉，盯着明月忽然变得轻快的脚步，眼睛里掠过一道嫉妒的寒芒。

纸箱里除了军考资料，还有一套名牌化妆品，宋瑾瑜刚逛过化妆品柜台，所以她知道，这套化妆品的价格顶上她一个月的工资。

明月盯着粉蓝色的包装袋看了一会儿，轻轻地叹了口气。

宋瑾瑜站在明月身后，妒忌地问：“你咋不高兴呢？瞧，沈王子对你多好，连这么贵的化妆品也给你寄。”

明月苦笑转头，看着一脸欣羡之色的宋瑾瑜，“我不需要。”

是啊，她要这样名贵的化妆品有什么用呢，化妆给谁看？高冈村的娃娃们吗？以前，沈柏舟也会冲动地送她一些价格昂贵的礼物，但都被她退回去了。说她清高也行，说她不懂情趣、不识好歹也罢，总之，她潜意识里不愿意以这种不对等的方式同他交往。她更愿意情侣之间用真诚、用一些彼此没有负担的小礼物增加感情。沈柏舟却不这么看，他们为此争吵过，最后，她赢了，沈柏舟答应她，不会再送这些东西让她为难。

钻戒是唯一的例外。因为意义重大，她真心喜欢沈柏舟，所以她接受了这个礼物。把它当做项链吊坠每天戴着，偶尔触碰一下，也是满心满怀的甜蜜。沈柏舟是觉得她接受了钻戒，同时也就认可了他的行为习惯吗？所以，在没有征得她的同意之前，他就私自做主寄来这么贵的化妆品，他可曾考虑过她的感受。

我不需要。这四个字听在宋瑾瑜的耳朵里，却是另外一种复杂的感受。眼红、嫉妒、不忿，甚至是气愤。她为沈柏舟鸣不平，他那样一个芝兰玉树般鲜亮俊美的人物，生来就该受到所有人的爱慕和敬仰，可到了明月这里，却生生倒过来了。

对明月，他像对待公主一样万般宠爱，万般迁就，说话小心，动作小心，就连送礼物这样一件再普通不过的恋人间的小事，他也是费尽心机，生怕讨不到一丝好处。

我不需要。明月无情地吐出这四个字，宋瑾瑜顿时觉得自己脸上火辣辣的，像是被这四个字抽了一个大耳光，她想，如果沈柏舟此刻站在这里，只怕，会比她更加难受。

忽然就有些同情沈柏舟，他和明月看似神仙眷侣一般的爱情童话，似乎并没有旁人想象中那么美好。“你不需要就送我吧，我正好喜欢这个牌子。”宋瑾瑜故意说道。

明月想了想，竟把粉蓝色的包装袋递给宋瑾瑜，“送你。”

宋瑾瑜惊讶抬眸，“我开玩笑呢，这太贵重了，我怎么能……”

“我说送你就送你了。”明月不等宋瑾瑜把话说完，就把袋子朝宋瑾瑜手里一塞，然后拿出纸箱里的书籍和资料，一本本看了起来。

宋瑾瑜张着嘴，眼睛翻着朝天花板上看了看。她可真是无语。小一千块的化妆品，竟被明月当垃圾一样甩给了她。她没想要，就是气不过，故意问了那么一句，刺激一下明月，谁知道……宋瑾瑜低头看了看粉蓝纸袋上耀眼的银色 logo，撇了下嘴唇，无声地冷笑起来。

两人收拾好了就去宋瑾瑜说的川菜馆吃饭。宋瑾瑜说，你随便点，我请客。

明月瞅瞅菜单，点了鱼香肉丝和麻婆豆腐，“咱们两个人，足够吃了。”

宋瑾瑜笑了笑，说：“你不用给我省，我的编制解决了，下个月工资就能补发下来。”

明月一愣，准备去夹菜的筷子停顿在半空，她嘴唇的线条有些僵硬，眼里的光芒也暗下来，“恭喜你了。”

“这有什么好恭喜的，你的编制很快也会解决的，到时候，像我一样，一次补发到位。”宋瑾瑜夹了一筷子鱼香肉丝，用力嚼着，说，“我们的工资应该一样吧，毕竟是一起来的。”

明月摇摇头，“不一样，我们校长一个月才拿 956 块钱。”

“啥？956，那也太少了，在县城生活，这点钱养家糊口可不够。”宋瑾瑜惊讶叹道。

“谁说不是呢。这些年山村教师的待遇虽说提高了不少，可同城里的教师比起来，差距还是很明显的。我们校长说过，他的工资算是高的，有些没有编制的代课教师每个月的工资还不够城里孩子一个月的零花钱。”

“可怕。”宋瑾瑜露出惊恐的表情，“要是我，一分钟也待不下去，肯定早就跑了。”

看到明月神色一变，宋瑾瑜意识到自己失言，她尴尬地笑了笑，解释说：“我就是打个比方，你别当真，明月。”

明月低下头，“吃饭吧，不提这个了。”

饭后，宋瑾瑜带着明月在县城最繁华的商业街转了一下午。明月在一家商场选了一件男士棉服，藏蓝色的半大款，夹层厚实，价格也算公道。

宋瑾瑜好奇地问她怎么买男式衣服。明月说给学校的校长捎的。

宋瑾瑜转着眼珠，心想，捎的？别装了，是想巴结校长吧，毕竟山高水远的，她在高冈村举目无亲，只有巴结上校长，她以后的工作履历才能被写得漂亮一点。

看到明月为了几十块钱和服装店主斤斤计较的样子，宋瑾瑜觉得特别丢人，她上前拉住明月，小声劝说："都下来一百多块了，咋还搞价？"

明月看看她，说："没到我的心理价位，我当然还要搞价。"

摊主欺负明月是个年轻女孩，佯装亏惨了，诉苦说："姑娘，你也忒狠了吧，一件五百多的棉衣我给你降到二百五，一下砍去一半，算打了个对折，你嫌贵，还要搞，这不行呀，姑娘，这种生意没法做呀。"

宋瑾瑜在一旁帮着摊主说话，"就是，人家开门做生意，也不容易，差不多就行了。"

明月递给宋瑾瑜一个警告的眼神，示意她不要说话，然后明月目光清亮地看向摊主，说："买卖搞价那是天经地义，咱们磨了这么久，我是实心买，你也是实心卖，我看不如这样，你把价钱压到最低，就是你能接受的最低价位，给我报个价，我觉得行，我就掏钱，要是不行，我立马转身就走，咱们就当无缘，你看怎么样？"

明月音色圆润、甜美，这样一番顺口溜似的话说下来，倒像是水珠落在玉盘上，叮叮咚咚的，煞是好听。可她的表情却偏生又是严肃的，那股子气势叫人不可小觑。

摊主愣了愣，拿起那件棉服，张嘴想说话，却又咽了回去。

明月摆出一副要走的架势，拉着宋瑾瑜，"算了，咱们再去别家看看。"

"好啦，好啦，算我今天输给你了。一百二十块钱，你要就拿走，不要就算。"摊主一副被宰割的表情，苦着一张脸，把棉衣挡在明月面前。

一件原价五百多块的男士棉服，竟然被明月一百二十块钱就买到手了。

宋瑾瑜不知道怎样才能表达她内心的震撼，她认识的明月，应该是沈王子放在手心、捧在心尖上的小公主啊，怎么会为了几百块钱，就跟人玩起了心理游戏，而且，她简直就是个搞价小能手嘛，不见她怎么费劲，就买到称心如意的商品。

宋瑾瑜心想，她在超市买的那套化妆品一定买贵了，如果在外面的店里买，再加上明月的搞价功夫，一定能便宜不少。

“你啥时候跟人学会搞价了，厉害啊。”这句夸赞宋瑾瑜倒是真心的。

明月拎起装着棉服的袋子，晃了晃，皱起笔挺的鼻尖，叹了口气，“生活所迫呗。”

“呀——”宋瑾瑜捏了明月一下，明月笑着朝一边躲，谁知旁边正好有人，她一脚就踩了上去。“哎呀——对不起，对不起，撞到你了。”明月收住步子，向被她踩到的中年男人连连道歉。

那位男子穿着考究，五官清癯俊然，看到明月，他赫然一愣。以为他被踩疼了，明月愈发尴尬愧疚，她上前一步，掏出兜里的纸巾，想把这位男士皮鞋上的痕迹擦掉，“不好意思啊，我太莽撞了，我帮您擦……”

刚弯下腰，就被他扶着双臂阻止，“不必了，不必了。”明月察觉到手臂上的异样，不动声色地退了一步，甩掉他的手，“总之抱歉，对不起。”

她转身就要走，他却抬手叫她，“等等，这位姑娘，请等一等。”

明月顿步，诧异地看着他，“您要……赔偿?”

“啊，不不，我没那个意思。我只是觉得你长得很像我的一位故人，如果你不介意的话，能告诉我，你的名字吗?”他看起来有些激动，但仍谨慎地问道。

明月蹙着眉头，心想，这人怎么能问她的名字呢? 初次见面，还是这样尴尬的见面方式，是不是有点……可又一想，毕竟是她错在先，人家因为她长得像一位故人所以才多问她一句，告诉他应该没什么。

明月微笑道：“我叫明月。”

“明……月?”他喃喃重复了一遍，试探着问，“那你的母亲……她叫……”

明月倏地收起笑容，敏感地说：“我的母亲应该不干你的事吧。”

他一愣，连连摆手，“哦，对不起，是我冒失了，因为你长得实在太像她，所以，我才忍不住……”

“算了。”明月蹙起眉头，转身拉着看热闹看得津津有味的宋瑾瑜，“我们走吧。”

宋瑾瑜被明月拉着，还在频频回头看那个派头十足的中年男人。“嗳，明月，你看到没，他手腕上戴的表，是十几万的名表，还有他的手包，都是名牌，明月……他肯定是个大老板，不过，川木县的有钱人，没他这么帅啊，都是大老粗，哎哎，你别拽我啊，他还在瞅你呢。”

宋瑾瑜被明月一路拉到商场外面，明月松开她，警告提醒说：“这种靠外表跟女人搭讪的男人，最好不要去理会。”

宋瑾瑜讪然笑笑，“我看他不像是坏人。”

“坏人也不会把标签贴在脸上。”

宋瑾瑜不以为然地撇撇嘴，她打量了一下穿着普通的明月，忍不住好奇，问道：“他说你长得很像他的故人，我看他的年纪都能做你爸爸了，他不会是你妈妈认识的人吧，所以看到你，才会那么惊讶，缠住你不放，还问你妈妈的名字。”

明月面色一冷，转过头，声音冷淡地说：“抱歉，我不想谈这件事。”

宋瑾瑜耸耸肩，“好吧，我们再去前面逛逛。”

两人在县城一直逛到晚上，除了那件男士棉服，明月还买了一双男士手套。宋瑾瑜以为她又是给校长买的，鄙视地瞅了一眼，没吭声。

两人走到市中心，明月指着一间卖牛肉面的连锁店，说：“我请你吃面，你先进去找位置，我去趟银行。”

“银行下班了？”宋瑾瑜提醒她。

“我去自助银行。”明月指着路边的银行标志。

宋瑾瑜去店里占位，明月走进自助银行。她掏出钱包和手机，在手机便笺里找到沈柏舟的银行卡号，然后用自己的银行卡给沈柏舟的卡上转了一千块钱。

一套化妆品加上书本资料的费用，差不多够了。一千块钱，对于明月来讲不是个小数目，在高冈村，足够她几个月的生活费。原本她是打算把价格昂贵的化妆品寄还给沈柏舟，可是宋瑾瑜张口要了，她又不好直接拒绝。想到今后还要麻烦宋瑾瑜接收包裹，说不定还有什么别的事需要她帮忙，所以，她才把沈柏舟的礼物转送给了宋瑾瑜。

但是，明月也有自己一套做人处事的准则。虽然沈柏舟向她求婚，她也答应了，可这是他们两个人的决定，沈柏舟的父母并不知情，在没有获得家人认可之前，在没有结婚之前，她就还是明月，不喜欢欠人情的明月。

只是，她希望今后类似这种甜蜜的负担不要再有了，再这样下去，她只怕就会破产了。明月决定一会儿回去就给沈柏舟打电话，把她的立场说清楚。

就在明月朝牛肉面馆匆匆而行的时候，川木县宾馆，县里唯一一家三星级酒店的高档套房里，下午和明月在商场里“狭路相逢”的中年男人，正在和一名穿着黑色西装的男人说话。

“查清楚了？怎么说？”坐在沙发里的中年男人，嘴唇轻抿，神色看起来有些紧张。

“慕总，查到一点眉目。”

“快说！阿元。”他直起身子，压在沙发扶手上，露出手背上的青筋。

室内很安静，叫阿元的男人看着他，谨慎地开口说：“您要找的慕容菁，在同州。”

同州？他昨天下午才从同州机场坐车来到川木县。

“她……现在好吗？”他曾听慕容菁提起过，她的家乡在同州。那座巨大的、包容性很强的大都市。

阿元的神色一变，低下头，躲避着他的视线。

看到阿元的模样，他的心倏然一沉，语气里不免带了一丝严厉，急切追问道："快说呀，把你知道的都告诉我！"

阿元垂首，将他打听到的事实一字不漏地告诉慕延川。设施完备的高档套房里静得如同坟墓一样，落针可闻。

慕容菁死了！死了！她竟然在四年前去世了……

慕延川神情呆滞地坐着，久久不曾说一句话。

他的下属，从浙江老家一路跟着他出来打拼出一片天地的小毛孩，如今已经成为他得力助手的慕元，担忧地望着他，嘴唇翕张，却不敢打扰他。

不知过了多久，慕延川空洞的眼睛盯着床头的灯光，语声沙哑地问："她怎么死的?"

阿元低下头，小声说："邻居说，是自杀。"

慕延川身子明显颤了颤，"自杀?"她生活得有多不幸呢，居然选择用这种方式结束生命。要知道，自杀也是需要勇气的。他曾经经历过，所以了解自杀者在最后时刻的强烈感受。

她是那样美丽的一个女子，什么也不做，只是静静地站在那里，就让他为之心折，倾心一生。

风雨交加的冬夜，他立在火车站台，几乎被大风吹倒。三封家书，催人魂魄，不归家就是大不孝。

她冒雨赶来，流着泪对他说，"延川，我等你。"

"小菁，一个月，你等我一个月，我一定回来找你。"他郑重许下诺言。

没想到，车站一别，竟是永诀。

当年他回到浙江老家，被家人锁在家中不准外出，并且割断了他与外界所有的联系。待他用一纸婚约重获自由，已是一年后的春日，婚礼前夕，他不顾一切逃脱家人的管制，坐火车回到中原小城寻她。当初厮守的房子被夷为平地，他在附近、在城市的角落疯狂地找她，却始终一无所获。后来，他被寻来的家人绑回老家，绑着娶了一位当地富户的女儿。婚后，他心如死灰，妻子忍受不了他的冷漠，结婚三年后，向他提出了离婚。

之后，他把全部的精力都投入事业中，从带着阿元靠卖鞋单干起家，到如今坐拥几十亿的财富，成为浙商中首屈一指的商界巨擘，他单身一人，直到现在。

几十年了，他从未停止过寻找她的步伐。从南到北，从东到西，从国内到国外，从京韵十足的北京民巷到中原腹地的天鹅之城，从江南的烟雨古镇到长白山的林海雪原，他每走一处，都会寻找一个叫慕容菁的女人。

同州，他找过，而且，不止一次。

“她改名了？”慕延川像是一下子老了十岁，鬓角银光闪烁，眼神空洞地问道。

阿元点头，“她……哦，不，是慕容女士在和您交往的时候，用了假名字。”

“假名字？”慕延川抬起头。

“她的真名叫穆婉秋，穆是肃穆的穆，婉是……”阿元还没说完就被慕延川接了过去，“婉是温婉的婉，秋是秋天的秋。”

“您知道？”阿元惊讶极了。

慕延川神色有些奇怪，就像是猛地醒悟了什么秘密，恍然却又追悔莫及的神情。他眼睛里掠过一道明显的痛色，动了动嘴唇，低声说：“我曾在她的书里见过这两个字。她当时告诉我，那是她给自己起的笔名。”

“看来是真名了。慕总，她为什么要骗您啊？”

慕延川轻轻摇头，目光怅惘地说：“她有苦衷。和她在一起的时候，我能感觉到，偶尔，她会有很重的心事。”

阿元不忍心再问下去，“慕总，人死不能复生，您找了她这么多年，也算是对得起她了。”

“不。差得远，差得远呢。阿元，你还打听到了什么？除了她……已婚之外。”慕延川问。

阿元仔细回忆了一下，拧着眉头说：“我听她的邻居说，她的丈夫是一位军人，他们有一个女儿，今年应该23岁了。”

慕延川的浓眉一下子蹙起，他神情愣愣的，在脑子里过电影似的翻搅着过往的记忆碎片。从他和慕容菁，哦，不，应该叫她穆婉秋，从他们在中原小城初次相识到相恋，再到分别时的情景，一幕幕回忆起来。

“你说她有一个23岁的女儿？那小菁应该1989年怀孕时间才对得上，可小菁和我分开那年正是1989年，难道……难道……”慕延川觉得脑子里乱成一团，代表年代的数字，像是子弹一样，在脑子里交织成一道细密的网，把他紧紧困住。

阿元的神色也变得慎重起来，他弯下腰，扶住摇摇欲坠的慕延川，“您别急，别急，我再去查查，再去查。”

“不行。我得亲自去一趟同州。”慕延川猛地立起，就要朝外走。

阿元惊呼阻止，“慕总，明天还要和政府谈合作的事，您不能走啊。”

慕延川摆摆手，“推后。现在所有的事都要靠边。”

阿元默默垂手，“是。我来安排。”

川木县城，“十里香”牛肉面连锁店，生意好到爆。

明月和宋瑾瑜坐在右侧的卡座，看着排队翻台的人流，宋瑾瑜感叹说：“快赶上咱们学院附近的麻辣粉店了。”

提起满是回忆的师范美食一条街，明月的表情柔和了许多，她吃了一口面条，“嗯，那家店我来之前还去过，还是老味道，就是粉给得少了。”

“那当然了，同州物价多贵啊，同样的东西放在川木县，至少能打个七折。你看这牛肉面，肉也多，面也多，多实惠呀，才八块一碗。”宋瑾瑜指着碗，用指头比划了一个八字。

明月听出宋瑾瑜言语里有别的意思，她垂下头，低声说：“不好意思啊，就请你吃面。”

宋瑾瑜摆手，低头呼噜了一口，说：“吃面挺好的，哦，对了，我忘了告诉你了，我下周要回同州学习半年。”

牛肉面馆里人多，嘈杂，可明月还是听清楚了宋瑾瑜说的每一个字。尤其是最后一句话。

刚来就回同州吗？如果当初是她留在县中，是不是……

可世上哪来这么多的如果，根本不可能。

明月把筷子夹到的一块牛肉放回碗里，她低着头，说：“恭喜你。”

宋瑾瑜一直偷偷观察明月的反应，当她看到明月脸上浮现出一丝遮掩不住的失望和颓丧后，她才得意地笑着说：“这有什么啊，回同州学习，又不是留在同州了，这还值得你恭喜。”

明月嘴里发苦，笑容更是不自然，她推开还剩下一半的面碗，说：“我吃饱了，先出去等你。”

明月情绪不高，等宋瑾瑜出来，借口身体疲惫提出回县中休息。宋瑾瑜面上同意，心里却在冷笑，到底是身累还是心有不甘，怕只有当事人最清楚。

两人沿着人民路走回学校，明月让宋瑾瑜先洗漱，她要打个电话。宋瑾瑜知道明月肯定会联系沈柏舟，但是亲眼看着他们小情侣恩爱缱绻，她也受不了，于是，就趿拉着拖鞋，去了卫生间。

听到关门声，明月掏出手机，拨了沈柏舟的号码。

沈柏舟听到手机响，还以为是他那帮发小又叫他出去浪荡，看也没看，就滑开屏幕，冲着对方吆喝道：“我说了我不去，你怎么那么烦啊——”

明月愕然，看了看手机屏幕，确定一下，才小声说道：“柏舟，是我。”

沈柏舟的表情瞬间凝结，他把手机放在眼前，盯着上面宝贝两个字，看了又看，忽然深吸口气，把手机贴在耳边，激动地问道：“明月，怎么是你呀，你在哪儿？手机能用了？村里线路通了？”

面对沈柏舟一连串的问题，明月不知道先回答哪一个。

她想了想，说：“我在宋瑾瑜的宿舍，你寄来的资料我收到了，还有，化妆品的钱我转你卡里了，你记得查看一下。”

沈柏舟喉咙一噎，失望、失落还有一股浓浓的委屈弥漫至心头，她非要这样吗？非要和他划清界限，连一根线头也不肯欠着他？

这都多长时间没联系了，好不容易通个电话，她上来不说想他，却先急着和他说化妆品的事。他是她名正言顺的男朋友，送个化妆品怎么了，他还想把百货公司买下来送给她呢。

“哦。”沈柏舟被明月气到了，语气就不怎么好。

明月早就猜到他的反应会是这样，笑了笑，语气温柔地解释说：“柏舟，咱们之前不是有约法三章吗？说好了，不送对方贵重礼物，要对对方忠诚，把纯洁保留到我们婚后，要用我们自己的能力创造未来。这些你都忘了？”

“我……我是怕你在那边生活得不好，我查过资料，高冈村属秦巴山脉，冬季多风，气候干冷，你的皮肤那么嫩，我怕……”沈柏舟说。

明月抢过去，说：“我都不怕，你怕什么？”

沈柏舟语塞，不知道怎样辩驳。

明月的声音再次转柔，她轻轻地叫了一声柏舟，然后说：“我没你想象得那么清高，我也是个贪心的女人，不然的话，我怎么会收下你的钻戒？”

沈柏舟愣住。转念一想，心头那点微不足道的委屈和失落感顿时消失得无影无踪，取而代之的，是一丝丝暖流，从四肢百骸汇聚到一起，最终，到达他的心房。

是啊，他计较什么呢？明月收下了他的戒指啊，她答应了他的求婚呢。她不收他的礼物，恰恰证明了她是一个心地高洁的姑娘，她不被利益诱惑，不被利益摆布，她真的，令人敬佩。

因为惭愧，因为感动，沈柏舟说话时带了一丝颤音，“明月，我爱你。”

明月怔了怔，随即，抿着嘴甜甜地笑了。爱情可以治愈阴暗晦涩的心境，可以使人感觉明媚，原来这句话，是真的。

宋瑾瑜故意磨蹭了一会儿才从卫生间出来，谁知明月居然还在和沈柏舟通话，两人嫌听声不过瘾，干脆联通网络视频交流。

怕沈柏舟看到自己包着头发的邋遢样，宋瑾瑜赶紧闪到角落，低声提醒明月，“马上就没热水了，你快去洗吧。”

明月的眼睛亮晶晶的，里面尽是笑意，她转头，回了句知道了。

和沈柏舟告别又花了一些时间，因为沈柏舟黏人得很，非要明月亲他一口，才肯挂电话。明月怎么可能当着宋瑾瑜的面那么做，于是推脱半天，最终还是拗不过他，只好敷衍地在手机屏幕上印上一个吻，强退出来。

明月低下头缓了缓腮边的热烫，抬起头，却恰好撞上宋瑾瑜隐含着情绪的目光，黑黝黝的，有些复杂的意味，瞅着自己。她微微愕然，刚想细看，却见宋瑾瑜瞬间变回从前的表情，目光也从复杂变得欣羡而单纯，“真羡慕你们，不过，这样虐待单身狗，真的好吗?”

明月莞尔，“下次我出去打电话。”

宋瑾瑜叹了口气，自嘲道:“算了，我已经习惯了。”

明月洗漱出来，宋瑾瑜已经把床铺好了。一米二的床，她们一人睡一头，正好。闭了灯，一夜无话到天明。

第二天是周六，宋瑾瑜拉明月去逛超市，她要准备去同州的东西。

许是和沈柏舟聊过之后心境没那么悲凉了，明月今天的表现倒是大方得体。她帮宋瑾瑜挑了一些实用的礼物送朋友，然后又帮她选了一些日用品。之后，宋瑾瑜跟着明月来到新华书店，选了一些小学美术教学用的美工用品，宋瑾瑜问她买这些做什么，她又不是美术老师，明月笑笑没说话。

两人拎着大包小包逛遍了县城的繁华街区，AA 吃了一顿自助餐，然后回去休息。晚上，明月借用宋瑾瑜同事的电脑查找一些关于乡村脱贫致富以及农商合作的资料，并用 A4 纸打印成册，准备带回高冈村。

周日，明月返回红山镇。宋瑾瑜要送她去车站，明月不让，在县中的大门外，她预祝宋瑾瑜一路顺风，学习顺利。

宋瑾瑜的脸上带着胜利者的微笑，向明月挥手，“再见，明月。”

此刻的两个人，根本想不到日后会有一场可怕的风暴等待她们。

# 14　老师，我们喜欢你

明月坐的班车坏在半道，她和 车乘客只能步行回红山镇，山道崎岖难行，走了三个多小时，才看到镇子的建筑。她原本打算去红姐的饭店吃点东西再上山，可是一看时间来不及，她就在路边啃了一块面包，喝了一瓶水，直接从山道走了。

这边，红姐倚在门口，一边嗑瓜子，一边翘首张望着镇西头，车站的方向。

不大一会儿，小九气喘吁吁地跑了回来。“老板，车……车坏了。”

“嗯？车咋了？”红姐直起腰，皱着眉问。

小九拍着胸口喘口气，“班车坏在路上，他们都是走回来的。”

怪不得久等不来呢。刚才，某个心神不宁的男人还给她的小商店打电话，一个劲儿地催问此事。

“明老师呢？”红姐问。

小九摇摇头，“没……没见着。有人说，她没来镇上。”

没来镇上？直接从山道回高冈了？红姐蹙起眉头，指着小九说：“你快去看看，见着明老师，一定把她送回山上去。”

“好咧。”小九跑了几步，紧急刹车，回头冲着红姐伸出手，“摩托车，我骑摩托车更快！”

红姐瞪他一眼，“又准备像上次一样让车骑你！”

“不可能！我最近都练着呢，不可能再撂半道上。”小九胸有成竹。

红姐回屋取了车钥匙扔给小九，小九兴奋地嗷了一嗓儿，直奔后院。不多一会儿，随着一阵刺耳的轰鸣声，小九威风凛凛地驾驶着摩托车，驶离红山镇。

明月不知道小九赶来追她，也不知道红姐竟一语成谶，小九威风了不到几分钟，摩托车就在路边趴窝熄火了。

明月歇了一会儿，力气正足，加快脚步朝山脚走去。

高冈村，花妞儿打开伙房门，冲着里面弯腰生火的花奶奶说：“奶，我去后山采药了。”

花奶奶回过头，皱纹深壑的脸上露出一丝担忧，“妞儿，天晚了，今天就不去了。”

“没事，奶，我少采一点，要不然，明天给郭老师的药就不够了。”

“那行，早去早回，别让奶奶惦记。哦，对了，拿上棍，小心毒蛇！”花奶奶切切叮咛。

“嗳！”花妞儿征得奶奶同意，轻轻关上门，她把房檐下的竹筐背在身上，拿着一根拇指粗细的木棍出门朝后山走去。

关山此刻也在山里巡线。每天固定两次，早晚各一次，偶尔线路出现故障，他和董晓东就要轮换上山维修。

关山这两天的状态不大好，用董晓东的话来说，丢了魂了。

他知道问题出在自己身上，但究其根源，却在某个不告而别的人身上。周五，她课没上完就下山去了川木县，郭校长说她周日会回来，可都这个点了，她还不见影。她不准备回来了？还是，在路上遇到了什么事情？

由于内心焦虑开始胡想八想的他，干脆背着工具箱去了山口等她。

山道狭窄，前阵子雨水冲刷地面，留下的凹槽清晰可见，路旁杂草丛生，时不时地会传出一阵窸窸窣窣的响声。

那是短尾蝮蛇滑行时摩擦草丛发出的声响，这种蛇剧毒无比，被它咬中据说走不过五步，所以又被当地人称为“五步蛇”。

关山高喝一声，扯下一根树枝砸向路旁的草丛。很快，那片草就像是被山风碾压过似的，翻起一阵波浪，随即，恢复平静。

关山朝天际的乌云望了望，心里掠过一丝不安的阴影。

“横看成岭侧成峰，远近高低各不同……”树木葳蕤的山间小道，花妞儿一边用不大标准的普通话背诵着古诗，一边用木棍敲打着一旁的草丛。

不知道是不是自己太笨了，她的学习成绩一直不好。宋伟伟给她补课也不行，每次背书或是做数学题，她的头就会很疼，她宁愿记背那些草药的名称和用法，对她来说，采草药、晾晒、碾磨，调配各种药粉，都比学习来得有趣。

但她又舍不得不上学，上学有同学，虽然他们对她这个外来户不怎么友好，可每天和同龄的小伙伴待在一起，还有对她照顾有加的宋伟伟，她还是很乐意上学的。

就是明老师太凶了，她很怕她。但是这段时间明老师对她温柔了不少，对其他同学也很好，明老师做饭特别好吃，她包的饺子还有大锅菜，比百人宴还要好吃。他们现在最期待的，就是每天中午吃上明老师做的饭。可宋铁刚这家伙总惹明老师生气，所以，明老师才扔下他们走了。

宋铁刚又和宋伟伟打赌了，他说这次明老师绝对不会回来了，宋伟伟气得要和宋铁刚打架，同学们也帮着宋伟伟，因为，大家不想让明老师离开学校。

“咦——”花妞儿突然止步，几米开外的山道边，居然躺着……一个人！花妞儿鼓起勇气，走近一看，不禁吓得魂飞魄散。地上的人，不是她刚刚念叨的明月老师吗？她怎么了？怎么躺在地上一动不动？医者的敏感和直觉，让花妞儿放下恐惧，直奔过去。

她单膝跪地，用手拍打着明月的脸颊，“明老师，醒醒，老师——”

明月双目紧阖，面色青紫，往日润泽粉红的唇瓣也呈现出一种颓败的灰紫色。

花妞儿探了下明月的鼻息，测了脉搏，神色突变。她眼神惊恐地朝四周看了看，突然，抓起明月裸露的脚踝，并且把她的裤腿拼命朝上撸。

果然，在脚踝上方寸许高的地方，一片白皙细腻的肌肤上，赫然出现一上一下两个孔洞。

“五步蛇——五步蛇——”花妞儿惊叫连连。

关山经过附近，忽然听到有人呼救，他循声而去，却看到令他心惊胆战的一幕。

看到五官扭曲的关山，体力透支到极限的花妞儿哇的一声哭起来：“快……快救明老师，她……她被毒蛇咬了。”

关山猛掐了一下大腿，立刻跪在地上，接替花妞儿，为明月吸出伤口的毒血。关山到底比花妞儿力气大，他猛吸了一阵儿，黑血已经转红。

关山探了探明月的鼻息，面色凝重地对花妞儿说：“我马上背她下山，花妞儿，辛苦你了，自己回去好吗?”

花妞儿用力点头，从竹筐里拿出一把绿莹莹的草药，递给关山，“这是半枝莲，嚼碎了糊在伤口上，能救命。”

关山说好。他从地上托起人事不省的明月，把她小心翼翼地挪到自己的背上，用工具箱里的绳索把他们捆在一起。这期间，明月的背包从她肩上滑下去，带子松了，从里面滚出一摞小学生美工书籍。

花妞儿和关山都愣住了。

花妞儿眨眨眼，一串晶莹的泪珠从眼眶里涌了出来。她下山去给他们买书了。她没想走……花妞儿默默地掉眼泪，小手不时抹脸。

关山背起明月就要走，想到什么，他回头摸了摸花妞儿的头，“去学校跟郭校长报个信，就说我带着明老师去医院了。”

花妞儿用手背擦了擦不断奔涌而出的眼泪，点头，“我马上就去。你快走吧，关叔叔。”

关山看了花妞儿一眼，转身，大步消失在山道尽头……

夜里八点多，“关山，关山——”听说消息的红姐急匆匆地跑到镇卫生院。由于心慌过度，她的脚绊住门槛，整个人向前扑了过去。

“老板娘!”身后的小九赶紧搀了她一下，所幸没摔。

她心急火燎地冲进院子，看到关山背上那抹熟悉单薄的影子，心咕咚一沉，腿一软，差点没栽在地上。

果真，是明月出事了。

“你傻啦？还不快把明月放下来!”红姐摸到明月口唇间尚有呼吸，心情稍松，于是猛揪着关山的肩膀，抬头呵斥他。

关山的确不很清醒，一路狂奔下山，以超越生命极限的奔袭速度到达红山镇，他的体力已经完全透支。脑子因为缺氧疼得快要裂开，耳边嗡嗡回响，眼前的红姐张着嘴喊着什么，他全然听不见。

直到红姐喊小九过来帮忙，拉着他走进急诊室，帮他解掉胸前的绳索，又小心翼翼地把明月抬放在病床上，他才赫然警醒，上前一把攥住明月的手，丢魂似的喃喃重复，“没事的，没事了，明月，咱们到医院了，到医院了，没事了，没事了。”

红姐看不了这个样子的关山，她推开小九，跑到院子里，仰头望天，克制着自己的眼泪。这时，门房带着已经下班的宋医生赶了过来。

“救命，救命啊——”红姐胡乱抹了一把脸上的眼泪，上前拉着镇卫生院的宋广湖医生就朝急诊室里走，边走边喊里面的关山，“关山，宋大夫来了，宋大夫来了——”

几乎是同时，急诊室的门口冲出一抹人影，高大的身躯挡住大半个木门，像座铁塔似的横在门口。

“宋大夫，快，她被五步蛇咬了，需要急救。”关山的嗓子完全哑了，灯光下他眼眶血红，嘴唇翕合，浑身上下透着一股子生人勿近的煞气，但焦灼痛楚的神情，却又令人忍不住想去同情怜悯。

宋大夫赶紧进屋。他顾不上穿白大褂，拿起听诊器挂在胸前，在明月的胸腹部做了一个简单的诊察，关山半蹲在床前，指着明月青紫色的右腿，急切地说：“伤口在这儿，已经吸过毒血，但是腿却肿了，人也不醒，大夫，你快看看。”

宋大夫看看关山，示意他到一边去，不要妨碍他诊察病患。

关山不肯动，最后红姐和小九强把他拉到一边，急诊室才算是清静了。

宋大夫仔细看了明月的创口，又挑了一点糊在创口上的草药沫子，放在鼻子下面闻了闻。

关山以为有什么差池，急忙说道：“大夫，有问题吗?”

宋大夫摆摆手，“这药很好，用得及时啊。”

关山哑着嗓子，恳求大夫，“您救救她，救救她。”

宋大夫点头，“我尽力。”山区卫生院一般都备有抗蛇毒血清，以备不时之需，宋大夫这里存了一支血清，正好解决了大问题。

一剂救命的蛇毒抗毒素注射入明月的体内，宋大夫为明月清洗了创口，重新敷上药后，他又配了注射剂型的蛇伤药为明月做静脉滴注。

一切稳妥之后，已到了凌晨时分。

宋大夫卸下医用口罩，指了指病床上的明月，对关山他们说：“不会有生命危险了，不过，具体的情况要等到她醒过来才能知道。哦，还有，明早要做血检尿检，看体内的毒素拔除干净没有。”

关山点点头，上前半跪在床头，俯视着病床上神色平静的明月。她的脸色看起来比之前好了许多，青紫之色渐渐褪去，但却仍是苍白。

宋大夫脱下白大褂，“我去隔壁屋休息，你们留一个人照顾病号，其他人就回去歇着吧。”

“我留下。”关山和红姐同时说道。

他们互相看了看，红姐举手投降，“好了，好了，我不和你争。我回去，小九，咱们走。”

小九上前看了看明月，宽慰关山说：“关大哥，你别太担心了，宋大夫都说明老师没有生命危险了。”

关山点点头，拍拍小九单薄的肩膀，朝急诊室外努努嘴，“去吧，送红姐回去。”

“嗯。我们走了，关山哥，明早我来送饭，你别操心吃的。”小九说。

关山心里升起一阵暖意，他挥挥手，示意小九快走。脚步声渐远，急诊室安静下来。可能是适应了，再加上明月脱离危险，头顶的白炽灯也没刚才那么刺眼。

怕明月冷，他从隔壁的病房抱了两床被子过来，都搭在明月的身上，他坐在小板凳上，趴在床头，两手轮换握着输液管，为里面的液体加温。

这一刻的明月又变得不一样了，除了面色稍显苍白之外，她的呼吸变得绵长而又清浅，一声一声的，令人感到心安。

关山的眼睛一错不错地注视着她。时间悄悄流逝，他就维持着这个姿势，一直到院子里响起阵阵熟悉苍老的声音。“小明老师，关山——”

关山挺起身子，坐直，朝外头喊，“郭校长，我们在急诊室。”

郭校长脚步踉跄地跑了进来，乍然见到灯光，他不适应地眯起眼，喘着粗气，迭声问道：“咋样了？关山，咋样了？”

关山起身，走到比明月脸色还要差几倍的郭校长面前，扶住摇摇欲坠的郭校长，宽慰道：“刚刚脱离生命危险了，现在在输液，不过她还没有意识，不会说话。”

郭校长靠在门板上，张着嘴，像条濒临死亡的鱼一样大口喘着粗气，他的眼睛渐渐适应光线，朝病床上的明月望了望，忽然，他捂着眼睛，身子剧烈颤抖着，滑向地面。

关山一惊，赶紧拉他。“郭校长，您别这样，别这样。”

郭校长的情绪受到很大的刺激，他捂着眼睛，语声痛苦地啜泣道：“怪我，都怪我，我不该让她一个人下山……我不该……小明老师……她不能有事……她那么年轻，那么善良，万一出事，我怎么向她的亲人交待……我怎么交待啊……”

关山按着郭校长的肩膀，默默地把力量传递过去。他转过头，看着病榻上沉睡的女子，暗自祈祷，明月，你一定要醒来，一定要醒过来……

明月觉得自己做了个梦。冗长没有尽头的梦境里，她和母亲穆婉秋在同州姥姥家的阁楼里捉迷藏。

她藏在一个老式的衣柜里，透过一丝缝隙瞄着外面的动静。老式的木质阁楼，尘土在光怪陆离的楼梯转角处飞舞飘荡，她听到脚步声，兴奋激动地屏息，穿着绸缎睡衣的母亲在外面叫她，“月月，月月……”

衣柜光线昏暗，透着一股子陈腐的气味，姥姥家的空气，就是这种掺杂了布匹霉变和古董家具的复杂气味，熟悉又令她厌倦，却又始终割舍不掉。

她蓦地惊叫起来，因为衣柜的角落里出现了一双可怕的眼睛。

没有人，只有一双眼睛。

她吓得腿脚打软，捶打着门扉，呼叫外面正在找她的母亲。“妈妈——妈妈——我怕——”

母亲的丝绸睡衣从衣柜的缝隙处擦拭而过，她像是聋了，根本没有听到衣柜中的声响，依旧月月、月月叫个不停。她想逃出去，却动弹不得，拼命喊叫，额头、背心、手心逐渐被冷汗浸透，母亲却离她越来越远。

寒意森森的眼睛突然幻化成一张血盆大口朝她猛地袭来。

“啊——”明月大叫一声，惊醒。

睁开眼睛的一刹那，她的意识还没回到她的身上。但却能够感觉到痛楚，起初是一丝丝的抽痛，渐渐蔓延至全身，最后集中到右腿的某个部位。

紧接着，关于疼痛的记忆便从脑子深处，一点一点回忆起来。那些恐怖惊魂的画面，一幕幕在眼前闪现，她又看到了那条可怕的深褐色的毒蛇，它的眼睛就像梦境里那双可怕的眼睛，最终，它张着血盆大口，以闪电般的速度，啃噬着她的小腿……

“嗯……”她难过地呻吟出声。她的视线不怎么清晰，所以当一个人影忽然遮蔽住光源，像一堵墙一样横在她的上方的时候，她被吓到了。

但随即，她闻到一股似曾相识的气息。这种气息令她绷到极限的神经蓦地松垮下来，就像是一个沙漠中的旅人在渴死之前，忽然看到前方的绿洲，那种忽然解脱放松的感觉，让她瞬间泪盈于睫。

“关……关山。”她喃喃叫出他的名字。

关山从未有一刻像现在这般狂喜，看到她醒来，看到她流泪，最后，听到她无比清晰地叫出他的名字。

这世上，没有哪一刻比现在更好了。哪怕当年在缉毒现场用鲜血换回刘昆和王松强的生命，那时的感受，也抵不过现在的喜悦。

关山俯下身，盯着泪眼蒙眬的明月，声音沙哑地说：“好了，都过去了。”那些可怕的、恐惧的时刻，都过去了。对他而言，亦是这样的解脱。

明月此时刚刚苏醒，还不曾了解到过去的数小时内，她经历了怎样惊心动魄的时刻。她看到关山，一颗悬着的心自动落到实处。她又想睡了，可这次却被另外一道熟悉的声音唤醒，“小明老师——”

噢，是郭校长。他也来了？

她努力睁开眼睛，“郭……郭校长，我给您买了衣服，还给孩子们买了美工书……我……我……”

太累了。她没说完就再次陷入昏睡。之后，她就处于这种昏昏沉沉的状态之下，一会儿苏醒，一会儿沉睡，她的耳边总有两个声音在呼唤她。

这两个人，令她安心，令她放心陷入沉睡……

真正清醒过来，是在她入院后的第三天。那天下午，她一睁开眼，就感觉到眼前的世界变得清晰如新，听力变得异常敏锐，连院子里的喁喁私语，也听得真真切切。

“关山回去了?”红姐问。

“嗯，他每天回转信台，工作完再跑下山看护明老师。”郭校长说。

“唉。真够难为他的。哦，对了，您在这里待着行吗？学校停课了?”

“暂时停两天。我让关山给娃娃们带去布置的作业，他们先自己学着，回头我给他们补上。”郭校长说完，声音浊重地咳了两声。

明月心头一紧。

过了一会儿，红姐走了，郭校长回到病房，看到睁着眼睛的明月，又惊又喜地冲到床前：“啥时候醒了？咋不叫我?”

明月看着他，口齿清晰地问道：“您又开始咳了，是不是?”

郭校长愣了愣，想是明月听到了刚才他和红姐的对话，于是苦笑着解释：“这两天着急，没顾上吃药，我马上就去找宋大夫开药吃还不行吗?”

“那您现在就去。”明月催他。

郭校长推脱，“你渴不渴，我喂你喝点水……”

“您——现在——就去!”明月瞪着眼睛把话说完，正要试着起身，却看到病房门口，忽然多出几个小脑袋。一个，两个，五个，八个……

明月呆住。那不是……

郭校长纳闷转身，循着她的视线朝门口一看，顿时面色剧变。“你们——咋偷跑来了!”

整个高冈小学的娃娃们都来了。

他们看起来狼狈而又憔悴，头发蓬乱，嘴唇干涸开裂，衣裳、鞋上黏满泥土、草屑，他们像平常排队一样自觉站成两排，狭窄的病房因此显得满当当的。宋铁刚鹤立鸡群，扯着宋伟伟低声埋怨着什么，花妞儿回过头，冲着宋铁刚嘘了一声，宋铁刚涨红脸，朝病床上的明月望了望，低下头去。

郭校长就觉得一口气憋在胸口，怎么顺都顺不下去。越想越后怕，他不禁手指抖颤地指着娃娃们，哑声训斥道：“你们咋来了？宋伟伟，你是班长，咋还带头胡闹！还有你，宋小宝，宋梦凡，你们这些南岸的娃娃们，咋过的河！”

宋伟伟还没吱声，宋小宝抢着回答：“我们手拉手过的河，宋苗苗还掉水里了，现在的衣裳是借花妞儿的。”

啥，还有人掉河里了！郭校长手心、背心开始出冷汗。他走到宋苗苗面前，摸了一下外套里面的衣服，果然，还是湿漉漉的。这一路上……

他心疼得不行，更怕得要命，正欲训斥几句，让他们晓得厉害。谁知宋伟伟却主动揽下罪责，大声回答说：“郭老师，你别怪他们，是我挑的头，想来看明老师。”

说完，宋伟伟用力扯了一下身旁的宋铁刚，提醒说：“该你了！”

宋铁刚低着头不动，四周的同学纷纷说他，他咬着嘴唇，黑脸瞬间涨成紫茄子色。他被旁边的同学推上前，站在距离明月很近的地方，勾着头，用不大自然的声音，对明月说：“对不起，明老师，我错了。”

明月没有说话。

宋伟伟以为明月没有听见，再次提醒宋铁刚，“你大声点，老师没听见。”

宋铁刚回头看了看同学们，大家都用鼓励的目光望着他，他鼓起勇气，抬起头，看着病榻上苍白羸弱的明月，大声说道：“我错了，明老师。我不该故意气你，害你被蛇咬。”

明月静静地看着他，那目光让宋铁刚感到心虚、惭愧。他蹭了蹭双脚，谁知大拇脚趾却从破洞的运动鞋里钻了出来。

明月的目光在他脚上凝视停驻了许久，忽然，她用手盖住了眼睛。

宋铁刚吓呆了，他站在原地一动也不敢动，连回头向宋伟伟求援的勇气也没了。他又惹明老师生气了！

郭老师说过，有错就改就是好孩子，他认错了呀，为啥明老师不理他，连看他一眼也嫌烦。

这时，花妞儿把背上用野花编结的花环卸下来，走上前，放在明月的枕边，小声、真诚地说："明老师，我不怕你了，真的，我特别喜欢你，以后我也喜欢你，你别生气了，我们都会做好学生。这是我用野花编的花环，我奶说了，送给谁，谁就会有好运。"

宋伟伟把随身带的小背篓放在花环旁边，"明老师，这是咱们山里最好吃的野生菌菇，我早晨刚采的。你做来吃吧，听说能补血。"

"老师，这是我爹过年走的时候偷偷塞给我的零花钱，你收下吧，买好吃的糖糕，镇里的糖糕可好吃了！就在春风商店的西边，一个卖早饭的老奶奶炸的，真的，可好吃了，咬一口，糖油就往下流……"宋小宝把一张皱巴巴的五块钱放在明月床头，又用手背擦了擦嘴边的口水。

每个孩子都给明月带了礼物。每一样，看起来都微不足道，但是每一样，又都浸透了孩子们真诚的祝愿。

明月是一个活生生的、有血有肉的人。她知好歹，懂得这些礼物的价值远远超出金山银山。

她何其有幸，能够在秦巴深山里遇见这样一群善良可爱的孩子们。他们就像是一块块未经雕琢的水晶，通体透明，心也是毫无杂质，闪烁着璀璨夺目的光彩。听着一声声童稚的祝福，看着一双双真诚的眼睛，她心潮澎湃，久久不能平静。

她的手被谁握住，小小的，带着一丝草药的清香。"明老师……你别哭。我们听话。"

明月猛吸口气，把面前小小的身影搂在怀里。她把脸压埋在女孩单薄的肩膀，任热烫的泪水奔涌而出。

"老师对不起……对不起你们……花妞儿，老师对你不好……对不起……"明月惭愧呜咽着道歉。

花妞儿没想到明月会主动向她道歉，尤其当她感觉到肩膀湿湿的，意识到她的明月老师哭了的时候，她顿时变得慌乱紧张起来。

“没、没有，明老师，你对我很好，对我们大家都好，你给我们做好吃的饭菜，你给我们讲的课，我们都觉得很有趣，同学们喜欢你，我也不怕你了，真的，关叔叔说了，你是天使，是最善良的天使。”花妞儿不知如何劝慰哭泣的明月，她无助地伸出双手，轻轻拍抚着明月的脊背。

“老师……”孩子们都围了过来。

宋铁刚以为明月还在生他的气，于是，拉起明月的手，就朝自己的脸上打去。“老师，你打吧，狠劲打，只要能让你解气！我喊一声疼，就是乌龟王八蛋！”

明月终于抬起头。她眼眶红得如同高冈的红叶，大滴的泪珠涌出眼眶，犹如一颗颗晶莹的珍珠，扑簌簌落下。

她一把攥住宋铁刚的小手，把他揽进怀里。“老师错了，老师不该那么武断地评判你，宋铁刚，老师应该好好教你，教你如何去尊重别人……”明月惭愧不已。

起初，宋铁刚的身子硬得像铁，可他听了明月的倾诉后，那股子倔劲却慢慢消散，最后他主动靠向明月，大声问道：“老师，那你还走吗？”

明月摇摇头，不好意思地说：“不走了。”

“真的？”宋铁刚仰起头，充满期待地看着她。

“真的。”明月伸出小指，宋铁刚愣了愣，随即会意，也伸出小指勾住明月的指头，“拉钩上吊，一百年不许变，谁变谁就是……”

宋铁刚想说王八蛋，想了想，还是改口，“谁变，谁就是，小狗狗！”

明月眼角带泪微笑应道：“好，小狗狗，一言为定！”

宋铁刚兴奋地大叫，“噢——噢，老师不走了！”

其他孩子也蹦跳着大声附和，“噢——老师不走了，明老师不走了！”

明月和郭校长对视一眼，同时笑了。

当天下午，郭校长就带着十八名学生回高冈村去了。

明月在镇卫生院观察了五天，也准备出院回去。这天，红姐拎着一个袋子过来送她。“喏，这都是你要的，看看，齐了没?”红姐把袋子放在明月床头。这几天，她天天晚上过来陪夜，明月和她聊了不少私密事，两人俨然成了无话不谈的朋友。

明月把背包放下，掀开塑料袋，一样一样查看，“球鞋，棉袜，润肤霜，护手霜，还有两盒巧克力。小九的秘制调料呢，怎么没有?”

红姐翻翻眼睛，没好气地说：“小九这段时间忙着给你做病号饭，又要管关山的吃喝，再加上餐馆的生意，他啊，累得快要瘫倒了，哪里还记得给你准备啥劳什子调料!”

明月呀了一声，转头冲着红姐惭愧地笑了笑，“我好像欠了许多人情。”

“不是好像，你就是欠了好多人情!”红姐瞥她一眼，故意说，“我们就不说了，反正住镇上，往来方便。可是某个当兵的，就有点可怜喽。每天跑步往返高冈村和红山镇，白天照顾病号，晚上就窝在臭烘烘的澡堂里冻一宿。唉，好可怜哦。”

“关山晚上睡澡堂？他没回转信台?”明月诧异问道。这些天，都是红姐在医院照顾她，她以为关山回去了。

红姐这次翻眼的动作更加夸张，她嗤了一声，替某个痴心不改的傻蛋鸣不平，“回去？他能放心吗。”

明月噎得嗓子一疼。她瞅了瞅红姐，默默地把袋子装进背包。过了一会儿，明月低声说：“我有男朋友的，关山知道，你也知道。所以，红姐，以后啊你就别拿我们开心了。关山是个好人，他应该得到幸福。”

红姐听后撇撇嘴，那傻大兵的幸福，就是你啊，笨蛋。但是这些日子相处下来，红姐了解并欣赏明月的为人，知道她不是那种水性杨花的女人，她对男友一往情深，不可能因为关山的救命之恩就会有所改变。

她很明确地对她说过，她和关山是朋友，只是朋友。

红姐替他们感到惋惜，毕竟，她还是向着关山的。“好了，我知道了，以后不提就是。可你那个了不起的男朋友，啥时候能把你从这山沟沟里救出去啊！”红姐开玩笑说。

明月莞尔，回答说：“他明天就要参加省考了，希望他一切顺利。”

“到时候，你要能提前返城，你会走吗？”红姐好奇问道。

明月想了想，说：“会。但是，只要我在高冈小学待一天，我就会尽到一个教师的责任。德高为师，身正为范。以前，我不懂这两句话的含义，只觉得教师教好课就可以了，其他的都不重要。可到高冈以后，通过这些日子的历练，还有这次惊心动魄的生死考验，我懂得了，只有像郭校长那样具有高尚的师德，才会得到学生的尊重。教师这个职业并非单纯授业解惑，它要用心，与学生交心，了解他们的需要，走到他们中间，做他们的朋友。只有做到这样，才能成为他们心目中真正意义上的偶像，而我们教师自己，也能在这个过程中找到自身存在的价值。”

红姐的表情从好奇、随意渐渐变得庄重、凝肃。

她把明月上上下下打量了一番，惊奇地赞道：“我咋觉得你变了呢？真的，变得和以前不大一样了，变得……有点让人说不上来，就是那种……听你说话，看你笑，就会内心暖暖的，充满动力……”

明月的目光清亮有神，注视着红姐，说：“你说对了，我的确是变了。但是改变我的，是你们。是郭校长、关山，还有我的学生们。”

“哎哟，我们还有这本事？”红姐诧异道。

明月点头，神色郑重地说：“你们每个人都是我的老师。你们教会了我课本以外的知识，教会我如何做人，谢谢你，红姐。你让我了解到，偏僻的秦巴大山，并非只有冰天雪地的严冬。”

红姐的脸忽然红了，她连连摆手，笑着说：“可别夸我了，不然，我连走道都不会了。”

明月上前抱着红姐，撒娇说：“那我就背着你。”

“可拉倒吧，我这一百五十斤，还不把你压趴下呀。”红姐捏了捏明月红润润的脸颊，笑着说。

“谁一百五十斤啊——”随着一声洪亮的调侃，一抹挺拔的身影大步走了进来。正是来接明月回去的关山。

红姐拧着眉头，面色潮红地啐了一口，冲着关山说：“谁一百五了，我看你，倒是个二百五！”

关山爽朗大笑，对红姐的调侃完全不介意，他走上前，目光温柔地看着眉眼弯弯的明月，低声问：“收拾好了？”

明月点头，“好了。”她刚准备把背包背在自己身上，手里一轻，竟被他抢了过去。

他动作利索地背上，笑着对她说：“走吧，宋华婶儿他们还在学校等着你呢。”

一行三人和宋大夫告别后，到春风商店取了摩托车，关山载着明月，一路疾驰，回了高冈村。

# 15 主动放弃

就在明月出院这天，同州迎来了初冬的第一场雨。

位于城区南面的祥安路，是清末民初建成的街巷，距今已有一百多年的历史。这条路大约 250 米长，沿着路南走到底，是一幢破败古旧的两层砖瓦建筑，这里是明月的姥姥家。当年，祥安路是条商业街，穆家经营着一家布店，1949 年后，除了卖布，还兼做窗帘被罩之类的家居用品。

明月的姥姥姥爷均已去世，如今这幢房屋由明月的舅舅穆建国住着。子承父业，穆建国继续在一楼经营窗帘店，老婆葛春香十年前下岗，就和丈夫一起做生意。

今天是周末，客人比较多，门被人拉开。外面的寒风掠进来，带着一丝浓郁的雨气，穆建国只穿了一件毛衫，感觉到冷，就朝缝纫机后面缩了缩，同时提醒进来的客人。“关门呀，冷风都吹进来了！”

老式玻璃木门咣当一下合上。以为是寻常客人，穆建国头也不抬地招呼道：“您自己先瞧着，看上哪块布了，我再给您介绍。”

店里还有两对夫妇，刚才看好了布料，现正凑在一起研究样品的款式。穆建国手头有个急活儿，腾不出空来招呼客人，他向下压了压鼻梁上的眼镜，朝背后的通道处吆喝了一嗓儿，“葛春香——快下来——”

“来了，来了！催命呢你。”穆建国的老婆葛春香是个体型肥胖的中年女人，短发，爆炸头，眼睛小，鼻子大，嘴大，穿着一件大花的家居服，猛一看，和一位香港的主持人很像。

穆建国一边踩着缝纫机的踏板，一边朝样品区指了指，“前面有客人，你去招呼一下。”葛春香拧着腰，甩着肥硕的屁股走了过去。

一个体型挺拔的中年男人和她错身而过，径自向后面的加工区走去。

葛春香不由得回头看了看男人的背影。心里嘀咕，这谁啊？这么大的派头！男人穿的西装可不是一般的衣料，她卖了半辈子的布，打眼一看，就能辨别出衣料的好坏。这个男人穿的衣料高级，精致的剪裁，挺括自然的线条，一看就不像是从大厂的流水线上出来的东西。

私人定制？葛春香的脑子里冒出这四个字来。她听丈夫说过，有些富人，嫌名牌会撞衫，就找高级匠人定制独属于自己的服装。

“老板娘，我们想定这个款。”样品区的中年夫妇，指着一幅卧室挂帘。

“来了——”葛春香堆起笑脸，朝客人快步走了过去。

穆建国刚把滑溜溜的窗帘布换个方向，准备蹬脚踏，就听到有人叫他的名字。“请问，您是叫穆建国？”

穆建国顿住脚，略低下头，从滑落到鼻翼上的近视镜缝隙外打量着离他四五步远的男人。

质料考究的铁灰色西装外套，黑色长裤，脚上蹬着一双黑得发亮的皮鞋。穆建国看人有个习惯，就是先从上衣看起，一直到脚，最后倒回来再看脸。和对方视线对上，穆建国不禁愣了愣。

这个男人是明星？虽然年纪大点，可人长得剑眉星目，五官俊秀，而且，知道他的名字。奇怪。穆建国干脆停下手里的活计，把眼镜朝上推了推，语气谨慎地问道：“你……是谁？”

那个中年男人冲他友善地笑了笑，说：“您能抽点时间和我谈谈吗？哦，不会太久，不会耽搁您的生意。”

穆建国轻蹙眉头，正要找借口拒绝，却听那男人说：“这里的窗帘，每样我订一套。”

穆建国刷一下起身，手指颤抖地卸下深蓝的围裙，指着门口，神情激动地说："走，出去谈。"

男人笑了笑，跟在他的后面。

葛春香不禁诧异地跟到门口，手扒着玻璃门，朝外吼道："穆建国——你去哪儿？活儿不做了？"

葛春香看到穆建国回头给她使了个眼色，"我去去就回，看好店！"

之后，不等葛春香回话，他就被另外一个陌生男人领上了一辆锃光发亮的黑色轿车。那个气派英俊的中年男人紧跟着上车，汽车很快驶离时代窗帘店，葛春香匆忙追了两步，却只看到坐在车后座的丈夫兴奋到变形的侧脸，一闪而过……

高冈村，明月痊愈回到学校，宋华把乡亲们送来的慰问品一一指给她看。"这是村长家送来的五斤猪五花。这是苗苗奶奶送来的野山菌，让你补身子。哦，对了，还有这些白面馍馍，是小宝爷爷送来的。还有……"

明月感动得双目微红，站在放满礼品的书桌边，半晌没说话。

她四下打量着住了两个多月的宿舍。曾经噩梦的根源，如今看来，却莫名多出一股子亲切的感觉。

床单、被套、匝着白色花边的格子窗帘、箱子盖帘，以及破旧书桌上那一摞摞厚厚的书本作业，一切都是那么的亲切，那么的熟悉。

来支教前，她以为自己会在这秦巴深山荒废时光，蹉跎岁月。却没想到，一场生死劫难，一群值得托付信任的正义善良的人，改变了她所有的想法。她要努力成为郭校长这样的人，只要留在高冈一天，她就是明老师，一个尽职尽责的明老师。

"想啥呢？咋还出神了？"宋华细细打量着明月，目光里溢满心疼和怜惜。

"婶儿，让您担心了，对不起啊。"明月说。

宋华上前拉着明月的手，慈爱地说："傻闺女，说啥对不起呢。婶儿这次啥忙也没帮上，就是干着急了。"

明月笑了笑，将头倚在宋华的肩上，闭着眼睛轻声说："您帮了我好多……"

宋华捏了捏明月的脸，感慨说："你这样一撒娇，我觉得像是柱子回来了一样，他啊，也喜欢这样趴在我的肩上，絮絮叨叨地啰嗦。"

"我没啰嗦……"明月抗议。

宋华扑哧笑了，"好好好，是我啰嗦，是我啰嗦。"

宋华看了看焕然一新的屋子，夸赞说："明月，你的手可真巧，这些，是你上次在我家缝纫机上做的吧！"

明月睁开眼，点头，"嗯，好看吗？"

"好看，特别好看。你这样一捯饬，比画报里的图片还要美！"宋华看着明月，好奇地问，"你咋学的这些本事？你妈教的？"

明月嘴角的笑容倏然隐去，她直起腰，看着宋华，低声回答说："跟我姥姥学的。"

趁着孩子们没放学，明月拎着从春风商店买的东西走进教室。

孩子们刚才已经透过窗户看到她回来了，现在一个个默契对视，露出笑脸。明月站在讲台上，笑吟吟地环视一圈，说："宋伟伟，宋铁刚，你们上来。"

两人走上讲台，明月从袋子里掏出两双簇新的球鞋，递给他们。"郭校长告诉我你们的鞋号，应该差不多，快试试。"

宋伟伟和宋铁刚互相看看，宋铁刚擦了一下鼻涕，迷惑不解地问："老师，你啥意思？"

宋伟伟更不敢相信，他们都不敢去接明月手里的球鞋。

明月内心酸楚，腾开一只手揉了揉宋铁刚和宋伟伟的头，调侃道："老师钱多得花不完，送你们一人一双球鞋！怎么，不想要？"

“要——我要——”宋铁刚一把抢过新鞋，抱在怀里。

宋伟伟迟疑了一下，接过去，向明月鞠躬，“谢谢老师。”

明月笑了笑，“下去吧。”

宋铁刚和宋伟伟做梦一样走下讲台，宋铁刚抱着新鞋亲了又亲，惹来同学们欣羡的叫声。宋伟伟没有宋铁刚那么张扬，但是从他高高扬起的嘴角，还是能看出这孩子的内心充满了喜悦。

明月把目光转向花妞儿，“花妞儿，你也上来。”

花妞儿愣了愣，被背后的宋梦凡推着立起，她嗫嚅着嘴唇，轻声叫：“明老师。”

明月冲她招招手，示意她快点上来。花妞儿红着脸走上讲台。经过这次的意外事件，两人之间的距离拉近了不少，可花妞儿对明月还是存着一丝敬畏心理，上台后，她低着头，不敢看明月。

明月主动上前，半蹲在地上，将花妞儿拥在怀里。“你是老师的小恩人，所以，不要再怕老师了，好吗，花妞儿!”

花妞儿在她怀里蹭了蹭，声音很低地说，“嗯，我不怕你，我喜欢你。”

明月微笑起身，将袋子里两双厚实的棉袜送给花妞儿，“镇里没有太好的东西当礼物，所以，等老师下次去县里，再给你买好的，行吗?”

花妞儿兴奋得脸泛红光，她把棉袜压在胸口，激动地说：“老师，我能把袜子送给我奶吗？你一下给了我两双。”

“可以呀，送给你了，就由你支配。”明月笑着说。

花妞儿原地蹦了一下，在同学们羡慕的目光下，回到座位。

明月冲着宋小宝招手，“宋小宝，你也上来。”

宋小宝一骨碌从凳子上滚下来，他一路跑到讲台上，眼里盯着明月的百宝袋，咬着嘴唇说：“老师，你要送我啥?”

同学们被他逗得哈哈大笑。宋小宝不好意思地挠挠后脑勺，憨笑说：“他们上台的都有礼物，我也想要。”

明月笑着从袋子里掏出两盒巧克力，递给宋小宝。宋小宝一看是吃的，还是他只吃过一次的巧克力，不禁兴奋地挥舞着盒子大叫，“巧克力，巧克力，老师送我巧克力——”

同学们羡慕不已，宋小宝正要下去显摆，明月却拉着他，把一张被抚平的五块钱，放在他的手心，“小宝，物归原主。”

宋小宝一下子呆住。他看了看手里的五块钱，又瞅向明月，“明老师，你要收回巧克力吗？我爹那五块钱，我不要了。”

明月莞尔，她弯下腰，揉了揉宋小宝的脑袋，柔声说：“巧克力是老师送给你的，可五块钱是你爸爸送给你的，比起巧克力，爸爸送的礼物才最珍贵，你说是吗？小宝。”

宋小宝点点头，“我爹赚的钱都给我爷看病了，他没有钱，所以，我在五块钱上写了名字，准备长大了再还给他。”

“可你给了老师。”明月说。

宋小宝挠挠头，“老师和爸爸一样，都重要。”

明月感动极了。她把宋小宝拥在怀里，眼睛湿润地说：“谢谢你，谢谢你，小宝。你是个好孩子。”

这一天，高冈小学的孩子们都得到了明月送的礼物。就连郭校长和关山，也分到了一件棉衣和一双手套。

村长宋家山过来探望明月的时候，一走进学校，就看到师生和睦、欢声笑语的一幕。

“哎哟，这唱哪出啊！明老师咋这么高兴，看着不像病人咧！还有你，郭木鱼，咋舍得买新衣裳穿了，嘿！还别说，这新衣裳一穿，人一下就精神了！”宋家山一路调侃着走了进来。

明月回头一看，微笑说：“村长，你来了。”

宋旭旭举着一本美工书朝他爷爷跑过来，“爷，爷，你看，你看，明老师送给我的书！”

宋家山一把抱起小孙子，狠命亲了亲孙子红扑扑的小脸，向明月致谢：“咋还让明老师破费呢。”

明月拍了拍宋旭旭的胳膊，说：“没关系，我负担得起。旭旭的美术天赋很高，您以后可要在这方面多下点功夫。”

宋家山瞥了一眼小孙子，说：“整天就爱弄根木棍瞎胡画。我家的地上、墙上，都快被这小崽子画满了。明老师，你觉得他在这方面能成才？”

“我看过旭旭的画，很有天赋，如果不加以培养，就此荒废会很可惜。”

“咋下功夫呢，穷乡僻壤的，去哪儿找老师学。”宋家山慨叹道。

“我！我来教！”明月眼睛亮亮地说。

大家都是一愣。

明月笑了笑，解释说：“我准备在高冈小学开设美术、音乐和体育课。不过，这只是我初步的设想，具体的，还要和郭校长再好好商量一下。”

郭校长满面惊愕，“小明老师，开新课，咱们没有老师……”

“我可以带音乐和美术。体育嘛，交给他——”明月白皙的指尖一伸，落在一旁盯着新手套不知在想些什么的关山身上。

关山没仔细听，此刻一脸迷惘地四顾看看，嗫嚅道：“怎么都看我？”

明月扑哧一下笑了。她的眼睛里似有星辰闪烁，亮得耀眼，她指着关山，说：“以后啊，你就是咱们学校的体育老师了！”

体育老师？他一个通信兵能当老师？

看到他眼里的疑问，明月却俏皮地冲他一笑，然后鼓动院子里的孩子们，“同学们，让关山叔叔来当你们的体育老师，好不好！”

“好——”高冈青翠的山林里，回荡起孩子们响亮的回答声。

明月为村长准备了礼物。十几页 A4 纸打印的资料，企业与农村产业合作的模式，农村产业发展思路的探索，以及高冈村的地貌特点、人口、资源分布等等内容。

“村长，这是我上网查的资料，觉得对咱们高冈村脱贫有用，您拿回去看看，有需要的话，我去县里的时候，再给您找。”

宋家山的眼睛一到资料里就拔不出来了，他抱着小孙子，一边嗯嗯答应，一边朝外走。走了大约十几米，他忽然回头，冲着郭校长喊道：“木鱼，你看我这记性，差点给忘了，颍河村的渡船借来了，待会儿你送娃娃们到河边就行了，不用再下河受冻了！”

“嗳，知道了！谢谢你啊，家山！”郭校长冲着宋家山摆摆手。

孩子们得知要坐船过河，一个个兴奋地朝河边跑，关山拉住他们，回头对明月和郭校长说：“我送他们，你们歇着吧。”

明月笑着挥手，“那你路上小心。”

关山走了两步，又扭头，说：“明老师，我明天去川木县团部办事，你要捎什么吗?”

明月想了想，“你等一等。”

她进屋取了一个袋子，里面装着孩子们送她的野生菌菇。她手里拿着一个记事本，用笔飞快地在上面写了一个人名和一串数字。

“你帮我把这些菌菇捎给我的同学，她在川木县中学教书，这是她的联系方式。你帮我带句话，就说，祝她一路顺风，早日学成归来。”明月说。

关山接过袋子和纸条，看了一眼，放进衣兜。“我走了。”

“嗯，路上慢点。”

关山挥挥手，带着孩子们走了。

宋华家里有事，早早就走了，所以晚上只有郭校长和明月两人。

郭校长不让明月干活，自己忙前忙后地倒腾晚饭。明月一边剥蒜，一边和郭校长闲聊。“您说，要是咱们高冈村有电、有网络该有多好。到时候，孩子们回家不用摸黑，而且，有电有网我就能做电子课件，他们看到了一定很高兴。”

郭校长嘿嘿笑了笑，把油倒进铁锅里，“净想美事。别的我都不敢奢求，就是巴望着，哪天柏油路能通到咱们高冈，就好喽。”

对啊，没有路一切都是空想。不是有句话说得好吗。要致富，先修路。交通基础设施落后的地方，没有一个是富裕的。

“就没人提出给咱们高冈修条路吗?”明月问。

郭校长把菜下进锅里，摇头叹息说：“咱们高冈村海拔高，又是山区，修路不容易啊。你看鹳河，铁索桥冲断了没钱修，两岸村民只能涉水过河。没办法啊。”

明月跟着叹了口气，恨恨说道：“我要是发财了，一定先给高冈村修条路。还要把桥架起来，这样的话，您再也不用背孩子们过河了。”

“呵呵，行啊，我等着你赶紧发财。”郭校长调侃说。

明月抿嘴笑了笑。

两人吃饭的时候，就开新课的事讨论了许久。郭校长怕明月太累，一周先各上一节课试试效果，如果可行的话，再适当加课。明月同意。

郭校长说起乐器的事，没有风琴，音乐课上起来很有难度。明月笑着宽慰他，没有风琴，有嗓子，有粉笔。她可以把曲谱写在黑板上，教孩子们一个个去认识这些灵动的小精灵。

说起音乐，她提起宋伟伟。“宋伟伟的嗓音条件很好，如果在专业音乐教育机构加以磨砺和提高，一定会是个出色的童声歌手。但是可惜，他没有这个条件。”

“不是还有你吗?”郭校长用信任的目光注视着变得越来越好、越来越积极的明月。

明月犹豫道：“我倒是可以教他，但我只是一个代课老师，不够专业。我怕耽误他的前途。”

“没关系，小明老师，你只管大胆地朝前走，一切都有我做你的坚强后盾。”郭校长说。

明月看着烛光下郭校长清癯的面孔，一种使命感油然而生，她感动地说："好，我试试。"

第二天，关山下山去川木县。去团部驻地之前，他按照明月的字条来到川木县中学。在学校门口，他用门卫室的电话拨给这个叫宋瑾瑜的女人。接电话的是个年轻女人，听了关山介绍来意，她让关山等她十分钟，她马上到学校门口见他。

十分钟很快过去，没见宋瑾瑜出来。倒是来来往往的教职工，都用好奇的目光注视着校门口端立的英武军人。

二十分钟，依旧不见人。当过狙击手的关山等人的功夫那可是一流的，他站在原地一动不动，连眼皮都没眨一下。门卫室的师傅看不过去，给他搬了个椅子，"坐着等吧，怪累的。"

关山婉言拒绝。又等了五分钟，学校的水泥路上传出笃笃笃的响声。关山不用回头也知道是高跟鞋敲击路面发出的声音。

"小宋老师，你可来了，这个军人等你半天了。"门卫师傅指着通行门外挺拔高大的军绿色背影，招呼姗姗来迟的宋瑾瑜。

宋瑾瑜接到关山的电话时正在宿舍里收拾行李，怕耽搁了下午去同州的火车，她都弄妥了才出来见客。

以为明月拜托带东西的人会是个土里土气的农民，谁知，等那人一转身，两人视线对上，宋瑾瑜却是愕然一怔。居然是个军人！

乍一看，这个军人皮肤黑得让人难受，可仔细一看，这男人居然长得挺帅。五官比普通人深邃，鼻梁尤其高挺，嘴唇薄薄的，双眼炯炯有神。

宋瑾瑜不禁有些脸热，加快步子走过去，"不好意思啊，刚才碰见校长，说了几句话。"

关山看着她，"没关系。"

宋瑾瑜在心里呀了一声，这当兵的，说话声音简直绝了，像电视里的播音员一样，特别有味。

她清了清嗓子，问："是明月让你来找我的？"

关山把手里的袋子递过去，"这是小明老师送给你的礼物。哦，对了，她让我给你带句话，祝你一路顺风，早日学成归来。"

宋瑾瑜接过袋子，笑了笑，"谢谢。"

她低头看了看袋子里的东西，皱着眉头嘟哝道："怎么送我这玩意啊，这让我怎么吃啊。"

关山看着发牢骚的宋瑾瑜，浓眉蹙起，"这是高冈最有名的野生菌菇，一斤卖到几百块钱。"

宋瑾瑜一听，脸色立刻阴转晴，她冲着关山妩媚地笑笑，"多谢你啦，军人帅哥，你叫什么？是明月的……"

片刻后，宋瑾瑜望着关山挺拔的背影，眼底升起一丝疑惑。凭着女人的敏感，她察觉到这个军人和明月的关系不简单。回忆刚才提起明月时，他显得格外温柔的神色，她不禁大胆臆测，难道，这个当兵的，喜欢明月？

这个念头一冒头，她顿时兴奋起来。明月恐怕极其信任这个当兵的，不然的话，也不会托他带东西，更不会把他介绍给过去的同学。

他们是怎么熟悉的？一个当兵的，一个乡村教师，八竿子打不着的关系，他们是怎么认识并成为朋友的？部队驻地难道在高冈村？

她拧眉回忆，语文教研室的一位老师就是军属，她曾在办公室炫耀说过，她的军官丈夫就在川木县部队驻地工作。

那高冈村的部队是做什么的？分支？还是军事要地？不过，这些都不重要，重要的是，她好像从中嗅到了一丝不寻常的气息，脑子里甚至升起一个邪恶的念头，她是不是可以好好利用一下这个天降的良机，以此接近沈柏舟……

就在宋瑾瑜苦心琢磨算计的时候，关山已经坐上公交车，去往803＊＊部队驻地。803＊＊部队是通讯团，隶属于皖州市军分区。公交车经过五六站，到了八一路，关山跳下车，径自朝道路前方巍峨整齐的八一大楼走了过去。到了门岗。他向哨兵敬礼，并出示了证件，说明来意。

年轻的哨兵是个生面孔，他回礼之后指着桌上的登记册，让关山实名登记。关山卸下军帽，弯腰，执笔一项一项认真填写。

哨兵看到登记册上的名字，不禁微微一愣。关山？和他在团里的英雄榜上看到的关山是同一个人？

“可以了吗？”关山问道。

哨兵下意识地伸臂，做了个放行的手势。

关山向他敬了个礼大步走了。

关山刚走到首长办公的楼层，机关秘书莫冉青恰好从办公室出来，看到挡住半拉楼道的挺拔身影，他眯了眯眼睛，惊讶叫道：“关山？”

关山和莫冉青很早就认识，他们曾在军区比武大赛上见过面。“小莫，首长在吗？”

莫冉青点头，“在呢。他通知你来的？”他没听首长说起过关山要来，所以，感觉有些奇怪。

“嗯。”关山点头。

虽然是周末，但部队大楼仍然有许多人加班。靳卫星是803＊＊部队的团首长，自然是工作最忙碌的一个人。

关山敲门，“报告——”

“进来！”屋里传出靳卫星的声音。浑厚粗犷，和他的人一样，透着秦巴汉子独有的豪爽和炽烈。

关山正了正帽檐，转动手柄，推开门，走了进去。进屋先敬礼，“首长，四期军士长关山向您报到！”

靳卫星正埋头写着什么，听到声音，他抬头朝关山看了一眼，又低下头，“自己找地方坐！”

“是！”关山熟门熟路地走到办公室右侧的会客区域，在一个黑色的单人沙发里坐下，坐姿标准，一动不动，等待着靳卫星。

靳卫星的办公室装修简洁大方，除了办公家具和几盆绿意盎然的绿植，再没其他显露其喜好的装饰物。若非要找一个，恐怕就是摆放在他办公桌上的一个用废弃子弹壳黏制后刷上红油漆的五角星摆件。

约莫过了七八分钟光景，靳卫星把笔一撂，当着关山的面抻了个懒腰，起身走了两步，想起什么，又回头在桌上一通翻找，最后找到他要的东西，用两指夹着，朝关山走了过去。

“午饭吃了没?”靳卫星在关山对面坐下，他把手里的表格朝茶几上一放，又去解领口的纽扣，让绷了一个上午的神经松快松快。

关山刚想说吃过了，可是肚子却不争气地叫了几声。他黑脸一红，不禁有些尴尬。

“哈哈，那正好，咱俩开个小灶吃顿好的！莫冉青——”靳卫星转头。

很快，莫冉青推门进来。“首长，您叫我。”

“去食堂打两份饭送过来。哦，你跟老陈说声，让他加俩荤菜，分量多点!”靳卫星说道。

莫冉青微笑，朝关山看了看，走了出去。

靳卫星头型略方，前庭开阔，颧骨凸出，嘴阔鼻挺，典型的陕北汉子的长相。他朝沙发一靠，摆出一个舒服的姿势，朝关山望过去，“我听说，前阵子徐青云看你去了?”

关山挺直腰背，目不斜视，答道：“是！徐大队带着两名队员到转信台待了四个小时。”

靳卫星拧着眉头，瞪着关山，“你这浑小子，和徐青云那老家伙就亲近，却不和我套近乎，谁才是你的直属领导，你拎不清吗！唉，只要看见你，我的心肝肺就颤着疼，你说，你能不能像待他一样待我!”

关山直视着吃味严重的靳卫星，言简意赅：“能。”

“那你给我笑一个!”

关山愣了愣，龇牙，露出一线洁白。

靳卫星瞪着他，两秒后，扑哧一声笑了。他伸手点着关山，无奈地说：“我带过那么多的兵，没有一个像你这样的。我和徐青云是啥关系，你不知道吗？那是过命的交情，他当初把你交给我，知道他怎么说的吗？他说，今后关山就是你亲儿子，你给我把他照顾好喽！可你倒好，一来就下基层连队，一学就是大半年。别说去我家吃个饭了，连我办公室的门朝哪儿开你也不知道。后来，你背着我申请去了高冈村的转信台，等调令下来，事情板上钉钉了，你才第一次踏进我的屋门。关山，你还记得当时我怎么和你说的吗？”

关山黑黝黝的眼睛愈发黑了，像是夜晚升起浓雾，黑得看不清他的情绪和想法。他垂下眼帘，声音低低地说：“记得。我记得您当时说，要是我去转信台，你就不认我这个儿子了。”

靳卫星目光深深地望着他，半晌，长叹了口气，说道：“你让我负了老徐，也让我整整一年没睡过一个好觉。你说，你浑不浑！”

“浑。”关山回答完，立刻又说，“但是无悔。”

靳卫星看着神色坚毅的关山，觉得眼睛忽然疼得厉害。他垂下眼皮，默了默，然后把桌上的表格推向关山。

“把这个表填了，回去准备准备，下周去昆明。”

关山拿起薄薄的两张纸，目光朝上面一瞥，顿时愣住。全军著名指挥学院的保送表。

他沉默了一会儿，将表格放下。“我不符合条件。”

靳卫星蹙起眉头，问关山：“怎么不符合了？你曾是全军通报表彰的军事训练尖子，立过特等功、一等功，你年年被评为优秀士兵，在工作岗位上任劳任怨，如果你不符合条件，哈，我还真找不出第二个来！”

关山看着情绪激动的靳卫星，冷静说道：“我年龄超了，另外，我身上有伤。”

“超年龄你不用担心。这次我亲自找指挥学院的领导谈过你的事迹，人家特批你入学深造，这张表格。”靳卫星拍了下桌子，说，“就是学院领导给我的。你填好了，我盖个章，你就出发。多简单的事，哦，你说你有伤，没事，这情况人家学院领导也知道，军事训练上不会为难你的。关山，机会难得啊，你已经为转信台奉献了六年的青春，足够了。”

人生有几个六年，只要一想到功臣还在秦巴深山里与寂寞为伍，以青山作伴，靳卫星就觉得心都是疼的。今天，他必须要把这个老大难给解决了才能睡好觉。

关山沉默了许久，这期间，他的目光就停驻在那张薄薄的表格上，动也不动。

靳卫星对他认真的态度很满意，至少，固执的关山没像以前去转信台一样让他下不来台。看来，在山里磨练这些年也并非坏事，关山变得比以前沉稳，遇事不惊、不喜，冷静自持，已经具备了一名优秀指挥员的潜质。

关山静默了一会儿，伸手，把表格推了回去。“首长，我不能去。”

靳卫星的眼睛蓦地瞪大，粗黑的眉毛拧成一道直线，呼吸频率明显加快。他瞪着关山，压抑心口的火气，“为什么不去？难道，你想转业？”

关山摇头，“不，首长，我不转业。”

“那好，那你说说，你的理由是什么，你为什么放弃大好的机会！”靳卫星控制着即将失控的情绪，沉声问道。

莫冉青在食堂等了一会儿，机关食堂的老陈才把加了“料”的饭盒递给他。莫冉青道谢，拎着饭盒回到机关大楼。刚走到首长办公室门外，就听到里面传出一声巨响，紧接着靳卫星开始怒吼，“你个浑小子，给我滚——”

没见有人滚出来，莫冉青却倒退滚远了。聪明的他决定待会儿再回到暴风圈。

办公室里，青瓷茶杯在地上碎裂成渣，可见，扔茶杯的人该有多恼火。

靳卫星双手叉腰，怒瞪着稳坐对面沙发波澜不惊的关山，气得胸口起起伏伏。如果说此刻的靳卫星是点着的炮仗，随时能炸。那关山就是除夕夜里亮晃晃的雪地，能够包容一切愤怒的火光。如果说靳卫星是海啸龙卷，那关山就是平静的深海，能够容纳一切风暴。

两人就这样对视了一阵，靳卫星先败下阵来。“服了你了，你和徐青云那老家伙简直是一个模子刻出来的怪物！你们怎么能那么像呢，他说你不会去，你还真就不去了！都是硬骨头，硬骨头！就我，是个喜欢钻营溜须的软蛋!”靳卫星气得肝疼，“白瞎了我一番心意。”

为了这个名额，他差点没把军区首长的门槛踏断了，他不是一个会使嘴上功夫的人，可为了关山，他……真是想一想都觉得磕碜，他这一番折腾，是为谁辛苦为谁忙呢。

关山暗暗吁了口气，心知靳卫星这一关他是闯过去了。于是起身，向靳卫星敬了个军礼，“谢谢首长关心。我的错，是我不知好歹，辜负了您的一番心意。”

靳卫星懒得理他，径自背过身去。关山苦笑了一下，走到门口，拿了扫帚和搓斗，认真清扫起地上的碎渣子。

刚扫好，外面就响起莫冉青的声音。“报告——”

靳卫星没吭声，关山看看他的背影，正要去开门，却听到靳卫星吼了一声：“进来!”

莫冉青军姿挺拔地迈步进来，目不斜视地走到茶几前，把饭盒放下，向靳卫星说道：“首长，饭打来了。”

靳卫星撩起眼皮，瞅了瞅面色严肃的莫冉青，又低头看了看桌上的饭盒，摆手说：“你去吧。”

莫冉青立正，大步朝外走。全程，他没有看关山一眼，更别提什么暗示性的互动了。

等莫冉青出去，带上门，关山过去把扫帚放下，然后正了正帽檐，向靳卫星敬了个军礼，“首长，没别的事，我就回台里了。”

刚要转身离开，却听到靳卫星对他说："吃饭！吃完饭让小莫送你。"

关山眨眨眼，不确定地说："不用了，首长……"

"我说让你吃饭，没听见吗！非要让我吼你才行，是不是!"靳卫星再次发怒。

这次关山没再反对，老老实实地在他之前的位置坐下，他打开饭盒，把饭勺放好，摆在靳卫星那边，"首长，好了。"

靳卫星瞪他一眼，这才重新坐下。关山知道自己不小心摸了老虎屁股，所以一举一动都格外小心。

靳卫星心里有气，吃饭也没有胃口，他撩起眼皮，看着对面吃相斯文的关山，不禁又想笑。想到这个年轻的军人一路走来的艰辛和不易，不禁又是一番感慨涌上心头。"关山。"

"嗯?"关山立刻绷住嘴，不再咀嚼。

靳卫星看着他，眼底掠过一丝不忍，他指着关山的饭盒，语气放得柔缓，"吃吧，多吃点。"

关山看看他，声音低低地应了一声。机关食堂的老陈厨艺精湛，做的红烧肉和糖醋排骨，隔着几道房门也能闻见香味。关山早就饿得两眼冒金花，遂不再作假，用勺子挖着菜，就着米饭，大口大口吃起来。

靳卫星被他勾起了食欲，也边吃边说："男人吃饭就得豪爽。像我们秦巴大地，风是烈风，道是古道，辣椒是辣得你睁不开眼的凤翔线椒。吃饭大口，喝酒大碗，要的就是一个痛快。"

关山点头，表示赞同。

靳卫星笑了笑，说："高冈似乎也不错，我去过几次，我记得那边喝酒也是大碗。"

"是的，高冈的'烧刀子'，冬天能御寒。"关山说。

靳卫星挑眉，看着关山，问："你真准备在转信台干到退伍?"

关山想了想，"我在高冈待习惯了，那里山好水好，最重要是人好。"

“可那边条件艰苦，你身上有伤……”

“没事，首长，我挺好的，您去过转信台，不也看到了吗，部队后勤补给很及时，我和小董过得衣食无忧的。”关山说。

靳卫星叹了口气，腾出只手拍了拍关山厚实的肩膀，夸赞道：“你是好样的，关山。把你放在哪儿我都放心。我听小莫说了，上次Q省地震，你三天三夜没合眼，先后数次排除通信故障，累计发送报文两万多组，确保了部队抗震救灾工作指挥顺畅。我记得你还因此立了二等功，是吗?”

关山笑了笑，“您还记得呢。”

“忘不了啊。每次去高冈，我都想着，何时能给你们那里修条路就好喽!”靳卫星感叹说。

关山一边朝嘴里扒饭，一边思考说：“首长，咱们部队能不能结对帮扶高冈村?”

靳卫星左手拿着饭盒，右手冲着关山点了点，“说具体点。怎么帮?”

关山放下饭盒，说出了自己的想法，并且还提起郭校长这些年以背为桥，背孩子过河上学的事。

靳卫星无比震惊，他知道高冈穷，却没想到会连累到孩子。

他低头思忖片刻，说：“这样吧，关山，你回去之后拍些照片发来，我们先了解一下情况，如果可行，我们再去实地考察。”如果能和高冈村结个帮扶对子，帮他们解决实际困难，倒也不失为有利于军民关系的善事。

关山眼睛赫然一亮，他激动地握住靳卫星的手，大声说：“首长!”

关山心情好，就没麻烦莫冉青送他。他在县城里搭了个顺风车，给认识的车主塞了二十块钱，一路颠簸着回到红山镇。摩托车还在春风商店的后院停着，他想着既然来了，干脆去洗个澡。

红姐一个人在商店里算账，看他进来，讶然道：“你咋回来了？不在县里住一晚?”

关山摇头，解释说：“回去还有事。我来骑车，顺便再洗个澡。”

红姐冲他笑，凤眼眯眯的，眼尾细长。她弯腰，从柜台里头拿出一个塑料筐，递给关山，“去洗吧，我让老郭头把水烧热点。”

关山道了谢，拎着筐子去隔壁浴池洗澡。红姐一直目送他的背影消失在厚实的门帘后面，才恋恋不舍地收回目光。她低着头看着算盘珠子，手指无意识地拨弄了几下，忽然，叹了口气，把算盘推到一边，“瞎想啥呢，王广红。”

脑子里乱乱的，心情也变得烦乱，她走出商店，隔着墙吆喝烧锅炉的老郭头，让他把水烧烫点。老郭头声音浑浊地回了一声知道了，红姐又吆喝睡懒觉的小九，让他起来下面条，然后搬了凳子，靠在门口看街景。

大约等了半个小时，关山拎着筐子从浴室出来。刚洗过热水澡，他整个人看起来白了一截儿，头顶湿漉漉的，冒着白色的热气，看到红姐，他露出标志性的笑容，把筐子递过去，“谢啦，我这就回了。”

红姐站起来，接过塑料筐，“我让小九给你下面了，吃了再走吧。”

关山摇摇头，“你们吃吧，我这边还有事，就先回了。”

红姐不好再劝，就冲他笑道：“咋，急着回去看明月呢。”

关山拨拉头发的动作忽的一停，他抬起眼皮，看了看似笑非笑的红姐，沉声说：“红姐，以后这话可别当着明老师说。”

红姐翘起红唇，轻轻哼了一声，嘀咕道：“得了吧，谁还不知道你的小心思。人家明老师傻啊，只怕早就瞧出来了，故意不说破，是给你留个面子。就你还傻乎乎的，护她护得要命。”

关山面色一变，咬紧牙齿，腮帮子的肌肉也跟着紧了紧。

红姐看他不大高兴，心里一叹，改口说：“行了，我不说了还不行吗。你走吧，爱去哪儿去哪儿。”说罢，也不等关山回应，掀开门帘就走进去。

关山蹙了下眉头，在春风商店门口立了一会儿，戴上军帽，去后院骑上车走了。

今天是周末，高冈小学格外安静。

明月坐在老榆树下，拿着一个本子，抄写手机里存着的曲谱。她的音乐和美术功底都是在师范学习时参加社团活动积累下来的。

当年在社团，除了学习和交流，最重要的，是她收获了一份真挚的爱情。想起沈柏舟，明月不禁拿起手机，找到他们恋爱时拍的照片。

当年青涩纯真的自己，依偎在意气风发的沈柏舟身旁，他们面向镜头，笑得那么纯真，那么深情。

“明老师——”忽然，一声熟悉的呼唤搅乱了回忆。明月愕然抬眸，看到几米开外挺拔立着的关山，不禁眨了眨眼睛，问道：“这么快就回来了？”她以为关山要到晚上才能回来。

关山说：“事情办完了。哦，对了，我来是想找你帮个忙。”

明月指着自己，讶然问道：“找我……帮忙？”

关山指着她手里的手机说：“我想请你帮我拍几张照片。”

明月打量他一番，扑哧笑了，“好哇！没问题，我的照相技术还可以，就是这个手机的像素太渣，不知道能不能把你拍得帅帅的。”

关山黑脸一红，连连摆手，说误会了。“我不是叫你给我拍照，而是给高冈村拍照！”

看明月糊涂，关山就把今天见到靳卫星后，他向首长建议部队与高冈村扶贫结对的事跟明月说了一遍。“首长说，要我拍些村里的照片发给他，如果可行的话，我们部队想帮村里修桥。”

明月愣了一会儿，忽然抓着关山的手腕跳了起来，“太好了，关山，你做了件大好事！”许是察觉到什么，明月忽然松开手，退后一步，向耳后别了一下碎头发，“我好像太激动了。”

关山觉得整个人都在发烫，尤其是手腕，刚刚被她碰触过的地方，就像是烙铁烙过似的，烫得厉害。

她的手，怎么那么小。软软的，白得亮眼。

“那我先回了，明天、明天我忙完工作，就带着你去拍照。”关山看着明月，黑脸上浮起一层可疑的红晕。

明月点点头，朝他挥手：“再见。”

之后几天，明月和关山踏遍了高冈的山山水水，用手机拍了很多照片。关山又跑了一趟川木县，把手机里的照片洗出来交给靳卫星。靳卫星让他回去等消息，修桥是大事，部队要向上级请示。

关山说好，他们不怕等，就怕没有结果。

回高冈村之前，他特意去了一趟文体商店。在售卖体育器材的柜台挑了五根跳绳，一个篮球，十个羽毛毽子。

他现在已经是高冈小学特聘的体育教师，每周要给孩子们上两节体育课。但是高冈小学没有体育器械，他这次下山，采买也是一项任务。

最近一段时间，明月尝试着上了几节音乐和美术课，原以为这些没有接触过五线谱和蜡笔彩笔的学生对这两门课程不感兴趣，谁知，他们一个个只嫌课时太短，下课后还缠着她教他们唱歌和画画。

尤其是音乐课。她发现这些山里的孩子对音乐有着一种天生的热爱。他们不会唱那些城里孩子迷恋的韩流偶像或是青春偶像的歌曲，但是他们会唱高冈流传日久的民歌山歌，高亢婉转的旋律，一点不亚于那些耳熟能详的经典歌曲。

特别值得一提的是宋伟伟，这个只有十岁的山里娃，音色纯净优美，唱起山歌宛如梦境中的天籁之音，给人带来一种震撼的感觉。

明月从哆来咪教起，一个一个纠正他们的音准和发音，孩子们极为认真，就连生性调皮顽劣的宋铁刚也在很短的时间里学会唱简谱。

明月教给他们的第一首歌是《送别》。长亭外，古道边，芳草碧连天。晚风拂柳笛声残，夕阳山外山……

孩子们那天特别高兴，除了学会了平生第一首完整的歌曲，关山叔叔还带来了他们在课本上见过，但是从未接触过的体育器材。孩子们好奇地抚摸着那些簇新的玩意儿，用无数个为什么轰炸关山的耐性。

“关叔叔，篮球怎么玩?”宋铁刚迫不及待地把篮球霸占在自己怀里。

关山把篮球要来，然后脱下军装，仅穿着一件 T 恤，就在平整干净的地上，用掌心拍打起来。男人打篮球有一种天生的魅力，尤其像关山这样肌肉线条感丰富的男人，动静之间，都像是一幅活动的画卷，看起来令人赏心悦目。

沈柏舟也打篮球，但是和关山比起来，似乎差了点什么。

孩子们兴奋地屏息观看，宋铁刚更是激动得两眼放光，视线跟随着关山的手，一眨不眨地盯着。

“打篮球可以锻炼一个人的体格、判断力，甚至提高智商，而且，篮球可以一个人打，三个人打，五个人打，考验团队配合和默契度，以后我会教你们如何运球、上篮，不过，咱们得先弄个篮球场地。”关山在一串晃花人眼的运球表演之后，忽然停顿，单手抓着簇新的篮球，四顾张望起来。

解决篮球场地可不是件容易的事，篱笆墙虽说在村民的帮助下竖起来了，学校也算是有了个小型操场，但是在泥土地面上打球可不是光凭高超的球技就能玩得转的。

那就背水泥上山。建个只有一半场地大小的篮球场地。

郭校长却不同意。“不行，关山，我不同意。”

关山看着郭校长，还想劝解，郭校长却摆摆手，不愿多说。

郭校长回到伙房，不一会儿拿着几张红色钞票走了出来，“关山，这些钱你拿着，算是这次买体育器材和上次你垫付竹竿的费用。可能不够，等我下个月开工资……”

关山拧着眉，把钱推回去，“我不要。”

“拿着！总这么倒贴下去，你怎么受得了。”郭校长把钱按在关山身上。

“那您怎么就能倒贴，您一个月工资一千块不到，自己花的，只怕连零头都不够。”关山把钱塞进郭校长衣兜，转身就走，“我回了，篮球场的事，您别管了，交给我。”

关山走了以后，明月做好饭，叫郭校长回屋吃饭。郭校长今天反常的沉默，明月给他盛的汤，他只喝了一半，就把碗搁下。

明月抬眼看了看他，轻声问道：“您怎么了？和关山吵架了？”

刚才她没看仔细，只觉得两人之间的气氛有些怪怪的，关山没留下吃饭，郭校长回来也不说话。

郭校长摇摇头，叹了口气，说：“我咋这么不中用，亏欠关山、亏欠你太多，这以后，叫我怎么还得清呢。”

明月一听他话里的意思，试探着问：“是不是因为关山说要买水泥，铺篮球场的事。”

“何止这一桩！不瞒你说，自打关山来到转信台，他就没少给学校花钱，还有村里那些特困户，他每次去帮着干完农活，还要给他们留下一些钱。这些年，累积下来，只怕是个不小的数目。还有你，小明老师，这些日子，你也为学校垫了不少钱，你们今后都是要离开高冈，回到城市里过生活的，现在把钱花在学校，花在高冈村，你们以后怎么办？”郭校长从来没有一刻像现在这样，对自己的贫穷感到深深的痛恨和厌恶。

“您别这么说。关山的为人我们都清楚，他是不会和您计较这些事的。在他看来，能为您和高冈小学出一份力，才是对他的肯定和褒奖。至于我……”明月顿了顿，目光真诚地说，“至于我，您就更不用感到内疚了。您是我的亲人，您教的学生救了我的命，我回报您、回报学生最好的方式，除了兢兢业业地把知识教给这些山里的孩子，就是力所能及地改善学校的教学条件。我上次跟您开玩笑说，希望有一天能成为大富翁，那样的话，我第一件事就是给您盖一座新学校，学校里有教学楼，有餐厅，有宿舍，有抽水马桶，有比篮球场大几倍的足球场。可惜的是，我没有这个能力。所以我只能用我有限的积蓄给孩子们买一些文具和生活用品。若说内疚，我比您更内疚，因为我实在没什么可以回报给您、回报给孩子们的。”

郭校长沉默着，把桌上的碗重新拿起来。气氛终于不那么紧绷下去。明月趁热打铁，温声劝慰说："我已经不是过去的明月了，您不用想我以后怎么办，先想着怎样把您的身子养好，好吗?"

# 16　背叛

同样的深夜，同州的穆家却是不眠之夜。

距离上次见面已经过去了十几天，穆建国还没把自己从往事里拔出来。还记得那天下午，他坐着从未见过的豪车从同州国际大酒店回到祥安路，丢魂一样走进店门。

店里没有客人，妻子葛春香靠在椅子上打盹，肥胖臃肿的脸挤成一团，鼾声从口鼻处喷发而出，拉风箱似的，听得人无端生出一股厌烦的情绪。

穆建国绕过妻子，径自走到工作区的缝纫机前，坐下去就开始踩动踏板，继续之前没干完的活计。葛春香被缝纫机声惊醒，回头震愕地看着自己的丈夫，声音粗浊地问道："你回来了？怎么不叫醒我？"

穆建国头也不抬地说："叫你做什么，睡得跟猪一样。"

"你——"葛春香大瞪两眼，叉着腰走过去，质问穆建国，"你胆儿肥了，敢骂老娘是猪！"

穆建国摆摆手，嫌她吵："别烦我，我要做活儿。"

葛春香表情隐忍地擦了擦嘴边的涎水，转了转眼珠，坐在缝纫机对面的椅子上，问道："刚才那个人是谁？他叫你去做什么？"

"不该问的别问。"穆建国没好气地怼了妻子一句。

葛春香愣了一下，火气噌的一下就冒到嗓子眼儿。"好你个穆建国，出去见了个有钱人牛逼了是不是，也当自己是富人了，呸！你呀，就是个窝囊废！跟着你，我就没过过一天……嗳，你去哪儿，我话还没说完呢，喂！穆建国——”葛春香起身去追已经走到楼梯口的丈夫，可顾虑着没关店门，只好跺跺脚，骂骂咧咧地走了。

穆建国一口气走到二楼尽头一间只有五六平方米的杂物间外，猛地刹住步子。五年前装修店面的时候，连带着把二楼也装了一下。唯独留下了这间屋子。连这扇年代久远的红色木门，也没换成如今流行的套装门。

门板上面的漆面因为干燥和风化，起了一层漆皮，轻轻一碰，就有深红色的碎屑从上面落下来，下雪一样，黏在白色的地砖上，令人触目惊心。

时光仿佛又回到数年前的深夜，年少的外甥女尖利恐怖的叫声刺破黑暗，他是家里第一个冲进来的人，他的脚踏进一片黏稠的血红，妹妹、外甥女躺在地上，到处是一片血腥……

穆建国痛苦地闭上眼睛，待情绪稍稳，他拧开生锈艰涩的门锁，走了进去。瓦数很低的白炽灯，将屋里照得昏黄发暗。小小的屋里堆满了这些年来淘汰后却不舍得丢掉的杂物，穆建国屏息四顾，之后，朝房间左侧一个压在玩具筐下面的黑色皮箱，走了过去。

这是妹妹穆婉秋和外甥女明月留在这个家里唯一的东西。

这十几天，穆建国是一个人过的。自从那天看到妹妹的日记，得知慕延川才是明月的生身父亲后，又气又怕的葛春香大闹一通，吓得回娘家住了。窗帘店挂上了停止营业的牌子，穆建国每天除了睡觉，就是在缝纫机上把之前积攒的订单做完。

每一晚，对他来讲，都是煎熬。记不清有多少天没睡了，每次闭上眼睛，那一夜的血腥画面和妹妹、外甥女的面孔就会轮换交替出现在他面前。

终于，这一夜，他考虑再三，把电话打给了远在皖州的妹夫，明冠宏。

哦，不，现在已经不是他的妹夫了，他已经再婚，开始了新生活。

电话是一个声音温柔的女人接的，“喂，哪位？”

穆建国转过身，背靠在厨房的墙上，喉咙噎了一下，说：“我、我找明冠宏。”怕对方不肯转接，又赶紧加了一句：“我是明月的舅舅，我有点事要找冠宏。”

对方沉默了两秒，柔声说：“好的，请稍等。”耳畔响起轻巧的脚步声，然后是刻意压低的呼唤声，“冠宏，冠宏，你的电话，明月的舅舅。”

很快，穆建国听到妹夫的声音，还是如多年前一样浑厚有力，但却多了一丝沧桑的感觉，“建国？是你吗？”

“是我，穆建国。”他扭头，冲着窗外清了清嗓子。

“有事吗？”明冠宏以前和他喝过几次酒，但是后来发现他们两口子对晚秋母女不好，关系就变得冷淡了。到明月上大学离开穆家，他们基本上断了来往。

穆建国斟酌了一下措辞，谨慎地说：“同州这边发生了一些事，需要你过来一趟，哦，和明月有关，你最好一个人来。”

明冠宏瞥了一眼身边的妻子刘素云。他低低地嗯了嗯，说：“周末吧，我周末过去一趟。”

“好，那我在家等你。”说完，穆建国就挂了电话。

明冠宏蹙起眉头，看着黑掉的手机屏，静了几秒。

“有事吗？”刘素云把手放在他的胳膊上，关心地问。

他摇摇头，关掉台灯，说：“睡吧。”

穆建国给明冠宏打过电话后，又从通讯录里调出慕延川的私人电话，拨了过去。

慕延川就像是在等着，很快就接起，“喂，我是慕延川。”

“慕……慕总，我是穆建国啊。”

“我知道，你说。”

“我和明月现在的父亲联系过了，他周末来同州，等他来了，我和您联系。”

“好。麻烦你了。”慕延川挂断电话，起身，走到酒店的窗边。

"阿元，把窗户打开，我想透透气。"

阿元过来打开窗户，他道谢，让阿元去休息。

待阿元走了，慕延川才用双手紧紧扶着窗框，朝同州以西的方向，目光痛楚而又期盼地望了过去。

"孩子，你还好吗?"

宋瑾瑜在同州一中安排的招待所里过了一阵子逍遥自在的日子，某天，她的手机上收到发工资的短信。一看入账的金额，她不禁暗自一喜。看来补发的工资到了，这下，她终于有底气约沈柏舟出来吃饭了。

当然，她不会做得那么明显，只约沈柏舟一个人出来，她已经想好了，到时叫上几位师范学院的学长和学姐，再约沈柏舟就容易得多。

她在附近转悠了几圈，最后选定一家生意火爆但是环境清雅的火锅店作为请客的地方。吃火锅，热热闹闹的，气氛好，就算彼此没什么话说，有热腾腾的汤锅，也不会冷场。而且，火锅菜比较实惠，请一次客也不至于让她变成穷人。

她想了半晚上，总算找到几位曾经相熟的学长和学姐。这几位前辈都是学院各个系的活跃分子，和她在一次大型活动中认识并成为朋友，最关键的是这几个人都和沈柏舟认识。

第二天，是周末。宋瑾瑜起个大早，亲自跑到饭店订了一个视野开阔、环境清幽的包间，之后，她挨个给他们打电话。

宋瑾瑜向来是个会来事的，从她抢走明月留县支教的机会就能看得出来，她是一个处事圆滑、头脑极为清醒的女人。电话接通，她先是夸对方一通，然后才提出请对方吃饭，怕对方拒绝，她立刻就说谁谁谁也会来。人都是这样，喜欢和个性相投的人待在一处。说是扎堆儿也不为过，总之，别人去了，自己不去，就显得不够真诚，更何况，又不用自己花钱。

很快，宋瑾瑜搞定了为她打掩护的五位学姐学长。

打给沈柏舟的时候，她的手有些发抖。她之前谈过一次恋爱，因为对方家境不好被她 pass 掉了，她是个很实际的女人，清楚自己想要什么，不像明月，被沈柏舟宠得四六不分，发配去了高冈村，居然还倒贴那群山里娃。

鼓起勇气，宋瑾瑜在手机屏幕上按下熟记于心的一串数字。彩铃音乐响了很久，也没人接。宋瑾瑜的心咯噔一下，今天不会白请客吧。

就在她准备挂断重新拨号的时候，手机忽然震动一下，耳边响起沈柏舟清亮的男声，“宋瑾瑜?”

宋瑾瑜的手一抖，手机差点掉了。她赶紧握住，换了一边耳朵贴着，紧张地说：“是我，我来同州学习了。沈柏舟，今晚你有空吗？我想请你和几位学姐学长吃火锅。”

沈柏舟沉默。

宋瑾瑜的心跳得飞快，呼吸却变得极为清浅。随着时间的推移，她以为等待她的将会是无尽的失望，却不想沈柏舟忽然问她：“你还请了谁?”

宋瑾瑜愣了愣，随即，心里涌上一波喜悦的浪潮。

她赶紧说了几个人名，都是以前和他熟悉常打交道的学长学姐。

沈柏舟想了想，说：“好吧，火锅店在哪儿?”

“在我住处附近，纬五路中段，川蜀火锅。我订了包间，名字是都江堰，哦，对了，晚上七点。”宋瑾瑜说道。

沈柏舟回了句一定到，就挂了电话。

宋瑾瑜把手机贴放在心口，仰面朝天，放松地吁了口气。总算，这趟辛苦没有白费。他答应赴约了，晚上，他们就要见面了。想到沈柏舟那张俊逸高贵的面孔，她不禁捂着脸，娇羞地嗔怪自己，“又在发疯，宋瑾瑜，你真是无药可救了。”

吃完饭，明月看了看天色，跟郭校长说去转信台。

郭校长要送她，她不让，自己带了一根木棍，背着包就出发了。自从被五步蛇咬过之后，但凡出门，哪怕是白天，她也会带上一根木棍敲打防身。今夜没有月亮，山道黑乎乎的，全凭手电照亮。一阵寒风吹来，漆黑的山林如同会跳舞的妖怪，抖动着躯干，发出哗哗的响声。

明月四顾看看，脊背和手心冒出一层油腻腻的冷汗。脚下步子加快，低头含胸，嘴里唱着今天刚刚教给孩子们的《送别》，朝转信台疾走而去。

明月乍然间冒出来，把正在切菜的董晓东吓了一大跳。

董晓东的刀咣当一下掉在案板上，他拧着眉头，苦着脸，用力拍打着前胸，埋怨说："人吓人，吓死人，不知道啊！咋跟关站长一样呢，每次吓得我跟兔子似的蹦你们就高兴了，是不？我是你们的玩具啊……"

明月嘿嘿笑笑，径自进屋，她把背包里的书本掏出来，放在餐桌上，然后叉着腰对董晓东说："从今天开始，每周三次，我来辅导你的文化课。"

董晓东眼睛一亮，双手解下围裙，在上面胡乱抹了抹，走到餐桌前，翻看起来，"《军队院校招生统考文化科目复习指南》，《军考精讲》，《军考精练》，《军考真题》，《军考模拟题》，哇塞，你从哪儿搞到的，这么全！"

明月顺手拿起围裙，抖了抖，系在腰间。她一边朝案板那边走，一边回答："我男朋友给你找的，他也是拜托朋友，具体的我也不大清楚。"

"多少钱？我现在给你！"董晓东转身走向宿舍。

"我不知道啊，待会儿我问问。"明月一刀下去，把一个胖胖的白萝卜从中间剖开。

董晓东刹住步子，呵呵笑了笑，"成，你问好了，我把书钱给你。"

董晓东靠在门框上，一边翻动着手里的复习资料，一边看着明月动作熟练地做饭。"你咋不把白菜一起放进去？"董晓东平常就是一锅炖，全部食材堆在一起，加料煮熟。

明月拿起一片水灵灵的萝卜，咬了一口，"你懂什么，白菜要最后放，吸油而且不会软塌，吃起来口感好。嗯，这萝卜可真甜，你们种的？"

董晓东看她吃得香甜，也上前拿了一片塞嘴里，嘎吱嘎吱咀嚼起来，他指指房屋后面，“关站长种的，高冈的白萝卜很有名，叫水果萝卜，汁多个大蜜甜。”

明月点点头，又吃了一片，“这种萝卜腌泡菜特别棒，等回头我腌些，给你们送点。”

董晓东一听到吃，立马来劲儿了，“你会腌那种甜辣口的吗？我特爱吃！”

明月点头，“我姥姥是朝鲜族的，我们家每年冬天都会腌菜。”想起姥姥，不免又陷入年少时的记忆。那些充斥着泡菜味儿的冬天，蘸了酱汁甜辣可口的菜心，姥姥慈祥怜爱的笑容……

董晓东看明月神色怔忡，眼珠儿半天不动，不禁抬手在她眼前晃了晃，“嗳，明老师？明老师？”

明月倏然回神，她向后闪了一下，躲开董晓东。

董晓东看着她，心里嘀咕道：看这情形，八成是在想她的男朋友呢，唉，可怜的关站长啊，希望渺茫啊。他笑着说：“你啥时候腌菜，我可以去帮忙。”

明月哦了一声，想了想说：“我待会儿写几样调料，你让送后勤补给的兵给带上来，回头就在你们这儿腌泡菜。”

董晓东说好。

明月掀开锅盖，用炒菜勺舀了一点汤汁尝了尝味道，“好像有点咸了。”

董晓东也凑过去尝了尝味，“是有点。”

明月四下里瞅了瞅，说：“泡一把粉条，中和一下。”

董晓东领命而去。

加了粉条，汤汁变得更加浓郁，又熬煮了一会儿，明月把切好的白菜放进锅里，她看看墙上的表，“三分钟，出锅。你看看米饭好了吗？”

董晓东早就饿得受不了了，他掀开小铝锅的盖子，用勺子挖了一勺米饭，塞进嘴里。米饭烫嘴，他就一边吸溜，一边龇牙咧嘴地嚼着香甜的米饭说：“好了，好吃。”

没等明月让他盛饭，门一响，从外面进来一抹高大的身影。“嗬！董晓东，厨艺长进了啊！大老远就……”

关山刚一抬眸，就和笼在一片白雾下的明月视线撞个正着。明月眼波盈盈地冲他微笑，那一刹那，关山的脑子里腾腾冒出俩字，仙女。

似乎愣神愣得太久，董晓东忍不住提醒他，“咳咳……关站长，你肚子饿了吧!”

关山回过神，黑脸一红，低头笑了笑。

董晓东憋着笑，去碗柜拿碗。

明月赶紧说：“我吃过了，你们快吃吧。”

董晓东盛了两碗饭，又盛了一盆菜，和关山坐在餐桌边大快朵颐起来。

“这萝卜块真好吃，一点都不苦。”董晓东大口嚼着，夸赞道。

明月从军考资料里抬起头，笑着说：“下次再做烩菜，记得要把萝卜先焯一下水，这样，就不会有苦味了。”

“哦，原来是这样。明老师，你做饭真有一套，以前在家也经常做吗？”董晓东好奇地问。

明月愣了愣，以前在穆家，她岂止要做饭呢。但凡是杂活、累活、脏活，每一样，都有她的份。但是好处，却……一样也轮不到。

这次没让董晓东等太久，明月把视线转移到书本上，低声说：“嗯，常做。”

董晓东还想再问，小腿处却被关山踢了一下。力道不大，权当提醒。

董晓东呆了呆，似乎明白了点什么，他扁扁嘴，低头不说话了。

和上次一样，连锅底的汤水也被他们俩喝得精光。董晓东留下来刷碗，关山则带着明月去了值勤机房。

老规矩，关山擦机器，明月打电话。

今天时间有些晚，平常九点多，她已经钻被窝了。沈柏舟的电话处于无人接听状态。拨了几次也没人接，明月失望挂断。

沈柏舟又不在家？他参加省考那天，她被毒蛇咬伤住进了镇卫生院。伤愈后回到高冈，又忙着开新课的事，一直没顾上给他打电话。莫非他生气了？因为她不关心他的人生大事，现在连她的电话也不想接了。

想想沈柏舟平常的表现，她垂下眼帘，低低地叹了口气。

“他不接吗？”关山一直暗中观察着她的一举一动，从她拨号时期待闪光的黑眸，到挂断电话时失落丧气的噘嘴动作，他看得一清二楚。

关山冲她鼓励地笑了笑，“待会儿再试试，说不定没听见。”

明月感激地看着关山，“他可能在外面。”

关山把抹布放下，低低地嗯了一声。

明月转过身，咬着嘴唇等了一会儿，又拨了一串数字。

同州，祥安路，窗帘店许久没有开张，再加上主人懒于打扫，所以展示台上积了厚厚一层灰，垂挂在墙壁上的各色窗帘布也落满灰尘，轻轻一碰，就呛得人想咳嗽。

穆建国精神紧张地在店里踱步，他想不通，怎么这两个人都要求在他家见面。慕延川不了解情况也就罢了，可明冠宏，他讨厌痛恨穆家还来不及，怎么会主动约在这里见面。

他心事重重地等了一会儿，慕延川到了。

天冷，慕延川穿了一件羊绒外套，下身是一条笔挺的西裤，他卸下灰格子围巾，交给身后的阿元，嘱咐道：“在车里等我。”

“是，慕总。”阿元弯腰退出窗帘店。

“慕总，你来了，这边坐。”穆建国起身招呼，恭谨中透着小心。

慕延川目光很深地看了他一眼，走过去，坐在方桌左侧。

“我这里只有茉莉花茶，您就当白水喝，别嫌弃。”穆建国倒了杯热茶，放在慕延川面前。

慕延川说了声谢谢，接过茶杯，暖着手，却并没有喝。

穆建国小心观察着慕延川的表情。

“他几点来？”慕延川打量着店里的摆设，问道。

“八点。马上到……”说了一半，就听店门咣的一响，紧接着，一抹魁梧挺拔的身影大步走了进来。屋里的两人同时抬头。

进来的是一位五十多岁的男人，个子很高，容长脸，目光炯炯，鼻梁挺直，嘴唇削薄。此刻他的嘴角朝下，法令纹显得很深，他看着屋里的两人，一个熟悉一个陌生，浓眉微微蹙起，说道：“我应该没有迟到。”

穆建国赶紧看表，“没，没迟到，还早了一分钟。”

时间一分一秒过去。自打明冠宏开始翻看日记，屋里的三个人再无任何交流。此刻的穆建国感觉心脏已经麻木了，可他不能掉以轻心，时刻关注着那两个人的动静，他生怕自己一个疏忽，这两人就会挥拳相向。

“铃……铃……”突兀尖锐的电话铃声打断了屋里的死寂气氛。

看明冠宏不动，眼睛依旧黏在日记里，穆建国鼓起勇气，提醒道：“冠宏，你手机响了。”

明冠宏抬起头，眼眶里的血丝红得骇人。他面无表情地掏出外衣口袋的手机，看了看来电显示，眉头蹙得更深。

“谁打来的？你爱人？”没有眼力劲的穆建国，好死不死地问了一句。

明冠宏看到眼眸漆黑的慕延川朝他投来蔑视的一瞥，乱哄哄的心里顿时又烧起一团火。

手机屏幕上没有显示号码。他滑了下屏幕，贴在耳边，声音低沉地喂了一声，问：“哪位？”耳畔传来轻轻浅浅的呼吸，就像是小猫睡着时发出的声音，令人不忍苛责。

明冠宏刚想再问，却听到对方叫他：“爸。”

明冠宏顿时愣在那里。他的异常表现吸引了穆建国和慕延川的注意力，明冠宏微微侧过身，避开这两人的目光，低声应道：“明月，是你吗？你在哪儿？怎么电话不显示号码？”

慕延川身子一震，下意识地竖起耳朵。

穆建国则敏感地盯着明冠宏拿电话的手，生怕外甥女讲出什么过去的“事情”来。

上次和父亲通话，还是初秋的皖州，时光荏苒，自打那一次分开，竟已到了初冬，而她也从现代化的大都市被遗弃到了孤冷凄清的深山。

明月噎了一下，迅速垂下眼睫，遮挡住眼底的潮气，撑着声音说：“爸，我在红山镇高冈村。我用的是部队上的电话，可能不显示号码。”

明冠宏的反应有些迟钝，他在脑子里反复消化着明月话里的意思。

川木县，红山镇，高冈村。他去过不止一次高冈村，全国最贫困的山村之一，没水没电，甚至，没有路。他认识那里的村长，叫……宋家山。

“明月，你过得好不好？爸回头就去看你。”

“不，你别来——”明月警觉拒绝。

明冠宏愕然，随即，他苦笑着问道：“明月，你还在怪爸爸吗？”

明月听到这一声质询，不禁在内心冷笑。如果时光能够倒流，她宁愿不曾有过这样的父亲。

“你觉得呢？你觉得你做对了什么，值得我原谅你，原谅你对妈妈造成的伤害。”明月已经很久不曾和她的父亲这般说话了。

面对女儿的诘问，明冠宏这次出奇的沉默，耳畔只听到他略显粗重的呼吸，一声一声让人心乱，明月等了一会儿，说：“就这样吧，我挂了。”

正要挂断，却听到他叫了声：“月月——”

明月的心倏然一颤。她咬着嘴唇，眼里迅速蒙上一层泪雾。有多久了呢？久得连她自己也记不清究竟有多长时间没听到父亲喊她的小名了。

月月。这是母亲的专利。

母亲发明、母亲专属、母亲宠爱的月月。却不是明冠宏的月月。

“别挂，听爸爸说几句。月月，爸爸对不起你，你这次去川木县支教，爸爸没能去看你，是因为你刘阿姨住院了走不开，我以为你在县城支教，却不想你被……被分配到高冈村。爸爸去过高冈，知道那里的情况很差，很糟糕，月月，有什么困难你就和爸爸说，需要钱，我立刻给你寄去，好不好?”明冠宏动情说道。

明月听到这里，起伏如潮的心境已经平静下来。如同母亲刚去世那会儿，父亲见到她除了给她手里塞钱，再也没有多说一句安慰的话，除了经济上的照顾，他从来没有对她说过，爸爸需要你，你来和爸爸一起生活吧。

没有，从来没有。他永远也不会从她的角度去体谅她、理解她，只会用钱、用做父亲的权威来压制她，来搪塞她。

“你忘了吗？我不需要你的任何东西，大学四年，我就是靠自己熬过来的，又怎么会在工作独立后，要你的钱?”明月冷声说道。

“月月，爸爸不是那个意思。”明冠宏挠挠头，为难地说。

“不要叫我月月，在你眼里，我只是明月，一个仅仅继承了你的姓氏的女儿。”明月说完，吸了吸鼻子，“好了，我打电话只是向你报个平安，不想和你回忆什么过去。我挂了，再见。”

明冠宏还想说什么，却看到手机屏幕自动退出通话界面。她居然挂掉了。

明冠宏垂下眼帘，将手机捏在手里，手劲松了又紧，紧了又松，反复几次，才抬起头，看着对面隐藏在亡妻背后、声名显赫的男人，说：“慕总，我知道你想对我说什么，没用。即便明月对我有误会，即便有这本日记为你和婉秋的过去作证明，我也不会有任何改变。明月，是我的女儿，是我明冠宏的女儿，这一辈子，都不会变！告辞!”

他刷一下起身，拿起外套，像军人一样，迈着大步走了。

穆建国愣在那里，直到神色阴晴不定的慕延川也站起身，他才赶紧解释说：“我妹夫，哦不，冠宏他脾气暴躁，他一贯如此，所以我妹才不喜欢他，我家除了我妈，没人喜欢和他说话。您看，连明月也不爱搭理他……”

“算了，我不会和他计较这些。但是，穆先生，我想你帮我转告一句话。”慕延川说。

“您说，您说。”

“你告诉明先生，就说黑夜永远也掩盖不了黎明的霞光，事实就是事实，不是他想遮掩就能遮掩住的。”慕延川说完，就走了出去。

透过玻璃门，穆建国看到慕延川的下属小跑着迎上来，想把围巾套在慕延川的脖子上，却被慕延川拒绝，下属赶紧拉开车门，慕延川回头朝窗帘店这边望了过来。穆建国倏地收回脑袋，等他再去看，门外的黑车早就不见影了。

明月挂了电话，有很长一段时间低着头不说话。

关山过来，从兜里掏出一块手帕递给她。

明月接过手帕，在眼睛上胡乱抹了抹，塞进自己口袋，“我回去洗了再还你。”

关山哑然失笑，这丫头，居然还想着给他洗手绢。

明月缓了缓，抬眸看了看关山的背影，心里似乎舒服点了。她又给沈柏舟拨电话。最后一个。打不通，她就回学校。

没想到，这次彩铃才开始唱歌，对方就接了。“喂，哪位?”

明月的心咚的狂跳一下，脸色跟着变了。她拿着话筒，咬了咬下嘴唇，问：“你是谁?”

沈柏舟的电话怎么是一个女人接的，而且不是沈柏舟的母亲，声音很年轻，听起来给人一种莫名的熟悉感。

对方不说话了，大约沉默了几秒，“我是宋瑾瑜。”

今晚，沈柏舟不知抽哪门子疯，竟仗着酒劲在饭桌上和一位暗恋明月的寇姓学长动起手来。

宴席不欢而散。看着杯盘狼藉的桌子和空荡荡的包间，宋瑾瑜又是委屈又是羞恼。这真是老公爹背媳妇，出力不讨好。钱没少花，心思没少琢磨，可到头来，她得到了什么？因为他得罪了一大票学长学姐，而他醉成一摊烂泥，嘴里还在念叨着他的宝贝明月。

宋瑾瑜想哭哭不出来，想摔盘发泄又舍不得口袋里的钱，只能恼怒地瞪着沈柏舟，想着干脆把他扔在这里算了。

“请问，您要结账吗？”服务员小心翼翼地推开门，问宋瑾瑜。

宋瑾瑜回头看着服务员，眼底掠过一道冷光，“我叫你进来了？”

服务员赶紧低下头，唯唯诺诺说：“我……我以为人都走了。”

“我们不是人？”宋瑾瑜指指自己，又点点沈柏舟，“怕我们吃白食吗？你这个小姑娘，话不会说，胆子却不小，叫你们经理来，我要和他理论理论！”

服务员刷一下将门关上，再不敢进来。包间恢复宁静。

沈柏舟原本趴在桌上，哼哼咛咛地嘟囔着什么，这会儿又靠在椅背上，紧阖双眼，眉心紧蹙，看起来难受得紧。

到底是自己暗恋了几年的男人，宋瑾瑜心再狠，再恼他，也不至于真不管他的死活。“我真是上辈子欠了你的。”宋瑾瑜起身，倒了一杯温茶水，走过去，扶着沈柏舟的下巴，凑过去，叫他，“沈柏舟，沈柏舟，喝点水。”

沈柏舟被人伺候惯了，闭着眼睛，张开嘴，就着宋瑾瑜的手一气喝了半杯茶水。他咕哝了一句，“难受……”又靠向椅背。

喝醉的沈柏舟和平常斯文俊雅的模样判若两人，此刻的他像个天真无邪的孩子，漆黑卷翘的长睫毛覆在眼睑上，肤色白皙如玉，几乎看不到毛孔，他的嘴唇在灯光下闪耀着粉红色润泽的光芒，微微翕动着，像是在向她发出邀请。

宋瑾瑜的喉咙紧了紧，眸光自然变深。她盯着沈柏舟，睫毛一眨不眨地看了许久，突然，鬼使神差的，她竟弯下腰，吻住了沈柏舟的嘴唇。

陌生旖旎的接触，让沈柏舟的意识猛地觉醒，他拧着眉头，慢慢睁开眼睛。混沌的视线，几乎找不到焦距。模模糊糊的光线里，他似乎看到一抹似曾相识的影子。嘴唇的触感清晰而又遥远，他感觉到一丝甜美的气息，穿过他的唇齿，纠缠住他的舌尖。完全无意识地张开嘴，吮住那丝甜美，他的力气忽然变得很大，一股热燥燥的情欲之火从小腹升腾而上。

宋瑾瑜一时情动，不由得呢喃出声，整个人酸软不堪，倒在沈柏舟的身上。沈柏舟被压得闷哼一声，但随即，他就觉得自己的身体起了变化，惘然中再次睁开眼睛，恍恍惚惚，移开嘴唇，“明……月……”

宋瑾瑜蓦地一震，她的眼里除了情欲的火光，还燃起了嫉妒痛恨的火焰。她无声冷笑，用手心盖住沈柏舟的眼睛，俯身，咬住他的耳垂。

“柏舟，我是明月……”

宋瑾瑜接到明月的电话时，沈柏舟正在快捷酒店的浴室里洗澡。

她全身赤裸，裹着被子，一边盯着浴室玻璃门里透出的光裸身影，一边压抑着纵情之后沙哑的嗓音，回答明月：“我是宋瑾瑜。”

“宋……瑾瑜？怎么是你？你怎么会拿着柏舟的手机？”明月惊讶极了。

宋瑾瑜在心中冷笑。我不仅拿了他的手机，我还和他睡了，我抢了你的男人，明月小公主！

但她不会傻得现在就亮出这张底牌，她知道，现在说出来，就什么都完了。“哦，晚上我做东，请你家沈王子和几位学长学姐吃火锅，你家沈王子喝醉了，在卫生间里吐呢，我就在外面等他。”宋瑾瑜语气平静地撒谎。

明月不疑有他，焦急地问道：“他怎么喝醉了？你在，还不看着他点。”

“嗤。”宋瑾瑜切了一声，委屈地说，“别提了，你家沈王子为了你和寇学长打起来了。唉，今天这顿饭我算是白请了，他们会恨死我的。”

“为了我？寇学长？”明月问道。

“就是他，寇兆晖。他今天也醉了，在饭桌上嘲笑你家沈王子护你不周，居然让你去深山受苦，还提起你和他当年在音乐社……”宋瑾瑜故意打住，让明月自行填空。

明月神色一变，她想起来了。寇兆晖，是她在音乐社时结识的学长，很有音乐才华，人长得也帅，他的确追求过她，但是她没同意，因为她和沈柏舟已经相恋了。明月蹙起眉头，轻声埋怨道：“你怎么能叫寇学长来呢，你明明知道他和柏舟……”

“我以为没事了啊，你和沈王子谈了这么多年，也没见他说过什么呀，再说了，听说寇学长以后要去市政府工作，你家沈王子不是要当公务员吗，他们平常多联系联系，不是对彼此都好，我咋能想到，会出这档子事……”宋瑾瑜解释道。

听宋瑾瑜这么说，明月也不好再说什么，原本还想等沈柏舟从卫生间出来，安慰他几句，可是等了半天等不到，她只好把电话挂了。

宋瑾瑜刚把手机放下，浴室门一响，沈柏舟围着浴巾从里面走了出来。酒劲儿一散，他看着她的目光清醒而又冷漠，似乎刚刚还在床上和她颠鸾倒凤的男人，是另外一个人。

不过有什么关系呢，已经发生过的事情，就像是烙印，已经烙在了各自的记忆里，谁也无法将之轻易抹去。

宋瑾瑜微微一笑，拥着被子坐起来。“明月的电话。”

沈柏舟神色大变，几个大步冲过来，夺走她手里的手机。低头一看屏幕，却又愣在那里。

“她已经挂了。”宋瑾瑜推开被子，光着身子，走到沈柏舟面前，手臂探上去，搂住他的脖子。“想知道她说些什么吗？”宋瑾瑜的手指滑下来，在他赤裸的胸肌上轻轻画着圆圈。

沈柏舟英俊的脸上浮现出隐忍的表情，他推开她，走过去，坐在床边，“你都告诉她了？”

宋瑾瑜看着他，忽然笑了。“哈哈，你害怕了？害怕我告诉你的小公主，你从此就将失去她！”

“不——你不能这么做！”沈柏舟焦急地抬眸，却看到宋瑾瑜丰满姣好的裸体，他下意识转头，却不想这一举动刺激到了宋瑾瑜。

她的笑容转冷，上前一把推倒沈柏舟，沈柏舟想起来却被她狠狠压住，她胡乱扯开他腰上绑的浴巾，一边摸着他健壮的身体，一边喘息着说：“你别怕，我不会告诉她的。但我要你和我维持现在的关系，偶尔见一面，见一面就好。”

沈柏舟紧绷的神经蓦然一松，他用手卡住宋瑾瑜的下颌，视线阴鸷凶狠地盯着她的眼睛，问：“你没骗我？你真的什么都没说？”

“没有。我向你保证。”宋瑾瑜眼神狂热地看着他。

“刚才你说的也是真的，你不会来打扰我和明月的生活？”

“不会。我就在同州待半年，如何插足你们的生活。”宋瑾瑜答道。

对啊，宋瑾瑜只在同州停留半年。他以后不见她就是了，只要她不说，明月这辈子都不会知道。

看着沈柏舟时喜时悲、不断变幻的黑眸，宋瑾瑜却在心中冷笑，沈柏舟，你打算占了便宜就跑路，是吗？告诉你，门都没有。

或许犯了错误的人都会存着一种侥幸心理，觉得自己的错误行径不会那么巧被旁人撞到，甚至因此产生了一种自我毁灭、自暴自弃的想法。

当宋瑾瑜丰腴妖娆的身体再一次缠上沈柏舟的时候，清醒的他居然再次有了生理反应。与一个不爱的甚至是陌生的女人发生关系，在他看来是绝对不可饶恕的行为，可偏偏他就这么做了。

不论是在醉酒混沌不清时，还是此刻清醒理智的时候，他都没法拒绝宋瑾瑜的热情。他是如此贪恋一个成熟女人的身体，一次又一次的，和她违背人伦，陷入情欲的泥沼……

明月心神不宁地挂断电话，和关山一前一后走出值勤机房。

关山虽无意偷听她的谈话，但就在一个屋里，想不听到都难。他知道明月的男友因为她的缘故和别的男人起了争执，明月没能和醉酒的男友说上话，所以情绪有些低落。

“我送你回去。”关山说。

“没事，我自己能行，今天我带了棍子。”明月说。

关山也不和她说那么多，径自回屋拿了件军大衣出来。“走吧。”

明月拎着背包跟着他朝外走。

董晓东追出来，“小明老师，你明天来吗?”

“后天吧，后天晚上我过来。你这两天把教材先看一看。”明月叮嘱道。

董晓东冲她挥挥手，摸着后脑勺回屋去了。

出了转信台，走到狭窄的山道，明月忽然觉得肩膀一沉，紧接着，她就闻到关山身上才有的“军味儿”。

“我不冷。”她抖了抖长及小腿的棉大衣。

“穿着。”他朝她望了望，语声温柔却不容辩驳地说。

她没再说什么，默默地跟在他的身后，朝学校走去。

山里虽冷，可空气异常的清新。身上的军大衣随着她的步速，有规律地摆荡着，军大衣做工实在，丝毫感受不到夜晚的寒意。

她朝前面穿着一件迷彩服的关山望过去，问：“你不冷吗?”

关山回头看看她，笑道：“不冷。”

看着夜色中那一线熟悉的洁白，呼吸着山间清冽干爽的空气，原本郁结在胸口的浊气，竟有了疏通松动的迹象。

她忽然有了倾诉的欲望。在这样一个孤独冷漠的夜晚，她很想和一个值得交心的朋友诉说她自己那段不为人知的悲惨往事。

所以，当两人行至岔路的时候，她忽然指着月光下险峻陡峭的断崖，提议说：“你能陪我去断崖上面看看吗?”

关山从明月的眼睛里看到一丝期盼，他点点头，毫不犹豫地说：“好。”

断崖有路，但是比山道更加险峻，杂草丛生，不时有乱石横在路上挡住去路。关山开道，带着她沿着陡峭的山道向上攀爬。幸亏断崖不高，两人很快就爬到顶。

月亮皎洁如水银，高高地挂在夜空之上。关山走到崖边一棵古老粗壮的松树下，站定，望着悬崖之下延绵不绝的青山，缓声说道："你知道为什么没人肯上断崖来吗？"

明月走到他的身边，"我听郭校长说这里是个晦气的地方，村民有谁不想活了，就会跑到这里，纵身一跳，一了百了。"

关山目光深邃地望着远方的景色，说："每年都会有村民在这里自杀，我就曾经亲眼见过一位村民从这里跳下去。"

"你？"明月惊道。

"对，前些年。村里一位农妇，因为丈夫出外打工有了外遇，她绝望愤怒，最后选择从这里跳下去，结束了自己的生命。"关山指着悬崖之下亮晃晃的石头地，"我在那儿找到她的尸体，人摔得不成样子，她的婆家人闻讯赶来，哭天抢地，恨不能随着死去的人一起走了。我只来得及遮住农妇幼儿的眼睛，不让他看到惨绝人寰的画面。后来，我听说农妇的婆家人借债将她风光大葬，出轨的丈夫回来扶灵痛哭，保证今后改邪归正，带着孩子好好生活。可是……"

"可是他不到三个月就结婚了，是吗？"明月接着关山的话，语带嘲讽地说道。

关山看看明月，没有接腔。

明月弯腰，在一块平坦的大石上坐下，她神情坦荡地拍拍身侧空出的位置，"坐呀，关山。"

关山目光一定，脚跟后移，缓缓坐在大青石上。可能军人的习惯已经刻在他的身上，融入他的骨髓，无论是站姿还是坐姿，他都和时下那些得了软骨病的年轻人迥然不同。

他就像身旁的这棵古松，屹立于悬崖峭壁之上，正直、朴素、坚强，虽经风霜雪雨的摧残，却依旧挺拔威武不倒。看到他，明月的脑子里总会浮现出南朝诗人范云《咏寒松诗》里的两句，凌风知劲节，负雪见贞心。

明月赞赏地瞥了一眼关山挺拔的侧影，徐徐说道：“关山，你想开导我，是吗？你想告诉我，人世无常，凡事莫要钻牛角尖，如果学了那农妇岂不是可悲、愚蠢。关山，我懂你的意思，也谢谢你的关心。我不会那么傻，不然的话，当时我妈割腕自杀的时候，我就跟着她一起去了。”明月语气淡淡地说道。

关山放在两膝的拳头却猛地握紧。他侧过头，目光里有探究，还有着怜惜和安慰。

明月弯起唇角，苦笑说：“你不介意的话，我想给你讲个故事。”

关山看着她，良久，说：“好。”

# 17　他，怎么来了？

开学第四个月，高冈村迎来了冬至节。高冈小学也迎来本学期第一次考试。语文数学英语，只考这三门。题是明月出的，郭校长负责抄写卷子，十八份试卷，分成三页纸，三科各一份考卷。

考试用了一天。最后一科是英语。考完试，明月收卷，郭校长在教室后面给柴火炉添柴。

刚过了大雪节气，宋华婶就送来两个大铁炉子。教室里放一个，她的宿舍放了一个。怕烧柴火引起中毒，宋华婶还给配了两根长烟囱，从屋里通到室外。这样既能保证温度，也能保证安全。

另外，这种炉子还能烧水、做饭，孩子们早晨来上学，把带来的干粮或是红薯土豆放在炉子夹层，一下课，就能拨开炉盖，吃到又焦又脆的馍馍，或是香甜软糯的土豆和红薯。

只是学校的房子太破，四下里透风，再加上柴火燃烧时散发热量不匀，所以室温也只在八九度上下。上课时依然觉得冷，尤其是早上第一节课到第三节课，明月和孩子们冻得手指脚趾生疼。后来，明月想了个办法，用村民腌制西红柿酱的玻璃输液瓶，灌了热水，给孩子们一人发了一个，上课时也可以拿着取暖，这样一来就好多了。

孩子们穿得依旧单薄，大多是里面一件秋衣，外面一件加绒的外套，冬日零下十几度的天气里，总能看到单薄瘦小的他们缩着脖子跑进学校，呼呼喊冷。在伙食上，她尽量做一些汤汤水水能够滋补发热的食物。譬如今天冬至，她就做了暖心暖胃的酸汤水饺，为他们驱寒取暖。

卷子都收上来后，明月站在讲台上，对孩子们说："后天公布成绩。现在，放学!"

孩子们欢叫着冲出教室，花妞儿走到明月面前，轻轻叫了声明老师。

"找我有事?"明月放下试卷，看着花妞儿。

"老师，我明天带些草药，我奶配的，说是煮水喝可以驱寒健身。"花妞儿的性格比以前大方开朗了不少，现在和她说话时，敢和她目光对视，而且普通话也进步不少。

"好，花妞儿，老师谢谢你和奶奶。"明月摸了摸花妞儿的脸。

花妞儿朝她甜甜一笑，冲她挥挥手，"老师再见。"

"花妞儿再见。"看着花妞儿一蹦一跳地走出教室，明月才蹙着眉头把目光转到试卷上面。

这一套卷子，几乎全是白卷。语文，作文没写。数学，大题没写，只写了选择题和两个填空。英语，更不用说了，几乎通篇都是空白。

再看学生姓名，她的眉头拧得更紧。宋铁刚，又是他。

从她伤愈回到学校之后，解开心结的她和学生们打成一片。学生们学习积极性高了，爱唱爱跳爱说爱笑了，甚至，敢逗她、和她开玩笑了，但是有一点不容忽视，那就是像宋铁刚这样基础差的学生，依旧是不愿意学习，你看他们上课不捣乱，也听讲，可基础差，听不懂，越听越没意思，考试才会出现交白卷的现象。

怎么办，她要再把宋铁刚的爷爷叫到学校里来吗?

郭校长把孩子安全送过鹳河，回到学校，进了伙房却看见明月抱着一摞卷子出神。"小明老师?"郭校长叫道。

明月回神，"哦，您回来了?"

郭校长拍拍身上的灰尘，说："外面起风了，看样子像要下雪。"

明月把卷子放下，去菜筐里找菜，“晚上咱们吃什么？白菜豆腐汤好吗?”

郭校长拦住她，“别忙活了，中午还有一碗剩饺子，咱们对付着吃点。”

明月想了想，“行，还做成酸汤的吧，加点白菜，暖和。”她系上围裙，手脚麻利地干起活来。

郭校长拿起小桌上的卷子，一页一页翻看起来。

明月抬起头，看看他，拧着眉头说：“您看到了吧，宋铁刚英语交了白卷，还有宋小宝、花妞儿的数学卷子，也让人头疼。”

郭校长点头，“他们基础比较差，学习起来比较费劲。宋铁刚是没兴趣，花妞儿他们是底子差，学了听不懂。”

郭校长分析得很对，实际情况的确是这样。

郭校长翻到最后的语文试卷，视线却忽然像是黏在上面，挪不开了。他冲着明月招招手，兴奋地叫道：“小明老师，你来看。”

明月放下白菜，面露诧异地走了过去。

明月刚才只翻看了宋铁刚的语文卷子，其他人的倒没仔细看。

郭校长翻着手里的卷子，对她说：“你看，小明老师，除了宋铁刚没写作文，其他的娃娃都把作文纸写满了。以前考试，他们可从来没写过这么多字。《爸爸妈妈，我想对你说》这个作文题你也出得好，来，看看娃娃们都写些啥!”

“这是花妞儿写的，我给你念念。爸爸妈妈，我想你们了，你们在外面还好吗？过得辛不辛苦，有没有吃好饭，有没有想起你们的女儿，花妞儿。我和我奶挺好的，就是很想你们，我知道，再想也不能哭，也不能让你们回来，因为我奶说了，我要是哭了，你们就不会回来了。我想对你说，爸爸妈妈，我长大了，我会好好照顾自己，照顾我奶，等你们回家。我们学校来了一位明老师，她长得可漂亮了，对我们很好，给我们做饭，包饺子，还教我们唱歌画画。上次她被五步蛇咬了，我用草药救了她，我奶夸我积德行善，我特别骄傲，现在我和明老师相处得很好，我很喜欢她……”

郭校长换了一张卷子，继续念道：“这是宋伟伟写的，你听啊。六年前，爸爸妈妈，你们凌晨离开家的那一天，其实我是醒着的。我听到你们声音哽咽地叮嘱爷爷奶奶，让他们保重身体，妈妈走过来，亲了亲我的额头，泪水滴在我的脸上，轻声对我说，伟伟，好好学习，快快长大。泪水在我的眼眶里打转，我却不敢睁开眼睛，我怕一睁眼，就不想让你们走了……从那一天起，我成了明老师口中所说的留守儿童，爷爷奶奶成了空巢村的空巢老人。明老师说，在远方打工的爸爸妈妈就是天上飞的候鸟，等到团圆的季节，你们就会飞回来陪我们……爸爸妈妈，我好想你们啊……”

“您别念了……别念了……”同泪盈于睫的郭校长一样，明月早就抑制不住眼底的热泪。

留守儿童。十八个孩子，十八颗单纯善良的心。他们最想说的，不过是一句话，爸爸妈妈，我想你们了。他们最盼望的，不过是最简单却最难实现的一件事，爸爸妈妈，能回家。

原来，他们不是没有爱、没有思想、没有感情的山里娃娃，他们渴望爱，渴望友情，渴望亲情的温暖。原来，他们对自己的爸爸妈妈，有那么多的肺腑之言要说。

明月捂着眼睛，感动地流泪。她什么也说不出来，只能用这种方式表达内心的震撼和无奈。

郭校长拍了拍她的肩膀，安慰说：“别伤心，你这样子，娃娃们见到会更难受，会更加想念他们的父母。”

明月点头，想说不哭了，可是眼泪却像是开了闸的洪水，没个停歇的时候。她为何这样敏感，情绪为何会失控，是因为她也在这样不完整的家庭长大，对这些从小缺失家庭温暖的孩子们的遭遇感同身受。

他们，真的是一群太缺乏爱的孩子，社会能给他们的，实在是太少了。

等明月平静下来，郭校长已经把饭盛好，放在小桌上。他把干净毛巾递给明月，目光怜惜地说："擦擦，吃饭了。"明月擦了擦脸，把毛巾洗干净，挂在绳上。她拨了几个饺子给郭校长，"我吃不完。"

郭校长伸手挡着，"最近你又瘦了，得多吃点。"

"我今天胃口不好，您就别让了。"明月把一半饺子拨到郭校长碗里，然后抱着自己的碗呼噜呼噜吃起来。

过了一会儿，她停下来，用红肿的眼睛看着郭校长说："您觉得咱们利用元旦节开个新年联欢会怎么样?"

郭校长诧异地看着明月，"联欢会？唱歌跳舞那种?"学校从来没开过什么联欢会。

"嗯，我想把孩子们聚在一起，多一些有意义的集体活动。"明月说。

联欢会力量虽小，不能圆父母回家的心愿，但至少，可以让这些留守儿童感受到学校的温暖，同学间的温暖。

他们并非一无所有，他们有爷爷奶奶，有同学，有她和郭校长，

"你说了算。我那儿还有些钱，你拿去置办东西。"郭校长作势欲起，却被明月拦住。

"您怎么一说话就提钱，多俗啊。您不知道我补发工资了？我现在是有钱人，办十场联欢会也够了。"明月上个月刚刚补发了工资，给同州的房东汇去了半年的房费，之后又给沈柏舟的卡上汇去一千块钱，让他帮忙给孩子们买些书籍。当然，收件人从宋瑾瑜变成了803＊＊部队的莫冉青，关山的战友，而且只能发 EMS，由部队通讯部门到邮局提取后再发给连队。

郭校长拗不过明月，只好作罢。

两人又提起宋铁刚。明月头疼地说："我总不能让宋大爷再到学校来吧。"

郭校长看看她，建议说："你可以去家访，小明老师。"

明月一愣。家访？对啊，她怎么从来没想到去学生家里家访呢。

以前，在同州学校代课的时候，孩子调皮捣蛋，基本上给家长打个电话，或是在家长群里留个言，家长很快就到学校来找她了。城市里的老师，尤其是像她一样的年轻教师，基本上没有家访的习惯，她就给忽略了。

郭校长的建议，像是给她指了一条路，打开了一扇门，眼前豁然开朗。她抱起碗，大口吃着饺子，“我吃完饭就去。去宋铁刚家看看。”

“我陪你过去。”郭校长说。

“不用，您歇着吧，累了一天了，我自己去就行了。”明月搁下空碗，顺手掏出兜里的手帕擦擦嘴。咦？她的兜里怎么还装着关山的手帕。刚才哭得稀里哗啦的时候，竟没想起来用这个擦。看着手里灰白相间的素色手帕，她弯唇，露出一抹甜甜的微笑。

最后，明月一个人去了宋铁刚家。刚走进宋家破败不堪的院子，就听到屋里传出宋大爷的怒吼：“你个小兔孙，又给我闯祸了！”

“没有，爷，我没闯祸。啊——”宋铁刚刚想辩解，就挨了爷爷一拐杖，实打实的，疼得他惨叫一声，逃出门外。

宋铁刚今天心情不好，回家的路上他偷跑到山上一个年久失修的枯井，在一个能避风雨的小洞里，掏了一窝鸟蛋。原本准备烧烧吃了，可一只大鸟围着他哀叫不止，那叫声撕心裂肺的，吵得他没了食欲，他把鸟蛋又放回巢里，临走前还用干树枝挡住井口……

回家晚了，爷爷以为他又跟谁打架了不敢回家，所以不分青红皂白抽了他一拐杖，平常他因为淘气闯祸没少挨爷爷打，可没有哪一次像今天这样疼，抽在身上，就像是皮鞭抽开他的血肉，那种尖锐的痛，一下子蔓延到心脏，疼得他忍不住淌下眼泪。

“明……明老师。”宋铁刚看到院子里拿着手电筒照亮的明月，不禁愕然顿步。手电筒的光束在宋铁刚泪痕斑驳的黝黑脸庞上掠过，他下意识地闪躲，头扭向一边，用手臂挡了挡。

宋铁刚，哭了？记忆中这个十二岁的少年，桀骜不驯，顽劣成性，不管见到谁嘴角都似藏着一抹不屑鄙视的笑意。他欺负同学，欺负老师，和比他高壮许多的村里少年打架，耍起狠，他比混江湖的古惑仔还要狠厉三分。除了耍狠，他还惯会献殷勤，装好人。在郭校长、在她面前做一套，可转过头就变了。从他上次敷衍她写作业的事就能看出来，他完全没有把老师放在眼里，他做事全凭好恶，或是看心情，在他看来，捉弄她带来的快感比打架更加有趣。

在她的印象里，宋铁刚从来没有哭过，连示弱都很少，可他今天挨了宋大爷的拐杖，却哭得泪人一样，这让明月感到很是意外。明月克制着内心的惊讶，关掉手电，朝他走过去，“宋铁刚，老师来家访。”

宋铁刚迅速后退了两步，声音低哑地抗拒道：“老师，你回去吧，我爷今天心情不好。”

明月还未说话，屋里的宋大爷听到动静，问道：“铁刚，谁来了？”

“是我，明月。铁刚学校的老师。”明月大声回答。

宋铁刚不满地看她，明月假装没看见，在宋大爷挣扎着下床的响动声里，快步走进宋家。

“您别动，就坐床上。”明月阻止宋大爷下床，然后立在屋子中央，打量了一下宋家。屋里光线很暗，靠一盏油灯照明。家里没什么家什，除了土炕，只有一张方桌和几个板凳。灰黑色的墙角堆放着几个纸箱，上面杂七麻八地摞着一些过季的衣服。屋里空气不好，散发着一股奇怪的味道，明月瞥到炕头放着的便桶，喉头噎了噎，收回视线。

宋铁刚紧跟着进来。他的脸上干干的，连一丝流泪的痕迹也找不到，似乎刚才那个失控落泪的少年是另外一个人，与他毫无关系。他甚至冲着明月笑了笑，故意指着炕头地上的便桶，说：“我都说了不让你进来，你看，我家可臭、可脏，老师你还是回去吧。”

明月盯着他看了几秒，“没关系，老师受得了。”

明月搬了个板凳，在炕前坐下。“宋大爷，我今天来您家做家访，是想跟您谈谈铁刚最近在学校的表现。”明月提高音量说。

宋大爷听见明月的话，浑浊的眼睛里掠起一道怒火，他指着一旁的孙子，骂道：“小兔孙，我说你闯祸了，你还犟，你看，明老师都找上门告状了，你给我过来，我今天不抽得你下不来床，我就不是宋祖德!”

明月窘了窘，她还什么都没说，怎么就成告状了。这老爷子。她拦住怒气冲冲的宋大爷，解释说：“您先别发火，我不是来告状的，铁刚在校表现很好，他的体育成绩在全班是第一!”

宋大爷愣住，抱着头准备躲拐杖的宋铁刚也是一愣。他们同时望向明月。

明月重新坐回板凳，调整了一下坐姿，她笑着对宋大爷说：“您不用太惊讶，是真的，铁刚运动细胞发达，身体协调性好，上周体育测试，他每个项目都得了第一名。”

宋大爷一听高兴了，摸着下巴上的胡子哈哈大笑，“不怕你笑话，明老师，他可从来没给我往家里拿过第一名，今天总算是让我扬眉吐气了。”

明月笑道：“我明天给他发张奖状，让他回来贴您炕头上。”

“嗳，好咧，好着咧。”宋大爷一高兴就拿起烟枪。

“爷，老师在呢。”宋铁刚阻止道。

宋大爷尴尬地把烟枪收了，“不抽了，爷不抽。”

他指着门口，对孙子说：“你去伙房烧点开水，给你老师喝。”

宋铁刚应了一声，走了出去。

明月看着眼角眉梢都带着喜色的宋大爷，实在不忍提起宋铁刚考试交白卷的事。她思虑一下，和宋大爷聊起家常，“大爷，您上次说铁刚的父亲和后妈在外面打工，他们过年回来吗?”

宋大爷垂下眼皮，朝烟枪看了看，叹了口气，“不瞒你说，我和铁刚都不待见那个婆娘。”

明月眨眨眼，才明白过来他说的婆娘是谁，“您是说，铁刚的后妈。”

“嗯。人懒还奸猾，管着我儿的钱，一分舍不得给铁刚花。比起我那个可怜的儿媳妇，可差得远喽！”宋大爷似是勾起心事，抬手抹了抹湿润的眼角。

“那铁刚的亲妈，当初怎么没把铁刚带走？”明月说完了，忽觉自己的话不大合适，农村人极其看重子孙传承和姓氏，哪怕再穷也会把自己的血脉留在身边。看宋大爷沉默，明月更觉不妥，“对不起，您别误会，我不是那个意思。我是说，孩子小，在母亲身边长大对他的心理健康有好处。”

以为宋大爷会斥责她说话无脑，却不曾想，他非但没有一句指责，还捂着脸，哭起来。

这一出变故，把明月弄了个措手不及。她赶紧起身，坐到炕边，拍抚着老人干瘦的脊背，忐忑劝慰说：“您别哭啊，我说得不对，您骂我就是了，老人家，大爷，您别哭了……”

宋大爷抬起头，抹了一把泪，语气悲怆地说：“铁刚的亲娘，早几年就去了。她……她受不了我那个浑货儿子在外头胡搞，一气之下跳了断崖……”

明月愕然惊住。

从宋铁刚家里出来，明月宛如被抽了线绳的木偶，每行一步，都像是失了力气。月上树梢，手电筒成了摆设，她用木棍划拉着地面，孤独地朝学校走去。

时间尚早，可路边的民居家家闭户，黑灯瞎火，听不到一丝人声。忽然，她听到身后传来一阵急沓凌乱的脚步声，“明老师，明老师。”

明月回头，看到宋铁刚瘦竹节一般笔直的身影正朝她奔跑过来。“老师，我送你回学校。”

明月眼底一酸，伸手摸了摸宋铁刚汗湿的额头，“老师认得路，你回去吧。”

宋铁刚摇头，“不行，夜里路黑，万一遇上坏人就麻烦了。”

“好吧，你陪老师走走。正好，我也想和你聊聊。”明月打开手电，照着路，两人慢慢朝前走。

“铁刚，这次考试你没写作文，为什么?”明月偏头问身侧的少年。

宋铁刚抿着嘴，似是做着激烈的思想斗争。过了一会儿，他低声回答说：“我……我写不出来。”

明月摸了摸他的头发，柔声说：“没关系。这个题目，老师也写不出来。”

宋铁刚身子一震，朝明月投来诧异的一瞥，“老师……”

明月笑了笑，说：“我知道了你的秘密，所以，公平起见，我用我的秘密同你交换，好不好?”

宋铁刚的眼睛里燃起亮光，“好。”

“其实老师和你一样，只有一个名义上的父亲。而且，我们的母亲，都不是正常死亡。”明月语气平缓地说道。

宋铁刚一脸震愕地看着明月，眼底一掠而过的伤痛让明月看到一个负重行走的少年真实的模样。

“世上最痛苦的事，莫过于眼睁睁地看着最亲的亲人血淋淋地离开自己，我和你，都曾经历过那样痛彻心扉的时刻。痛悔、恐惧、绝望，甚至是愤怒。觉得世界一下子变成黑暗的地狱，希望之光永远也不会到来。”明月望了望凝神倾听她说话的宋铁刚，摸了摸他的头发，继续说，“老师也曾经历过地狱般的时刻，也曾和你一样厌恶整个世界，痛恨夺走我的幸福之源的人。铁刚，你能告诉老师，死亡是什么吗?”

“死亡就是妈妈死了，她躺在山崖下面，浑身是血，不睁眼，也不会叫我……”宋铁刚神情麻木地回答。

“你想妈妈吗?”明月问道。

宋铁刚久久没有回答，但他低下头的时候，明月看到他的眼睛里滴落的晶莹。

“我知道你想你的妈妈，就像我也想我的妈妈一样，想念她活着的样子。没错，她们是离开了我们，去了一个我们永远也找不到她们的地方。但是，老师想对你说，死亡并不是生命的终点，正因为与她们有着共同的美好的记忆，所以，即使她们再也不会回来，可记忆却永远活着。而她们，也活在我们的爱里，永远不会消失。铁刚，老师想说，只要我们不去选择遗忘，她们就永远也不会‘死’。而选择遗忘记忆，用她们完全不赞成的方式活着，那才是生命的终点，你的妈妈也就真正地从这个世界上消失了，你能明白吗?”

宋铁刚若有所思地点头。

“看到她们以那种惨烈的方式逝去，我们难过、追思，但是不能颓唐、沮丧，因为生命珍贵，每个人失去生命都不会有重来一次的机会，所以，活好当下，珍视生命，才是对逝去亲人最大的尊重。铁刚，你觉得老师说得有道理吗?”明月目光闪亮地看着眼前的少年。

“我想妈妈，很想很想她……”宋铁刚忽然哭了，明月鼻子一酸，上前一把揽住他的头，偎到她的怀里。

“哭吧，在老师这里，你可以尽情地流眼泪。”明月安慰他。

“我恨我爹，我恨我爹……”宋铁刚哭泣着吼道。

明月理解宋铁刚，因为感同身受。比起宋铁刚，她只怕更惨，因为她连一点点的父爱都没有享受过。她拍抚着宋铁刚的脊背，鼻音浓重地说：“那你为什么不把这些心里话写进作文里去呢?”

宋铁刚抽噎着说：“老师，我怕……怕丢人。而且，我还恨、恨他们，恨那个新妈妈，她对我爷不好……”

明月按住他的后脑勺，用力揉了揉，“这有什么丢人的，勇敢点，把心里话都说出来，老师替你保密。”

“真的？你不会笑话我!”宋铁刚惊讶地问。

“真的。老师啥时候骗过你。你有什么心里话，都可以告诉老师，你要是不好意思，就把它写下来，当成日记来写，老师会给你回复，好吗？”明月认真地说。

宋铁刚挠挠头，“我写得不好。”

“那你就找老师谈心。老师已经把秘密告诉你了，我们现在都揣着对方的秘密，关系对等、公平，和他们是不一样的，对吗？”明月冲他眨眨眼。

宋铁刚咧开嘴笑了。

两人继续朝前走，但是气氛比刚才融洽了何止一点半点。

明月走了几步，忽然想起一件事，她蹙着眉头，问宋铁刚，“那你之前敷衍我，不写作业，是怎么回事？”

宋铁刚一愣，习惯性又去挠头，“我故意的。我觉得好玩，不写作业你就生气，而且，还能注意到我。”

原来如此。明月拧着眉头，佯装恼怒，弹了他一个脑嘣。“可以啊，宋铁刚，你胆儿可够肥的啊，敢戏弄老师。”

“老师，我错了。”宋铁刚捂着额头，急冲冲跑前头去了。

看着少年瘦削的身影，明月却扭过头，悄悄擦拭了一下潮湿的眼角。这些留守儿童有多缺乏爱和关怀呢，宁可用这种不可理喻的方式吸引旁人的关注。

回到学校，郭校长听见声，从伙房出来。“小明老师。”

“嗳。”明月黑眸闪亮，肤色如玉，月光下明艳动人，犹如仙女。

郭校长的目光闪了闪，说：“刚才村长来找你，说是让你明天到村委会去一趟。”

“有事吗？让我什么时候去？”明月怕耽搁上课。

“说是有个外地的商人要来高冈考察，让你去帮忙，时间没说。”

沈柏舟最近过得可谓喜忧参半。

喜的是他以笔试总分第二的成绩顺利进入面试，以他的口才和履历，面试的分数肯定不会低。可以说，一只脚已经踏进了省教育厅的大门。

忧的是他和宋瑾瑜的关系，就像是扯不断的牛皮糖，越想割断黏得越紧。沈柏舟痛恨自己定力不强，对宋瑾瑜的身体迷恋到了入魔的境地，只要宋瑾瑜发来微信或打来电话，他就像是被猫爪挠心似的浑身痒痒。

刚开始，他们私会的地方常选择在市区的快捷酒店，后来怕熟人看到，改在沈家一处空置的公寓楼。那里俨然成了他们苟且贪欢的秘密花园。

这一日，两人纵情欢爱过后，沈柏舟在浴室洗澡，宋瑾瑜用手指爬梳了一下蓬松潮湿的头发，坐在卧室的梳妆台前，打开了化妆包，细细地涂抹起来。

沈柏舟从浴室出来，一边用毛巾擦头发，一边挑起床边的内裤穿上。他走到宋瑾瑜身后，对着梳妆镜照了照自己的形象，视线在凌乱的化妆台上掠过。“你用的化妆品不错。”沈柏舟认得这个牌子。

宋瑾瑜用眉笔勾了一下眉山，抬眸瞥了他一眼，漫不经心地说：“哦，明月给我的。”

沈柏舟擦拭的动作一顿，浓眉拧起，问：“你说，这是明月给你的?”

宋瑾瑜放下眉笔，转过身，在他裸露的腹肌上亲了一口，抬起头，用妩媚诱惑的眼神撩着沈柏舟：“嗯，她上次来县中取包裹，看是化妆品，直接就扔给我了。”

沈柏舟的脸色倏然一变，呼吸也变得浊重起来。他没说话，把毛巾朝梳妆台上一扔，转身拿起床边的裤子，走到一边去了。

宋瑾瑜的嘴角撇出一丝冷笑，明月，你家沈王子生气了呢。

她侧过头，拿起眉笔，继续描画。她用眼角的余光瞄了瞄沈柏舟，低声说：“柏舟，有件事，我不知道该不该和你讲。”

“说呗。”沈柏舟拿起浅蓝色的高领羊绒衫，套到头上。

宋瑾瑜看看他，神色谨慎地说：“我不是故意翻谁的闲话。只是关系明月，我不得不说。”

沈柏舟的眉头蹙得更紧，他干脆走到宋瑾瑜对面，坐下来，等着她说。

“我告诉你，上次有个长得挺帅的当兵的替明月给我送东西。虽然他没说什么，可我觉得他对明月挺上心的，最重要的是，明月似乎很信任他，不仅托他带东西，还直接让我和他对接，要知道，一般只有关系非常亲近的人，才会那么做。”宋瑾瑜别有用心地说道。

第二天，宋铁刚把写好的作文交给明月。他说，这是补昨天考试的作文，可以不用加分，只是想让明月看一看。

明月低头浏览一遍，含笑带泪地冲他伸出大拇指，夸他很棒。

宋铁刚第一次在她面前露出腼腆羞涩的笑容，他指着操场上关山亲自铺的水泥篮球场，扭扭捏捏地问明月：“老师，你会给我发奖状吗？就是体育考试的奖状，我爷说想看。”

“会。”明月摸摸他的头，示意他先去上课。奖状暂时发不了，因为她要去村长家帮忙招待远道而来的“贵客”。

村长家此刻热闹得很。屋里的土炕通着伙房的灶火，那边火烧着，这炕就暖和。宋家山热情招呼着远方来的贵客，“慕董事长，来来，快来炕上坐，炕上坐，暖和。”

慕延川卸下脖子上的羊毛围巾，递给阿元，走到炕头，坐下。

宋家山赶紧把盛着瓜子、糖块、核桃、花生等物的盘子放在慕延川的身边，“慕董事长，您尝尝，这都是高冈的山货，地道。”

慕延川抬手示意宋家山不要忙，“村长，你也坐，不用招呼我，我这个人啊，走哪儿脸皮都厚，自来熟。”

宋家山等人哈哈大笑。“您看您说的，您是贵人，是我们高冈全村老少的福星，再说了，您是见过大世面的人，我们这些乡下大老粗咋能和您比。”宋家山在一边坐下。

慕延川打量了一下宋家山家的房子和摆设，微笑说：“高冈村落后，我看主要是路，今天上山，可不容易呦。”

宋家山心中一沉，果然，这位慕董事长提起高冈村的老大难问题了。

“听说，高冈村不通电，是吗？”慕延川朝灰蒙蒙的灯头望了望，问道。

宋家山和村委会的几个负责人交换了一下眼神，敛住笑容，说：“慕董事长，您听我……”

慕延川抬手阻止，“不要叫我慕董事长，用你们的话说，多外气，对吗。呵呵，宋村长，你随意点，喜欢叫我什么都行……”

宋家山嘴唇翕动，喃喃问：“叫啥都行吗？”

怕慕延川被人胡叫跌了身份，阿元赶紧上前，提醒宋家山，“村长，您就和我一样，称呼我们董事长慕总。”

慕延川瞥了一眼越俎代庖的阿元，阿元收声，退后垂手立着，不敢再讲话。

“慕总，这个好，这个好。”宋家山说。

慕延川笑了笑，说：“村长你只管说，我听着。”

宋家山思忖了一下，眼神复杂地看着慕延川，说：“慕总，不瞒您说，高冈村目前就是这么个情况。路，是山道，上山靠步行，水电定时送。是我这村长无能啊，在任十几年，没能带着乡亲们致富奔小康，反而让他们越来越穷……”

宋家山挺了下腰杆，看着深思不语的慕延川，继续说：“但是，咱们高冈村是个宝啊。您刚才也看到了，漫山遍野的连翘林无人开发，山里的中药材、木耳、菌菇、核桃资源极其丰富，还有咱们高冈的自然风光，咱们的原始森林，咱们的山，咱们的泉水，我不是吹，比那些著名景点好得多。慕总，您考虑考虑，别因为高冈的穷，让您打了退堂鼓。”

随着一张木质方桌抬进屋，招待贵客的宴席也拉开序幕。“慕总，吃饭了，您尝尝咱们高冈的特色菜，换换口味。”宋家山请慕延川上桌。

贵客自然坐在与桌纹垂直且与正门相对的方向，宋家山居右坐，阿元居左，其他陪酒的村干部依次坐定。

村长媳妇领着一群农妇上菜。顺序是先热后凉，桌正中上方摆金针，相对下方摆海带，左红、右白。村长叫住自家媳妇，“给慕总报下菜名。”

村长媳妇拉不开闩，面红耳赤，躲出去，“我叫别人过来说。”

宋家山瞪眼，“你这婆娘!”

慕延川抬手示意他别发火，“不妨事，不妨事。”

宋家山赔笑道：“村里女人，没见过世面，让您见笑了。”

慕延川笑了笑，正要说话，却见正门口的棉门帘一动，紧接着，一抹纤细窈窕的身影便走了进来。

慕延川觉得眼前闪过一道光，喉头猛地一紧，心脏咚咚咚狂跳起来。阿元察觉到异样，朝门口一看，亦是神色大变。

明月进屋，嘴唇挂着一丝浅笑，问：“村长，您叫我。”

宋家山招招手，笑着介绍说：“明老师，这位是延菁集团股份有限公司的慕延川，慕董事长，他啊，就是今天的贵客。”

宋家山转头看着慕延川，介绍明月：“慕总，这闺女是咱们高冈小学的支教老师，明月，明老师。她啊，除了教课教得好，厨艺也好得很，今天这一桌菜，就是明老师做的!”

明月抬眸，朝坐在主位上的慕延川望了过去。目光对视的刹那，明月忽然蹙了下眉头，眼底闪过一丝惊诧。怎么是他!

慕延川面沉如水，眼眸里似藏着万般情绪，黑黝黝的，直直地看着明月。他沉默得太久，以至于宋家山他们朝他望过来。阿元用极低的声音提醒他，“慕总，慕总……”

慕延川倏然回神，他稳了稳心跳，扶着桌案慢慢起身，朝方桌那边的明月伸出手：“你好，我们又见面了。”

明月惊讶极了，看着饭桌上空递来的大手，她眨了眨眼睛，伸出手，和他握住，“有缘，慕总。”

明月的手柔软，沁凉，握在手里如同握住一块质地上好的玉石。

慕延川的心脏剧烈收缩，一阵痛楚，他不自然地撇出一丝微笑，“明月，能邀请你坐下来和我们一起吃饭吗？”

明月微不可察地蹙了下眉头，刚要找借口拒绝，却看到宋家山朝她投来期盼暗示的眼神。

她只好把到了喉咙眼儿的话咽下去，微笑说：“好。”

众人赶紧空出位置，添了椅子，明月坐下，恰好在慕延川对面。

宋家山赶紧接话说：“明老师，你认识慕总啊，早知道，就让你去接慕总了。”

明月看了看沉默不语的慕延川，微笑道：“不算认识，只是在县城‘撞’见过一次，说过话。”

在县城的经历算不上顺利，她因此还和宋瑾瑜起了一点纷争，她对这位慕总的印象谈不上好，也谈不上坏，只是今天他作为投资商到高冈考察，她还恰好给他准备饭菜，这让明月感到很是意外。碍于村长的面子，以及高冈的发展，她不便推脱，只能坐在这里当陪客。

慕延川没有接话，他看看她，目光很深，明月敏感地朝他望了望，心想，这个男人，怎么每次见面都给人一种异样的感觉。上次问她的名字，甚至还问起她的母亲，让人心里不舒服。这次又是，虽然没再问什么问题，可是那眼神，黑洞洞的，不时朝她瞥过来，明摆着又想找她事了。

宋家山让明月介绍一下席面的菜肴。

明月站起，从上到下、从左到右报了一遍菜名，“这道土鸡菌汤，选用的是高冈独有的新鲜菌菇，还有这道菜里的黑木耳，朵儿厚，爽脆，也是高冈的特产。慕总，您可以品尝一下，看看您吃过的山珍海味，和高冈的农家饭，哪个好吃！”

慕延川笑了笑，拿起筷子，“来，大家开动吧，一起吃，一起品尝。”

慕延川夹了一筷子红烧鲤鱼脊背上的鱼肉，放进嘴里。入口即化的新鲜鱼肉，味道却一点也不寡淡，鱼肉的清香中透出一丝咸香，还带着一股油炸后食物独有的焦香味，勾人食欲。

他又夹了一块土鸡汤里的菌菇，放入口中。一嚼就知道菌菇不是泡发的，嚼起来很有韧劲儿，仔细品来，还有种香甜清新的味道。很久没吃过这般可口的饭菜了，就像明月说的，山珍海味，食材虽贵，可吃多了，只剩厌烦和油腻。倒是这样的荤素搭配极为合宜的农家小炒、炖菜，吃起来舒服，令人回味无穷。

慕延川看了看身旁的阿元。这小子，居然只顾着吃，旁观其他人，亦是如此，一个个香甜地吃着菜肴，脸上露出幸福的表情。

想到这桌菜全是她一人做的，慕延川不禁愕然顿筷，朝对面吃相斯文的明月望了过去。和初次见面一样，秀气明媚的样貌，朴素大方的穿着，头发在脑后束起马尾，简简单单的，毫无修饰物，看起来眼睛极为舒服。

这就是他的女儿吗？明月。你可知道，我是谁？

明月早就察觉到慕延川的目光，环绕在她身上，她佯装不知，低头默默吃菜，只想尽快走出这间屋子。终于，看大家吃得差不多了，她放下筷子，起身，“村长，慕总，不好意思，我先回厨房了。”

宋家山摆摆手，朝明月投去感激的眼神，“快去吧。”

明月起身离开。

“慕总，还吃得习惯吗？山野小菜，不成敬意，只求您能填饱肚子。”宋家山说道。

慕延川把视线从门帘上收回来，笑了笑，伸出大拇指，“味道很好。”

宋家山哈哈一笑，到门口喊自己媳妇进来收拾宴席。村长媳妇领着几个村妇进屋拾掇，原本坐着的人纷纷起身走到一边。阿元趁人不注意，走到明月之前坐的位置，拿起桌上的一双木筷走了出去。

明月回到伙房，拿着村长媳妇给的一包炸好的小酥肉回学校。

下午讲评试卷，第一名宋伟伟，花妞儿倒数第三名，最后一名宋铁刚。

明月说每周末她都会留在学校为学生们免费补课，学生自愿参加，不强求。宋铁刚第一个站起来，“老师我来!”花妞儿也跟着站了起来，“老师，我也来。”全班大半的学生都站了起来，明月笑了笑说，“你们不是想来补课，是想吃老师做的饭，对吗?”

孩子们哈哈大笑，喊着说是。就在这样愉快的气氛里，院子里传来阵阵喧哗声。明月示意孩子们下课，她简单整理了一下课桌，和花妞儿一起走出教室。

院子里来了一群人，打头的是村长宋家山，他正兴致勃勃地向居中而立的慕延川介绍着学校的情况。而慕延川则津津有味地听着，不时打量着这所破旧的学校。

人群朝水泥操场移动过去，孩子们好奇，也想跟去，却被明月拦住，让他们站队。等孩子们排好队，她在人堆里找到郭校长，“我去送孩子们回家，您在这儿陪着。”

郭校长不喜人多，拉住明月，“我去，你留下，万一人家问起什么，你普通话标准，能说明白。”说罢，不等明月辩驳，就领着孩子们走了。

明月无奈，只好过去，陪在最后。

“你们这所小学一共多少名学生？都一个年级吗?”慕延川问道。

宋家山赶紧回头叫明月，“明老师，你来说。慕总问学生们的事。”

明月抱着一摞教案，从后面绕到一边，站在前排，落落大方地回答说：“慕总，高冈小学一共 18 名学生，分两个年级。还有，这些孩子都是留守儿童，他们的父母都在外……”

“啊，小明老师，慕总没问你学生的家庭情况，后面那些你就不用说了。”宋家山赶紧抢过话，并用眼神暗示明月不要多说。

明月笑了笑，退后一步，隐在人群后面。

慕延川收回凝在明月身上的目光，走向院子里的大槐树，用力拍打了一下粗壮的树干，感慨说：“我发现高冈村这样的古树很多。”

“都是老祖先留下来的好处，我们后辈乘凉庇荫。”宋家山说。

慕延川仰头望了望榆树巨大的树冠，眼底浮现出一丝思念的情绪，“我的老家，院子里也长着这样一棵古树，不过不是榆树，是榕树。它根基庞大，树冠像一把巨大的雨伞，严密合缝，阳光一点透不进来。夏天，家里人在树下摆上方桌，喝凉茶，打麻将，吹牛皮，别提有多惬意了。你们这棵榆树也不简单啊，它见证了高冈小学成立以来所经历的风风雨雨，它和你说的郭校长，还有明月老师，都是这所学校的功臣。”

慕延川转过头，在人群中寻找着明月的身影。她应该是被他的主动给吓到了，竟故意躲起来，不让他看到。

慕延川苦笑，叫了阿元上前。

“慕总。”阿元态度恭谨地叫他。

慕延川正了神色，语气严肃地说：“以我个人的名义为高冈小学捐资一百万，用于学校的基础设施建设和为师生提供免费午餐。”

慕延川的音量不高，但却犹如金石一般，掷地有声，引来一片哗然。

# 18　月光

学校的院子顿时沸腾了。阿元张张嘴，想说什么，却被慕延川用眼神制止。

宋家山激动得说不出话来，他忘形地握住慕延川的手，大声表示感谢，“您可是做了件大好事啊，慕总，我代表全村的父老乡亲谢谢您，代表这些可怜的娃娃们谢谢您……”

明月却诧异抬眸，朝远处众星拱月的中心望了过去。他，真要捐钱？

想不到的事还在后面。慕延川居然提出要在学校吃晚饭！明月眼睛珠子都要从眼眶里蹦出来了，他不急着下山，却要留在高冈小学吃饭！

她这小锅小灶的，中午做孩子们的饭菜已是凑合紧巴，院子里乌压压站着一大片人，让她做饭，开什么玩笑！

慕延川看了看沉默不语的明月，转过头，对宋家山说：“村长，你让他们回去吧，我主要是没吃够小明老师做的农家菜，还想过过瘾再走。乡亲们也累了一天，就让他们早点回去歇着。”

宋家山爽朗笑道：“成，您说了算。福海，你们都回吧，待会儿我送慕总他们下山。”

村长发话，人群慢慢散去。

不一会儿，院子里就剩下慕延川、阿元、村长和明月四人。

明月翻了翻眼珠儿，腹诽说，别人累，我做饭就不累了！可自幼养成的良好教养，还是让她压住心头的火气。

明月看了看慕延川，又看向宋家山，说："村长，我没准备，学校没什么菜，您……"

"没关系，小明老师平常吃什么，我们就吃什么。"慕延川抢过话。

宋家山尴尬抬手，冲着脸色不大好的明月使眼色，"小明老师是巧手，随便抓点野菜煮煮，也比我家婆娘做的香。"

明月眨眨眼，笑了笑，说："那行，待会儿不好吃，可别怪我。"

宋家山领着慕延川去教室参观，明月径自走到厨房，放下教案，系上一条蓝底镶白色花边的布围裙。这条围裙是她上次做窗帘被单时用剩布头做的，她寻思着回头去镇上再买块颜色重的布头，给郭校长做条围裙。

明月环顾一圈，从菜筐里拿出一根白萝卜，看到灶台上从村长家带回来的酥肉，她肉疼了片刻，才狠狠心打开纸包。原本她打算用这些酥肉给孩子们改善一下伙食，看来，计划终是赶不上变化。

炖菜吧。五个成年人，再怎么的，也得吃上半锅菜。

高冈的萝卜是真的好，一刀切下去汁水四溅，明月切了一片塞自己嘴里尝鲜，忽然想起同州饭店流行的粉蒸萝卜丝。这道菜既可当主菜也可以当主食，不知道他们吃过没有。想必慕延川是没机会吃到，他说他是南方人，一般很少吃萝卜。

想到就做。她按照同州的做法把配好料的红白萝卜丝放入蒸锅里大火蒸上。等待的间隙，她把剩下的红白萝卜切片，泡上粉条、海带、木耳，看菜筐里没有豆腐，她又抓了几根干腐竹代替。

馍筐里的干粮还剩不少，应该够了。

明月舀了一碗小米，用清水淘洗两遍，切了一小盆红薯块，拎着开水壶，走进教室。

教室里用来取暖的柴火灶，烧得正旺，慕延川和村长坐在学生们的凳子上谈兴正浓，看到明月进来，都好奇地看着她手里的盆盆碗碗。

“我在这火上熬粥。”明月解释说。

炉子旁边放着一个大号铝锅，她掀开锅盖，看了看锅底，发现是干净的，就直接把锅架在火上，添上开水。灶火真是旺，不一会儿，水就开始冒泡，她把红薯倒进去，翻搅了一下，转头对宋家山说：“村长，您帮我看着锅，红薯煮软了，把小米下进去。”

宋家山在家也经常做家务，就点头说：“你放心吧。”

明月冲他笑了笑，起身回伙房去了。

宋家山望着明月的背影，赞赏说道：“小明老师不像那些娇滴滴的城里姑娘，啥也不会干，她能吃苦，对娃娃们好，她能来咱们高冈，可是我们几辈子修来的福气。”

慕延川笑了笑，指着黑板上秀气端正的板书，问：“那是她写的字？”

“可不！以前我们这些爷爷奶奶辈啥时候管过娃娃们的学习呢，管娃娃们吃饱穿暖，就算是完成任务了。可现在不一样了，自从明老师来了之后，她不仅给娃娃们留作业，还给我们这些爷爷奶奶留作业，她要求我们认真监督娃娃们学习，而且每天还要求我们看娃娃作业上她批注的留言。哈哈，识字的好说，难为了那些不识字的老家伙，只好找邻居帮忙给看。”

慕延川嘴角上扬，眼底闪烁着一丝了然的笑意。这才是他慕延川的女儿。像是高冈上迎风不屈的草木，与众不同，坚韧不拔，敢作敢当。

明月把蒸好的萝卜丝端出来，擦干铁锅，烧上黄黄的菜籽油。

她在蒸好的萝卜丝上依次放入香菜段、葱末、蒜末、干辣椒段，然后等油冒烟，她用炒勺舀了热油浇在上面。“吱啦——”随着一阵清脆悦耳的响声，一股诱人食欲的香味便在伙房里弥漫开来。

阿元恰好在外面，闻到香味儿，他猛吸了几下鼻子，竟循着味儿走到伙房。屋里已经亮起油灯，可光线依旧很暗，透过半开的门缝，阿元看到一抹纤细的身影正弯腰在盆子里搅拌着什么。

刚才那阵香味儿就是从盆里的食物散发出来的，此刻离得近，那股麻辣鲜香的气味竟像是勾魂的爪子，在他的腹腔内掀起了一阵饥饿的狂潮。

“咕咕……咕咕咕……”阿元愣了愣，瞬即脸涨得透红。还来不及躲开，就听到屋里传出几声清脆的笑声，“你进来吧。”

阿元闹了个大红脸，不好再遮遮掩掩，于是，蹭着门边溜进去。“你……你好，明……明老师。”

明月眼中带笑，朝阿元看了看，指着饭桌那边的小板凳，说：“你先坐吧，我给你盛点垫垫肚子。”

阿元从善如流，乖乖坐下。

明月用瓷碗抄了半碗粉蒸萝卜丝，放在小桌上。“吃吧，中午人多，你肯定没吃饱。”

阿元低下头，看着瓷碗里红白交错、腾腾冒着香气的食物，小声说：“谢谢。”

宋家山端着大铝锅，和慕延川一路走到伙房。进屋却看到慕延川那个冷面下属，正和明月有说有笑地谈论着什么。

看到慕延川进来，阿元吓得一激灵，原本靠在案板桌上，姿态悠闲自在，这猛一下立起来，屁股撞到桌案，顿时带起一阵山响。“慕……慕总。”阿元心虚叫道。

慕延川朝他看了看，脸上的表情淡淡的，走到小桌前坐下。

阿元却在心里惨嚎，完了，这下完了，慕总生气了。

生气倒谈不上，可慕延川心里吃味却是真的。看着明月对他不假辞色、一本正经的态度，本以为她是个不易亲近的人，可不曾想，她却和素不相识的阿元处得这么好，两人居然在这狭窄闭塞的伙房里聊起来了。

聊什么了？怎么一见他进来，一个像是老鼠见了猫似的躲避着他的视线，另一位，却干脆给他一个背身，忙着盛菜端饭，把他晾在一边。

正暗自幽怨，一抹清癯瘦削的身影走了进来。“家山，慕总，让你们久等了。对不起啊，开渡船的师傅有事来晚了，陪孩子们在河边等了一会儿。”郭校长抹着头上的汗，进屋先连声道歉，他又朝外面望了望，喊道：“关山，快进来呀！”

宋家山眼睛一亮，“关山也来了！”

郭校长说：“他巡视线路，回来时遇上。我自作主张把他给拽来了。”

门口紧跟着走进一个人。高大挺拔的身影，把伙房门堵住大半。

正是关山。他冲着宋家山笑了笑，“村长，我来蹭饭了。”

“快进来暖和暖和。”宋家山上前一步，把门口杵着的关山拉进屋。

关山看到坐在小桌旁边的慕延川和立在他身后的阿元，主动伸手敬了个军礼，介绍自己说：“你好，慕总，我是驻守高冈转信台的士官关山。”

慕延川起身，握住关山的大手，打量着这位刚到的年轻军人。他的身高足有一米八几，肤色黝黑，五官犹如雕刻过一般，线条感分明，他的双目炯炯有神，似有光华流转，高挺的鼻梁，透出军人独有的坚毅。

没想到偏僻的高冈还藏有如此内蕴深厚的人物。慕延川的眼里闪过一道惊讶疑惑的光芒，“你好，我是慕延川。”

关山笑了笑，松开手，请慕延川坐下，让他不必客气。关山又以同样的方式和阿元打了声招呼。待关山去灶台前和明月说话，阿元主动和慕延川视线对上，默契地交换了个眼神，暗示对方，这个深山里的军人不像外表看起来那么简单平庸。

“做什么好吃的了？”关山帮明月拿勺盛稀饭。

明月朝小桌那边的人瞄了一眼，低声对关山说：“老三样。早知道你来，我就做点好吃的了。”

关山莞尔，心中升起一道暖意。他一手端起一碗稀饭，“我帮你。”

明月看到他的架势就低叫起来，“喂，会烫手的，你一次端一碗不行啊。喂——”

关山皮糙肉厚，根本不知道什么是烫。再说了，这是明月做的饭，就算是热滚油，他也敢下手。他嘿嘿笑着，把两碗冒着热气的小米粥放在小桌上。“慕总，马上就好。”

慕延川微笑颔首。

郭校长走过去和明月说话，说了几句，他背着身，咳嗽了两声。明月正盛着菜，听到咳声，她立刻扔下炒勺，拍打着郭校长的脊背，一边拍，一边关切地询问郭校长要不要紧。

慕延川看到这一幕，眼睛瞬间像是被强光刺到，疼得他蹙起眉头。

偏偏宋家山也看到明月关心照顾郭校长的一幕，感慨说：“小明老师重情重义，一早认了木鱼做干爹，你看他们是不是比亲生父女还要亲！”

慕延川的手指紧攥住裤缝，削薄的嘴唇紧紧抿着，没有接腔。

阿元担忧地望着他，捅了捅宋家山的胳膊，“村长，能开饭不？”

“开饭，开饭！”宋家山抬手招呼。不一会儿，小方桌周围就坐满了。

明月和关山坐在一起，他们小声说着什么，不时对视一下，莞尔微笑。

慕延川若有所思地看着他们，宋家山清了清嗓子，朗声说道：“今天原本是想让慕总品尝一下高冈的‘烧刀子’，可惜你们还要走山道，只能留下遗憾了。下次慕总再来，就在高冈住上一晚，到时候，咱们不醉不归！”

慕延川说了声好，端起粥碗，笑着环视一圈，说：“今天，认识了你们这些为了山区发展踏实干实事的人，实乃我慕某人的荣幸，对你们的事迹，我敬佩之至，就以粥代酒，咱们碰一碗！”

明月蹙起眉头，嘟哝说：“太烫，碰不了一碗。”

郭校长嗔怪地盯了明月一眼，“谁让你喝一碗了，喝一口还不会吗？”

大家哄然大笑。

明月眨眨眼，跟着微笑，她举起碗，和在座的每个人都碰了碰，最后轮到关山。“碰！”她浅笑吟吟，眼睛里闪过促狭的笑。

关山目光暖暖，笑容里带着柔情的暖。两只瓷碗相遇，发出一声脆响，两人相视而笑，各自低头喝了一大口粥。

慕延川目不转睛地看着低调互动的两个年轻人，竟忘了喝粥。

阿元在桌下扯了扯慕延川的裤腿，低声提醒，“慕总，碰杯了。”

慕延川这才回神，他的嘴边逸出苦笑，低头喝了一口粥。入口除了粥米的清香，还有一股甜丝丝的味道。他用筷子翻搅了一下碗底，夹起一块橙黄蜜色的红薯，放进口中。

嗯……要不是在座的人不算熟悉，他只怕已经赞叹出声了。这要是在家，他肯定已经把做饭的王妈叫出来发红包了。

连着吃了两块红薯，他的眼前忽然多了一碗红白相间的粉条状食物。他不怎么吃粉条。阿元这是怎么了，居然会忘了他的喜好。

正诧异地寻思着，身侧的阿元却按捺不住性子，兴致勃勃地向他强力推荐，“慕总，您尝尝，这可不是粉条，是粉蒸萝卜丝。看着样子很普通，可是您吃一口，您吃一口试试，保证让您眼前一亮！”阿元自己的眼睛就很亮，好像不吃一口，就对不起他似的。

慕延川迟疑了半秒，夹起一筷子萝卜丝，送入口中。软软的，筋筋的，吃起来像是脱水的蔬菜，很有嚼劲，但却不会觉得柴，入口有萝卜的香气，蒜蓉辣椒的香气，和味蕾碰撞后，带来一种极致的美味感受。

慕延川的嘴角露出满意的微笑。“的确不错。小明老师，这叫什么菜？”

“粉蒸萝卜丝。”阿元抢着回答。

慕延川瞪了他一眼，转头嘴角带笑地对明月说：“明老师，待会儿能给我写下这道菜的做法吗？我回去，让家里的人学着做。”

明月点点头，“好。”

晚饭在平静的气氛下结束，明月趴在郭校长的书桌上，在一张白纸上写下粉蒸菜的详细做法，交给站在院子里透气的慕延川，“慕总，您回去试着做做，要是不行，等您下次来，我再教您。”

慕延川低头看了看白纸上秀气工整的字迹，小心翼翼收在口袋里，笑着问：“你怎么知道我还会来？”

明月眨眨眼，模样俏皮地说：“我猜的。第六感，不知道准不准。”

慕延川眉眼慈祥地微笑，没说来，也没说不来。直到阿元出来，他和明月就一直瞅着天上的月亮发呆。

宋家山亲自下山送慕延川，关山要替他去他都不肯，说慕延川是贵客，翻山越岭的来一趟不容易，他给学校捐了这么多钱，无论如何，作为村长都得尽到地主之谊。总之，就是我还有话跟慕总说的意思，关山又不傻，自然退到一边，不再坚持。

明月他们一直把慕延川等人送到山口，临别之际，慕延川忽然做了一个令人匪夷所思的举动。只见他解下脖子上的羊毛围巾，上前一步，套在明月的脖子上。

明月愕然一愣。下意识地想去拽脖子上的围巾，却被慕延川的力气压住。“天黑，风大，戴着吧。”

说完，他看了看被围巾挡住半张脸的明月，翘起唇角，微微一笑。之后，他转身叫了声阿元，就打着手电，率先朝山口那边走了。

阿元回头看了看神情愣怔的明月，在心里叹了口气，说，明老师，那可是一个父亲的关怀啊，你可千万别误会了。

明月哪里知道这些隐情。待慕延川走得看不见，她一把揪下脖子上的围巾，拿在手里，牢骚道：“他有病吧，给我围巾做什么!”

看到郭校长黑湛湛的眼神，她气不打一处来，把围巾一下子摁在他的手里，“我看您戴着最合适，纯羊毛的，还是世界名牌!”

郭校长看着手里的世界名牌，哭笑不得，“我一个粗人，戴这玩意儿像什么样子，还准备围着它给娃娃们讲课、做饭?”

一旁的明月扑哧笑了，“那倒也是，咱们谁戴着它也不合适。我刚才脑子短路了，竟然忘了还给他，关山，你也是，怎么也不提醒我一下。”

矛头对准无辜的关山，关山顿时苦笑，辩解说：“我以为你们熟得很……”

“谁跟他熟？谁跟他熟了！你才跟他熟!”明月拧着眉呛声说道。

关山嘿嘿笑笑。

此刻，白天没混上吃喝的宋老蔫正窝在家里脏污不堪的床上生闷气。宋家山那怂，居然在家门口把他赶跑了，害得他闻到味儿吃不到饭，靠！

“哥——在不在?”院子里传来喊声。听到堂弟宋孝春的声音，宋老蔫一骨碌从床上爬起，大声回道：“在。”

宋孝春撩开门帘，拎着一个白色的塑料袋走了进来。

“我说，你就不能开开窗，走走气！每次来都能把人熏死！”宋孝春表情嫌恶地捂着鼻子，转身撩开门帘想挂在墙上，可找了半天没找到钉子或是挂钩，只好把塑料袋丢在地上，就手把门帘打了个结。

宋老蔫讪笑起身，双腿耷拉在床沿，打着赤脚，招呼自家堂弟，“你咋才来，我正准备去找你呢。”

宋孝春弯腰拾起地上的袋子，走过去，扔在床上，“喏，吃吧。”

宋老蔫的眼里闪过一道光，他饿虎扑食般抢过袋子，打开，拿起搁在菜碗上的馍咬了一口。他翻了翻菜碗，不满地嘟哝：“咋都是素的，没肉?”

宋孝春在心里骂了声娘，但面上却叹了口气说：“这是家里的饭，你以为是宴席？我说哥，你这个组长当的真是窝囊，人家一组组长陪着村长招待贵客，吃喝一天，美咋滴很。你呢？倒在凉屋里头喝西北风！切——”

“啪!”宋老蔫丢下筷子，抹了把汁水淋漓的下巴，抬眼瞪着宋孝春，“你说啥？宋家山那怂让宋九斤跟着去了？那咋不带我，非把我撅回来！妈的——”

“可不咋的。我婆娘去帮厨回来说，他们在村长家里吃了十碗席，下午去山里转悠了半晌，晚上又去学校吃了。”宋孝春看到宋老蔫锅底一般黑沉沉的脸色，心中暗爽，他挑拨说，“还有件事，你肯定不知道。”

宋老蔫还在为没混上吃喝生气郁闷，他不耐烦地推了下床上寡淡无味的菜碗，牢骚说：“有话快说，有屁快放!”

宋孝春看看四周，故弄玄虚地趴在宋老蔫耳边说道：“告诉你，哥，今天那大老板给学校捐了一百万。”

宋老蔫豆样的小眼儿蓦地一睁，嘴巴也张到最大，他震惊地扭头看着自家堂弟，结结巴巴说：“多……多少?”

宋孝春伸出一根指头，“一百万。”

“一百万！咱村农户年收入才一千，一千乘以十，一万，一千乘以一百，十万，一千乘以一千……”那岂不是够一家农户活十辈子了！这下不止宋老蔫呆住，就连递消息的宋孝春也被震住。

宋老蔫屁股朝床下一蹭，光着脚站在地上找鞋，“不行，我得去找宋家山那怂去，这么大的事，他居然敢瞒着我。我好赖也是村小组长，他也太不把我宋老蔫放眼里了……”

“哥，哥。”宋孝春紧拉着他。宋老蔫不解地看着宋孝春。

宋孝春尴尬地笑笑，低声恳求宋老蔫，“哥，我都给你递了多少消息了，你看……你是不是该给我点啥了。”

宋老蔫眨了眨豆似的小眼，嘴唇一掀，露出一口黄牙。“孝春，我看你翅膀硬了，想飞了，是不?”

“我哪儿敢啊，哥……”

“那你跟我提啥东西！告诉你，孝春，我不是拿那玩意儿故意威胁你，我是为你好，时刻警醒你一下，省得你再犯错误。”宋老蔫才不傻呢，他靠着亲戚关系当上村小组长不假，可他若是没脑子，咋能在高冈村混下去，他若是缺心眼，咋能把一个大活人、村里有名的小半仙宋孝春给制住。

宋孝春口中提到的东西，其实是几张宋孝春和镇里的小媳妇私通的照片。宋老蔫和那风骚成性的小媳妇也保持着不正当关系，无意中得来这几张宝贝，他就打起了歪心思。于是乎，两个形如陌路的堂兄弟，忽然间就走得近了。宋孝春不仅照管起宋老蔫的生活起居，还经常让婆娘做好饭菜，亲自给他端来。

宋孝春的脸色变了几变，最终还是选择隐忍。他赔笑道："哥说得是，说得是。"

宋老蔫拍拍屁股，指着床上的剩菜，说："把床收拾了。"

"行，你去吧。"等宋老蔫拍拍屁股走了，宋孝春朝地上啐了口浓痰，愤然骂道："我操你祖宗，宋老蔫！"骂完，神色一呆，又自扇脸，骂道："我和他同宗，妈的，你个乌龟王八蛋，宋老蔫，你不得好死！"

翌日，明月一大早就到镇上去买联欢会用的杂物。远远看到倚在商店的红色身影，明月露出微笑，冲着台阶上的人，挥手叫："红姐。"

红姐今天没嗑瓜子，但是眼睛肿着，像是一夜未睡，气色不大好。看到明月，她笑了笑，指着商店，"进来吧，外面冷。"

明月刚进屋就看到一个洗澡篮杵在柜台上。红姐笑吟吟地说："先去洗澡吧，这会儿没啥人，我让师傅把锅炉烧热点。"

明月拎起篮子，感激地看着红姐，说："知我者唯红姐也。"

红姐隔着柜台推她一把，"少贫嘴，快去！"

明月刚刚走进澡堂，春风商店就来了客人。

红姐正在擦拭柜台，头也没抬地招呼道："要啥东西？"

一股子刺鼻的臭味从柜台那边漫了过来，红姐蹙起眉头，捂着鼻子，扔下抹布，目光冷冽地看向来人。"宋老蔫，你得了健忘症是不是，谁让你踏进这个门的？"

宋老蔫一大早就跑到镇里来了，他是给在镇里当干部的亲戚报信来的。

昨晚上他去找宋家山理论，谁知被宋家山臭骂一顿，赶出家门。他回去后气得睡不着觉，半夜翻腾来翻腾去越想越觉得蹊跷。

按理说像慕延川派头这么大的富商到高冈村实地考察，怎么着也得有镇领导陪同吧，可慕延川却只带着一个下属过来，显然，他是没把自己到高冈村的行程通知镇政府。

所以说，他口头允诺捐给高冈小学一百万的事，镇领导肯定不知情。这宋家山莫非要绕过镇政府独吞了这笔巨款！宋老蔫是个头脑灵精的，觉得这条消息恐怕会成为他扬眉吐气、升官发财的绳梯，所以，天没亮，他就下山到镇上来了。

来得太早，镇里卖早餐的食铺还没开门，他饿得慌，瞅来瞅去，最后，瞄准了春风商店。刚进门，就被红姐撅了一顿。

他这人脸皮赛过城墙，根本不在乎红姐那几声毫无威胁力的喝问。他嬉皮笑脸地靠向柜台，色眯眯地朝红姐丰满的胸部瞄了瞄，“咋，开着门还不做生意？啧啧，瞅瞅，这还是那个惹人疼的财迷小红么……几日不见，这模样愈发水灵了，啧啧啧，瞅瞅这腰……”

红姐抓起脚边的鸡毛掸子，照着宋老蔫那双黑乎乎的爪子就敲下去，并大声叱骂道：“你叫谁小红，老流氓，再叫我一声试试，看我不拔了你的舌头，喂狗去！”

宋老蔫觉得情形不对就朝外蹦，鸡毛掸子擦着后脑勺过去，带起一阵凌厉的劲风，吹得他头皮发凉。“杀人啦——”他捂着头，狼狈逃窜，居然还顺走了一包饼干。

红姐追出去，扯着喉咙大骂一通，乡邻跑出来看热闹，见是宋老蔫招惹了红姐，都摆出一副见怪不怪的表情，安慰红姐几句，各自回屋去了。

“乌龟王八蛋——”红姐回到商店，一把将鸡毛掸掼在地上。

早晨人少，明月舒舒服服洗了个热水澡，她一边甩着头发上的水珠，一边掀开商店的门帘。

红姐笑意吟吟地抬起凤眼，瞅着她，调侃说：“年轻就是好啊，洗白了，和桃子似的，嫩得能掐出水儿来！”

“又取笑我！”明月嗔怪地瞪了红姐一眼，把篮子还给她。

红姐弯唇一笑，从柜台下面拿出一个塑料袋，递给明月。“喏，你要的彩纸，哦，里面那俩折叠红灯笼是我家过年门上绑的，也给你。”

明月看着袋子里五颜六色的彩纸，心情也跟着变得欢快起来，她谢过红姐，然后指着货架上琳琅满目的零食，说："我要五包葵花籽，五包咸水花生，还有，三盒巧克力。"

红姐用另一个袋子装了，交给明月，"高冈的娃娃有福啊，有你和郭校长在，他们估计每天早上都要被美梦笑醒。"

明月莞尔，把买的东西都塞进背包里，然后把一百块钱递给红姐，"算账，老板娘。"

红姐冲她撇撇嘴，随便从零钱盒里翻了一张五十和一张二十的票子还给明月。

"够吗？这么多东西呢？"明月问。

红姐摆摆手，嫌她烦，"快回吧，再晚一点，关山的电话又要打来了。"

明月调皮地眨眨眼，挥手，"红姐，再见。"

等明月走出商店，红姐才忽然想起什么，大声吆喝隔壁屋的小九。"小九——快去送你明老师——"

"嗳，马上！"小九跑出去拦住要独自回高冈的明月，两个年轻人站在太阳地里说话，金灿灿的阳光照在他们笑容粲然的脸上，那一幕，看起来竟是如此的美丽，叫人移不开视线。

红姐垂下眼帘，轻轻地叹了口气。

明月回到高冈，马不停蹄地直奔转信台而去。在转信台，她发动董晓东和关山和她一起剪装饰用的拉花，她自小惯用剪刀，手巧，做活细致，不到晚上，就把所有的装饰物都准备好了。

董晓东累得不行，仰面躺在餐桌上，要求明月赔偿他精神肉体损失费。

明月戳他一眼，绷住嘴，没好气地说："我看啊，你不是要损失费，你是——要饭！"

关山噗一声笑了。明月同样赏了他一记白眼。

"好吧，看在你们帮忙的分上，我……就留下来做晚饭！董晓东——"

“到——”董晓东刷一下立起，朝明月敬了个军礼，“请首长指示!”

明月笑了一下，又绷着脸转头指着厨房角落里的保鲜盒，“上菜——”

辣白菜炖五花肉，辣萝卜，白米饭。全部做好，只用了不到一小时。

辣白菜、辣萝卜是前阵子明月到转信台亲手腌制的，调料是关山拜托送后勤补给的战友带上山的，五棵大白菜，六根白胖的水萝卜，足够他们吃上一个冬季。

关山以前没吃过这种颜色鲜红、味道酸爽的食物，可今天明月简简单单地搭配五花肉、野生菌菇以及白豆腐，咕嘟咕嘟一炖，别说董晓东馋得哈喇子乱流，就连对食物从不讲究的他，也禁不住被勾到了餐桌前。

“我先开动了!”董晓东端起米饭，舀了一勺红红的辣汤送进嘴里。

明月夹起一片薄薄的五花肉，放进关山碗里，同时斥责董晓东，“喂，你别光挑肉吃，行不行，给关山留几片啊。”

董晓东塞得满嘴食物，哀怨地看看明月，又看看关山，“人家饿嘛!”

明月想用筷子敲他，却被关山拦住，“他正长身体呢，让他吃。”

明月噘着嘴，又抢了一片肉放关山碗里。

董晓东咕哝，“讨……厌。”

明月在桌下踹他，却不想踹到关山脚上。董晓东捧着肚子哈哈大笑，饭粒儿喷了一地，明月涨红脸，连声向关山道歉。

关山的眼底似藏有万千星光，温柔地看着她，说：“没事，不疼。”的确一点不疼，明月的小脚，踢过来也像是小猫爪子挠过似的，除了痒，除了甜，再没其他感觉了。

明月歉意笑笑，狠狠地戳了董晓东一眼，两人又抬起杠来。

关山今晚吃得有点多，一锅米饭，他一个人吃了一半还多，辣白菜炖五花肉的辣汤被他一人承包了，他用汤拌米饭，吃得明月和董晓东后来顾不上吵架拌嘴，只顾瞠目结舌地看他了。

回程的路上，明月一个劲儿地瞅关山。

“怎么？我脸上有东西?”关山摸摸脸。

明月摇摇头，朝他平坦的腹部看了看，“你不难受吗?”

“难受？我为什么要难受啊。”关山纳闷。

“吃那么多的米饭，在胃里……”明月揉了揉她自己的胃，一想就觉得不舒服。

关山呵呵笑道，“这点饭，吃不倒我。以前，那才真叫能吃。你知道咱们和面的那个盆吧，脸盆大小的瓷盆，有一次，我们夜训回来，我实在饿得不行，就跑到炊事班煮了整整一盆的方便面，一次全吃完了。哈哈，想想那会儿，现在这点饭量，还真算不上什么。”

明月脑补部队的大食堂，关山穿着军用背心，手抱大瓷盆疯狂吸入方便面的画面。她打了个颤，朝关山抱拳道：“英雄，佩服!”

关山被她逗得哈哈大笑。笑声惊起夜栖的大鸟，扑棱棱飞起一大片。

皎月当空，皓皓清辉。明月轻叹了口气，感慨说：“要是永远能够这样简单快乐就好了。”

关山看看她，“可以的。”只要你留在高冈，我保证你每天都过得像今晚一样快乐无忧。

明月不知道他心里在想什么，她蹙起眉头，紧接着说：“怎么可能。等我回到同州，一切又会恢复原样。”她又变成那个为了生计、为了事业，劳碌奔忙的明月。在城市的环境下，想这样干净纯粹地活着，实在是太难了。

明月抬手，隔着毛衫握住挂在颈间的戒指。幸好还有一样东西值得她留恋，值得她欣慰，这样宝贵的东西，就是沈柏舟对她的承诺。

而她，也会在不远的将来，与他成为彼此生命里最重要的人。

“小心——”关山一把握住明月的手臂。

明月打了个趔趄，站定，不由得愧惭说道：“对不起，我走神了。”

关山看着她眼底来不及掩去的娇羞和思恋，嘴里泛起一波苦水。

“呃儿——”他突然打了个响亮的饱嗝儿。

突兀的声音令他和明月同时愣住。明月眨眨眼，看着将头偏到一边去的关山，佯装不知道，语气平静地说："走吧。"

关山刚准备答应，可下一秒，"呃儿——"比刚才那声更加响亮。

明月想忍，却没能忍住，捂着嘴，低头哧哧笑了起来。

关山挠挠头，脸烫得发疼，解释说："我……我可能真的吃多了。"

明月点点头，"可能。"

关山打了一路饱嗝儿，到了学校，他等不及告辞就要朝回跑。

"等等——"明月叫他，"你等我一下。"

明月小跑着回到宿舍，用手电照着，在抽屉里找到消化药，一路小跑着出去。"给，这是消化药，回去记得吃，明早就好了。"明月叮嘱道。

关山接过白色的小药瓶，"呃儿——"

明月忽然想起什么，指着关山背后，喊道："你看那是谁——"

关山下意识扭头。

明月一巴掌拍在他的背上，力量很大，只把关山打得朝前趔趄了一步。他神情诧异地转过头，却看到明月笑不可抑地弯下腰去。"我用我姥姥教的土办法，帮你治打嗝儿。哈哈哈，管不管用，还想不想打嗝儿了。"

原来是这样。关山跟着笑了笑，深呼吸，呼气，吸气，咦，真神了！居然好了！"好了。你的本事挺大，快赶上花妞儿了。"关山笑道。

明月翘起下巴，得意洋洋地说："那当然，我可是我姥姥的真传弟子！"

关山望着月光下如同精灵般俏丽骄傲的姑娘，心底漾起一圈一圈涟漪……

一周很快过去，转眼间就到了阳历 12 月 31 日。今天，是高冈小学全体师生的大日子。

明月起个大早，将学校清扫得一尘不染，郭校长穿上她给买的新棉服，扯着衣襟出来让她看。

明月站定，左手叉腰，右手捏着下巴上下打量着郭校长。

“咋样？会不会有点奇怪。”郭校长穿不惯新衣服，总觉得不自在。

“帅！”明月冲他伸出大拇指，赞道，“迷人的老帅哥一枚！”

“这孩子，又说浑话！”郭校长笑着点点她，“国旗熨展了吗？”

今天的大日子，除了要举办新年联欢会之外，高冈小学还有一项重头戏，就是从国旗杆竖起那天，一直拖到现在的升国旗仪式。

高冈小学建成至今，已有几十年的历史，郭校长从建校之初就来到学校，整整过去二十余年，送走了一拨又一拨的学生，可从未带着学生们升过国旗。郭校长多年未了的心愿，即将在今天得到实现，他激动得心潮澎湃，不能自已。

早晨七点多，孩子们陆续到校。看到穿着簇新衣裳的郭校长和淡妆素抹的明月，孩子们捂着嘴，在一旁咯咯笑个不停。

孩子们很听话，把最好的衣裳穿来了，鞋子擦拭一新，头发也梳得齐整，看起来个个精神了一截。

明月把女生们叫过来，给她们的马尾各绑上一个红苹果的发绳。这些廉价发绳是她在春风商店买的，质量一般，装饰效果一般，以前在同州，她去逛街时看也不会看这些东西，可是现在，她和这些女生一样，把它们当宝。女生们戴上发绳，一个个美滋滋的，活像是戴上了贵重的金银珠宝，天鹅似的，冲着男生骄傲地昂起头。男生则撇着嘴，冲着女生们做鬼脸。

因为不上课，大家的心情都很放松，就连郭校长，也一直咧着嘴，摸摸这个孩子的头，拍拍那个孩子的肩膀，不停地说好。

“孩子们，一会儿你们要按照这几天排练的顺序来，记住了吗？”明月切切叮咛。

“记住了——”操场上回荡着孩子们童稚的喊声。

这几天，她带着孩子们在这片场地上演练过无数次，那根细长的竹竿，她甚至能精确地说出它有多粗，有多高，孩子们排练非常认真，升旗演练也完成得很好，可到了实际操练这一刻，她还是感到紧张。

“明老师——”明月倏然回眸，眼睛里映出关山黑黝黝的脸庞和灿然的笑脸。不知怎么的，一看到关山，她刚才还吊在半空的心，却一下落到实处。她抿着嘴，甜甜地笑了。

“关叔叔，关叔叔——”孩子们的队伍瞬间乱套，再看关山，好嘛，又像是那天过河一样，胳膊上，腿上，腰上，到处挂着兴奋吵嚷的孩子。

看热闹的村民们指着他们哈哈大笑。明月和郭校长也忍不住笑出声来。

好不容易把这些猴崽子们弄下来，让他们站好队，孩子们嘻嘻哈哈，还没回到状态，于是明月绷着脸，严肃喊道：“一二——”

孩子们顷刻间收声，立正站直。

明月整好队伍。转头对关山说：“可以开始了。”

关山点头。他看看表，跑步上前，姿势漂亮利落地立定，然后向孩子们敬了个端严的军礼。“现在，准备升旗，所有人，立正。”

孩子们胸脯挺得高高的，像一个个真正的士兵，等待着首长检阅一般，目视前方的国旗杆。

十点整。“预备，出旗!”随着关山一声令下，前排的宋伟伟扛着国旗，在两名护旗手宋铁刚和花妞儿的护送下，踢着正步走向前方的旗杆。

从来没有升过旗，也没有经历过这般严肃的场面，孩子们显得有些紧张，前进的过程中三个人走得路线不直，正步更是踢得滑稽可笑。

“哈哈……”宋小宝捂着肚子笑起来，冲着宋铁刚做鬼脸，其他孩子也跟着捂嘴偷笑。明月将食指竖放在唇上，提醒宋小宝他们不要出声。现场渐渐安静下来。

将旗杆捆在绳子上的时候，宋伟伟因为紧张动作有些变形，他笨拙地系着绳索，时间一分一秒流逝，明月的眼睛里掠过一丝焦虑。

关山朝她望过来，两人的视线在空中相遇，关山朝她微微摇头，示意她不要着急。说来也神奇，就像刚才心落到实处一样，这次有了他的提醒，她竟没再因为孩子们状况百出而焦灼忧虑。

等宋伟伟终于绑好国旗，直起身，将红色的国旗捧在手心，明月走上前，悄声提醒宋铁刚和花妞儿，“拉绳索——”

宋铁刚和花妞儿愣了一下，赶紧把绳索拉在手里。

明月吸了口气，把手机打开，找出国歌音乐，朝宋伟伟递出一个开始的眼神。宋伟伟领悟，用力甩开右臂，将红色的国旗抛向天空……

“敬礼！唱国歌！”关山同时给出口令。

“起来，不愿做奴隶的人们……”犹如天籁般干净清澈的童音响起，孩子们像之前演练一样，齐刷刷地举起右手，用他们明亮而又纯洁的眼睛，认真注视着国旗慢慢升起。

歌声落下，国旗恰好升到旗杆顶。

“升起来啦！”宋伟伟他们还没归位，孩子们就欢呼起来，他们兴奋地蹦跳雀跃，和眼眶通红的明月、朗声大笑的关山抱在一起。

郭校长激动地淌下热泪，他没想到，自己有生之年，还能亲眼看到高冈小学上空飘扬飞舞的国旗。

这些世世代代居住在大山里的农民，第一次感受到国旗给人带来的神圣感和庄严感。明月甚至在想，要是有可能，她还要带着孩子们在天安门广场看升旗呢。想必，那又会是另外一种完全不同的感受。

人的一生，总会经历一些值得纪念的瞬间，譬如现在，她用手机镜头抓拍学生和村民们神情肃穆地仰望着国旗的画面，她想，以后高冈村富裕起来，她一定把这张照片洗出来放进村史博物馆里，供后人瞻仰。

升旗仪式后就是迎新年的重头戏，新年联欢会。

原本学生家长看完升旗就可以回去，可他们也稀罕这联欢会是啥，觉得是不是和村里过节庆时舞狮耍龙灯一般热闹。于是，纷纷围到教室门口，从窗户外面朝里看。

破旧的土坯房教室完全大变样。经过明月他们头一晚的精心布置，教室现在成了彩色的空间。五颜六色的拉花从墙角四周一直延伸到中央的灯座，灯座下方，悬挂着一个大红灯笼，教室的墙壁上贴着明月的剪纸作品，有可爱的动物，有美丽的雪花，还有大树等等。

黑板上用彩色粉笔着重写着五个大字——新年联欢会。

教室里的课桌从横排变成了四方形，每张桌上都散放着瓜子、花生、糖块等零食。

孩子们被眼前的一幕惊呆了，一个个张着大嘴，你看我，我看你，以为置身于梦境，忐忑震撼到不敢迈步进去。

明月站在教室中央的空地，微笑着向他们招手，“同学们，进来呀！快进来！”

孩子们鼓起勇气，走进教室，找到各自的座位，坐下，兀自还在转着脑袋打量着这个童话般的空间。宋小宝坐下就开始吃，“老师，这块糖我吃过！里面有夹心，可好吃了！”

明月走过去，摸了摸宋小宝的头，笑道：“你个小吃货。”

其他孩子哈哈大笑，指着宋小宝嘲笑道：“吃货，吃货！”宋小宝朝同学们扮鬼脸，引来更多笑声。

明月看看时间，觉得差不多了，就去教室后面找郭校长。“可以开始了，郭校长。”

她踮起脚尖透过窗外的人群，向外张望，“关山呢？怎么没见他？”

“哦，忘了跟你说了，关山回去拿礼物了。”郭校长说。

“好吧，那咱们先开始，不等他了。”明月征得郭校长同意，步履轻快地走到教室中央，脆声喊道：“一二——”

孩子们立刻双臂交握平放在桌上，期盼望着明月。明月微笑，环视一圈，朗声说道：“伴随着高冈飘扬的红旗，崭新的一年如约而至。在这辞旧迎新之际，我宣布，高冈小学新年联欢会现在开始——”

“啪啪啪——”孩子们疯狂鼓掌。外面站着的村民也跟着拍起巴掌。

“下面，由郭校长发言。”

郭校长拽了拽身上的衣服，走过来，站定。他的视线在高冈小学每一位学生的脸上停驻，凝视，最后，背过身去咳了几声，才缓缓转头说道：“作为校长，我愧对你们啊。你们在学校享受不到干净明亮的学习环境，午饭也是最简单的馍菜汤，夏季蹚水过河上学，冬季迎着大山凛冽的寒风上学，你们没有一个人叫苦叫累，可作为校长，我对不起你们。今天借着联欢会的机会，我向你们道歉，原谅老师没能给你们提供一个安全温暖的学校，对不起……”

郭校长深鞠一躬，长久不起。

孩子们懵懂、单纯，但他们敏感、聪慧、善良。看到他们敬爱的郭校长如此真情流露，孩子们眼眶红了。离得近的花妞儿，跑上前，抱住郭校长，“郭老师，你最好了，没有你，我们去哪儿上学?”

“郭老师最好——”孩子们纷纷上前，拥住郭校长。

窗外的村民低头拭泪，明月也背过身，悄悄抹去眼角的泪珠。

等郭校长带着孩子们落座，明月上前说：“师恩难忘，下面，请我们班的宋伟伟同学为大家带来一首歌，《每当走过老师的窗前》，大家欢迎!”

孩子们热烈鼓掌，宋伟伟红着脸站起来。

明月向他招手，“宋伟伟，站在中间唱，没关系，大胆唱，就像咱们排练时那样。”

宋伟伟上前，站在明月旁边，鼓起全部的勇气，清唱道：“静静的深夜群星在闪耀，老师的房间彻夜明亮，每当我轻轻走过您窗前，明亮的灯光照耀我心房，啊每当想起您，敬爱的好老师，一阵阵暖流心中激荡……”

宋伟伟的嗓音堪称天籁，他吐字清晰，音准度极高，最重要的，是他对音乐那种天生的把控和领悟力，令明月感到震撼。不夸张地说，每一次听到宋伟伟唱歌，她都会有不一样的感觉。

一曲唱罢，掌声如潮。

紧接着，高冈小学的其他学生都表演了各自的节目。有表演现场作画的，有表演诗词朗诵的，最值得一提的，是宋小宝表演的民间戏曲节目，不知是不是跟着大人们学的，他竟把一个戏台上的丑角模仿得惟妙惟肖，引来无数欢笑声。

“明老师，来一个——”郭校长带头鼓动孩子们鼓起掌来。

明月连连摆手，想拒绝，却被宋铁刚从教室后面推到了场地中央。她有些不好意思，羞赧地笑着，站在原地想了想，说：“大家都知道，高冈小学的十八位学生均是在外务工人员子女，也就是留守儿童。我曾问过他们，你们最大的心愿是什么？他们告诉我，他们最大的心愿就是想让爸爸妈妈回家。”

明月顿了顿，说：“我没什么准备，就给大家唱首歌吧。这首歌的名字叫做《月光》，它是一首体现游子思乡情的歌曲，我就把这首歌送给在座的孩子们，愿你们美梦成真，早日和家人团聚。”

“离开了太久的故乡，快快回去见爹娘……”如泣如诉的乡愁，在明月的歌声中静静地流淌。此刻，游子听到远方的呼唤，伫立远望家的方向，思念老迈的爹娘，思念天真的稚儿……一曲过后，余音袅袅，歌声里的羁绊揪得人心疼如绞，再也放不下……

“老师——”突然，花妞儿声音凄厉地喊了声，向明月跑去。

明月弯腰，将花妞儿抱住。

花妞儿紧紧揽着明月的脖子，泪眼婆娑地哽咽说道：“老、老师……我想妈妈……想妈妈了。”

明月被花妞儿的声音打动，眼睛一热，捧起花妞儿的脸庞，动情说道：“你可以喊老师妈妈，老师就是你的妈妈。”

“妈妈……”花妞儿嘴唇颤抖地叫她。

“嗳。”明月向她微笑。

“我也要妈妈，老师，我也要你当我的妈妈！”

明月被孩子们围在中间，变成了十八个孩子的“妈妈”。

窗外的村民，大多是孩子们的家长，看到这一幕，想起在外打工的儿女，这些留守的老人再也抑制不住心中的思念，纷纷淌下心酸的热泪。

恰在这时，关山拎着一个大袋子挤进教室。“孩子们，看我给你们带……”话没说完，他就被教室内外相拥哭泣的一幕惊住了。

发生什么事了？刚才走的时候不是还好好的吗？

明月瞅见关山，拍拍孩子们，说：“你们看，关叔叔来了。”

谁知，宋小宝一扭头，却大喊一声“爸爸——”，向关山跑了过去。

关山被叫懵了。有宋小宝打头，这些孩子们调转矛头，对准了迟来的关山，把他团团围住。

“爸爸——妈妈——”宋小宝指指关山，又指指明月，满足地大笑起来。

孩子们跟着学，不一会儿，满教室里，回荡着爸爸妈妈的叫声。

明月毕竟是个没出嫁的姑娘，被人当众喊妈妈已经很不好意思了，可现在忽然又冒出个爸爸，这个人还是关山，这让她的脸瞬间烧热起来。

就在这时，教室门口忽然挤进来一个人。

# 19　温室兰草

这个人的出现，让教室静了一静。大家都看着门口的陌生男人，看着他身上明晃晃的皮衣和脚上锃光瓦亮的皮鞋。

“柏舟？”明月愣了一瞬，眼睛里逸出惊喜，低叫一声，向那人疾奔过去，“柏舟，你怎么来了！你……”

明月还没等拉住沈柏舟的手，就被他用力甩脱。他黑沉着脸，盯着明月，“你们继续，继续啊，爸爸妈妈！”说完，他转身挤出人群，向校门口大步走去。

明月神情惶然地追上去，“柏舟——”

“柏舟，你听我解释，你误会了，我和关山，不是你想象的那种关系，你……”明月追上去，拉住沈柏舟的胳膊，阻止他向前走。

沈柏舟停下来，神情冰冷地看着明月，说：“我都亲眼见到了、听到了，你还解释什么？”

明月急得胃部抽搐，额头冒出冷汗，她拉住沈柏舟的胳膊，说：“你真的误会了。关山是部队转信台的军人，我平常和你联系用的就是他们的电话，他是学校特聘的体育老师，今天学校开联欢会，孩子们因为想念在外打工的父母，所以才拉着我们叫着过瘾，柏舟，你相信我，我们真的没什么。只是朋友，真的，只是朋友！”

沈柏舟将信将疑，蹙着浓眉，“你没骗我？”

“我骗你做什么！你要是不相信，你亲自去问……”

明月话没说完，身后就插进一道沉稳的男声，“明老师，我来解释。”

明月回头，抱歉地看着关山，说：“我已经和柏舟解释过了。没事，他是个讲道理的人。”

沈柏舟却抢上一步，和比他个头略高的关山面对面，责问道：“你就是那个整天围着明月转悠的，当兵的?”

关山轻蹙眉头，视线在沈柏舟奶油味过重的脸上停留几秒，转头对明月说：“明老师，你先回去，孩子们都在找你。”

接收到关山宽慰安定的目光，明月焦躁不安的情绪得到一定缓解，她看了看沈柏舟，说：“柏舟，我安顿好学生，待会儿再来找你。”

沈柏舟从鼻子里哼出一声，明月了解他这是少爷脾气犯了，她苦笑着转身离去。

待明月走了，关山主动开口，澄清道：“你是明老师的男朋友吧，我经常听她提起你，我和她只是朋友，刚才的事是孩子们胡闹，你不要放在心上。更不要因此怀疑明老师的为人和品质。她，是一位令人敬佩的山村支教老师。”

许是多年军旅生涯磨砺出的独特气质，再加上犹如低音炮似的沙哑沉稳的声音，总之，关山讲话的时候，自觉不自觉地会给对方带去一种压力，而且具有极强的权威性，给人一种天生的信任感。

沈柏舟也是一样，从最初乍然看到那一幕受到强烈冲击，到他逐渐冷静下来，再到现在关山耐心细致地解释，他觉得，自己没那么冲动了。

其实回想一下，明月那明显变得黑瘦的面庞和臃肿的穿着，和过去那个被他疼着宠着还嫌不够的小公主，哪里还存在可比性。看来，明月在这鸟不拉屎的荒山野岭，吃尽了苦头。他来了不安慰，不呵护，居然给她甩脸子，给她难堪，他可真够浑的。再反观他自己，真要论起对错，只怕该下跪求饶的人，是他沈柏舟。

想通了这一点，沈柏舟的脸色渐显舒缓，他看着关山，勉强笑了笑，说：“算了，我可能是太爱她了。对不起啊，刚才对你态度不好。”

关山摇摇头，“你该道歉的，不是我，是她。”

新年联欢会圆满结束，放假两天，孩子们高高兴兴地跟着家长回去了。

学校顿时变得空荡荡的，偌大的校园，只剩下郭校长、明月和神色疲惫的沈柏舟。

“柏舟，你去我宿舍休息一下，炉子上有热水，你先洗洗。我这就去给你做饭。”明月对沈柏舟说。

郭校长拦住明月，给她使眼色，“你去陪陪小沈，人家来一趟不容易。”

明月看了看明显被累到的沈柏舟，没再坚持，“那好吧，我去陪陪他。您随便下锅面，咱们能吃饱就行。”

郭校长摆摆手，示意她快去。

明月领着沈柏舟走进她的宿舍。“你把包放那边箱子上，屋里有点冷，你别脱外套了。我去给你倒水……呀——”没等她像个小媳妇儿似的啰嗦完，沈柏舟从身后一把将她抱住。

明月心神一漾，低声嗔怪道：“你轻点，郭校长还在外面。”

声音从她的颈窝里传出来，“我不管，现在就是天王老子，也不能阻挡我爱你。”

“谁阻挡你了，你这个人，真是……”明月觉得心里甜丝丝的，偏头看着沈柏舟俊美的侧颜，眼睛里溢满喜悦。

沈柏舟动情地看着她，扳过她的下巴，就要吻上去。

明月下意识地挣了一下，“你……别……”

沈柏舟蹙起浓眉，不满地嘟哝：“咱们分开这么久，亲一下都不行么！”

明月转过身，搂住他的腰，仰面看着沈柏舟，说：“那你低下头。”

沈柏舟心里一喜，从善如流，低下头来。

“闭上眼睛。”明月命令道。

他又闭上眼睛。

明月踮起脚尖，在他的颊边亲了一口，然后，笑嘻嘻地跑掉。“好了——”沈柏舟以为等待他的会是一个缠绵悱恻、热情如火的湿吻，谁知，明月居然玩赖，敷衍地嘬了他的脸蛋一下，就算交差了。

“不带这样的……明月，你过来！”他向明月走过去。

明月呵呵笑着闪躲，“沈柏舟，我们有约法三章！”

沈柏舟恨死那个约法三章了，已经尝过情欲滋味的他，对之前遵守约法三章的愚蠢行为感到耻辱，人生苦短，就是要纵情快乐，有情人做快乐事，其中就包括两情相悦，鱼水之欢。

以前他太傻了。明月最终被他逮住，连抱带拥地压在吱呀乱叫的小床上。真的是，动一动，都会叫。顾忌着外面的人，沈柏舟也不敢太用力，只是拥着明月，想亲却被她躲着。

“破床……”失去耐性的沈柏舟气得捶了下枕头。

明月微微蹙了下眉头，“你别这么说，我刚来的时候，睡的床比这个还要破，完全是砖头上面搁块木板，拼凑起来的，后来，是村里的宋华婶儿把她家不用的床送给我，我才不至于继续受罪。”

沈柏舟眼神复杂地看着明月，最后，叹口气，仰面躺倒。

明月翻过身，手托着下巴，细细打量着她的恋人，沈柏舟。

他长得可真好看。虽然长途跋涉，眉眼间透着倦色，可五官精致的他仍旧是那个受到女生恋慕的校草，虽然他脾气性格不够平和，但是对她，向来温柔有加，呵护备至。

像这次，他跋山涉水来到高冈，路上一定吃了不少苦头，搁过去，从小养尊处优、家境优渥的他早就半道儿打退堂鼓了，可这次没有，他竟然忍得了火车大巴的颠簸，甚至爬了几小时的山路，找到高冈村。

想到这儿，明月心里就感动得要命。“柏舟……”

却被沈柏舟抓了手背，吻在上面。他的眼睛黑黝黝的，像是山里的泉眼，一眼看不到底。

明月心慌，还有一丝甜蜜，从他嘴唇碰触的地方蔓延开来。

沈柏舟亲吻她每一根手指，忽然，他顿住，拧起眉头，摸索着明月空空如也的指尖，问道："戒指呢？你怎么不带着？"

明月眨眨眼，慧黠一笑："我弄丢了。"

沈柏舟赫然怒目，便要发作，却见明月的手在脖子里轻轻一拉，然后一道晃眼的银光就落在她的手心。

沈柏舟低头一看，不由得愣住。一条蛇形项链，顶端那枚闪烁着光华的，不正是他当初送给明月的求婚戒指。

明月捏捏他的脸，嗔怪说："我怎么可能丢了它？除非你做了对不起我的事，我不要你，自然也就不要它。"

沈柏舟手指一颤，差点捏不住手里的戒指。

明月敏感望他，他赶紧正了面色斥责："瞎说。我那么爱你，恨不能现在就把你娶回家，怎么可能做对不起你的事。以后这种话，你切莫再说。"

明月被他的反应弄得一怔，心想，她有说什么特别过分的话吗？他至于沉下脸来凶她。明月翻身坐起，把项链塞进领口，然后下床拎了炉子上的水壶，在洗脸盆里倒上热水。

沈柏舟神色讪讪地贴过来，哄劝说："我一向敏感，你又不是不知道。我错了还不行吗，明月，你打我，骂我，别不理我呀。"

"讨不讨厌啊你……"明月哧哧笑了，她转身，拧了拧沈柏舟的脸，拉着他站在脸盆架前，"快洗洗，我去看看郭校长饭做得怎么样了。"

傍晚，三个人对付着一锅没有油水的面条，将就了一顿。不知是不是太累，还是吃不惯山里的饭菜，沈柏舟神色恹恹的，提不起精神。到后来，他剩下半碗面条，起身想找垃圾桶倒掉，却被明月夺过去，"你别浪费呀，就放这儿，我晚上饿了热热吃。"

沈柏舟惊讶地看着她，嘴里喃喃："我的剩饭，明月，你吃剩饭……"

明月冲他眨眨眼，满不在乎地笑道："这有什么好大惊小怪的，我和郭校长，还经常吃孩子们的剩饭呢，是不是，郭校长！"

郭校长笑笑，没说话。沈柏舟拧着眉头，一副无法接受的模样，捂着鼻子，走出伙房。

郭校长拍拍明月的肩膀，"我来刷碗，你快去看看小沈，我看他，可能是受刺激了。"

明月甩甩手上的水珠，苦笑道："他是富家少爷，讲究得很。"

明月走到院子，看到沈柏舟在院子里踱步，"柏舟，你要是吃不惯，我给你煮包方便面……"

"先别说吃，你们的卫生间在哪儿，赶快带我去。"沈柏舟握住明月的胳膊，声音急切地说。

片刻后，沈柏舟从厕所出来。他的脸色很不好，像害了场大病似的，面色煞白，眉头紧锁，看到明月就开始发牢骚："这是厕所吗？你们平常就在这里，这里面……呕……"

沈柏舟是个胃浅敏感的人，以前陪明月逛街，除了五星级的厕所，其他条件的，他根本不进去，宁可憋着也不去。

看到男友干呕难受的样子，了解他生活脾性的明月只好上前拍抚着他的脊背，安慰说："这里是高冈，不是同州，你将就一点，忍一忍。"

沈柏舟被呕出两眼泪，他委屈地瞅着明月，孩子气地恳求说："明月，咱们下山去吧，明天不是元旦吗？我们去县城，好不好？"

明月摸了摸他的头发，苦笑说："我明天下午要给学生补课，走不开。再说了，现在下山，你能走得动吗？"

沈柏舟嘴角一弯，期待的表情瞬间垮掉，他双目无神地看着荒僻孤冷的高冈村，口中喃喃说道："我就知道……就知道，是这样……"

明月愧疚地说："对不起啊，柏舟，我不知道你要来，要是提前知道，我肯定……"

“算了。都怪我，是我不请自来，打扰了你的生活。”沈柏舟语气凉凉地说完，起身向明月的宿舍走去。

明月追了两步，没追上，她神色懊恼地揪了把头发，嘟囔说：“要命，少爷脾气又上来了。”

刚打算回屋去哄他，却看到郭校长立在伙房门口向她招手。走近了，明月发现郭校长竟穿着外套，“您要去哪儿?”

“我去转信台借宿一宿，你晚上睡伙房，哦，这棉衣你让小沈穿上，夜里凉，他穿得太单薄。”郭校长把明月给他买的新棉服递过来。

明月接过棉服，眼底浮动着一层水润的柔光，恬静而又脆弱，“给您添麻烦了。”

“这孩子，咋恁爱说傻话。添啥麻烦，小沈不远千里来高冈看望你，他不怕累，我还怕出去睡一宿。再说了，去关山那里，你还有啥不放心的。行了，我走了，你和小沈说一声。”郭校长轻声说道。

明月苦笑，说好。“您带上手电，小心路上的石头。”

郭校长向她摆摆手，走远了。

明月在院子里立了一会儿，走到宿舍门口，轻轻伸出手。“吱呀!”破旧的木门应声而开。她看了看黑黢黢的房间，在心里叹了口气，进屋，关上房门。

她摸黑走到书桌前，拉开抽屉，摸索到里面舍不得用的蜡烛，滋啦一下划着火柴，点燃。她把蜡烛倾倒，将蜡油滴在桌面上，然后趁着蜡油未干黏软时，把蜡烛底座摁在上面，粘牢。

蜡烛的光比油灯亮上许多，明月一眼就看到横在床上已经陷入熟睡的男人。可能是光亮刺人，他蹙起浓眉，将脸转向床里，嘴里咕哝了一句谁也听不懂的牢骚话，之后，便没了动静。

明月原本准备了一肚子的好话来劝慰他，她甚至准备妥协，由着他的性子来，让他尝些甜头。可谁知，软硬兼施的策略全都用不上了。她苦笑，摇头，替他脱了脚上的皮鞋。

烛光下，明月发现沈柏舟的脚后跟磨破皮，出血粘住袜子，她盯着那处溃烂的地方，忍不住就要哭出声来。

他不该受这份罪，但是为了她，他仍旧抛下身份，抛下面子，跋山涉水，翻山越岭地来看她了。

柏舟是爱她的。这一点，毋庸置疑。即便相隔万水千山，可他依旧如同过去一般深爱着她。如同她也爱他一样，宁可自己受罪，也要对方过得比自己好。这就是恋人间最可贵、最珍贵的情意。

明月小心翼翼地脱掉沈柏舟的袜子，倒了温水，给他擦干净上面凝固的血痂，而后，用花妞儿给她的外伤药，涂抹在伤处。

她拿起床角的被子铺展，给他盖上。怕他冷，又把郭校长的棉衣搭在被子上。坐在床边，看着睡梦中兀自不安蹙眉的沈柏舟，她不禁心生怜惜，愧疚不已。该是有多累呢，这样也能睡着。

“睡吧，愿你做个好梦。”明月俯身，目含深情地在他饱满的额头上印下一个吻，起身吹熄蜡烛，放轻脚步走了出去……

郭校长到转信台，却没看到关山的身影。

董晓东正在灯下做数学题，看到郭校长，讶然起身，“您来了。”

“小董，我来给你们添麻烦了。”郭校长笑呵呵地说道。

“添啥麻烦?”小董不明白。

“小明老师的男朋友从城里过来看她，我把伙房腾出来让她住，我就暂时到这边和你们挤一宿。”郭校长抓了个板凳坐下。

听到郭校长的话，董晓东的眼皮迅速眨动几下，表情变得很是古怪。

“关山呢？怎么没看见他?”郭校长朝他们住的宿舍瞅了瞅。

董晓东哦了一声，说：“您说关站长啊，他不在。”

“咋了，晚上还要出去巡线?”

“不是巡线，他晚饭吃了两口就出去了，我问他，他说去山里转转。”董晓东坐下，双手托腮，再也没了学习的兴致。

他的眼珠儿转了转，忽然问看他作业的郭校长，“您说小明老师的男朋友来高冈了?”

“嗯，就晌午，学校开联欢会那会儿。”郭校长抬头看看董晓东，“你这小子，问这干啥。”

董晓东挠挠头，蹙着眉头，说：“那我们关站长一定也看见明老师的男朋友了。哦，我明白了，原来真是受刺激了，怪不得他回来以后就阴阳怪气的，问十句答一句，被我说烦了，干脆大冷天只穿件背心在院子里做俯卧撑，我叫他回，他还怼我，让我滚。哼，待会儿等他回来，我非把他老底戳穿了不可！哼!”

郭校长越听眉头蹙得越紧，他放下卷子，目光深深地看着董晓东，问：“你也知道关山喜欢小明老师?”

董晓东立刻摆出一副地球人都知道我怎么可能不知道的嫌弃表情，嘛嘴说：“他那演技，也就能骗骗小明老师。您不也看出来了吗？还问我。”

关山一个人在后山跑了两圈，回转信台经过高冈小学，他刻意朝里面望了望。

西边的屋子隐约有光，其他的地方漆黑一片。他辨别了一下方位，随即，神色黯淡下来。

她的宿舍黑着灯。这么早就睡了？说不出心里是什么滋味，好像一块自己珍藏了许久、舍不得碰触的珍宝，忽然被人抢走了一样，那种失落，嫉妒，酸楚中带着疼痛的滋味，牢牢地攥住了他的心脏。

明知道自己不该表现得如此糟糕，明知道他对明月只是一厢情愿的暗恋，可当他今天亲眼看到明月用充满了爱意和惊喜的眼睛注视着男友的时候，他像个被抢走糖果的孩子，居然想要发疯发狂，想要把她给夺回来。

可能吗？关山为自己产生这样不成熟的想法而感到羞愧，他是个男人，而且是一名军人，绝对不会做那种抢夺强迫的举动去伤害明月。

强大的自制力在关键时刻发挥作用，他没有当众出丑，可那些违心的话，却像是一面面闪光的棱镜，无论他朝哪个方向躲避，都能看见镜子里那个陌生的关山。他用超极限的体能运动来麻痹自己，用断崖之上刺人骨髓的寒风来警醒自己，甚至，他用部队严厉苛刻的条例条令来约束自己，可结果，却还是这样。

他的腿和脚根本不受大脑支配，自动从山上走到学校。回转信台根本不用走这条路，可他偏偏就选择了这一条艰难的山路。就像他明明知道她不属于他，不属于这片大山，可还是会义无反顾地陷入暗恋的沼泽一样，任凭自己在淤泥里挣扎喘息，却始终不肯放弃她。

关山扶着僵直的腰走进转信台大门。

“你这道题解题思路有问题，你应该这样……”过人的耳力，让他不用费力去辨别，就能准确无误地叫出屋里的人。

“郭校长——”几乎是撞进房门，那巨大的响动，吓得里面的两个人同时打了个寒战。

“关山……”郭校长想问他出啥事了，怎么这么着急。谁知冲进来那人却三两步跨到他面前，弯腰一把攥住他的两侧手臂，眼神炽烈地问：“您怎么在这儿？您不是在学校吗？”

郭校长觉得自己的一双胳膊快要断了，被关山扼到的地方，疼得钻心。

看到郭校长痛到抽搐的眼角，董晓东也跟着疼，他拍打关山硬得像铁似的胳膊，提醒关山，“你轻点，郭校长不是你练拳的沙袋！”

关山蓦然回神，放松手劲，可依旧握着郭校长的胳膊，“对不住您了，可您怎么来了？”

董晓东翻个白眼，郭校长也纳闷，心想，他是不是来错时候了。

“我……我过来想借住一宿，明老师男友住在学校，我把伙房让给小明老师，关山，你是不是不方便，我再想……”

郭校长话未说尽，就觉得刚刚才松快的胳膊又被狠狠扼住。“啊——”郭校长这次没忍住，直接痛叫起来。

董晓东也被这一出弄得一愣，刚要上前喝止，却见关山腰一弯，忽然把郭校长连凳子一起抱了起来。抱起来不算，居然还在转圈！

“太好了，您来了，太好了……”关山至少转了几十个圈，才停下来，把郭校长放在地上。郭校长黑脸发红，眼珠儿乱晃，完全被转晕了。

董晓东目光谨慎地上前，拍了拍仰头傻笑的关山，问：“你……你没疯吧。我是谁？”

关山一巴掌盖在董晓东的板寸头顶，握住捏了捏，眯起眼睛打量他，“是啊，你谁啊。”

董晓东嘴一扁，快哭出来了，“关站长，你别吓我……”他生性胆小，最经不起吓，可是眼前的关山，表现得太不正常，太可怕了，他害怕那个熟悉的关站长再也回不来了。

“我知道你今天受刺激了。可是天涯何处无芳草，何必单恋一枝花。既然人家小明老师有男朋友了，你就认命吧，啊，听弟弟一句话，千万别钻牛角尖，这爱情啊，搞得好是一家人，搞不好毁人性命……”董晓东说到最后，已经不知道自己在说些什么了，感觉自己也跟着关山变得疯魔了。

郭校长好不容易找回神智，他借着灯光，细细地打量着面前神色倦怠可眼睛亮得出奇的年轻军人。

看着看着，郭校长的脑子里赫然一亮。他似乎想通了什么，却又不敢肯定，于是拉住关山的胳膊，把他拉到外面院子。“关山，你老实跟我说，你刚刚是不是去学校了？”郭校长目光严肃地问道。

关山被冬日里的寒风一激，发热发烫的脑子恢复了一丝清明。他看着郭校长，舔了一下干涸的嘴唇，低声说：“嗯。”

“果然……”郭校长闭上眼睛蹙了下眉头，又睁开眼，“你是见我来这儿，知道小明老师没和她男友在一起才这么高兴，对不对？”

关山沉默。

郭校长盯了他半天，长长地叹了口气，“你啊，咋净往牛角尖上怼呢？关山，我早跟你说过，小明老师有对象，以后会离开高冈回到城市过她自己的生活。我当时劝你莫要用情过深，莫要伤人伤己，可你还是……”

关山掀起削薄的唇线，无奈苦笑道：“我只说不会打扰她，却没说不去爱她。”

“你……你可真是傻啊。”郭校长扶着额头，不知该说什么。

“傻，又怎样呢。只要她在高冈一天，我就护她一天，她若离去，我便遥祝她幸福。有时候，爱一个人，不一定非要得到回报。郭校长，您经历的，比我深刻得多，不是吗？”

郭校长愕然愣住。是啊，他凭什么对关山的感情指手画脚，他自己，又比关山好到哪里去了！

第二天，郭校长起个大早回到学校，明月已经起床，正在清扫院子。

看到郭校长回来，她按着扫帚，神情愧疚地说：“给您添麻烦了，柏舟一会儿就回去了，您自在一点，别太顾着他。”

郭校长朝明月的宿舍瞥了一眼，看到黑门紧闭，他耷拉下眼皮，沉默了几秒，说：“没事，只要小沈觉得方便就行。哦，我去做饭，你待会儿叫小沈起床。”

明月点头，“好，那麻烦您了。”

“你这孩子，瞎客气。”郭校长挽起袖子进了伙房。

明月扫完院子，又戴着口罩把厕所从里到外清扫了一遍。直到她扶着腰，脸上露出痛苦的神色，才终于结束劳动。撩着水桶里的冰水洗了洗手，又用毛巾拍打了一下身上的灰尘，她走到宿舍门前，轻轻叩响木门。

“柏舟？柏舟，你醒了吗？”

隔了一会儿，屋里先是传出几下干哑的咳声，之后，沈柏舟有气无力地叫她，“明月，你进来……”

明月推门进屋。沈柏舟神情怔忡地抱着被子坐在床上，头发蓬乱如草，眼部充血，一看就知道没有睡好。

“火灭了?”明月进屋就被屋里的温度惊到，她径自走向火炉，拿起铁钳揭开炉盖，凑近一看，眉头不由得轻蹙起来。

果然，炉火灭了。也不知道沈柏舟这一夜是怎么熬过来的，薄薄的一床棉被，就算是加上郭校长的棉衣也不顶用。

“阿嚏——阿嚏——”沈柏舟刚想发句牢骚，却连打两个喷嚏。

明月拿出一包平常舍不得用的纸巾，抽出一张，递给神情痛苦的沈柏舟，“鼻子，这里，流出来了。”

沈柏舟眼神哀怨地看着她，接过纸巾，用力擤了擤鼻子，可怜兮兮地诉苦说：“你们这儿比东北还冷，我连做梦做的都是自己光不出溜的在雪地里挨冻，好不容易找到一个房子，却被你喊醒了。”

明月看他面色潮红，隐约像是发烧的症状，不由得担心不已。她摸了摸沈柏舟的额头，又把手掌放在自己额头上试了试温度，拧眉说：“有点发烧。”她说罢朝沈柏舟身上皱巴巴的皮衣瞥了一眼，低声埋怨道：“你就不会穿件棉衣来吗?”

一件单薄的皮衣能抵御零下十度的严寒?说他是一棵习惯享受的温室兰草，一点都不夸张。他的世界里，根本不存在贫穷和寒冷。

沈柏舟身上不舒服，听到明月说他，不免有些生气和委屈，“我病了，为什么病，还不是因为太爱你，太想见到你了，你要不在这里，打死我，我也不会到这破地方来受罪。你埋怨我穿得少，冻病了给你添麻烦，可我为了谁呢。这一路跋山涉水，翻山越岭，为了见你一面，我吃尽了苦头，你又理解我多少，体谅我多少?”

明月黑黢黢的眼睛瞅着他，半晌没有说话。

沈柏舟拧着眉头，盯着被面上俗气的红色花朵，生闷气。

此刻的明月很想反驳他几句，她想告诉沈柏舟，不是天天把爱这个神圣的字眼挂在嘴边就是爱了，恋人之间，地位是平等的，而那些为爱人默默地付出而不求回报的人才更加值得尊敬。

当然，她并不是觉得沈柏舟不够好，相反，他能来高冈看她，她感动得一塌糊涂，不然的话，她也不会这样一而再、再而三地迁就他。她爱沈柏舟，但她不会像沈柏舟一样把爱当成资本，去要挟绑架对方，她只会为他考虑更多，不会凭着一时冲动，图一时痛快，给对方造成不必要的麻烦。

视线滑落，停在他红肿的脚后跟上面。明月在心里叹了口气，能怎样呢？谁让她爱上了一位不知人间疾苦的少爷呢！他能为了她做到这个分上，已经是奇迹了。心软了，语气也跟着软下来。“好了好了，我错了。是我不够体谅你，你都病了我还冲你发牢骚，是我不对。柏舟少爷，求你原谅我吧，好吗?”明月拉起沈柏舟的手，撒娇地晃了晃。

沈柏舟噘着嘴，翻着眼睛瞅她。

明月嘴角噙着笑意，讨好地求他：“别生气了，嗯，我错了，你罚我，还不行吗？呀——”明月只觉一阵天旋地转，等她稳住身子，脊背已经贴在床板上。

沈柏舟的大号俊脸朝她压下来。她的心咚咚狂跳，轻轻合上眼睛……

“小明老师——小沈——饭好了!”屋外头忽然响起郭校长的叫声。

明月蓦地睁开眼睛，用手臂横在她和沈柏舟的中间。“吃饭了。”她低声提醒道。

沈柏舟眼里燃起的火焰几乎要把明月吞噬掉。

明月假装没看到，推开他，站了起来。“来了，马上来——”

她拢了拢发丝，笑着对沈柏舟说：“起床了，沈少爷。”

沈柏舟嘴角撇着，表情透着浓浓的不甘和委屈，他拧着眉头，恶狠狠地说道：“等你回同州，看我怎么收拾你!”

明月嗔怪地瞪他一眼，“你怎么学坏了，说话的语气活像个流氓!”

“流氓怎么了，流氓就不谈恋爱了……”沈柏舟作势下床，明月惊叫一声，身子敏捷一旋，从门缝里钻了出去。

院子里传来她银铃般的笑声，“我帮你打水去!”

沈柏舟闭着眼睛，神情无奈地长叹口气。

早饭，老三样，馍菜汤。馍是黄面馍，菜是炒萝卜丝，汤是白面汤。

“汤里卧了鸡蛋，趁热吃啊，小沈。”郭校长指着餐桌上满满一碗面汤招呼沈柏舟。

沈柏舟瞄了眼颜色素淡的食物，顿时觉得口苦，他挤出一抹笑，敷衍道：“谢谢您了。”

“快吃，快吃。”郭校长把自己的汤碗放在桌上，观察了一下沈柏舟的面色，担忧地问：“我听明月说你感冒了，要紧吗？我这里只有些草药，需要时间熬煮。你能等的话，我现在就把药煎上。”

“啊，不用了。我吃不惯中药，太苦。”沈柏舟摆手拒绝，回话的工夫，他一不小心踩到地上的凳子，身子一仰，眼看着就要摔倒。

“小心!”多亏明月从后面扶了沈柏舟一把，才不至于打翻餐桌。

沈柏舟着实被吓了一跳，脸色愈发不好。他踹了下绊他的木凳，悻悻然坐下。他拿起一块黄面馍，咬了一口，眉头越拧越紧，他低声问明月，“还有别的吗？我吃不惯这个……”

声音虽小，可在座的几个人都听得清清楚楚。

郭校长面露尴尬，朝明月投去一抹歉疚的眼神。学校条件太差，实在对不住远道而来的小沈。

明月不动声色地在桌下拉了拉沈柏舟的裤腿，低声说：“你将就吃一顿，等到了县城，你再吃好的。”

沈柏舟不乐意也没办法，毕竟这里是高冈村，不是他熟悉的同州。他将咬了一口的黄面馍放在桌上，菜也不夹，只喝汤吃鸡蛋。

明月把她碗里的荷包蛋夹给沈柏舟，“你把这个也吃了，补充点营养。”

沈柏舟没有推辞，就像他应该得的一样，一口气吞掉两个荷包蛋，然后咂咂嘴，意犹未尽地瞅着郭校长的瓷碗，喃喃道：“再来一个就好了。”

郭校长哑然低头，他哪还能再变出一个鸡蛋来呢？他和明月一个月才吃三十个鸡蛋，这其中一大半都进了娃娃们的肚子，他们平常哪敢这样奢侈地吃荷包蛋，一般都是散着拌在汤里，一顿饭能看见蛋花，就算是改善生活了。可他一想到沈柏舟刚才盯着他碗时渴盼的目光，再想到明月的立场，他咬了下后槽牙，放下碗，说：“我再去给你煮几个鸡蛋。”

明月一直没说话，她低着头，用筷子拨拉了几下面汤里的面穗儿，忽然拦住郭校长：“柏舟跟您开玩笑呢，鸡蛋胆固醇高，吃多了对身体不好。是不是啊，柏舟。”她抬起黑白分明的眼眸，注视着表情错愕的沈柏舟。

与其说是惊愕于明月偏外不偏里的言语和行为，更多的是明月当着外人面给他难堪所带来的羞辱感和罪恶感。他不过想吃个鸡蛋而已，她至于对他这样苛刻吗？沈柏舟的自尊心遭遇重挫，一种难以用语言来表达的无地自容感像是灶膛里熊熊燃烧的火苗，迅速点燃压抑在胸臆间的怒火。

“啪！”他丢下筷子，铁青着脸站起身，“我不吃了还不行吗，为了一个破鸡蛋，你至于吗，啊！”

明月猛地拉住沈柏舟，漂亮的脸庞涨得通红，“你把话说明白了，什么是破鸡蛋？你以为，你吃的鸡蛋是天上掉的、河里捡的？你知不知道，高冈小学一个月才只有三十个鸡蛋，而且还要分出一大半贴补给学生。我算是吃得多的，因为郭校长不吃，他一个月除了零星的蛋花，根本吃不到囫囵个的鸡蛋。你张口就要再来一个，你想没想过，今早这顿饭，我们都有鸡蛋吃，为什么唯独郭校长没有？他不爱吃？还是他傻？都不是。原因就是他根本只卧了两个荷包蛋，他把原本属于他的口粮让给你了，你居然，说这是破鸡蛋，行，你把吃进去的鸡蛋给我吐出来，我不嫌脏，我吃!”

沈柏舟完全被明月这一番连珠炮似的指责给震懵了，他目光僵硬地盯着面前陌生冷硬的女人，觉得他一定是看错了，他的明月向来温柔可人，从来不会用如此生硬的态度斥责他，虽然她有时候也会固执地坚持原则，可绝对不会像个山野村妇似的无理取闹，寻事生非。

郭校长在一旁急了，他上前拉住明月，劝解说：“你咋能这样说小沈，人家来一趟不容易，想吃个鸡蛋咋了，你看你这孩子，话都不会说了。”

郭校长又拽住面沉如铁的沈柏舟，愧疚地说：“小沈，小明老师对你的心思，你还不清楚吗？你来了，你看她多高兴啊，忙里忙外，生怕你不适应。早饭这事赖我，是我考虑不周，让你受委屈了，这事都赖我，你们千万别为了我生闲气，不然的话，我岂不是要背上骂名，就算你走了，我于心也不安啊。”

见两人的表情有所松动，郭校长赶紧把两人的手牵在一处，“你们说说，好好说说。”他拿起桌上没喝完的饭碗，匆忙出去，并顺手带上门。

灶膛里的炉火快要烧尽，偶尔传出一两声柴火的噼啪声，很快又归于沉寂。

沈柏舟毕竟是个男人，他总不能等着明月主动服软认错。尽管他不认为自己有错，可他还是拉紧明月的手，朝他怀里带过去，“明月，不生气了，好不好?”

明月的鼻子酸胀难忍，用拳头轻轻捶打着沈柏舟的胸膛，低声喃喃，“你讨厌，讨厌。”

“我讨厌，我最讨厌。”沈柏舟把明月拥在胸前。

“你应该体谅郭校长，他一个人守着这所学校多不容易呀，你挑三拣四的，让人家怎么想。而且，你明知道学校的条件无法满足你的要求，刚才你还……”

明月话未说完，就被沈柏舟蒙住嘴唇，他眼神热烈地望着明月，说：

“正因为高冈太穷，所以我一定要考进教育厅，争取早一天把你调出大山，明月，你等我，一定要相信我！”

明月看着表情执着的沈柏舟，缓缓点头，在心里说，我等你，我等着你，柏舟……